Diogenes Taschenbuch 24344

detebe

Georges Simenon

Mit Maigret in die Provence

Mein Freund Maigret

Maigret auf Reisen

Zwei Romane in einem Band

Aus dem Französischen von Annerose Melter und Ingrid Altrichter

Diogenes

Titel der Originalausgaben:
›Mon ami Maigret‹, ›Maigret voyage‹

Die deutschen Erstausgaben erschienen 1955 und 1959
Die vorliegende Ausgabe folgt den für die Edition
Sämtliche Maigret-Romane in 75 Bänden
revidierten Übersetzungen
Umschlagfoto von Werner Richner (Ausschnitt)

Veröffentlicht als Diogenes Taschenbuch, 2015

www.diogenes.ch
60/15/36/1
ISBN 978 3 257 24344 4

Inhalt

Mein Freund Maigret

I

Der ganz reizende Monsieur Pyke

Sie standen also auf der Türschwelle Ihres Lokals?«

»Ja, mein Kommissar.«

Es hatte gar keinen Zweck, noch einmal darauf zurückzukommen; vier- oder fünfmal schon hatte Maigret ihm beizubringen versucht, dass er endlich dieses ›mein‹ weglassen und einfach ›Herr Kommissar‹ sagen solle. Doch war das so wichtig? Und überhaupt – was sollte das Ganze?

»Ein graues Auto, ein toller Sportwagen, hat kurz angehalten, ein Mann ist ausgestiegen, vielmehr herausgesprungen, so haben Sie das doch gesagt?«

»Ja, mein Kommissar.«

»Um in Ihre Bar zu gelangen, musste er sich an Ihnen vorbeidrängen, und er hat Sie dabei sogar ein bisschen angerempelt. Nun, über Ihrer Tür hängt eine Neonleuchtreklame.«

»Sie ist violett, mein Kommissar.«

»Na, und?«

»Na, und nichts.«

»Liegt es etwa an dem violetten Licht, dass Sie nicht in der Lage sind, dieses Individuum zu beschreiben, das gleich darauf den Türvorhang beiseiteschlug, auf Ihren Barkellner zielte und seinen Revolver leerte?«

Der Mann hieß Caracci oder Caraccini – Maigret musste es jedes Mal erst in den Akten nachlesen. Er war klein, trug

Schuhe mit hohen Absätzen, sah aus wie ein Korse (die haben immer ein wenig Ähnlichkeit mit Napoleon), und an seinem Finger steckte ein riesiger gelber Diamantring.

Seit acht Uhr früh dauerte das nun schon. Jetzt war es elf. Das heißt, eigentlich hatte es schon mitten in der Nacht angefangen, denn die Leute aus der Bar in der Rue Fontaine, wo der Barkellner erschossen worden war, hatten allesamt den Rest der Nacht in Polizeigewahrsam verbracht. Drei oder vier Inspektoren, darunter auch Janvier und Torrence, hatten Caracci – oder Caraccini – schon verhört, ohne jedoch etwas aus ihm herauszubekommen.

Dem Kalender nach war es Mai, doch es herrschte regelrechtes Herbstwetter. Seit vier, fünf Tagen regnete es in Strömen, und auf den Dächern, Fenstersimsen und Regenschirmen spiegelte das Wasser genauso wie auf der Seine, die der Kommissar erblickte, wenn er den Kopf ein wenig neigte.

Monsieur Pyke rührte sich nicht vom Fleck. In starrer Haltung, als befände er sich im Wartezimmer eines Arztes, saß er in einer Ecke auf seinem Stuhl. Maigret ging das allmählich auf die Nerven. Pykes Blick glitt langsam hin und her zwischen dem Kommissar und dem kleinen Mann, und es war unmöglich zu erraten, was in dem Gehirn des englischen Beamten vor sich ging.

»Sie sind sich wohl darüber im Klaren, Caracci, dass Sie Ihr Benehmen teuer zu stehen kommen kann, dass Sie Ihre Bar vielleicht für immer schließen müssen.«

Der Korse ließ sich nicht beeindrucken, er schenkte Maigret ein fast komplizenhaftes Augenzwinkern, lächelte und strich mit seinem beringten Finger die gekringelten Enden seines schwarzen Schnurrbarts glatt.

»Ich habe immer ein ordentliches Leben geführt, mein Kommissar. Sie brauchen nur Ihren Kollegen Priollet zu fragen.«

Obwohl es einen Toten gegeben hatte, war dieser Fall eigentlich Sache von Kommissar Priollet, dem Chef der Sittenpolizei, und zwar wegen des besonderen Milieus, in dem das Verbrechen geschehen war. Unglücklicherweise war Priollet zurzeit auf der Beerdigung irgendeines Verwandten im Jura.

»Sie weigern sich also, etwas zu sagen?«

»Ich weigere mich nicht, mein Kommissar.«

Mit schweren Schritten und verärgerter Miene ging Maigret zur Tür des Nachbarbüros und öffnete sie.

»Lucas, bearbeite du ihn noch ein bisschen!«

O Gott! Dieser Monsieur Pyke, der ihn nicht aus den Augen ließ! Und mochte er der sympathischste Mensch der Welt sein – es gab Augenblicke, in denen Maigret ihn regelrecht hasste. Dieselbe Geschichte wie bei seinem Schwager Mouthon. Einmal im Jahr, im Frühling, kam Mouthon zusammen mit seiner Frau, der Schwester von Madame Maigret, an der Gare de l'Est an. Auch er war der netteste Mensch auf Erden, konnte keiner Fliege etwas zuleide tun. Seine Frau war die Fröhlichkeit in Person; sobald sie in der Wohnung am Boulevard Richard-Lenoir angekommen war, bat sie um eine Schürze, um sich im Haushalt nützlich zu machen. Am ersten Tag lief alles bestens. Am zweiten Tag war es auch noch ganz nett. Und dann verkündete Mouthon: »Wir reisen morgen ab.«

»Aber nein! Nicht doch!«, entgegnete Madame Maigret rasch. »Warum wollt ihr schon wieder weg?«

»Wir würden euch letzten Endes nur stören.«

»Aber nicht die Spur!«

Und Maigret stimmte im Brustton der Überzeugung ein: »Nicht die Spur!«

Am dritten Tag wünschte er sich, dass eine unvorhergesehene Arbeit ihn abhielte, zum Abendessen nach Hause gehen zu müssen. Aber nie, seit seine Schwägerin mit Mouthon verheiratet war und das Paar sie alljährlich besuchte, nie, aber auch kein einziges Mal hatte er dann einen jener verzwickten Fälle zu bearbeiten gehabt, die ihn sonst manchmal tage- und nächtelang von zu Hause fernhielten.

Vom fünften Tag an tauschten er und seine Frau verzweifelte Blicke. Neun Tage blieben die Mouthons, immer gleichermaßen freundlich, charmant, zuvorkommend und äußerst diskret, so dass man sich umso mehr der Abneigung schämen musste, die man allmählich gegen sie empfand.

Mit Monsieur Pyke war es dasselbe, obwohl dieser ihn erst seit drei Tagen auf Schritt und Tritt begleitete. Einmal, während des Urlaubs, hatte Madame Maigret zu den Mouthons beiläufig gesagt: »Warum kommt ihr nicht einmal im Frühling auf eine Woche nach Paris? Wir haben ein Gästezimmer, das nie benutzt wird.«

Sie waren gekommen. Und ganz ähnlich war es hier gewesen: Vor einigen Wochen hatte der Polizeipräsident dem Oberbürgermeister von London einen offiziellen Besuch abgestattet, der ihn auch in die Büros des berühmten Scotland Yard führte. Der Polizeipräsident war angenehm überrascht, dass die hohen Beamten der englischen Polizei Maigret vom Hörensagen kannten und sich für dessen Methoden interessierten. »Warum kommen Sie nicht einmal rüber und sehen ihm bei der Arbeit zu?«, hatte der gute Mann gesagt. Und sie hatten ihn beim Wort genommen. Wie die Mouthons. Man hatte den Inspektor Pyke geschickt, und dieser folgte nun seit drei Tagen Maigret überallhin, so diskret, so unaufdringlich, wie man sich das nur vorstellen kann. Aber er war nun mal da!

Er war fünfunddreißig oder vierzig Jahre alt, wirkte jedoch so jung, dass man ihn für einen eifrigen Studenten hätte halten können. Bestimmt war er intelligent, vielleicht sogar hochintelligent. Er beobachtete, lauschte, überlegte. Er überlegte so scharf, dass man meinte, es hören zu müssen, und das wirkte allmählich ermüdend.

Es war fast, als stünde Maigret unter Beobachtung. Jede seiner Bewegungen, jede seiner Äußerungen wurde durch den scharfen Verstand des unbeirrbaren Monsieur Pyke gesiebt. Nun hatte es aber in den letzten drei Tagen nichts Interessantes zu tun gegeben. Nur Routinearbeit, Papierkram, belanglose Verhöre, wie etwa das von Caracci.

Sie waren inzwischen so weit, dass sie sich verständigen konnten, ohne ein Wort zu wechseln. Als man zum Beispiel den Besitzer des Nachtlokals in das Büro der Inspektoren geführt und die Tür sorgfältig hinter sich abgeschlossen hatte, schienen die Augen des Engländers unzweideutig zu fragen: ›Wird er jetzt in die Mangel genommen?‹

Wahrscheinlich. Leute wie Caracci fasst man nicht mit Glacéhandschuhen an. Was danach kommen würde, war völlig belanglos. Dieser Fall war absolut bedeutungslos. Aller Wahrscheinlichkeit nach war der Barkellner niedergeschossen worden, weil er nicht ganz astrein war oder zu einer rivalisierenden Bande gehörte. Regelmäßig geraten diese

Burschen aneinander und nehmen der Polizei die Arbeit ab, indem sie sich gegenseitig umbringen. Caracci konnte reden oder den Mund halten, früher oder später würde irgendeiner auspacken, vermutlich ein Spitzel. Ob sie in England auch Spitzel haben?

»Hallo! ... Ja! ... Ich bin's! ... Wer? ... Lechat? Kenne ich nicht. Von wo, sagen Sie, ruft er an? ... Porquerolles? Verbinden Sie ...«

Unverwandt starrte der Engländer ihn an; wie das Auge Gottes in der Geschichte von Kain und Abel ruhte sein Blick auf ihm.

»Hallo! ... Ich verstehe sehr schlecht ... Lechat? ... Ja ... Gut ... Das habe ich verstanden ... Porquerolles ... Hab ich auch verstanden ...«

Maigret drückte den Hörer ans Ohr und blickte auf den Regen, der die Fensterscheiben herunterrann. Er dachte daran, dass auf Porquerolles, einer kleinen, dem Küstenstreifen zwischen Hyères und Toulon vorgelagerten Mittelmeerinsel, gewiss die Sonne schien. Er war selbst noch nie da gewesen, hatte aber schon viel von der Insel gehört. Braungebrannt wie Beduinen kamen die Urlauber von dort zurück. Übrigens war dies das erste Mal, dass man ihn von einer Insel aus anrief, und er überlegte sich, dass die Telefonkabel unter dem Meer verlaufen mussten.

»Ja ... Wie? ... Ein kleiner Blonder, in Luçon? ... Stimmt! Ich erinnere mich ...«

Er hatte einen Inspektor Lechat kennengelernt, als er wegen einer ziemlich komplizierten Verwaltungsgeschichte für einige Monate nach Luçon in die Vendée geschickt worden war.

»Sie sind jetzt also bei der Bereitschaftspolizei von Draguignan… Und Sie rufen aus Porquerolles an…«

Die Leitung war ziemlich gestört. Ab und zu hörte man die Telefonistinnen, wie sie die Verbindungen zwischen den Städten herstellten: »Hallo! Paris! … Paris! … Hallo! Paris… Paris! …« – »Hallo! Toulon! … Sind Sie Toulon, meine Liebe? … Hallo! Toulon…«

Funktionierte das Telefon auf der anderen Seite des Kanals besser? Unerschütterlich lauschte und schaute Monsieur Pyke zu Maigret herüber, der mit seinem Bleistift spielte, um nicht aus der Haut zu fahren.

»Hallo! … Ob ich einen gewissen Marcellin kenne? … Welchen Marcellin? … Wie?! … Einen Fischer? … Versuchen Sie, sich etwas deutlicher auszudrücken, Lechat… Ich verstehe nichts von dem, was Sie mir da erzählen… Ein Typ, der in einem Kahn lebt… Gut, was weiter? … Er behauptet, mein Freund zu sein? … Was? … Er behauptete? … Er ist tot? … Vergangene Nacht ermordet worden? … Das geht mich nichts an, mein lieber Lechat… Das fällt nicht in meinen Dienstbereich… Er hatte den ganzen Abend von mir gesprochen? … Und Sie sagen, dass er deswegen jetzt tot ist? …«

Er hatte den Bleistift losgelassen und versuchte, mit der freien Hand seine Pfeife wieder anzuzünden.

»Ich notiere, ja… Marcel… Also nicht Marcellin? … Wie Sie wollen… P wie Paul… A wie Artur… C wie Cäsar… ja… Pacaud… Habt ihr die Fingerabdrücke eingeschickt? … Ein Brief von mir? … Sind Sie sicher? … Auf was für einem Briefpapier? … ›Brasserie des Ternes‹? … Das ist möglich… Und was habe ich geschrieben? …«

Wäre doch bloß dieser Monsieur Pyke nicht da mit seiner hartnäckigen Art, ihn anzustarren.

»Ich schreibe mit, ja. *Ginette fährt morgen ins Sanatorium. Sie lässt Sie grüßen. Herzlichst*… Und die Unterschrift lautet Maigret? … Aber nein, sie muss nicht unbedingt gefälscht sein… Ich glaube, mich da an etwas zu erinnern… Ich werde in der Registratur oben nachschauen… Wieso hinkommen? … Sie wissen doch, dass ich da nicht zuständig bin…«

Er wollte schon einhängen, konnte sich aber, selbst auf die Gefahr hin, dass Monsieur Pyke sich wunderte, eine letzte Frage nicht verkneifen.

»Scheint bei euch die Sonne? … Der Mistral weht? … Aber die Sonne scheint? … Schön… Sobald ich etwas erfahren habe, rufe ich Sie zurück… Bestimmt…«

Wenn Monsieur Pyke auch kaum Fragen stellte, so hatte er doch eine Art, Maigret anzuschauen, dass dieser unwillkürlich reden musste.

»Kennen Sie die Insel Porquerolles?«, fragte er und zündete endlich seine Pfeife an. »Es soll da sehr schön sein, genauso schön wie auf Capri oder auf den griechischen Inseln. Heute Nacht wurde dort ein Mann umgebracht, aber das ist nicht mein Bezirk. In seinem Boot hat man einen Brief von mir gefunden.«

»Ist er tatsächlich von Ihnen?«

»Wahrscheinlich ja. Der Name Ginette sagt mir irgendetwas. Kommen Sie mit mir hinauf?«

Monsieur Pyke kannte schon alle Räume im Polizeipräsidium, denn man hatte ihn gleich zu Anfang überall herumgeführt. Hintereinander stiegen sie zum Dachgeschoss hinauf, wo die Kartei all jener geführt wird, die schon einmal mit dem Gesetz in Konflikt gekommen sind. Wegen des Engländers litt Maigret fast an einem Minderwertigkeitskomplex, und er schämte sich für den bejahrten Angestellten im langen grauen Kittel, der Veilchenbonbons lutschte.

»Sagen Sie, Langlois …. Übrigens, geht es Ihrer Frau wieder besser?«

»Nicht meine Frau ist krank, Monsieur Maigret, sondern meine Schwiegermutter.«

»Ach ja, entschuldigen Sie. Ist sie operiert worden?«

»Sie ist seit gestern wieder zu Hause.«

»Wollen Sie bitte nachschauen, ob Sie eine Karte auf den Namen Marcel Pacaud haben? Mit einem d am Ende.«

War es in London besser? Man hörte den Regen auf das Dach prasseln und die Dachrinnen hinunterstürzen.

»Marcel?«, fragte der Angestellte von seiner Leiter herab.

»Ja. Geben Sie mir seine Karte.«

Neben den Fingerabdrücken enthielt die Karte zwei unter den grellen Scheinwerfern des Erkennungsdienstes aufgenommene Fotografien Marcel Pacauds, die ihn ohne Kragen und Krawatte einmal von vorn und einmal im Profil zeigten.

Pacaud, Marcel-Joseph-Etienne, geboren in Le Havre, Seemann …

Stirnrunzelnd starrte Maigret auf die Fotos und versuchte, sich zu erinnern. Die Aufnahmen zeigten einen Mann von fünfunddreißig Jahren. Er war mager und sah schlecht aus. Eine blutunterlaufene Stelle über dem rechten Auge schien darauf hinzudeuten, dass man ihn, bevor er dem Fotografen übergeben worden war, nicht gerade sanft verhört hatte.

Sein Strafregister war ziemlich lang. Verurteilt mit siebzehn Jahren in Le Havre wegen Körperverletzung. Dasselbe Delikt ein Jahr später in Bordeaux, dazu Erregung öffentlichen Ärgernisses wegen Trunkenheit und Widerstand gegen die Staatsgewalt. Erneute Körperverletzung in einem berüchtigten Marseiller Lokal.

Maigret hielt die Karte so, dass sein englischer Kollege sie gleichzeitig mit ihm lesen konnte. Monsieur Pyke zeigte keinerlei Überraschung, schien sagen zu wollen: ›Das gibt's bei uns drüben auch.‹

Auffälliges Vagabundenleben.

Gab's das auch bei ihnen? – Hier bedeutete es so viel, dass Marcel Pacaud im Zuhältergewerbe tätig war und dass man ihn, wie es damals üblich war, zum Militärdienst in die afrikanischen Strafkompanien geschickt hatte.

Körperverletzung in Nantes...

Körperverletzung in Toulon...

»Ein Kampfhahn«, meinte Maigret lakonisch zu Monsieur Pyke. Dann wurde die Sache ernster:

Paris, Prostitutionsraub.

»Was ist das?«, fragte der Engländer.

Wie sollte er das einem Herrn erklären, der aus dem angeblich prüdesten Land der Welt kam?

»Es ist gewissermaßen ein Diebstahl, aber ein unter besonderen Umständen begangener Diebstahl. Wenn ein Herr ein unbekanntes Fräulein in ein mehr oder weniger zweifelhaftes Hotel begleitet und hinterher den Verlust seiner Brieftasche beklagen muss, dann nennt man das

Prostitutionsraub. Fast immer hat das Fräulein einen Komplizen, verstehen Sie?«

»Ich verstehe.«

Dreimal war Marcel Pacaud wegen einer solchen Mittäterschaft verurteilt worden, und jedes Mal war die Rede von einer gewissen Ginette. Dann kam es noch schlimmer: Pacaud soll einem Mann, der sich gewehrt hatte, einen Messerstich versetzt haben.

»Sie nennen diese Burschen Taugenichtse, stimmt das?«, gab Monsieur Pyke vorsichtig zu verstehen. Er sprach das Französische so artikuliert aus, dass es fast schon ironisch klang.

»Ja, stimmt. Ich habe ihm geschrieben, ich erinnere mich daran. Ich weiß nicht, wie das bei Ihnen vor sich geht.«

»Sehr korrekt.«

»Daran zweifle ich nicht. Hier bei uns kommt es schon einmal vor, dass wir sie hart anpacken. Wir gehen manchmal nicht gerade liebenswürdig mit ihnen um. Das Merkwürdige dabei ist, dass sie es uns selten übelnehmen. Sie wissen, dass wir nur unsere Pflicht tun, und mit jedem Verhör lernt man sich besser kennen.«

»Und er ist es, der Sie seinen Freund genannt hat?«

»Ich bin überzeugt, dass er es aufrichtig meinte. Ich erinnere mich vor allen Dingen an das Mädchen, und zwar hauptsächlich wegen des Briefkopfes. Bei Gelegenheit will ich Ihnen die ›Brasserie des Ternes‹ zeigen. Es ist dort sehr gemütlich, und man bekommt ein ausgezeichnetes Sauerkraut serviert. Essen Sie gerne Sauerkraut?«

»Gelegentlich«, antwortete der Engländer ohne Begeisterung.

»Nachmittags und abends sitzen immer ein paar Damen in dem Lokal. Auch Ginette gab sich dort gern die Ehre. Sie ist Bretonin und kommt aus einem Dorf in der Nähe von Saint-Malo. Sie hatte als Mädchen für alles bei einem Metzger im Viertel angefangen. Sie liebte Pacaud über alles, und ihm traten Tränen in die Augen, wenn er von ihr sprach. Wundert Sie das?«

Monsieur Pyke wunderte sich über nichts, sein Gesicht verriet nicht die kleinste Gefühlsregung.

»Ich habe mich nebenbei ein bisschen um die beiden gekümmert. Sie litt an einer schweren Tuberkulose, wollte sich aber nie in Behandlung begeben, weil dies eine Trennung von ihrem Marcel bedeutet hätte. Als er ins Gefängnis kam, habe ich sie überredet, einen Freund von mir, der Lungenfacharzt ist, aufzusuchen. Dieser hat sie dann in ein Sanatorium in Savoyen eingewiesen. Das ist alles.«

»Und das haben Sie Pacaud geschrieben?«

»Ja. Er saß im Gefängnis von Fresnes, und ich hatte keine Zeit, extra dorthin zu gehen.«

Maigret gab Langlois die Karteikarte zurück und ging zur Treppe.

»Wie wär's, wenn wir Mittag essen gingen?«

Das war auch so ein Problem, ja, fast schon eine Gewissensfrage. Wenn er Monsieur Pyke in ein zu teures Restaurant führte, bekäme sein Kollege von der anderen Seite des Kanals womöglich den Eindruck, dass die französische Polizei ihre Zeit mit Schlemmereien vertue. Wenn er ihn andererseits in ein bescheidenes Lokal einlud, würde er vielleicht als Knauser dastehen. Und mit dem Aperitif war es dasselbe. Sollte man einen trinken oder nicht?

»Wollen Sie nach Porquerolles fahren?«

Hatte Monsieur Pyke etwa Lust, eine Reise in den Süden zu machen?

»Das hängt nicht von mir ab. Theoretisch habe ich außerhalb von Paris und dem Seine-Département nichts zu suchen.«

Der Himmel war verhangen, von einem schmutzigen, hoffnungslosen Grau – da hatte selbst schon das Wort ›Mistral‹ einen verführerischen Klang.

»Mögen Sie Kutteln?«

Er führte ihn in die Markthallen und bestellte ihm Kutteln nach Art von Caën und Crêpes Suzette, die man ihnen auf hübschen Kupferschalen servierte.

»Für uns sind das jetzt sogenannte tote Tage.«

»Bei uns heißt das auch so.«

Was mochte der Mann von Scotland Yard von ihm denken? Er war gekommen, um ›Maigrets Methoden‹ zu studieren, dabei hatte Maigret gar keine Methode. Was er vorfand, war ein dicker, etwas schwerfälliger Mann, der ihm als Prototyp des französischen Beamten erscheinen musste. Wie lange noch würde er ihm wie ein Schatten folgen?

Um zwei Uhr waren sie wieder am Quai des Orfèvres. Da Caracci immer noch in dem ›Glaskäfig‹ – wie der Wartesaal genannt wurde – saß, war anzunehmen, dass man nichts aus ihm herausgekriegt hatte und ihn erneut verhören würde.

»Hat er etwas gegessen?«, fragte Monsieur Pyke.

»Ich weiß es nicht. Kann sein. Manchmal lassen wir ihnen ein Sandwich heraufbringen.«

»Und sonst?«

»Sonst lassen wir sie fasten, um ihrem Gedächtnis ein wenig nachzuhelfen.«

»Der Chef fragt nach Ihnen, Herr Kommissar.«

»Entschuldigen Sie mich, Monsieur Pyke.«

Das war immerhin eine kleine Erholungspause. Ins Büro des Chefs würde ihm der andere nicht folgen.

»Kommen Sie herein, Maigret. Ich habe gerade einen Anruf aus Draguignan bekommen.«

»Ich weiß, worum es geht.«

»Stimmt, Sie haben ja schon mit Lechat gesprochen. Haben Sie viel Arbeit zurzeit?«

»Nicht allzu viel. Abgesehen von meinem Gast...«

»Fällt er Ihnen lästig?«

»Er ist der korrekteste Mensch auf Erden.«

»Erinnern Sie sich an diesen Pacaud?«

»Erst als ich seine Karte durchlas, fiel mir wieder ein, wer er war.«

»Finden Sie nicht, dass es eine merkwürdige Geschichte ist?«

»Ich weiß darüber nur so viel, wie mir Lechat am Telefon erzählt hat. Er wollte aber alles so genau erklären, dass ich am Ende nicht viel davon verstanden habe.«

»Der dortige Polizeichef hat mir ausführlich darüber berichtet. Er will durchaus, dass Sie sich an Ort und Stelle begeben. Seiner Meinung nach ist Pacaud Ihretwegen getötet worden.«

»Meinetwegen?«

»Er hat keine andere Erklärung für den Mord. Seit mehreren Jahren lebte Pacaud, besser bekannt unter dem Namen Marcellin, auf Porquerolles in seinem Boot. Er war ein beliebter Mann auf der Insel. Soweit ich verstanden habe, glich er eher einem Clochard als einem Fischer. Im Winter tat er gar nichts. Im Sommer schipperte er Touristen, die angeln wollten, in seinem Boot rund um die Insel. Niemand hatte Interesse an seinem Tod. Er hatte keine Feinde. Er hatte nie mit jemandem Streit gehabt. Gestohlen hat man ihm auch nichts, aus dem einfachen Grund, weil es bei ihm nichts zu stehlen gab.«

»Wie ist er getötet worden?«

»Gerade das macht dem Polizeichef dort Kopfzerbrechen.«

Maigrets Chef griff nach einem Blatt Papier, auf dem er sich während des Telefongesprächs Notizen gemacht hatte.

»Da ich den Ort nicht kenne, kann ich mir nur schwer ein genaues Bild von allem machen. Vorgestern Abend...«

»Ich dachte, es sei gestern Abend passiert...«

»Nein, vorgestern. Ein paar Leute waren in der ›Arche Noah‹ versammelt. Das muss ein Restaurant oder ein Café sein. Um diese Jahreszeit trifft man dort anscheinend nur Stammgäste. Jedermann kennt sich. Marcellin war auch da. Im Laufe eines mehr oder weniger allgemeinen Gesprächs hat er Sie erwähnt.«

»Warum?«

»Keine Ahnung. Man spricht ja gerne über berühmte Leute. Marcellin hat behauptet, dass Sie sein Freund seien. Vielleicht hatte jemand Zweifel an Ihren beruflichen Fähigkeiten geäußert? Jedenfalls hat er Sie mit ungewöhnlichem Eifer verteidigt.«

»War er betrunken?«

»Mehr oder weniger war er das immer. Es ging ein starker Mistral. Ich weiß zwar nicht, was der Mistral damit zu tun haben soll. Soweit ich das verstanden habe, hat er aber bei dem Ganzen eine Rolle gespielt. Denn eben wegen des Sturmes hat Marcellin nicht wie gewöhnlich in seinem Boot geschlafen, sondern die Nacht in einer Hütte in der Nähe des Hafens verbracht, in der die Fischer ihre Netze aufbewahren. Dort hat man ihn am nächsten Morgen gefunden. Er hatte mehrere aus nächster Nähe abgefeuerte Kopfschüsse und eine Kugel in der Schulter. Der Mörder hat sein ganzes Magazin auf ihn leergeschossen, und damit nicht genug, er hat ihn auch noch mit einem schweren Gegenstand ins Gesicht geschlagen. Er scheint wie ein Berserker gewütet zu haben.«

Maigret blickte durch den Regenvorhang auf die Seine und dachte an die Mittelmeersonne.

»Boisvert, der Hauptkommissar, ist ein vernünftiger Mensch, ich kenne ihn von früher. Er lässt sich gewöhnlich nichts vormachen. Er ist mittlerweile am Tatort eingetroffen, muss aber heute Abend schon wieder abreisen. Er ist wie Lechat der Meinung, dass die über Sie geführte Unterhaltung die Tragödie ausgelöst hat. Er möchte sogar fast behaupten, dass der Täter mit Marcellin gewissermaßen Sie treffen wollte, verstehen Sie? Ein Mensch, der einen so tiefen Groll gegen Sie hegt, dass er sich an einem vergreift, der Ihr Freund zu sein behauptet und Sie verteidigt.«

»Solche Leute gibt es auf Porquerolles?«

»Genau darüber hat sich Boisvert auch schon den Kopf zerbrochen. Auf so einer Insel kennt jeder jeden. Niemand kann sie verlassen oder betreten, ohne dass es bemerkt würde. Bisher gibt es nicht den geringsten Verdacht. Man könnte höchstens ins Blaue hinein irgendjemanden verdächtigen. Was halten Sie davon?«

»Ich glaube, dass Monsieur Pyke gerne in den Süden reisen würde.«

»Und Sie?«

»Es würde mich sicher mehr reizen, wenn ich alleine hinfahren könnte.«

»Wann fahren Sie?«

»Ich nehme den Nachtzug.«

»Mit Monsieur Pyke?«

»Mit Monsieur Pyke.«

Glaubte der Engländer etwa, dass die französische Polizei rasante Autos fuhr und mit ihnen immer im Nu am Ort des Verbrechens war? In jedem Fall musste er annehmen, dass die Kommissare der Kriminalpolizei bei ihren Reisen über unbegrenzte Mittel verfügten. Hatte Maigret richtig gehandelt? Wäre er alleine gereist, so hätte er sich mit einem Liegewagen begnügt.

An der Gare de Lyon hatte er noch gezögert, dann, im letzten Augenblick, hatte er zwei Plätze im Schlafwagen gebucht. Das war kostspielig.

Im Gang des Zuges trafen sie auf reiche Reisende mit luxuriösen Gepäckstücken. Eine Gruppe elegant gekleideter Leute mit Blumensträußen auf dem Arm begleitete eine Filmschauspielerin zum Zug.

»Es ist der ›Blaue Zug‹«, murmelte Maigret, wie um sich zu entschuldigen.

Wenn er nur gewusst hätte, was sein Kollege dachte. Obendrein mussten sie sich auch noch voreinander ausziehen, und am nächsten Morgen würden sie den winzigen Waschraum miteinander teilen müssen.

»Kurz und gut«, sagte Monsieur Pyke, der schon in Schlafanzug und Morgenmantel war, »wir beginnen also eine Untersuchung.«

Was wollte er damit eigentlich sagen? Sein Französisch war so furchtbar präzise, dass man hinter seinen Worten immer ein Geheimnis vermuten musste.

»Eine Untersuchung, ganz richtig.«

»Haben Sie abgeschrieben, was auf Marcellins Karte stand?«

»Nein. Ich muss Ihnen gestehen, dass ich daran nicht gedacht habe.«

»Haben Sie sich Gedanken darüber gemacht, was aus der Frau geworden ist? Ginette, glaube ich.«

»Nein.«

Lag in dem Blick, den Monsieur Pyke ihm zuwarf, ein Vorwurf?

»Haben Sie einen Blanko-Haftbefehl bei sich?«

»Auch das nicht. Ich habe nur ein Rechtshilfegesuch, das mir erlaubt, Leute vorzuladen und sie zu vernehmen.«

»Kennen Sie Porquerolles?«

»Ich bin noch nie dort gewesen. Ich kenne den Süden nur schlecht. Ich habe vor Jahren einmal in Antibes und in Cannes eine Untersuchung durchgeführt, und ich erinnere mich vor allem an die drückende Hitze und das ewige Schlafbedürfnis, das mich damals überkam.«

»Lieben Sie das Mittelmeer nicht?«

»Grundsätzlich mag ich Gegenden nicht, wo ich den Geschmack an der Arbeit verliere.«

»Weil Sie gerne arbeiten, nicht wahr?«

»Ich weiß nicht.«

Es stimmte. Einerseits schimpfte er jedes Mal, wenn es einen Fall gab, der ihn aus seinem täglichen Trott herausriss. Wenn man ihn andererseits ein paar Tage lang völlig in Frieden ließ, dann war er schlecht gelaunt und verspürte so etwas wie Beklemmung.

»Können Sie im Zug gut schlafen?«

»Ich schlafe überall gut.«

»Und das Rattern des Zuges hilft Ihnen nicht beim Nachdenken?«

»Ich denke so wenig nach, wissen Sie.«

Es war ihm peinlich, dass das ganze Abteil voll von seinem Pfeifenqualm war, umso mehr, als der Engländer nicht rauchte.

»Kurz und gut, Sie wissen noch nicht, an welchem Zipfel Sie die Sache anpacken werden?«

»Nicht im Geringsten. Ich weiß noch nicht mal, ob es überhaupt so einen Zipfel gibt.«

»Ich danke Ihnen.«

Maigret spürte, dass Monsieur Pyke jedes einzelne seiner Worte in sich aufgenommen, jedem einen bestimmten Platz in seinem Gehirn zugewiesen hatte, um es später mühelos wieder hervorholen zu können. Das war höchst unangenehm. Er sah ihn schon vor sich, wie er nach seiner Rückkehr seine Scotland-Yard-Kollegen zusammenrief (sich womöglich vor eine Wandtafel stellte) und mit seiner präzisen Aussprache ankündigte:

»Eine Untersuchung von Kommissar Maigret...«

Und wenn sie nun ein Misserfolg würde? Wenn es sich um

einen jener Fälle handelte, bei denen man wie ein Blinder umhertappte und erst zehn Jahre später rein zufällig auf die Lösung stieß? Oder wenn es eine ganz banale Geschichte war, wenn Lechat morgen auf den Bahnhof gerannt kam und meldete: »Erledigt! Man hat einen Betrunkenen verhaftet, der die Tat gestanden hat.«

Oder wenn...

Madame Maigret hatte keinen Morgenrock eingepackt; sie hatte nicht gewollt, dass er den alten mitnahm, der wie eine Mönchskutte aussah. Schon vor zwei Monaten hätte er sich einen neuen kaufen sollen. Er fühlte sich in seinem Nachthemd reichlich unwohl.

»Ein Nachttrunk gefällig?«, fragte Monsieur Pyke und reichte ihm einen silbernen Flacon und einen Becher. »Bei uns besteht er aus einem letzten Gläschen Whisky vor dem Schlafengehen.«

Maigret nahm einen Schluck. Er schätzte Whisky nicht sehr. Aber womöglich schätzte Monsieur Pyke den Calvados, den er seit drei Tagen auf Maigrets Empfehlung hin trinken musste, genauso wenig.

Er schlief. Er war sich bewusst, dass er schnarchte. Als er erwachte, sah er entlang der Rhône Olivenbäume stehen und erkannte daran, dass sie schon hinter Avignon waren.

Die Sonne schien, und über dem Fluss lag ein leichter goldglänzender Dunst. Frisch rasiert und korrekt von Kopf bis Fuß, stand der Engländer draußen auf dem Gang und lehnte die Stirn ans Fenster. Der Waschraum war so sauber, als wäre er nie benutzt worden. Nur ein dezenter Lavendelgeruch lag in der Luft.

Maigret wusste noch nicht, ob er gute oder schlechte

Laune hatte, und murmelte, während er nach seinem Rasierapparat im Koffer suchte: »Jetzt darf ich mich auf keinen Fall blamieren.«

Es war vielleicht Monsieur Pykes untadelige Korrektheit, die ihn etwas rauhbeinig machte.

2

Die Stammgäste der ›Arche‹

Die erste Runde war eigentlich ganz gut gelaufen – was freilich nicht heißen soll, dass zwischen den beiden Männern eine Rivalität bestanden hätte, jedenfalls nicht auf beruflichem Gebiet. Wenn Monsieur Pyke auch mehr oder weniger an der polizeilichen Arbeit Maigrets teilnahm, so doch nur als Zuschauer. Dennoch dachte Maigret an eine ›erste Runde‹, obwohl er wusste, dass die Bezeichnung nicht zutraf. Aber hat nicht jeder das Recht, in seiner eigenen, individuellen Sprache zu denken?

Als sich Maigret zum Beispiel dem englischen Inspektor auf dem Gang zugesellte, kam das für jenen so unerwartet, dass er keine Zeit mehr hatte, das Entzücken auszuwischen, das man in seinem Gesicht lesen konnte. War es reine Scham, weil einen Beamten von Scotland Yard der Sonnenaufgang in einer der schönsten Landschaften der Welt nicht zu kümmern hat? Oder hielt es der Engländer für ungehörig, vor einem Fremden seine Bewunderung zu zeigen?

Maigret hatte das innerlich sofort als einen Punkt für sich gebucht.

Als sie dann im Speisewagen saßen, konnte sich Monsieur Pyke seinerseits einen Punkt zuschreiben, und das mit vollem Recht. Es war kaum der Rede wert. Monsieur Pyke hatte nur ein bisschen die Nase gerümpft, als man ihm die

Eier mit Speck servierte, die bestimmt lange nicht so gut wie in seiner Heimat waren.

»Sie kennen das Mittelmeer nicht, Monsieur Pyke?«

»Ich verbringe meinen Urlaub meistens in Sussex. Einmal war ich allerdings in Ägypten. Das Meer war grau und stürmisch, und während der ganzen Überfahrt hat es geregnet.«

Maigret, der den Süden Frankreichs eigentlich gar nicht so besonders mochte, meinte plötzlich, ihn verteidigen zu müssen.

Der nächste Punkt war höchst zweifelhaft: Der Kellner, der den Kommissar erkannte – er hatte ihn wohl schon anderswo bedient –, kam gleich nach dem Frühstück auf ihn zu und fragte leise: »Ein kleines Schnäpschen, wie gewöhnlich?«

Der Inspektor jedoch hatte erst gestern oder vorgestern vollkommen ernsthaft bemerkt, dass ein englischer Gentleman vor dem späten Nachmittag keine harten Getränke zu sich nähme.

Die Ankunft in Hyères war unbestreitbar eine gewonnene Runde für Maigret. Die Palmen rings um den Bahnhof standen unbeweglich in einer wahren Wüstensonne. An diesem Morgen schien ein großer Markt, eine Kirmes oder ein Fest stattzufinden; die zahllosen Karren, die kleinen und die großen Lastwagen wirkten wie lebendige Pyramiden aus frischem Obst und Blumen.

Monsieur Pyke verschlug es ebenso wie Maigret fast den Atem. Man spürte richtig, dass man einen Schritt in eine andere Welt tat, und es war fast peinlich, diese Welt in den dunklen Kleidern zu betreten, die noch am Abend vorher in den verregneten Straßen von Paris so angebracht gewesen waren.

Man hätte wie Inspektor Lechat einen hellgrauen Anzug und ein Hemd mit offenem Kragen tragen und ein sonnenverbranntes Gesicht haben müssen. Maigret hatte ihn nicht sofort wiedererkannt, denn er erinnerte sich mehr an seinen Namen als an sein Äußeres. Lechat, der sich zwischen den Gepäckträgern hindurchzwängte, sah fast wie ein Junge aus. Er war klein und mager, trug keine Kopfbedeckung, und seine Füße steckten in Leinensandalen.

»Hier lang, Chef!«

War das ein Pluspunkt? Dieser Teufel von Monsieur Pyke registrierte ja alles in seinem Kopf, aber was er in die positive Spalte eintrug und was in die negative, war schwer zu sagen. Nach den Vorschriften hätte Lechat Maigret mit ›Herr Kommissar‹ anreden müssen, denn er gehörte nicht zu seiner Abteilung. Doch es gab wenige Polizisten in Frankreich, die dem Vergnügen widerstehen konnten, ihn mit herzlicher Vertrautheit ›Chef‹ zu nennen.

»Monsieur Pyke, Sie kennen Inspektor Lechat nun ja bereits. Lechat, das ist Monsieur Pyke von Scotland Yard.«

Lechat war so intensiv mit dem Fall Marcellin beschäftigt, dass es ihn keineswegs überrascht hätte, wenn er sich zu einer internationalen Affäre ausgeweitet hätte.

»Monsieur Pyke ist in Frankreich, um unsere Arbeitsmethode zu studieren.«

Während sie sich durch die Menge drängten, fragte sich Maigret, wieso Lechat so merkwürdig ging, immer zur Seite schielte, ja, sich geradezu den Hals verrenkte.

»Wir sollten uns beeilen, mein Wagen steht vor der Tür.«

Es war das kleine Dienstauto. Erst als sie im Wagen saßen, seufzte der Inspektor: »Ich fürchte, Sie müssen sehr vorsichtig sein. Alle hier glauben, dass man es auf Sie abgesehen hat.«

Das hieß also, dass der kleine Lechat eben in der Menge sich alle Mühe gegeben hatte, Maigret zu beschützen.

»Soll ich Sie gleich zum Boot fahren? Oder haben Sie in Hyères noch etwas zu erledigen?«

Sie fuhren los. Die Landschaft war flach und öde. Links und rechts der Straße standen Tamarindenbäume, zwischen denen hier und dort eine Palme aufragte. Dann tauchten zur Rechten weiße Salinen auf. Es war alles so anders und fremd, als befände man sich plötzlich in Afrika. Unter dem tiefblauen Himmel regte sich kein Lüftchen.

»Was ist mit dem Mistral?«, fragte Maigret leicht ironisch.

»Gestern Abend hat er plötzlich aufgehört. Es war Zeit. Neun Tage lang hat er getobt, und das reicht, um alle wild zu machen.«

Maigret war skeptisch. Die Leute im Norden – und der Norden fängt etwa bei Lyon an – haben den Mistral nie ernst genommen. Monsieur Pykes ebenfalls gleichgültige Miene war deshalb zu entschuldigen.

»Niemand hat die Insel verlassen. Sie können also alle, die sich zum Zeitpunkt des Mordes an Marcellin dort aufhielten, verhören. Die Fischer waren in jener Nacht wegen des Sturmes nicht hinausgefahren. Ein Torpedoboot aus Toulon und mehrere Unterseeboote lagen vor der Insel auf Reede und machten Manöver. Ich habe mit der Admiralität telefoniert und mir offiziell bestätigen lassen, dass kein Boot ausgefahren ist.«

»Das bedeutet, dass der Mörder immer noch auf der Insel ist.«

»Sie werden's sehen.«

Lechat spielte den Erfahrenen, der Land und Leute kennt. Maigret musste die etwas unangenehme Rolle des Neulings übernehmen.

Nach einer halben Stunde hielt der Wagen auf einer Felsenspitze, auf der lediglich ein im provenzalischen Stil gebautes Gasthaus und ein paar rosa und blassblau gestrichene Fischerhäuschen standen.

Ein Punkt für Frankreich, denn man musste einfach hingerissen sein: Das Meer war von einem unglaublichen Blau, so wie man es sonst nur auf Ansichtskarten sieht. Am Horizont, inmitten der schillernden Meeresoberfläche, lag träumerisch eine Insel mit saftig grünen Hügeln und roten und gelben Felsen.

Am Ende des hölzernen Landungssteges wartete ein Fischerboot; es war bis auf eine schmale weiße Planke hellgrün angestrichen.

»Das ist für uns. Ich habe Gabriel gebeten, mich herüberzubringen und auf Sie zu warten. Das Linienschiff, die ›Cormoran‹, fährt nur um acht Uhr morgens und um fünf Uhr nachmittags. Gabriel ist ein Galli. Es gibt auf der Insel die Gallis und die Morins, und fast alle ihre Bewohner stammen aus einer dieser beiden Familien.«

Lechat trug die Koffer zum Boot; sie wirkten in seinen Händen viel größer. Der Motor lief schon. All das hatte etwas Unwirkliches, und Maigret konnte sich nur schwer vorstellen, dass er hier war, um einen Mord aufzuklären.

»Die Leiche wollten Sie doch sicher nicht sehen? Sie

wurde nach Hyères gebracht. Die Obduktion hat gestern früh stattgefunden.«

Die Entfernung von der Spitze von Giens bis Porquerolles betrug etwa drei Meilen. Je näher sie auf dem seidigen Wasser der Insel kamen, desto deutlicher traten ihre Konturen hervor: die Kaps, die Buchten, die im Grün versteckten ehemaligen Festungen und – genau in der Mitte der Insel und wie aus einem Kinderbaukasten zusammengestellt – eine kleine Anzahl heller Häuschen und ein weißer Kirchturm.

»Glauben Sie, dass ich mir dort eine Badehose kaufen kann?«, wollte der Engländer von Lechat wissen.

Maigret hatte daran gar nicht gedacht. Er beugte sich über den Bootsrand und konnte plötzlich bis auf den Meeresboden sehen, der unter ihnen dahinglitt. Ein leichtes Schwindelgefühl überkam ihn. Es war gut zehn Meter tief hier, aber das Wasser war so klar, dass man auch die geringsten Einzelheiten der Unterwasserwelt erkennen konnte. Eine richtige Landschaft erstreckte sich dort in der Tiefe: grünbewachsene Ebenen, Felshügel, Grotten, tiefe Abgründe und dazwischen immer wieder neue Fischbänke, die friedlich weidenden Herden glichen.

Ein wenig verlegen, als hätte man ihn bei einem kindlichen Spiel überrascht, blickte Maigret zu Monsieur Pyke hin. Und da konnte er einen weiteren Punkt für sich verbuchen: Der Inspektor von Scotland Yard starrte fast ebenso gebannt wie er selbst auf den Meeresgrund.

Das Bild einer Landschaft, die man zum ersten Mal sieht, nimmt man erst später so richtig in sich auf. Im ersten Moment erscheint alles fremd und sonderbar.

Links von dem winzigen Hafen eine Mole, rechts eine mit Strandkiefern bewachsene Felsspitze. Im Hintergrund, zwischen Palmen, Mimosen und Tamarinden, rote Dächer, weiße und rosa Häuser.

Hatte Maigret Mimosen schon anderswo als in den Körben der Pariser Blumenverkäuferinnen gesehen? Er konnte sich nicht mehr erinnern, ob die Mimosen schon geblüht hatten, als er vor einigen Jahren in Antibes und Cannes eine Untersuchung hatte durchführen müssen.

Eine Handvoll Leute wartete an der Mole. Ein paar Fischer saßen in ihren Kähnen, die in ihrer Farbenfreudigkeit an einen buntgeschmückten Weihnachtsbaum erinnerten.

Man schaute ihnen beim Anlegen zu. Vielleicht waren die Leute auf der Insel in mehrere Gruppen gespalten, aber mit solchen Details brauchte Maigret sich jetzt noch nicht zu befassen. Da war zum Beispiel dieser weißgekleidete Mann mit weißer Schirmmütze, der grüßend seine Hand an die Schläfe legte, den Maigret aber nicht gleich erkannte.

»Das ist Charlot«, flüsterte Lechat ihm zu.

Im Augenblick sagte ihm dieser Name gar nichts. Ein Hüne von einem Kerl mit bloßen Füßen, der kein Wort sprach, packte die Koffer auf seinen Karren und schob ihn auf den Dorfplatz zu. Maigret, Pyke und Lechat folgten ihm. Hinter ihnen gingen die Einheimischen. Ein merkwürdiges Schweigen herrschte.

Der Platz war groß und leer. Ringsum standen zwischen Eukalyptusbäumen bunte Häuser, und auf einer kleinen Anhöhe stand das gelbe Kirchlein mit dem weißen Glockenturm. Mehrere Cafés mit Terrassen verbargen sich im Schatten.

»Ich hätte Ihnen auch Zimmer im Grand Hotel reservieren können; es ist seit zwei Wochen geöffnet.«

Es war ein ziemlich großer Bau, der über dem Hafen aufragte, ein Mann in weißer Kochuniform stand vor der Tür.

»Ich hielt es aber für besser, Sie in der ›Arche Noah‹ unterzubringen – warum, das erkläre ich Ihnen gleich.«

Da hatte der Inspektor ja schon einiges zu erklären. Die Terrasse der ›Arche‹, die auf den Platz ging, war größer als die anderen. Sie war von einem Mäuerchen und Grünpflanzen umgeben. Im Innern war es angenehm kühl und ein wenig dunkel. Der scharfe Geruch aus der Küche und das Aroma des Weißweins stiegen einem sofort in die Nase. Ein Mann, ebenfalls in der Uniform eines Kochs, aber ohne Mütze, kam mit ausgestreckter Hand und einem strahlenden Lächeln auf sie zu.

»Ich freue mich, Sie willkommen heißen zu dürfen, Monsieur Maigret. Ich habe das beste Zimmer für Sie herrichten lassen. Darf ich Sie zu einem Gläschen von unserem hiesigen Weißwein einladen?«

Lechat flüsterte: »Das ist Paul, der Besitzer.«

Der Fußboden war mit roten Steinfliesen ausgelegt. Die Theke mit ihrer Zinnplatte sah aus wie die Theken in den Pariser Bistros. Der Weißwein war gut gekühlt, ein wenig herb, aber voller Würze.

»Auf Ihr Wohl, Monsieur Maigret. Ich hätte nicht zu hoffen gewagt, dass ich eines Tages die Ehre haben würde, Sie hier empfangen zu dürfen.«

Dass er diese Ehre einem Verbrechen zu verdanken hatte, störte ihn offenbar nicht weiter. Niemand schien sich um den Tod Marcellins Gedanken zu machen.

Die kleine Gruppe, die vorhin auf der Mole stand, befand sich jetzt auf dem Platz und näherte sich fast unmerklich der ›Arche Noah‹. Einige Leute ließen sich sogar auf der Terrasse nieder.

Alles in allem zählte für sie nur, Maigret leibhaftig vor sich zu sehen. Für sie war es genau dasselbe, als wäre ein berühmter Filmstar angekommen.

Machte er eine gute Figur? Sind die Leute von Scotland Yard bei Beginn einer Untersuchung sicherer? Monsieur Pyke beobachtete alles und sagte nichts.

»Ich würde mich gerne ein bisschen frisch machen«, seufzte Maigret, nachdem er zwei Gläser Weißwein getrunken hatte.

»Jojo! Zeig bitte Monsieur Maigret sein Zimmer! Geht Ihr Freund auch nach oben, Herr Kommissar?«

Jojo war das Hausmädchen. Sie war klein, ein dunkler Typ, mit festen, spitzen Brüsten unter ihrem schwarzen Kleid. Ein breites Lächeln stand ihr im Gesicht.

Im ganzen Haus roch es nach Bouillabaisse und Safran. Der Flur im ersten Stock war mit denselben Fliesen wie der Schankraum ausgelegt. Es gab nur drei oder vier Zimmer, und für den Kommissar war tatsächlich das schönste reserviert. Durch eines der Fenster konnte man auf den Dorfplatz sehen, durch das andere aufs Meer. Musste er es nicht Monsieur Pyke anbieten? Aber nein, es war schon zu spät. Er hatte bereits einen anderen Raum zugewiesen bekommen.

»Benötigen Sie noch etwas, Monsieur Maigret? Das Badezimmer befindet sich am Ende des Flurs. Warmes Wasser müsste da sein.«

Lechat war ihm gefolgt. Natürlich, das war ganz normal.

Dennoch bat Maigret ihn nicht in sein Zimmer, denn das wäre ihm als nicht sehr taktvoll seinem englischen Kollegen gegenüber erschienen. Dieser hätte sich nämlich einbilden können, dass man ihm etwas vorenthalten, ihn nicht voll und ganz an der Untersuchung teilnehmen lassen wolle.

»Ich komme in ein paar Minuten hinunter, Lechat.«

Er hätte gern ein freundliches Wort für den Inspektor gefunden, der sich seiner so umsichtig annahm. Er glaubte, sich zu erinnern, dass in Luçon viel von Lechats Frau gesprochen worden war, und so fragte er, in der Tür stehend, in herzlichem und freundschaftlichem Ton: »Wie geht es Ihrer lieben Frau?«

Der arme Junge fing an zu stammeln: »Wissen Sie es nicht? Sie ist abgehauen. Acht Jahre ist das jetzt schon her.«

Wie dumm von ihm! Plötzlich fiel es ihm wieder ein. Wenn in Luçon so oft von Madame Lechat die Rede gewesen war, so nur darum, weil sie ihren Mann nach Strich und Faden betrog.

Allein in seinem Zimmer, zog Maigret erst mal sein Jackett aus, dann streckte er sich vor dem Fenster, wusch sich die Hände und das Gesicht und legte sich kurz auf das Bett, wie um die Matratze auszuprobieren – sonst tat er nichts. Die Einrichtung war etwas altmodisch, aber freundlich, und auch hier spürte man den guten Duft der südlichen Küche, der in alle Winkel des Hauses drang. Er überlegte, ob er wegen der Hitze in Hemdsärmeln hinuntergehen sollte, doch dann kam er zu dem Schluss, dass dies zu sehr nach Urlaub aussehen würde, und er zog sein Jackett wieder an.

Unten saßen ein paar Leute an der Theke; es waren vor

allem Männer in Fischerkleidung. Lechat erwartete ihn an der Tür.

»Wollen Sie ein bisschen spazieren gehen, Chef?«

»Wir warten lieber erst auf Monsieur Pyke.«

»Der ist schon draußen.«

»Wo denn?«

»Im Wasser. Paul hat ihm seine Badehose geliehen.«

Unbewusst steuerten sie auf den Hafen zu – der sachte abschüssige Weg führte sie automatisch dorthin. Man ahnte, dass jedermann unwillkürlich immer diesen selben Weg nahm.

»Chef, ich glaube, Sie müssen sehr vorsichtig sein. Der Mörder von Marcellin hat etwas gegen Sie und ist hinter Ihnen her.«

»Wir warten besser, bis Monsieur Pyke aus dem Wasser kommt.«

Lechat deutete auf einen Kopf, der jenseits der Boote auftauchte. »Befasst er sich mit der Untersuchung?«

»Er nimmt daran teil. Wir dürfen nicht den Eindruck erwecken, dass wir hinter seinem Rücken etwas unternehmen.«

»Im Grand Hotel hätten wir mehr Ruhe gehabt. Im Winter ist es geschlossen, und es hat gerade erst wieder aufgemacht, obwohl noch kein Gast da ist. Man trifft sich jedoch bei Paul. Sein Lokal ist auch der Ausgangspunkt der ganzen Geschichte, denn dort war es, wo Marcellin von Ihnen gesprochen und behauptet hatte, dass Sie sein Freund seien.«

»Warten wir auf Monsieur Pyke.«

»Wollen Sie die Leute in seinem Beisein vernehmen?«

»Das werde ich wohl müssen.«

Lechat verzog das Gesicht, wagte aber keinen Protest.

»Wo wollen Sie sie vorladen? Außer dem Rathaus kommt kaum etwas in Betracht. Es besteht aus einem einzigen Raum, ausgestattet mit Bänken, einem Tisch, den Fahnen für den 14. Juli und einer Büste des Staatsoberhauptes. Der Bürgermeister führt den Kolonialwarenladen neben der ›Arche Noah‹. Sie können ihn gerade sehen, er schiebt dort hinten seinen Karren vor sich her.«

Monsieur Pyke tauchte neben einem vertäuten Kahn auf, schritt friedlich ans Ufer und schüttelte in der Sonne das Wasser von sich ab. »Das Wasser ist herrlich«, sagte er.

»Wenn es Ihnen recht ist, warten wir hier, bis Sie sich umgezogen haben.«

»Ich fühle mich äußerst wohl so.«

Damit konnte Monsieur Pyke wieder einen Punkt für sich verbuchen. In der Tat, er schien sich in der Badehose genauso wohl zu fühlen wie in seinem Anzug. Salzwassertropfen rannen an seinem mageren Körper herab. Er deutete auf eine schwarze Jacht, die draußen vor dem Hafen, einige Kabellängen entfernt, vor Anker lag. Man konnte die englische Flagge erkennen.

»Wer ist das?«

»Das Schiff heißt ›North Star‹«, erklärte Lechat. »Soll wohl so viel wie Nordstern bedeuten. Es kommt fast jedes Jahr hierher und gehört einer Mrs. Ellen Wilcox. Es gibt, glaube ich, auch eine Whiskymarke, die so heißt. Mrs. Wilcox ist die Besitzerin dieser Firma.«

»Ist sie jung?«

»Sie hat sich ganz gut gehalten. Sie lebt mit ihrem Sekretär, Philippe de Moricourt, und zwei Matrosen an Bord des

Schiffes. Es gibt noch einen Engländer auf der Insel, der allerdings das ganze Jahr hier verbringt. Sein Haus kann man von hier aus sehen. Das da hinten mit dem Minarett.«

Monsieur Pyke sah nicht so aus, als sei er sonderlich begeistert, hier auf Landsleute zu treffen.

»Es ist Major Bellam. Von den Einheimischen wird er nur Major, manchmal auch Teddy genannt.«

»Ich nehme an, dass er Major in der Indienarmee war?«

»Das weiß ich nicht.«

»Trinkt er viel?«

»Sehr viel, ja. Sie werden ihn heute Abend in der ›Arche‹ sehen. Sie werden dort übrigens alle antreffen, einschließlich Mrs. Wilcox und ihren Sekretär.«

»Waren sie dabei, als Marcellin seine kleine Rede hielt?«

Nur um etwas zu sagen, hatte Maigret diese Frage gestellt; in Wirklichkeit interessierte er sich bis jetzt noch für gar nichts.

»Ja, sie waren dabei. Es waren praktisch alle in der ›Arche‹, wie jeden Abend. In ein oder zwei Wochen, wenn der Touristenstrom beginnt, wird sich das Leben hier ändern. Gegenwärtig sind die Einheimischen schon nicht mehr, wie im Winter, ganz unter sich auf der Insel, aber die Saison hat noch nicht richtig begonnen. Bis jetzt sind lediglich die Stammgäste eingetroffen. Ich weiß nicht, ob Sie es verstehen. Die meisten kommen schon seit Jahren her und kennen jedermann. Der Major lebt seit acht Jahren in dem Minarett. Die Nachbarvilla gehört Monsieur Emile.«

Lechat blickte zögernd auf Maigret. Vielleicht empfand auch er vor dem Engländer so etwas wie patriotische Scham.

»Monsieur Emile?«

»Sie kennen ihn. Er jedenfalls kennt Sie. Er lebt zusammen mit seiner Mutter, der alten Justine, die zu den berühmtesten Frauen an der Küste zählt. Ihr gehören die Häuser ›Les Fleurs‹ in Marseille, ›Les Sirènes‹ in Nizza und noch zwei oder drei andere in Toulon, Béziers, Avignon …«

Hatte Monsieur Pyke verstanden, um was für Häuser es sich handelte?

»Justine ist neunundsiebzig Jahre alt. Ich glaubte, sie wäre älter, denn Monsieur Emile gibt sich für fünfundsechzig aus. Sie muss ihren Sohn also mit vierzehn Jahren bekommen haben. Das hat sie mir gestern auch bestätigt. Sie führen alle beide ein sehr ruhiges Leben, bekommen nie Besuch. Schauen Sie, dort ist Monsieur Emile gerade in seinem Garten, im weißen Anzug und mit Tropenhut. Er sieht aus wie eine weiße Maus. Er besitzt ein kleines Boot wie alle hier, aber er fährt kaum einmal weiter hinaus als bis ans Ende der Mole, wo er dann stundenlang mit dem Angeln von Goldmaidchen beschäftigt ist.«

»Was ist das?«, fragte Monsieur Pyke, dessen Haut allmählich trocknete.

»Die Goldmaid? Das ist ein sehr hübscher kleiner Fisch mit roten und blauen Flecken auf dem Rücken. Gebraten schmeckt er gar nicht schlecht, aber mit richtigem Fischfang hat das natürlich nichts zu tun. Verstehen Sie?«

»Ich verstehe.«

Sie stapften zu dritt über den Sand und kamen an den Rückseiten der Häuser entlang, die mit der Front auf den Dorfplatz zeigten.

»Es gibt noch einen kleinen Ganoven hier. Wahrscheinlich werden wir an seinem Nachbartisch essen. Es handelt sich um Charlot. Vorhin, als wir anlegten, hat er Sie gegrüßt, Chef. Ich habe ihn gebeten, auf der Insel zu bleiben, er hatte nichts dagegen. Es ist überhaupt merkwürdig, dass kein Mensch gefragt hat, ob er die Insel verlassen darf. Sie verhalten sich alle ganz ruhig, ganz brav.«

»Und die große Jacht?«

Im Hafen lag tatsächlich eine riesige weiße Jacht, die nicht besonders schön war und ganz aus Metall bestand. Sie nahm fast den ganzen Hafen ein.

»Die ›Alcyon‹? Sie ist das ganze Jahr über da. Sie gehört einem Fabrikanten aus Lyon, einem Monsieur Jaureguy, der sie höchstens mal eine Woche im Jahr benutzt. Und das auch bloß, um ganz alleine einen Steinwurf von der Insel entfernt zu baden. Die zwei Matrosen an Bord, zwei Bretonen, führen ein bequemes Leben.«

Erwartete der Engländer, dass Maigret sich Notizen machte? Dieser rauchte seine Pfeife, blickte gemütlich in die Gegend und hörte Lechat nur mit halbem Ohr zu.

»Sehen Sie das kleine grüne Schiff daneben, das so komisch gebaut ist? Es hat eine winzig kleine Kabine, aber es wird von zwei Leuten, einem Mann und einer Frau, bewohnt. Das Segel haben sie benutzt, um auf Deck ein Zelt aufzuschlagen, in dem sie meistens schlafen. Sie kochen und waschen sich auch auf dem Boot. Sie gehören aber nicht zu den Stammgästen der Insel. Eines Morgens sind sie dort vor Anker gegangen und seitdem geblieben. Er heißt Jef de Greef, ist Holländer und von Beruf Maler. Er ist erst vierundzwanzig Jahre alt. Sie werden ihn nachher sehen. Sie heißt Anna. Die beiden sind nicht verheiratet; ich habe ihre Papiere gesehen. Sie ist achtzehn. In Ostende geboren. Sie läuft immer halb nackt herum und manchmal sogar mehr als das. Gegen Abend baden die beiden immer splitternackt draußen am Ende des Landungssteges.«

Und speziell für Monsieur Pyke fügte Lechat noch hinzu: »Wenn ich den Fischern glauben kann, macht es Mrs. Wilcox in der Nähe ihrer Jacht übrigens genauso.«

Man beobachtete sie von weitem. In kleinen Gruppen standen die Leute herum und sahen aus, als ob sie den ganzen Tag nichts anderes zu tun hätten.

»Noch fünfzig Meter, dann können Sie Marcellins Boot sehen.«

Sie hatten sich ein gutes Stück vom Dorfplatz entfernt. Von diesem Teil des Hafens aus blickte man nun nicht mehr auf die Rückseiten der Häuser, sondern auf einzelne, im Grünen verborgene Villen.

»Bis auf zwei stehen alle Häuser leer«, erklärte Lechat. »Ich werde Ihnen sagen, wem sie gehören. In dem dort wohnt Monsieur Emile mit seiner Mutter. Ich hatte Sie ja schon auf das Minarett aufmerksam gemacht.«

Eine Stützmauer trennte die Gärten vom Meer. Jede Villa hatte ihre eigene kleine Anlegestelle. An einem der Stege war ein einheimisches Boot vertäut. Es war ungefähr sechs Meter lang und lief an beiden Enden spitz aus.

»Das ist Marcellins Kahn.«

Das Boot war schmutzig, und an Deck herrschte völlige Unordnung. Direkt an die Mauer war aus dicken Steinen eine Art Herd gebaut, auf dem ein Wasserkessel, vom Rauch geschwärzte Kanister und leere Weinflaschen standen.

»Stimmt es, dass Sie ihn gekannt haben, Chef? Ist er Ihnen in Paris begegnet?«

»Ja, in Paris.«

»Die Einheimischen wollen nicht glauben, dass er in Le Havre geboren ist. Alle sind überzeugt, dass er ein echter Südländer war. Er hatte den typischen Akzent. Ein komischer Kerl! Er lebte auf seinem Kahn. Von Zeit zu Zeit machte er eine Tour aufs Festland, wie er sich ausdrückte, das heißt, er legte mal in Giens, Saint-Tropez oder Le Lavendou an. Bei schlechtem Wetter schlief er in der Hütte, die Sie dort etwas oberhalb des Hafens sehen können. Die Fischer kochen dort ihre Netze aus. Er lebte äußerst bescheiden. Hin und wieder bekam er vom Metzger ein Stück Fleisch. Er fischte nicht oft, eigentlich nur im Sommer, wenn er Touristen herumfuhr. Es gibt ein paar solche Typen an der Küste.«

»Haben Sie die in England auch?«, wandte sich Maigret an Monsieur Pyke.

»Bei uns ist es dafür zu kalt. Wir kennen nur die Hafenstrolche, die an den Quais herumlungern.«

»Trank er?«

»Ja, Weißwein. Wenn man ihn mal für eine Arbeit brauchte, bezahlte man ihn mit einer Flasche Weißwein. Auch beim Boulespiel gewann er die eine oder andere Flasche, denn darin war er Meister. Den Brief habe ich im Boot gefunden. Ich gebe ihn Ihnen nachher. Er liegt im Bürgermeisteramt.«

»Keine sonstigen Papiere?«

»Sein Militärpass, die Fotografie einer Frau, damit hat sich's. Merkwürdig, dass er Ihren Brief aufgehoben hat, finden Sie nicht auch?«

So verwunderlich fand Maigret das gar nicht. Er hätte

gern mit Monsieur Pyke darüber gesprochen. Dessen Badehose war schon ziemlich trocken. Nun, er würde es sich für später aufheben.

»Wollen Sie einen Blick in die Hütte werfen? Ich habe sie abgeschlossen. Den Schlüssel habe ich bei mir. Ich werde ihn den Fischern zurückgeben müssen, denn sie brauchen die Hütte.«

Nein, von der Hütte wollte Maigret jetzt nichts wissen. Er hatte Hunger. Und außerdem wünschte er seinen englischen Kollegen so schnell wie möglich in einer weniger dürftigen Kleidung zu sehen. Ohne dass er einen genauen Grund dafür hätte angeben können, war ihm diese Aufmachung peinlich. Er war es nicht gewohnt, eine Ermittlung in Begleitung eines Mannes in Badehose durchzuführen.

Wieder mussten sie Weißwein trinken. Das gehörte entschieden zur Tradition der Insel. Monsieur Pyke zog sich in seinem Zimmer um und erschien dann ohne Krawatte und mit offenem Hemdkragen – wie Lechat. Obendrein hatte er noch die Zeit gefunden, sich – wahrscheinlich im Kolonialwarengeschäft des Bürgermeisters – ein Paar blaue Leinenschuhe zu besorgen.

Die Fischer hätten sie sicher gerne angesprochen, aber sie trauten sich noch nicht. Die ›Arche‹ hatte zwei Räume: den Schankraum mit der Theke und einen kleineren Saal mit Tischen, auf denen rotkarierte Decken lagen. Es war bereits für sie gedeckt. Zwei Tische weiter saß Charlot und verzehrte genüsslich seine Seeigel. Wieder legte er die Hand an die Schläfe, als er Maigret sah. Dann fragte er in gleichgültigem Ton:

»Wie geht's?«

Vor fünf oder sechs Jahren hatten sich die beiden in Maigrets Büro mehrere Stunden – oder war es eine ganze Nacht? – gegenübergesessen. Der Kommissar hatte seinen richtigen Namen vergessen. Er war überall unter dem Namen Charlot bekannt.

Charlot ging den verschiedensten Beschäftigungen nach: Er beschaffte den ›Nachwuchs‹ für die Bordelle an der Küste, schmuggelte Kokain und einiges andere, interessierte sich auch für Pferderennen und war bei den Wahlen einer der aktivsten Propagandisten an der Küste. Er achtete sehr auf sein Äußeres. Seine Gestik war wohlbedacht, er strahlte eine unerschütterliche Ruhe aus, und in seinen Augen sprühte ein kleiner Funke von Ironie.

»Mögen Sie die südliche Küche, Monsieur Pyke?«

»Ich kenne sie nicht.«

»Wollen Sie sie probieren?«

»Gerne.«

Paul, der Wirt der ›Arche‹, schlug vor: »Als Vorspeise ein paar Vögelchen? Ich habe sie heute Morgen ganz frisch bekommen.«

»Es sind Rotkehlchen.« Paul war so ungeschickt, dies dem Engländer zu verkündigen, als er ihm die Vögel servierte. Monsieur Pyke konnte nun nicht mehr anders, als voller Mitleid auf seinen Teller zu blicken.

»Sie müssen zugeben, Kommissar, dass ich brav gewesen bin.«

Ohne seine Mahlzeit zu unterbrechen, sprach Charlot halblaut über die Tische hinweg.

»Ich habe geduldig auf Sie gewartet. Ich habe den Inspektor nicht einmal gefragt, ob ich die Insel verlassen dürfte.«

Ein längeres Schweigen.

»Ich stehe Ihnen jederzeit zur Verfügung. Paul wird Ihnen bestätigen, dass ich an jenem Abend die ›Arche‹ nicht verlassen habe.«

»Haben Sie es eilig?«

»Inwiefern?«

»Sich zu rechtfertigen.«

»Ich bahne Ihnen den Weg, weiter nichts. Ich tue nur mein Bestes, damit Sie nicht allzu lange im Dunkeln tappen, denn das werden Sie erst mal. Ich kenne mich hier aus, das hier ist meine Heimat.«

»Kannten Sie Marcellin?«

»Wir haben hundertmal einen zusammen getrunken, wenn Sie das meinen. Stimmt es, dass Sie einen Mann von Scotland Yard dabeihaben?«

Spöttisch musterte er Monsieur Pyke wie einen sonderbaren Gegenstand.

»Das ist kein Fall für ihn, es ist nicht einmal einer für Sie, wenn ich meine Meinung dazu äußern darf. Sie wissen, dass ich nie krumme Dinger gedreht habe. Wir haben uns beide schon einmal darüber ausgesprochen. Wir haben uns gegenseitig keinen Ärger gemacht. Wie heißt doch dieser kleine rundliche Wachtmeister, der da noch in Ihrem Büro war? – Lucas! Wie geht es Lucas? – Paul! Jojo! ... He! ...«

Da niemand antwortete, ging er selbst in die Küche und kam kurz darauf mit einem Teller zurück, von dem ein starker Knoblauchduft aufstieg.

»Störe ich Sie vielleicht in Ihrer Unterhaltung?«

»Ganz und gar nicht.«

»Sonst bräuchten Sie mich nämlich nur höflich zu bitten,

den Mund zu halten. Ich bin jetzt gerade vierunddreißig Jahre alt. Um es genau zu sagen, ich bin es gestern geworden. Und da kennt man sich allmählich aus. Ich habe mit Ihren Kollegen, sei es in Paris, Marseille oder anderswo, einige Auseinandersetzungen gehabt. Sie sind mir gegenüber nicht immer korrekt gewesen, wir haben uns nicht immer verstanden, aber das eine wird Ihnen jeder sagen können: Nie hat sich Charlot die Hände schmutzig gemacht.«

Es stimmte, wenn man darunter verstand, dass er nie jemanden getötet hatte. Er hatte ein gutes Dutzend Verurteilungen auf dem Konto, aber es waren relativ harmlose Vergehen gewesen.

»Wissen Sie, warum ich regelmäßig hierherkomme? Klar, es gefällt mir hier, und Paul ist ein guter Kumpel. Aber da ist noch ein Grund. Schauen Sie mal in die Ecke links. Der Spielautomat. Er gehört mir, und ich besitze an die fünfzig weitere von Marseille bis Saint-Raphaël. Das ist nur leider nicht ganz legal, und hin und wieder machen mir die Herren auch Schwierigkeiten und beschlagnahmen ein oder zwei Apparate.«

Armer Monsieur Pyke! Trotz seines sensiblen Herzens hatte er die kleinen Vögelchen ganz aufgegessen. Jetzt schnupperte er mit sichtlichem Unbehagen an der Knoblauchsauce.

»Sie fragen sich, wieso ich so viel rede, stimmt's?«

»Bis jetzt habe ich mich noch gar nichts gefragt.«

»Es ist sonst auch nicht meine Art. Ich will es Ihnen trotzdem sagen. Hier, das heißt auf der Insel, sind zwei Leute, auf die die Sache notgedrungen zurückfallen wird, nämlich Emile und ich. Wir beide wissen, was gespielt wird.

Die Leute sind freundlich zu uns, vor allem, weil wir oft eine Runde ausgeben. Aber man zwinkert sich zu und redet leise miteinander: ›Das sind Kerle aus der Unterwelt.‹ Oder: ›Schau dir den an. Das ist ein Gangster!‹ Und sobald es irgendwo Schwierigkeiten gibt, wird uns die Schuld zugeschoben. Das habe ich längst spitz, und darum habe ich mich auch hübsch ruhig verhalten. Drüben an der Küste werde ich von Freunden erwartet, und ich habe nicht einmal versucht, mit ihnen zu telefonieren. Ihr kleiner Inspektor, der so ein liebes Kindergesicht hat, lässt mich nicht aus den Augen, und seit zwei Tagen juckt es ihn in den Fingern, mich einzubuchten. Na ja! Ich sage es nur, um Ihnen einen Schnitzer zu ersparen: Das wäre nicht gerecht. Das ist alles. Im Übrigen stehe ich Ihnen zu Diensten.«

Maigret, einen Zahnstocher im Mund, wartete, bis Charlot hinausgegangen war, ehe er seinen Kollegen von Scotland Yard leise fragte:

»Kommt es bei Ihnen drüben auch vor, dass Sie sich mit Ihrer Kundschaft anfreunden?«

»Nicht ganz so.«

»Wie meinen Sie das?«

»Wir haben nicht viele Leute vom Schlag dieses Herrn. Gewisse Dinge laufen bei uns anders, verstehen Sie?«

Warum musste Maigret an Mrs. Wilcox und ihren jungen Sekretär denken? Gewisse Dinge liefen in der Tat anders.

»Ich habe zum Beispiel lange Zeit – sagen wir mal freundschaftliche Beziehungen zu einem berühmten Juwelendieb gehabt. Bei uns gibt es viele Juwelendiebe. Das ist ein wenig unsere nationale Spezialität. Fast immer sind es gebildete Menschen, die die besten Schulen besucht haben und in eleganten Klubs verkehren. Wir haben dasselbe Problem wie Sie mit Leuten vom Schlag dieses Herrn oder jenem, den er Monsieur Emile genannt hat, nämlich sie auf frischer Tat zu ertappen. Vier Jahre lang habe ich mich an die Fersen dieses einen Diebes geheftet. Er wusste es. Oft kam es vor, dass wir in einer Bar zusammen bei einem Whisky saßen, und wir haben auch einige Partien Schach miteinander gespielt.«

»Haben Sie ihn dann gefasst?«

»Nie. Es ging damit aus, dass wir beide ein *gentlemen's agreement* abgeschlossen haben. Verstehen Sie den Ausdruck? Ich behinderte ihn beträchtlich bei seiner Arbeit, so sehr, dass er im letzten Jahr keinen neuen Coup versuchen konnte und es ihm wirklich erbärmlich schlechtging. Ich selber habe viel Zeit durch ihn verloren. Ich habe ihm geraten, seine Talente anderswo einzusetzen. So sagen Sie doch wohl?«

»Hat er sich nach New York begeben, um dort seine Juwelen zu stehlen?«

»Ich glaube, er ist in Paris«, berichtigte ihn Monsieur Pyke seelenruhig und griff seinerseits nach einem Zahnstocher.

Die zweite Flasche Inselwein, die Jojo unaufgefordert gebracht hatte, war mehr als zur Hälfte leer. Der Wirt erschien und schlug vor:

»Ein kleines Schnäpschen? Nach der Knoblauchsauce ist das obligatorisch.«

Es war nicht sehr warm, ja, fast kühl in dem Saal, während draußen auf dem Platz, wo die Luft von Fliegenschwärmen erfüllt war, eine drückende Sonne alles zu betäuben schien.

Charlot hatte – wohl zur Verdauung – mit einem Fischer eine Partie Boule begonnen, und ein halbes Dutzend Männer sahen dem Spiel zu.

»Werden Sie die Verhöre im Rathaus durchführen?«, erkundigte sich der kleine Lechat, der nicht im Geringsten müde zu sein schien.

Fast hätte Maigret gefragt: »Welche Verhöre?« Aber er durfte Monsieur Pyke nicht vergessen, der seinen Schnaps ohne Widerwillen trank.

»Im Rathaus, ja…«

Er hätte jetzt lieber Siesta gehalten.

3

Benoîts Sarg

Monsieur Félicien Jamet, der Bürgermeister (alle begnügten sich natürlich damit, ihn Félicien zu nennen), kam mit seinem Schlüssel und schloss ihnen die Tür ins Amtszimmer auf. Zweimal schon hatte Maigret, als er ihn den Platz überqueren sah, sich gefragt, was ihm an seiner Kleidung so ungewöhnlich erschien. Jetzt war es ihm plötzlich klar. Félicien trug nicht die gelbliche Krämerschürze, sondern den grauen Kittel der Eisenwarenhändler, vielleicht ja, weil er in seinem Laden auch Lampen, Petroleum, verzinkten Draht und Nägel verkaufte. Er trug ihn sehr lang, so dass er ihm fast bis an die Knöchel reichte. Ob er eine Hose darunter anhatte? Verzichtete er wegen der Hitze darauf? Wenn er überhaupt eine Hose anhatte, dann war sie jedenfalls kürzer als der Kittel, und so sah es aus, als ob der Bürgermeister im Nachthemd sei. Genauer gesagt – und das seltsame Käppchen auf seinem Kopf steigerte diesen Eindruck noch –, er hatte etwas Mittelalterliches an sich, und man konnte glauben, ihn schon irgendwo auf einem Kirchenfenster abgebildet gesehen zu haben.

»Messieurs, ich nehme an, dass Sie mich nicht brauchen?«

Sie standen in der Tür des verstaubten Zimmers. Maigret und Monsieur Pyke sahen sich ziemlich betroffen an, dann wanderte ihr Blick zu Lechat und schließlich zu Félicien.

Da stand doch tatsächlich auf dem Tisch, der bei den Versammlungen des Gemeinderats und bei den Wahlen benutzt wurde, ein Sarg aus rohem Holz, und er schien nicht mehr gerade neu zu sein. Als wäre es das Selbstverständlichste von der Welt, bat Monsieur Jamet sie:

»Würden Sie vielleicht mit anfassen, dann können wir ihn in seine Ecke stellen. Der Sarg gehört der Gemeinde. Wir sind gesetzlich dazu verpflichtet, für die Beisetzungen von bedürftigen Leuten zu sorgen. Aber wir haben nur einen Tischler auf der Insel, der schon sehr alt ist und langsam arbeitet. Und im Sommer, wenn es heiß ist, müssen die Leichen schnell unter die Erde.«

Er sprach, als wäre das eine ganz alltägliche Sache. Maigret blickte den Mann von Scotland Yard verstohlen an.

»Gibt es viele Bedürftige hier?«

»Einen, den alten Benoît.«

»Dann ist dieser Sarg also für Benoît bestimmt?«

»An sich, ja. Am Mittwoch jedoch haben wir in dem Sarg Marcellins Leichnam nach Hyères transportiert. Aber keine Bange, der Sarg ist desinfiziert worden.«

In dem Raum gab es nur Klappstühle, die aber recht bequem waren.

»Dann kann ich Sie jetzt alleine lassen, Messieurs?«

»Einen Moment noch! Wer ist Benoît?«

»Sie haben ihn sicher schon gesehen, wenn nicht, werden Sie ihn bestimmt noch sehen. Die Haare hängen ihm bis auf die Schultern, und er hat einen struppigen Bart. Moment mal, durch dieses Fenster können Sie ihn gerade sehen. Dahinten, dicht bei den Boulespielern, liegt er auf einer Bank und hält sein Mittagsschläfchen.«

»Ist er sehr alt?«

»Das weiß keiner so genau. Er selbst übrigens auch nicht. Er behauptet, er wäre schon fast hundert Jahre alt, aber das ist wohl nur Angeberei. Er besitzt keine Papiere. Sein richtiger Name ist unbekannt. Vor langer Zeit ist er auf die Insel gekommen, damals war Morin-Barbu, dem das Café an der Ecke gehört, noch ein junger Bursche.«

»Woher kam er?«

»Auch das weiß man nicht. Sicherlich aus Italien. Die meisten sind aus Italien gekommen. Gewöhnlich erkennt man an der Art, wie sie sprechen, ob sie aus Genua oder aus der Gegend von Neapel sind. Benoît aber hat seine eigene Sprache. Man kann ihn nur schwer verstehen.«

»Ist er etwas einfältig?«

»Wie bitte?«

»Ist er ein bisschen verrückt?«

»Ach was, schlau wie ein Fuchs ist er. Heute sieht er aus wie ein alter Patriarch. In ein paar Tagen, wenn die Feriengäste ankommen, wird er sich Bart und Haar scheren lassen. Das macht er jedes Jahr um diese Zeit. Und dann wird er auch wieder Köderwürmer fangen.«

Und wieder gab es etwas zu lernen.

»Köderwürmer?«

»Das sind Würmer mit einem sehr harten Kopf; man findet sie im Sand am Meeresufer. Die Fischer ziehen sie den anderen Ködern vor, weil sie fester am Angelhaken sitzen. Sie zahlen einen guten Preis dafür. Den ganzen Sommer über fängt Benoît diese Würmer, er steht dabei bis über die Knie im Wasser. In seinen jungen Jahren ist er Maurer gewesen. Er hat auf der Insel eine ganze Reihe Häuser gebaut.«

Maigret öffnete eilends das Fenster, um den Geruch nach Muff und Moder zu verscheuchen. Wahrscheinlich wurde das Zimmer nur am 14. Juli gelüftet, wenn Fahnen und Stühle zum Einsatz kamen.

Der Kommissar wusste eigentlich nicht recht, was er hier sollte. Er hatte absolut keine Lust, mit den Vernehmungen zu beginnen. Warum hatte er nur ja gesagt, als Inspektor Lechat es ihm vorgeschlagen hatte? Aus Feigheit wegen Monsieur Pyke? Weil man eine ordnungsgemäße Untersuchung eben mit Verhören beginnt? Machen sie es in England nicht ebenso? Würde man ihn ernst nehmen, wenn er auf der Insel umherstreifte wie jemand, der nichts anderes zu tun hat?

Doch gerade die Insel interessierte ihn im Augenblick, und nicht diese oder jene einzelne Person. Was zum Beispiel der Bürgermeister eben gesagt hatte, ließ in ihm eine ganze Reihe von noch verschwommenen Ideen aufkommen. Diese Männer hier fuhren in ihren kleinen Booten die Küste auf und ab, so wie man zu Hause auf einem Boulevard auf und ab ging. Das passte einfach nicht in das Bild, das man sich vom Meer machte. Das Meer, schien es ihm, hatte hier etwas Vertrautes an sich. Ein paar Meilen von Toulon entfernt begegnete man Leuten aus Genua oder Neapel, die ihre Heimat ohne viel Federlesens verlassen hatten, die in kleinen Gruppen in ihren Booten herübergeschippert waren, wobei sie sich unterwegs von Fischen ernährten. Ähnlich war es Marcellin ergangen. Man kam hier an, es gefiel einem, und man blieb. Vielleicht schrieb man nach Hause, um die Frau oder die Braut nachkommen zu lassen.

»Soll ich Ihnen einen nach dem anderen vorführen, Chef? Mit wem wollen Sie beginnen?«

Es war ihm egal.

»Ich sehe gerade den jungen de Greef mit seiner Freundin den Platz überqueren. Soll ich ihn holen?«

Man drängte ihn, und er wagte nicht zu protestieren. Er merkte, dass sein Kollege genauso arbeitsunlustig war wie er selbst, und das tröstete ihn ein wenig.

»Werden die Zeugen, die Sie vernehmen wollen, in aller Form vorgeladen?«, fragte Monsieur Pyke.

»Keineswegs. Sie kommen ganz gerne von alleine. Sie können aussagen oder die Aussage verweigern. Meistens reden sie lieber, aber sie könnten natürlich auch die Anwesenheit eines Anwalts verlangen.«

Es musste sich herumgesprochen haben, dass der Kommissar im Rathaus war, denn wie schon am Vormittag hatten sich kleine Gruppen auf dem Platz gebildet.

Ein ganzes Stück entfernt, unter den Eukalyptusbäumen, unterhielt sich Lechat angeregt mit einem Pärchen, das ihm schließlich folgte. Eine Mimose unmittelbar neben der Tür sandte ihren süßlichen Duft herein, was zusammen mit der modrigen Luft des Zimmers einen merkwürdigen Geruch ergab.

»Bei Ihnen wird das wahrscheinlich förmlicher zugehen, nehme ich an?«

»Nicht immer. Auf dem Lande oder in den kleinen Städten führt der Inspektor seine Vernehmungen oft im Hinterzimmer eines Gasthauses durch.«

Mit seiner gebräunten Haut, die seine blonden Haare erst recht betonte, sah de Greef aus wie ein Südseebewohner. Seine ganze Bekleidung bestand aus Shorts und Leinensandalen, während seine Begleiterin einen Pareo, wie ihn die

Frauen in der Südsee tragen, eng um den Körper geschlungen hatte.

»Sie möchten mich sprechen?«, fragte er misstrauisch.

»Kommen Sie nur herein«, beruhigte ihn Lechat. »Kommissar Maigret muss jeden vernehmen. Es ist eine reine Routinesache.«

Der Holländer sprach ein fast akzentfreies Französisch. Er hatte ein Netz in der Hand. Wahrscheinlich wollten die beiden gerade Einkäufe in dem Genossenschaftsladen machen, als der Inspektor sie angesprochen hatte.

»Leben Sie schon lange auf Ihrem Schiff?«

»Seit drei Jahren, warum?«

»Nur so. Sie sind Maler, wie ich höre. Verkaufen Sie Ihre Bilder?«

»Wenn sich die Gelegenheit dazu bietet.«

»Bietet sie sich oft?«

»Nur selten. Letzte Woche habe ich ein Bild an Mrs. Wilcox verkauft.«

»Kennen Sie sie gut?«

»Ich habe sie hier kennengelernt.«

Lechat sagte leise etwas zu Maigret. Er wollte wissen, ob er Monsieur Emile holen sollte, und der Kommissar nickte.

»Was ist sie für ein Mensch?«

»Mrs. Wilcox? Sie ist eine sehr amüsante Person.«

»Das heißt?«

»Nichts. Ich hätte sie genauso gut am Montparnasse kennenlernen können, denn sie verbringt den Winter immer in Paris. Wir haben festgestellt, dass wir gemeinsame Freunde haben.«

»Sind Sie viel am Montparnasse gewesen?«

»Ich habe ein Jahr in Paris gelebt.«

»Auf Ihrem Schiff?«

»Wir hatten am Pont-Marie festgemacht.«

»Sind Sie vermögend?«

»Ich habe nicht einen Sou.«

»Sagen Sie, wie alt ist Ihre Freundin eigentlich?«

»Achtzehneinhalb.«

Dem Mädchen hing das Haar ins Gesicht, und der enganliegende Pareo ließ deutlich die Formen ihres Körpers erkennen. Sie sah aus wie eine junge Wilde und blickte Maigret und Monsieur Pyke wütend an.

»Sie sind nicht verheiratet?«

»Nein.«

»Sind ihre Eltern dagegen?«

»Sie wissen, dass sie mit mir zusammenlebt.«

»Seit wann?«

»Seit zweieinhalb Jahren.«

»Das heißt, dass sie gerade sechzehn war, als sie Ihre Geliebte wurde.«

An dem Wort nahm offenbar keiner von den beiden irgendeinen Anstoß.

»Haben ihre Eltern nicht versucht, sie zurückzuholen?«

»Doch, mehrmals. Aber sie kam jedes Mal wieder.«

»Und so haben sie es schließlich aufgegeben?«

»Sie ziehen es vor, nicht mehr an ihre Tochter zu denken.«

»Wovon haben Sie in Paris gelebt?«

»Von Zeit zu Zeit habe ich ein Bild oder eine Zeichnung verkauft. Ich hatte Freunde.«

»Die Ihnen Geld liehen?«

»Manchmal. Zeitweise habe ich in den Markthallen Gemüse geschleppt und gelegentlich auch Prospekte verteilt.«

»Zog es Sie damals schon nach Porquerolles?«

»Ich wusste gar nicht, dass es diese Insel gibt.«

»Und wo wollten Sie hin?«

»Dahin, wo die Sonne schien.«

»Und was ist Ihr nächstes Ziel?«

»Ich will weiter weg.«

»Nach Italien?«

»Oder anderswohin.«

»Kannten Sie Marcellin?«

»Er hat mir geholfen, mein Schiff in Ordnung zu bringen, als es leck geworden war.«

»Waren Sie in der Nacht, in der er starb, in der ›Arche Noah‹?«

»Wir sind fast jeden Abend dort.«

»Was taten Sie an jenem Abend?«

»Wir spielten Schach, Anna und ich.«

»Monsieur de Greef, darf ich Sie nach dem Beruf Ihres Vaters fragen?«

»Er ist Richter in Groningen.«

»Sie wissen nicht, warum Marcellin getötet wurde?«

»Ich bin nicht neugierig.«

»Hat er mit Ihnen über mich geredet?«

»Wenn, dann habe ich nicht zugehört.«

»Besitzen Sie einen Revolver?«

»Wozu?«

»Sie haben mir nichts zu sagen?«

»Überhaupt nichts.«

»Und Sie, Mademoiselle?«

»Ich auch nicht.«

Sie wollten gerade hinausgehen, da rief er sie noch mal zurück.

»Eine Frage noch: Haben Sie augenblicklich Geld?«

»Ich habe Ihnen doch gesagt, dass ich ein Bild an Mrs. Wilcox verkauft habe.«

»Sind Sie an Bord ihrer Jacht gewesen?«

»Mehrmals.«

»Zu welchem Zweck?«

»Was macht man schon an Bord einer Jacht?«

»Ich weiß es nicht.«

In leicht verächtlichem Ton antwortete de Greef:

»Man trinkt. Wir haben getrunken. Sind wir jetzt fertig?«

Lechat hatte nicht weit gehen müssen, um Monsieur Emile zu finden. Die beiden Männer warteten ein paar Meter vor dem Rathaus an einem schattigen Plätzchen. Monsieur Emile sah älter als fünfundsechzig aus und machte einen äußerst gebrechlichen Eindruck. Er bewegte sich ganz vorsichtig, als fürchte er auseinanderzubrechen. Er sprach leise, wollte auch nicht einen Tropfen seiner Energie unnötig verschwenden.

»Treten Sie ein, Monsieur Emile. Wir kennen uns schon, nicht wahr?«

Und da Justines Sohn nach einem Stuhl schielte, fuhr Maigret fort:

»Sie können sich setzen. Kannten Sie Marcellin?«

»Sehr gut.«

»Hatten Sie ständig mit ihm zu tun? Seit wann?«

»Ich kann nicht genau sagen, seit wie vielen Jahren. Meine

Mutter wird sich wohl besser daran erinnern. Seit Ginette für uns arbeitet.«

Auf diesen Satz folgte ein kurzes Schweigen. Es war schon komisch, es war fast, als wäre inmitten der stillstehenden Luft des Raumes eine Blase geplatzt. Maigret und Monsieur Pyke blickten einander an. Was hatte Monsieur Pyke gesagt, als sie Paris verließen? Er hatte von Ginette gesprochen. Er hatte sich gewundert – diskret, wie er alles tat –, dass der Kommissar sich nicht erkundigt hatte, was aus ihr geworden war.

Nun, jetzt waren keine Nachforschungen mehr nötig, um etwas über ihren Verbleib zu erfahren. Monsieur Emile kam ganz selbstverständlich gleich in seinen ersten Worten auf Ginette zu sprechen, die einst von Maigret in ein Sanatorium geschickt worden war.

»Sie sagen, sie arbeitet für Sie? Ich nehme an, das soll heißen, in einem Ihrer Häuser?«

»In Nizza.«

»Einen Augenblick, Monsieur Emile. Ich bin Ginette vor etwa fünfzehn Jahren in der ›Brasserie des Ternes‹ begegnet, und damals war sie kein kleines Mädchen mehr. Wenn ich mich nicht täusche, war sie weit über die dreißig hinaus, und die Tuberkulose hat sie bestimmt nicht jünger gemacht. Sie muss jetzt im Alter von …«

»… zwischen fünfundvierzig und fünfzig Jahren sein.«

Und als wäre es das Natürlichste der Welt, fügte Monsieur Emile hinzu:

»Sie leitet ›Les Sirènes‹ in Nizza.«

Maigret sah jetzt lieber nicht zu Monsieur Pyke hinüber, in dessen Gesicht wahrscheinlich so viel Ironie lag, wie es seine gute Erziehung gerade noch zuließ. War Maigret nicht errötet? Jedenfalls wusste er, dass er vollkommen lächerlich dastand.

Denn schließlich hatte er damals den barmherzigen Samariter gespielt. Nachdem Marcellin ins Gefängnis gekommen war, hatte er sich um Ginette gekümmert, hatte sie – genau wie in einem Groschenroman – von der Straße geholt und sie in ein Sanatorium einweisen lassen. Er sah sie wieder deutlich vor sich: Erschreckend mager war sie, hatte fiebrige Augen und einen müden Zug um den Mund, so dass man sich fragen musste, wie die Männer sich mit ihr einlassen konnten. Er hatte zu ihr gesagt:

»Sie müssen etwas für sich tun, mein Kind.«

Und sie hatte gehorsam geantwortet:

»Das würde ich gerne, Herr Kommissar. Sie müssen nicht glauben, dass mir dieses Leben gefällt.«

Mit einem Anflug von Ungeduld musterte Maigret jetzt das Gesicht von Monsieur Emile.

»Sind Sie sicher, dass es sich um dieselbe Frau handelt? Damals war sie hochgradig schwindsüchtig.«

»Sie ist mehrere Jahre im Sanatorium gewesen.«

»Ist sie Marcellin treu geblieben?«

»Sie hat ihn kaum noch gesehen, wissen Sie. Sie hat sehr viel zu tun. Hin und wieder schickte sie ihm Geld, keine großen Beträge, er brauchte nicht viel.«

Monsieur Emile entnahm einer kleinen Schachtel eine Eukalyptuspastille, die er langsam lutschte.

»Besuchte er sie in Nizza?«

»Ich glaube nicht. Es ist ein elegantes Haus. Sie müssten es kennen.«

»Ist Marcellin ihretwegen in den Süden gekommen?«

»Ich weiß es nicht. Er war ein ulkiger Kerl.«

»Hält Ginette sich zurzeit in Nizza auf?«

»Sie hat uns heute Morgen aus Hyères angerufen. Sie hat in den Zeitungen von dem Verbrechen gelesen und ist nach Hyères gefahren, um sich um das Begräbnis zu kümmern.«

»Wissen Sie, in welchem Hotel sie wohnt?«

»Im ›Hôtel des Palmes‹.«

»Waren Sie am Abend des Mordes in der ›Arche‹?«

»Ich war kurz dort, um meinen Kräutertee zu trinken.«

»Sind Sie vor Marcellin gegangen?«

»Ja, sicher. Ich gehe nie später als zehn Uhr ins Bett.«

»Haben Sie ihn von mir sprechen hören?«

»Kann sein. Ich habe nicht darauf geachtet. Ich bin ein bisschen schwerhörig.«

»Wie stehen Sie zu Charlot?«

»Ich kenne ihn, aber wir haben nichts miteinander zu tun.«

»Warum?«

Monsieur Emile versuchte offensichtlich, etwas Delikates zu erklären:

»Es ist nicht die gleiche Welt, verstehen Sie?«

»Er hat nie für Ihre Mutter gearbeitet?«

»Es mag sein, dass er ihr hin und wieder Personal beschafft hat.«

»Aber reingelegt hat er sie nicht?«

»Ich glaube nicht.«

»Hat auch Marcellin Ihnen Personal beschafft?«

»Nein, mit so was hat er sich nicht befasst.«

»Sie wissen nichts?«

»Gar nichts. Ich kümmere mich kaum noch um die Geschäfte. Mein Gesundheitszustand erlaubt mir das nicht.«

Was hielt Monsieur Pyke von all dem? Gab es diese Monsieur Emiles auch in England?

»Ich werde vielleicht Ihre Mutter kurz aufsuchen.«

»Sie sind uns immer willkommen, Herr Kommissar.«

Lechat stand wieder draußen; diesmal in Begleitung eines jungen Mannes in weißen Flanellhosen, blaukarierter Jacke und Schiffsmütze.

»Monsieur Philippe de Moricourt«, stellte er vor. »Er ist gerade mit seinem kleinen Ruderboot herübergekommen.«

»Sie wünschen mich zu sprechen, Herr Kommissar?«

Er war ungefähr dreißig und sah, anders, als man hätte vermuten können, nicht sonderlich gut aus.

»Es handelt sich wohl um eine Formalität?«

»Setzen Sie sich.«

»Muss ich? Ich sitze so ungern.«

»Dann bleiben Sie halt stehen. Sie sind der Sekretär von Mrs. Wilcox?«

»Auf unbezahlter Basis, selbstverständlich. Sagen wir, ich bin ihr Gast und aus Freundschaft gelegentlich als Sekretär für sie tätig.«

»Schreibt Mrs. Wilcox ihre Memoiren?«

»Nein, warum fragen Sie mich das?«

»Kümmert sie sich persönlich um ihre Whisky-Fabrik?«

»Nicht im Geringsten.«

»Schreiben Sie ihre privaten Briefe?«

»Ich weiß nicht, worauf Sie hinauswollen.«

»Auf gar nichts, Monsieur Moricourt.«

»De Moricourt.«

»Wenn Sie Wert darauf legen. Ich versuchte nur, mir eine Vorstellung von Ihrer Arbeit zu machen.«

»Mrs. Wilcox ist nicht mehr ganz jung.«

»Eben.«

»Ich begreife nicht.«

»Es ist unwichtig. Sagen Sie, Monsieur de Moricourt – so ist es doch richtig, nicht wahr? –, wo haben Sie Mrs. Wilcox kennengelernt?«

»Ist das ein Verhör?«

»Nennen Sie es, wie Sie wollen.«

»Bin ich verpflichtet zu antworten?«

»Sie können auch warten, bis ich Sie offiziell vorlade.«

»Stehe ich unter Verdacht?«

»Nicht mehr und nicht weniger als alle anderen auch.«

Der junge Mann überlegte ein paar Sekunden, warf dann seinen Zigarettenstummel zur offenen Tür hinaus.

»Ich habe sie im Kasino in Cannes getroffen.«

»Ist das schon lange her?«

»Etwas mehr als ein Jahr.«

»Spielen Sie?«

»Ich habe gespielt. Auf diese Weise habe ich mein Geld verloren.«

»Waren Sie reich?«

»Die Frage finde ich indiskret.«

»Haben Sie schon einmal gearbeitet?«

»Ich war Attaché im Kabinett eines Ministers.«

»Der wahrscheinlich ein Freund Ihrer Familie war.«

»Woher wissen Sie das?«

»Kennen Sie den jungen de Greef?«

»Er war mehrmals an Bord. Wir haben ihm ein Bild abgekauft.«

»Mrs. Wilcox hat ihm ein Bild abgekauft?«

»Allerdings. Entschuldigen Sie.«

»Ist Marcellin auch an Bord der ›North Star‹ gewesen?«

»Das ist vorgekommen.«

»Als Gast?«

»Das ist schwer zu erklären, Herr Kommissar. Mrs. Wilcox ist ein sehr großzügiger Mensch.«

»Das kann ich mir denken.«

»Alles interessiert sie, vor allem hier am Mittelmeer, das sie über alles liebt und wo es von skurrilen Typen nur so wimmelt. Marcellin war unbestreitbar so ein Typ.«

»Bekam er etwas zu trinken?«

»Jedem Besucher wird etwas zu trinken angeboten.«

»Waren Sie in der Nacht des Verbrechens in der ›Arche‹?«

»Wir waren mit dem Major zusammen.«

»Wahrscheinlich noch so ein skurriler Typ, oder?«

»Mrs. Wilcox kennt ihn noch aus England. Es ist eine rein gesellschaftliche Bekanntschaft.«

»Haben Sie Champagner getrunken?«

»Der Major trinkt nur Champagner.«

»Sie waren alle drei sehr angeheitert?«

»Wir haben uns korrekt benommen.«

»Hat sich Marcellin zu Ihnen gesellt?«

»Sie haben sich alle mehr oder weniger zu uns gesellt. Kennen Sie Major Bellam noch nicht?«

»Dieses Vergnügen werde ich sicher bald haben.«

»Er ist die Großzügigkeit in Person. Wenn er in die ›Arche‹ kommt…«

»Geht er oft hin?«

»Ja. Und er spendiert dann fast immer eine Runde für alle. Jeder stößt mit ihm an. Er lebt schon so lange auf der Insel, dass er jedes Kind beim Vornamen kennt.«

»Marcellin ist also an Ihren Tisch gekommen und hat ein Glas Champagner getrunken?«

»Nein. Champagner war ihm zuwider. Er behauptete, das sei höchstens etwas für junge Fräuleins. Wir haben eine Flasche Weißwein für ihn bringen lassen.«

»Hat er sich gesetzt?«

»Natürlich.«

»Saßen noch andere Leute an Ihrem Tisch? Charlot, zum Beispiel?«

»Ja, natürlich.«

»Sie kennen seinen Beruf, wenn ich mal so sagen darf?«

»Er macht kein Hehl daraus, dass er zum Milieu gehört. Charlot, das ist auch so ein Typ.«

»Und trotzdem wurde er gelegentlich auf Ihre Jacht eingeladen?«

»Herr Kommissar, ich glaube, es gibt niemanden auf der Insel, der noch nicht dort war.«

»Selbst Monsieur Emile?«

»Er nicht.«

»Warum?«

»Ich weiß nicht. Ich kann mich nicht erinnern, jemals ein Wort mit ihm gewechselt zu haben. Er ist eher ein Einzelgänger.«

»Und er trinkt nicht.«

»In der Tat.«

»Denn an Bord wird viel getrunken, nicht wahr?«

»Es kommt vor. Das ist, soviel ich weiß, nicht verboten.«

»Saß Marcellin an Ihrem Tisch, als er anfing, von mir zu sprechen?«

»Das mag sein. Ich weiß es nicht mehr genau. Er erzählte wie immer Geschichten. Mrs. Wilcox liebte das. Er sprach von seinen Jahren im Zuchthaus.«

»Er ist nie im Zuchthaus gewesen.«

»Dann hat er es eben erfunden.«

»Um Mrs. Wilcox zu unterhalten. Er sprach also vom Zuchthaus. Hat er mich in diesem Zusammenhang erwähnt? War er betrunken?«

»Er war nie ganz nüchtern, vor allem abends. Da fällt mir was ein: Er hat gesagt, dass er wegen einer Frau verurteilt wurde.«

»Ginette?«

»Möglich, der Name kommt mir bekannt vor. Und dann hat er, glaube ich, behauptet, dass Sie sich ihrer angenommen hätten. Jemand hat gemurmelt: ›Maigret ist ein Bulle wie jeder andere auch.‹ Entschuldigen Sie bitte.«

»Macht nichts, reden Sie nur weiter.«

»Das ist alles. Daraufhin hat er begonnen, ein Loblied auf Sie zu singen, hat Sie seinen Freund genannt und gesagt, dass für ihn die Freundschaft etwas Heiliges sei. Wenn ich mich richtig erinnere, hat Charlot ihn deswegen gehänselt, und er hat sich darüber furchtbar aufgeregt.«

»Können Sie mir genau beschreiben, wie es dann endete?«

»Schlecht. Es war schon spät.«

»Wer ist als Erster gegangen?«

»Ich weiß es nicht. Paul hatte schon längst die Läden geschlossen. Er saß mit an unserem Tisch. Wir tranken noch eine letzte Flasche. Ich glaube, wir sind alle zusammen aufgebrochen.«

»Wer alles?«

»Der Major trennte sich von uns auf dem Platz, um zu seiner Villa zu gehen. Charlot, der in der ›Arche‹ wohnt, blieb da. Mrs. Wilcox und ich sind zur Anlegestelle gegangen, wo wir das Ruderboot zurückgelassen hatten.«

»Hatten Sie einen Matrosen bei sich?«

»Nein, die bleiben gewöhnlich an Bord. Es wehte ein starker Mistral, und das Meer war stürmisch. Marcellin schlug vor, uns zur Jacht zu bringen.«

»Er war also bei Ihnen, als Sie das Boot bestiegen?«

»Ja, aber er ist an Land geblieben und dann wohl in seine Hütte gegangen.«

»Somit wären Mrs. Wilcox und Sie die Letzten, die ihn lebend gesehen haben?«

»Abgesehen von seinem Mörder.«

»War die Fahrt zurück zur Jacht nicht mühsam für Sie?«

»Woher wissen Sie …?«

»Sie haben mir selbst gesagt, dass das Meer unruhig war.«

»Wir sind völlig durchnässt angekommen. Im Ruderboot stand das Wasser zwanzig Zentimeter hoch.«

»Haben Sie sich gleich schlafen gelegt?«

»Ich habe noch ein paar Grogs zum Aufwärmen gemacht, und danach haben wir noch eine Partie Gin Rummy gespielt.«

»Was bitte?«

»Das ist ein Kartenspiel.«

»Wie spät war es?«

»Ungefähr zwei Uhr morgens. Wir gehen nie früh schlafen.«

»Haben Sie nichts Außergewöhnliches gehört oder gesehen?«

»Bei dem Mistral konnte man gar nichts hören.«

»Werden Sie heute Abend in die ›Arche‹ kommen?«

»Wahrscheinlich ja.«

»Ich danke Ihnen.«

Maigret und Monsieur Pyke blieben einen Augenblick alleine. Der Kommissar blickte seinen Kollegen aus müden und geschwollenen Augen an. Er hatte den Eindruck, dass dies alles nichts erbrachte, dass man die Sache anders hätte anfassen müssen. Er hätte zum Beispiel lieber auf dem Platz in der Sonne gesessen, seine Pfeife geraucht und den Boule-Spielern zugeschaut, die eine große Partie begonnen hatten. Er wäre lieber im Hafen spazieren gegangen, um den Fischern beim Flicken ihrer Netze zuzuschauen. Er hätte lieber all jene Gallis und Morins kennengelernt, von denen Lechat ihm kurz erzählt hatte.

»Monsieur Pyke, ich nehme an, dass bei Ihnen die Untersuchungen in einer genau vorgeschriebenen Weise durchgeführt werden, nicht wahr?«

»Es kommt darauf an. Wir hatten zum Beispiel vor zwei Jahren in der Nähe von Brighton ein Verbrechen, das einen meiner Kollegen elf Wochen lang dort festgehalten hat. Er wohnte in einem Gasthof, verbrachte die Tage mit Angeln und trank abends zusammen mit den Einheimischen sein Ale.«

Genauso hätte Maigret es am liebsten gemacht, und nur

wegen dieses Monsieur Pyke hatte er darauf verzichtet! Als Lechat eintrat, war Maigret schlechter Laune.

»Der Major wollte nicht kommen«, meldete der Inspektor. »Er sitzt untätig in seinem Garten. Ich habe ihm gesagt, dass Sie ihn gerne sehen wollten, und er hat mir geantwortet, dass Sie nur vorbeizukommen und eine Flasche mit ihm zu trinken bräuchten.«

»Das ist sein gutes Recht.«

»Wen wollen Sie jetzt vernehmen?«

»Niemanden. Rufen Sie bitte in Hyères an; in der ›Arche‹ gibt es sicher ein Telefon. Fragen Sie nach Ginette im ›Hôtel des Palmes‹. Richten Sie ihr aus, dass ich mich sehr freuen würde, wenn ich mich mit ihr hier ein bisschen unterhalten könnte.«

»Wo treffe ich Sie wieder?«

»Ich weiß noch nicht. Wahrscheinlich am Hafen.«

Maigret und Monsieur Pyke überquerten langsam den Platz. Die Leute blickten ihnen nach – voller Misstrauen, hätte man meinen können, was aber nur daran lag, dass sie nicht wussten, wie sie sich dem berühmten Maigret gegenüber verhalten sollten. Er wiederum fühlte sich unter ihnen als Fremder. Aber er spürte, dass es nur eines kleinen Anstoßes bedurfte, bis hier jeder bald freimütig reden würde, zu freimütig vielleicht.

»Haben Sie nicht auch den Eindruck, Monsieur Pyke, ganz weit weg zu sein? Schauen Sie, dort hinten, zwanzig Bootsminuten entfernt, erkennt man Frankreich, und doch komme ich mir hier so verloren vor, als befände ich mich im Herzen Afrikas oder Südamerikas.«

Ein paar Kinder unterbrachen ihr Spiel, um ihnen nachzuschauen. Sie kamen jetzt zum Grand Hotel, erreichten den Hafen, und da stieß auch Lechat schon wieder zu ihnen.

»Ich konnte sie nicht erreichen«, sagte er. »Sie ist weggefahren.«

»Ist sie nach Nizza zurückgekehrt?«

»Wahrscheinlich nicht, denn sie hat dem Hotelbesitzer gesagt, dass sie morgen früh rechtzeitig zur Beerdigung zurück sei.«

An der Mole schaukelten die kleinen bunten Boote; davor lag, fast den ganzen Hafen einnehmend, die große Jacht, und weiter hinten, nahe einer Felsenklippe, die ›North Star‹. Doch die Leute schauten auf ein anderes Schiff, das sich näherte.

»Das ist die ›Cormoran‹«, erklärte Lechat. »Es muss also gleich fünf Uhr sein.«

Ein junger Bursche, auf dessen Mütze in Goldbuchstaben *Grand Hotel* stand, wartete mit einem Gepäckkarren auf Kundschaft. Das kleine weiße Schiff kam näher, an seinem Bug bildete das Wasser einen silbernen Schnurrbart. Maigret erkannte sofort eine Frauengestalt, die vorne auf dem Deck stand.

»Das wird Ginette sein, die Sie hier treffen will«, sagte der Inspektor. »Jeder in Hyères wird wissen, dass Sie hier sind.«

Es war ein seltsames Schauspiel, wie die Personen auf dem Schiff allmählich größer wurden, sich, wie auf einer Fotoplatte, immer deutlicher abzeichneten. Verwirrend für Maigret war vor allem eine recht beleibte, stattlich aussehende Dame, die, ganz in Seide gekleidet, stark geschminkt und wahrscheinlich ebenso stark parfümiert, die Züge Ginettes trug.

Doch war er, als er sie in der ›Brasserie des Ternes‹ kennenlernte, nicht auch schlanker gewesen, und empfand nicht auch sie jetzt dieselbe Enttäuschung, als sie ihn vom Deck der ›Cormoran‹ aus sah? Man musste ihr beim Aussteigen behilflich sein. Außer ihr waren nur noch Baptiste, der Kapitän, der stumme Matrose und der Briefträger an Bord. Der Junge mit der goldbesetzten Mütze wollte ihr Gepäck ergreifen.

»In die ›Arche Noah‹«, sagte sie.

Sie kam auf Maigret zu, zögerte dann aber, vielleicht wegen Monsieur Pyke, den sie nicht kannte.

»Man hat mir mitgeteilt, dass Sie hier sind. Ich nahm an, dass Sie mich sprechen wollten. Armer Marcel! ...«

Sie sagte nicht Marcellin, wie die anderen. Sie spielte nicht die große Leidtragende. Sie war ein reifer, sanfter, stiller Mensch geworden, und ein leises, schmerzliches Lächeln lag in ihrem Gesicht.

»Wohnen Sie auch in der ›Arche‹?«

Lechat nahm ihren Koffer. Sie schien die Insel zu kennen, schritt ruhig, ohne Hast dahin, wie jemand, der leicht außer Atem kommt oder nicht für die frische Luft geschaffen ist.

»In der Zeitung *Le Petit Var* wird behauptet, er sei ermordet worden, weil er von Ihnen gesprochen hat. Glauben Sie das?«

Hin und wieder warf sie einen zugleich neugierigen und unruhigen Blick auf Monsieur Pyke.

»Sie können ruhig vor ihm sprechen. Er ist ein Freund,

ein englischer Kollege, der für einige Tage zu Besuch gekommen ist.«

Sie grüßte den Mann von Scotland Yard ganz in der Art der Frau von Welt und seufzte mit einem kurzen Blick auf Maigrets beträchtlichen Umfang: »Ich habe mich verändert, nicht wahr?«

4

Ginettes Verlobung

Es war ein seltsamer Anblick, wie sie in einer Anwandlung von Scham ihren Rock zusammenraffte, weil die Treppe steil war und Maigret hinter ihr ging.

Sie hatte die ›Arche‹ wie ihr Zuhause betreten und mit selbstverständlicher Miene gesagt:

»Hast du noch ein Zimmer für mich, Paul?«

»Du musst dich aber mit dem kleinen Raum neben dem Badezimmer begnügen.«

Dann hatte sie sich an Maigret gewandt:

»Wollen Sie nicht einen Augenblick mit hinaufkommen, Herr Kommissar?«

In dem Haus, das sie in Nizza leitete, hätten diese Worte zweideutig geklungen, hier aber nicht. Dennoch verstand sie Maigrets Zögern falsch, denn dieser hielt in seinem Stolz weiter daran fest, dass Monsieur Pyke voll und ganz an der Untersuchung teilnahm. Ein paar Sekunden lang setzte sie ein fast professionelles Lächeln auf.

»Ich bin nicht gefährlich, wissen Sie.«

Zu Maigrets Erstaunen sprach der Inspektor von Scotland Yard plötzlich englisch; war es aus Taktgefühl? Nur ein einziges Wort richtete er an seinen französischen Kollegen: »Please…«

Voran ging Jojo mit dem Koffer die Treppe hinauf. Sie trug

ein sehr kurzes Kleidchen, so dass man ihren rosa Schlüpfer sehen konnte, der sich um ihren kleinen Hintern spannte. Wahrscheinlich presste Ginette deshalb ihren Rock so an sich. Außer dem Bett gab es nur noch einen Rohrstuhl als Sitzgelegenheit. Es war das kleinste Zimmer von allen, und durch das kleine Dachfenster drang nur wenig Licht. Ginette setzte ihren Hut ab und ließ sich mit einem Seufzer der Erleichterung auf die Bettkante fallen. Sie zog ihre Schuhe mit den sehr hohen Absätzen aus und massierte ihre schmerzenden Füße, die in Seidenstrümpfen steckten.

»Macht es Ihnen etwas aus, dass ich Sie gebeten habe, mit mir heraufzukommen? Aber unten kann man nicht sprechen, und nach Spazierengehen war mir nicht zumute. Schauen Sie sich meine Knöchel an, sie sind ganz geschwollen! Sie können ruhig Ihre Pfeife rauchen, Herr Kommissar.«

Sie fühlte sich nicht recht behaglich. Man spürte, dass sie nur redete, um etwas zu sagen, um Zeit zu gewinnen.

»Sind Sie mir sehr böse?«

Obwohl er genau verstanden hatte, versuchte auch er, Zeit zu gewinnen, und entgegnete:

»Worüber?«

»Ich weiß sehr wohl, dass Sie enttäuscht gewesen sind. Dabei war es nicht einmal so sehr mein Fehler. Dank Ihnen habe ich im Sanatorium die glücklichsten Jahre meines Lebens verbracht. Ich brauchte mir um nichts Sorgen zu machen. Es gab dort einen Arzt, der Ihnen ein wenig ähnelte und der sehr liebenswürdig zu mir war. Er brachte mir Bücher. Ich las den ganzen Tag. Bevor ich dorthin kam, war ich ein ganz unwissendes Geschöpf. Wenn ich in den Büchern etwas nicht verstand, erklärte er es mir. Haben Sie nicht eine

Zigarette für mich? … Macht nichts, es ist sowieso besser, wenn ich nicht rauche.

Fünf Jahre bin ich im Sanatorium gewesen, so dass ich schließlich geglaubt habe, ich würde mein ganzes Leben dort verbringen. Es gefiel mir gut da. Im Gegensatz zu den anderen Patienten hatte ich überhaupt nicht das Verlangen, entlassen zu werden. Als man mir mitteilte, dass ich geheilt sei und gehen könne, war ich mehr erschrocken als froh, das schwöre ich Ihnen. Vom Sanatorium aus konnte man über ein ganzes Tal sehen, über dem fast immer ein leichter Nebel, manchmal auch dicke Wolken hingen. Ich hatte Angst, dort hinunterzugehen. Ich wäre gerne als Krankenschwester geblieben, aber ich hatte nicht die nötigen Kenntnisse, und für die Hausarbeit oder als Küchenhilfe war ich körperlich nicht kräftig genug. Was hätte ich draußen machen können? Ich war gewohnt, dreimal am Tag zu essen, und ich wusste, dass ich das bei Justine finden würde.«

»Warum sind Sie gerade heute gekommen?«, fragte Maigret in ziemlich kühlem Ton.

»Habe ich es Ihnen noch nicht gesagt? – Ich bin zuerst nach Hyères gefahren. Ich wollte nicht, dass der arme Marcel ohne jedes Geleit beerdigt würde.«

»Liebten Sie ihn immer noch?«

Sie machte ein etwas verlegenes Gesicht.

»Ich glaube, ich habe ihn wirklich geliebt. Ich habe Ihnen viel davon erzählt, als Sie sich damals, nach seiner Verhaftung, um mich kümmerten. Er war kein schlechter Mensch, wissen Sie. Im Grunde genommen war er eher naiv, fast schüchtern, könnte man sagen. Und gerade weil er so schüchtern war, wollte er den anderen in nichts nachstehen.

Nur, er übertrieb es eben. Da oben im Sanatorium ist mir das alles klargeworden.«

»Und Sie haben aufgehört, ihn zu lieben?«

»Ich habe ihn nicht mehr auf die gleiche Weise geliebt. Ich habe andere Leute kennengelernt. Ich hatte Vergleichsmöglichkeiten. Der Doktor half mir, vieles zu begreifen.«

»Waren Sie in den Doktor verliebt?«

Sie lächelte ein wenig nervös.

»Ich denke, in einem Sanatorium ist man immer mehr oder weniger in seinen Arzt verliebt.«

»Schrieb Marcel Ihnen?«

»Ab und zu.«

»Hoffte er, wieder mit Ihnen zusammenzuleben?«

»Die erste Zeit, glaube ich, ja. Dann hat auch er sich verändert. Aber wir beide veränderten uns nicht in derselben Richtung. Er ist sehr schnell gealtert, fast von einem Tag auf den anderen. Ich weiß nicht, ob Sie ihn wiedergesehen haben. Früher war er eitel und sehr auf sein Äußeres bedacht. Er war stolz. Das hat angefangen, als er durch einen Zufall an die Küste kam.«

»Hat er Ihnen die Arbeit bei Justine und Emile vermittelt?«

»Nein. Ich kannte Justine dem Namen nach und habe mich bei ihr vorgestellt. Sie hat mich probeweise als ihre Stellvertreterin engagiert, denn zu etwas anderem war ich nicht mehr gut. Ich bin viermal operiert worden und habe den Körper voller Narben.«

»Ich habe gefragt, warum Sie heute gekommen sind.«

Unermüdlich kam er auf diese Frage zurück.

»Als ich erfuhr, dass Sie den Fall untersuchen, war ich

überzeugt, dass Sie sich an mich erinnern und mich suchen lassen würden. Und das hätte Sie wahrscheinlich Zeit gekostet.«

»Wenn ich richtig informiert bin, so hatten Sie seit Ihrer Entlassung aus dem Sanatorium keine Beziehung mehr zu Marcel, aber Sie schickten ihm Geld.«

»Manchmal. Er sollte es ein bisschen gut haben. Er ließ sich zwar nichts anmerken, aber manchmal hatte er es recht schwer.«

»Hat er Ihnen das gesagt?«

»Er hat mir gesagt, er sei ein Versager, sei es immer gewesen, es hätte bei ihm nicht einmal dazu gereicht, ein richtiger Schurke zu werden.«

»Ist das in Nizza gewesen?«

»Er hat mich nie in ›Les Sirènes‹ besucht. Er wusste, dass es verboten ist.«

»Hier?«

»Ja.«

»Kommen Sie oft nach Porquerolles?«

»Fast jeden Monat. Justine ist mittlerweile zu alt, um in ihren Häusern selbst nach dem Rechten zu sehen, und Monsieur Emile ist nie gerne gereist.«

»Sie übernachten hier in der ›Arche‹?«

»Immer.«

»Warum gibt Justine Ihnen nicht ein Zimmer in ihrem Haus? Die Villa ist doch ziemlich geräumig.«

»Sie würde nie eine Frau unter ihrem Dach schlafen lassen.«

Er spürte, dass er einen empfindlichen Punkt berührte, aber Ginette ging immer noch nicht ganz aus sich heraus.

»Hat sie Angst um ihren Sohn?«, scherzte Maigret, während er sich eine neue Pfeife anzündete.

»Ja. Es mag Ihnen komisch vorkommen, aber es ist trotzdem wahr. Er hat immer an ihrem Rockzipfel hängen müssen, darum hat er auch einen eher mädchenhaften Charakter. Trotz seines Alters behandelt sie ihn immer noch wie ein Kind. Ohne ihre Erlaubnis darf er nichts tun.«

»Liebt er Frauen?«

»Er hat eher Angst vor ihnen. Ich meine, im Allgemeinen. Er ist nie darauf aus gewesen, wissen Sie. Und er war auch nie ganz gesund. Er verbringt seine Zeit damit, sich zu kurieren, alle möglichen Medikamente einzunehmen und medizinische Bücher zu lesen.«

»Was haben Sie mir noch zu sagen, Ginette?«

»Wie meinen Sie das?«

»Warum sind Sie heute gekommen?«

»Aber das habe ich Ihnen doch gesagt!«

»Nein.«

»Ich nahm an, dass Sie sich auch mit Monsieur Emile und seiner Mutter befassen würden.«

»Das müssen Sie mir genauer erklären.«

»Sie sind ja nicht so wie die anderen Polizisten, aber trotzdem, wenn etwas Scheußliches passiert, werden doch immer zuerst die Leute aus einem gewissen Milieu verdächtigt.«

»Und Sie wollten mir mitteilen, dass Monsieur Emile nichts mit Marcels Tod zu tun hat.«

»Ich wollte Ihnen erklären …«

»Mir was erklären?«

»Marcel und ich, wir sind gute Freunde geblieben, aber von einem Zusammenleben war nicht mehr die Rede. Er dachte nicht mehr daran. Ich glaube, er hatte gar kein Verlangen mehr danach, verstehen Sie. Er liebte die Existenz, die er sich geschaffen hatte. Er hatte gar keine Verbindung mehr zum Milieu. Übrigens, vorhin habe ich Charlot gesehen…«

»Kennen Sie ihn?«

»Ich bin ihm hier öfters begegnet. Manchmal haben wir am selben Tisch gegessen. Er hat mir Frauen verschafft.«

»Haben Sie damit gerechnet, dass Sie ihn heute in Porquerolles treffen würden?«

»Nein. Ich schwöre Ihnen, dass ich die Wahrheit sage. Ihre Art, Fragen zu stellen, bringt mich in Verlegenheit. Früher vertrauten Sie mir, Sie hatten ein wenig Mitleid. Freilich, jetzt ist nichts mehr an mir, was Mitleid erregen könnte, nicht wahr? Ich bin nicht einmal mehr schwindsüchtig!«

»Verdienen Sie viel Geld?«

»Nicht so viel, wie man vermuten könnte. Justine ist sehr knauserig, ebenso ihr Sohn. Es fehlt mir natürlich an nichts. Ich kann sogar ein bisschen Geld zur Seite legen, allerdings nicht genug, um damit ein Rentnerleben führen zu können.«

»Wir sprachen von Marcel.«

»Ich weiß nicht mehr, was ich gesagt habe. Ach, ja! Wie soll ich es Ihnen erklären? Als Sie ihn kennenlernten, versuchte er, den Gangster zu spielen. In Paris trieb er sich in Bars herum, in denen Typen wie Charlot und selbst Mörder verkehrten. Er tat so, als ob er zu diesen Banditen gehörte, und sie haben ihn nie ernst genommen…«

»Er war ein Halbstarker, mehr nicht!«

»Nun, ja. Das ist längst vorbei. Er traf diese Leute nicht

mehr, er lebte auf seinem Boot oder in seiner Hütte. Er trank viel. Er fand immer Mittel und Wege, an eine Flasche zu kommen. Meine Geldanweisungen halfen ihm. Ich weiß, was die Leute denken, wenn jemand wie er getötet wird …«

»Nämlich?«

»Sie wissen es auch. Sie denken, es habe mit dem Milieu zu tun, sei eine Abrechnung oder ein Racheakt. Nun, hier ist das nicht der Fall.«

»Das wollten Sie mir vor allem sagen, nicht wahr?«

»Seit einigen Minuten habe ich vollkommen den Faden verloren. Sie haben sich so sehr verändert. Verzeihen Sie, ich spreche nicht von Ihrem Aussehen …«

Er musste, ohne es zu wollen, über ihre Verlegenheit lächeln.

»Früher, selbst wenn Sie in Ihrem Büro am Quai des Orfèvres saßen, konnte man ganz vergessen, dass Sie Polizist sind.«

»Sie haben große Angst, dass ich die Leute aus dem Milieu verdächtigen könnte. Sie sind nicht zufällig in Charlot verliebt?«

»Ganz bestimmt nicht. Nach all den Operationen, die ich durchgemacht habe, tauge ich als Geliebte nicht mehr viel. Ich bin keine richtige Frau mehr, wenn Sie es unbedingt wissen wollen. Und Charlot interessiert mich nicht mehr als die anderen.«

»Und jetzt erzählen Sie mir, was Sie sonst noch wissen.«

»Warum meinen Sie, dass ich noch mehr zu sagen hätte? Ich gebe Ihnen mein Ehrenwort, dass ich nicht weiß, wer den armen Marcel umgebracht hat.«

»Aber Sie wissen, wer ihn nicht umgebracht hat?«

»Ja.«

»Sie wissen, wen ich verdächtigen könnte?«

»Nun gut, Sie würden es ja doch in den nächsten Tagen erfahren, falls Sie es noch nicht gehört haben. Ich hätte es Ihnen gleich gesagt, wenn Sie mich nicht auf diese kalte Art verhört hätten. Ich werde Monsieur Emile heiraten, so!«

»Wann?«

»Sobald Justine tot ist.«

»Warum müssen Sie erst ihren Tod abwarten?«

»Ich habe es Ihnen ja schon gesagt: Sie ist auf alle Frauen eifersüchtig. Ihretwegen hat er sich nicht verheiratet und auch nie eine Freundin genommen. Wenn er schließlich doch mal eine Frau brauchte, hat sie ihm eine möglichst harmlose ausgesucht und ihm obendrein noch tausend gute Ratschläge gegeben. Jetzt ist ihm das Verlangen ganz vergangen.«

»Dennoch hat er vor, zu heiraten?«

»Er hat eine Heidenangst vor dem Alleinsein. Solange seine Mutter noch lebt, ist er ruhig. Sie verhätschelt ihn wie ein Baby. Aber lange macht sie es nicht mehr. Höchstens noch ein Jahr.«

»Sagt das der Arzt?«

»Sie hat Krebs und ist zu alt, um eine Operation überstehen zu können. Auch er meint jeden Tag, dass er sterben müsse. Mehrmals am Tag leidet er unter Erstickungsanfällen, und er wagt sich nicht zu rühren, als ob die kleinste Bewegung verhängnisvoll für ihn werden könnte.«

»Und so hat er Ihnen einen Heiratsantrag gemacht?«

»Ja. Er hat sich vergewissert, dass ich auch genug bei Kräften bin, um ihn pflegen zu können. Er hat mich sogar zu mehreren Ärzten zur Untersuchung geschickt. Ich brauche Ihnen nicht zu sagen, dass Justine von alldem nichts weiß; sie hätte mich sonst schon längst vor die Tür gesetzt.«

»Und Marcel?«

»Ich habe es ihm gesagt.«

»Wie hat er darauf reagiert?«

»Gar nicht. Er fand, dass ich gut daran tat, mir meine alten Tage zu sichern. Ich glaube, die Vorstellung, dass ich hier leben würde, gefiel ihm sogar.«

»War Monsieur Emile nicht eifersüchtig auf Marcel?«

»Warum hätte er eifersüchtig sein sollen? Ich habe Ihnen schon gesagt, dass zwischen uns nichts mehr war.«

»Dann wollten Sie also hauptsächlich darüber mit mir reden?«

»Ich habe daran gedacht, dass Sie alles Mögliche vermuten würden und dass manches nicht zur Wirklichkeit gepasst hätte.«

»Dass zum Beispiel Marcel Monsieur Emile hätte erpressen können und dass dieser, um ihn loszuwerden …«

»Marcel hat niemanden erpresst, und Monsieur Emile würde lieber hungers sterben, als auch nur einem Huhn den Hals umzudrehen.«

»Sie waren also in den letzten Tagen nicht auf der Insel?«

»Das können Sie leicht nachprüfen.«

»Weil Sie das Haus in Nizza nicht verlassen haben, stimmt's? Das ist ein ausgezeichnetes Alibi.«

»Brauche ich eines?«

»Ich spreche als Polizist mit Ihnen, wie Sie vorhin bemerkten. Marcel hätte Ihnen trotz allem hinderlich sein können. Zumal Monsieur Emile ein dicker Brocken ist, ein sehr dicker Brocken. Wenn er Sie heiraten sollte, würde er Ihnen nach seinem Tod ein beträchtliches Vermögen hinterlassen.«

»Ein ziemlich beträchtliches, ja. Ich frage mich jetzt, ob es richtig von mir war, herzukommen. Ich hatte nicht geahnt, dass Sie so mit mir reden würden. Ich habe Ihnen alles offen gestanden.«

Ihre Augen glänzten, als wollte sie gleich anfangen zu weinen. Es war ein altes, schlecht zurechtgemachtes Gesicht, das Maigret mit dem Ausdruck eines schmollenden Kindes ansah.

»Machen Sie, was Sie wollen. Ich weiß nicht, wer Marcel getötet hat. Es ist eine Katastrophe.«

»Besonders für ihn.«

»Für ihn auch, ja. Aber er hat jetzt seine Ruhe. Wollen Sie mich festnehmen?«

Sie sagte das mit dem Anflug eines Lächelns, obwohl man ihr ansah, dass sie ängstlicher war, als sie zugeben wollte.

»Im Augenblick habe ich nicht die Absicht.«

»Kann ich morgen Vormittag zur Beerdigung gehen? Wenn Sie wollen, komme ich gleich danach zurück. Sie brauchen mir nur ein Boot an die Spitze von Giens zu schicken.«

»Vielleicht.«

»Sie werden Justine nichts sagen?«

»Nicht bevor es unbedingt notwendig ist, und ich glaube nicht, dass es so weit kommen wird.«

»Sind Sie mir böse?«

»Aber nein.«

»Doch. Ich habe es sofort gespürt, noch bevor ich von

Bord der ›Cormoran‹ ging, gleich als ich Sie gesehen habe. Ich habe Sie nämlich wiedererkannt. Ich war sehr bewegt, weil mir da ein ganzes Stück meines Lebens wieder lebendig wurde.«

»Ein Stück Leben, das Sie vermissen?«

»Vielleicht, ich weiß es nicht. Manchmal kommt es mir so vor.«

Sie erhob sich seufzend, ohne wieder in ihre Schuhe zu schlüpfen. Sie wollte ihr Korsett aufschnüren und wartete, dass der Kommissar ging.

»Tun Sie, was Sie wollen«, seufzte sie schließlich, als er die Hand nach der Türklinke ausstreckte.

Es gab ihm einen leisen Stich ins Herz, als er sie so zurückließ: einsam, alt und ängstlich. Die untergehende Sonne sandte ein paar Strahlen durch die kleine Luke in das enge Zimmer und tauchte alles, die Tapete und die Steppdecke, in einen rosa Schimmer, der so künstlich wie ihre Schminke wirkte.

»Einen Schluck Weißwein, Monsieur Maigret!«

Es entstand ein Lärm, und plötzlich kam Bewegung in den Raum. Die Boule-Spieler hatten ihre Partie auf dem Platz beendet und bevölkerten jetzt die Theke. Sie redeten sehr laut und mit starkem Akzent. Am Fenster in der Ecke des Speiseraums saßen sich Monsieur Pyke und Jef de Greef bei einem Schachspiel gegenüber. Sie waren ganz darin vertieft. Auf einer Bank neben ihnen saß Anna und rauchte mit einer langen Zigarettenspitze. Sie hatte sich angezogen; sie trug ein knappes Baumwollkleidchen, unter dem man ihre Nacktheit ebenso ahnen konnte wie unter dem Pareo.

Sie hatte einen ausgeprägten, überaus weiblichen Körper, der für Zärtlichkeiten wie geschaffen wirkte. Unwillkürlich stellte man sie sich im Bett vor.

De Greef hatte eine graue Flanellhose und einen blau-weiß gestreiften Matrosenpulli übergezogen. Die Füße steckten in den Leinensandalen, die von fast allen auf der Insel getragen wurden und die auch der so disziplinierte Monsieur Pyke als Erstes gekauft hatte.

Maigret sah sich nach dem Inspektor um, konnte ihn aber nirgends entdecken. Es half ihm nichts, er musste das Glas Weißwein annehmen, das Paul ihm hinschob. Die Leute an der Theke rückten zusammen, um ihm Platz zu machen.

»Nun, Kommissar?«

Man sprach ihn an, und er wusste, dass das Eis in wenigen Minuten gebrochen sein würde. Wahrscheinlich warteten die Inselbewohner schon seit dem Morgen auf diesen Augenblick, um endlich seine Bekanntschaft zu machen. Sie waren recht zahlreich versammelt, ein Dutzend mindestens, die meisten in Fischerkleidung. Zwei oder drei sahen etwas bürgerlicher aus, wahrscheinlich waren es Kleinrentner.

Egal, was Monsieur Pyke denken mochte – Maigret musste trinken.

»Mögen Sie unseren Inselwein?«

»Sehr.«

»Dabei behaupten die Zeitungen, dass Sie nur Bier trinken. Marcellin sagte, dass dies nicht stimmt, dass Sie ein Gläschen Calvados auch nicht verschmähten. Armer Marcellin. Auf Ihr Wohl, Kommissar!«

Paul, der Wirt, wusste, wie das in solchen Fällen weiterging, und behielt die Flasche in der Hand.

»Stimmt es, dass er Ihr Freund war?«

»Ich habe ihn früher gekannt, ja. Er war kein schlechter Kerl.«

»Bestimmt nicht. Ist es auch wahr, dass er, wie die Zeitungen schreiben, aus Le Havre kommt?«

»Ja, natürlich.«

»Mit seinem Akzent?«

»Als ich ihn vor ungefähr fünfzehn Jahren kennenlernte, hatte er keinen Akzent.«

»Hörst du das, Titin? Was habe ich immer gesagt?«

Die vierte Runde … die fünfte … man rief sich etwas zu, ohne weiter zu überlegen, was man sagte, nur so zum Vergnügen, wie Kinder, die Bälle in die Luft werfen.

»Worauf haben Sie heute Abend Lust, Kommissar? Es gibt natürlich Bouillabaisse. Aber vielleicht mögen Sie die nicht?«

Er schwor, dass er nichts anderes als Bouillabaisse mochte, und alle waren entzückt. Es war nicht der Moment, jeden Einzelnen in der Gruppe, die sich im wahllosen Durcheinander um ihn herumdrängte, persönlich kennenzulernen.

»Mögen Sie auch Pastis, den echten, der verboten ist? Eine Runde Pastis, Paul. Ja, doch. Der Kommissar wird nichts dagegen haben …«

Charlot saß auf der Terrasse, ebenfalls vor einem Pastis, und las Zeitung.

»Haben Sie schon eine Idee?«

»Eine Idee wovon?«

»Vom Mörder, versteht sich! Morin-Barbu, der auf der Insel geboren ist und sie seit siebenundsiebzig Jahren nicht verlassen hat, hat so was noch nie erlebt. Es gab Leute, die sich ertränkten. Vor fünf oder sechs Jahren versuchte eine Frau aus dem Norden, sich mit Schlaftabletten das Leben zu nehmen. Ein italienischer Matrose stieß Baptiste bei einem Streit ein Messer in den Arm. Aber ein Verbrechen, Kommissar, das hat es noch nie gegeben. Selbst bösartige Menschen werden hier sanft wie Lämmer.«

Alle lachten, wollten irgendetwas sagen, denn darauf kam es an: den Mund aufzumachen, zu reden, mit dem berühmten Kommissar anzustoßen.

»Sie werden alles besser verstehen, wenn Sie erst mal ein paar Tage hier sind. Sie sollten mit Ihrer Gattin Ihren Urlaub hier verbringen. Wir würden Ihnen das Boulespiel beibringen. Nicht wahr, Casimir? Casimir hat im letzten Jahr den Wettbewerb um den *Petit Provençal* gewonnen, Sie können sich denken, was das bedeutet.«

Die Kirche, vorhin noch in rosa Licht getaucht, bekam jetzt einen violetten Schimmer. Ganz allmählich verfärbte sich der Himmel in ein blasses Grün. Die Männer brachen nun einer nach dem anderen auf. Hin und wieder hörte man die schrille Stimme einer Frau, die von weitem rief: »He! Jules! … Die Suppe steht auf dem Tisch! …« Oder man sah einen kleinen Jungen, der seinen Vater abholen kam und ihn beherzt an der Hand nach Hause zog.

»Na, spielen wir noch eine Partie?«

»Es ist zu spät.«

Man erklärte Maigret, dass nach dem Boulespiel die Karten an die Reihe kämen, dass man aber seinetwegen heute darauf verzichtet hatte. Der Matrose der ›Cormoran‹, ein stummer Koloss mit riesigen nackten Füßen, lächelte dem Kommissar zu, wobei er sein ganzes Gebiss entblößte. Ab und zu hob er sein Glas in Maigrets Richtung und ließ dabei ein seltsames Glucksen vernehmen, womit er sagen wollte: ›Auf Ihr Wohl.‹

»Wollen Sie gleich essen?«

»Haben Sie den Inspektor nicht gesehen?«

»Er ist hinausgegangen, als Sie oben waren. Er hat nichts gesagt. Das ist so seine Art. Er ist ein ausgezeichneter Mann, wissen Sie. Seit drei Tagen durchstöbert er nun die ganze Insel, und über all die Familien weiß er fast so gut Bescheid wie ich selbst.«

Maigret beugte sich vor und stellte fest, dass de Greef gegangen war und der Engländer alleine vor dem Schachbrett saß.

»Wir essen in einer halben Stunde«, sagte er zum Wirt.

Paul fragte leise, wobei er auf den Inspektor von Scotland Yard deutete:

»Glauben Sie, dass ihm unsere Küche schmeckt?«

Ein paar Minuten später machte Maigret mit seinem Kollegen einen kleinen Spaziergang, der sie – wie auch anders? – zum Hafen hinunterführte. Auch sie hatten diese Gewohnheit angenommen. Die Sonne war untergegangen, und man atmete erleichtert auf, weil es nicht mehr so heiß war. Auch die Geräusche waren nicht mehr die gleichen. Man hörte, wie das Wasser leicht gegen die Quaimauer schlug; die Steine an dieser Stelle hatten eine kalte, graue Farbe angenommen und sahen aus wie Fels. Das Laub war dunkel, fast schwarz, wirkte geheimnisvoll. Ein Torpedoboot, dessen Nummer hell am Rumpf leuchtete, glitt lautlos und mit einer fast schwindelerregenden Schnelligkeit ins offene Meer hinaus.

»Ich habe ihn nur mit Mühe geschlagen«, hatte sich Monsieur Pyke vorhin geäußert. »Er spielt sehr gut, sehr selbstsicher.«

»Hat er Ihnen die Partie vorgeschlagen?«

»Ich hatte mir das Schachspiel geholt, um mich ein bisschen zu üben (er fügte nicht hinzu: ›während Sie mit Ginette oben waren‹), denn ich hatte nicht damit gerechnet, einen Partner zu finden. Er hatte sich mit seiner Begleiterin an den Nachbartisch gesetzt. An der Art, wie er die Figuren musterte, merkte ich deutlich, dass er sich gerne mit mir messen wollte.«

Nach diesen Worten hatten die beiden Männer lange geschwiegen. Sie gingen jetzt an der Mole entlang. In der Nähe der weißen Jacht entdeckten sie ein kleines Schiff, an dessen Heck der Name ›Fleur d'amour‹ stand. Es war de Greefs Boot. Das Paar befand sich an Bord, denn unter Deck war Licht zu sehen. Die Kabine bot gerade Platz genug für zwei Leute, aber aufrecht stehen konnte man darin nicht. Man hörte das Klappern von Besteck und Geschirr. Sie waren beim Essen.

Als sie an der Jacht vorbei waren, redete Monsieur Pyke weiter, er sprach langsam und mit der ihm eigenen Deutlichkeit: »Er ist genau der Typ des jungen Mannes, der in guten Familien als schwarzes Schaf gilt. Sie dürften allerdings nicht viele dieser Musterknaben in Frankreich haben.«

Maigret war richtig überrascht, denn es war das erste Mal seit ihrer Bekanntschaft, dass Monsieur Pyke eine ganz allgemeine Bemerkung machte. Der Engländer schien darüber selbst ein wenig verlegen zu sein, es war, als schämte er sich plötzlich.

»Warum haben wir Ihrer Meinung nach wenige solche Typen in Frankreich?«

»Ich meine, nicht ganz genau diese Sorte.«

Er suchte angestrengt nach den richtigen Worten. Sie waren am Ende der Mole angelangt und konnten von hier aus die Berge drüben an der Küste erkennen.

»Bei Ihnen, meine ich, kann ein junger Mann aus guter Familie Dummheiten machen – so sagen Sie doch hier? –, um ein großspuriges Leben führen, um sich Frauen und teure Wagen leisten zu können oder um in den Kasinos zu spielen. Aber spielen Ihre schwarzen Schafe Schach? Ich bezweifle es. Lesen sie Kant, Schopenhauer, Nietzsche oder Kierkegaard? Auch das ist unwahrscheinlich, oder? Sie möchten nur ihr eigenes Leben leben und nicht auf das Vermögen warten, das sie einmal von ihren Eltern erben werden.«

Sie lehnten an der Mauer, die entlang der Mole verlief, und blickten auf die glatte Oberfläche des Meeres, die sich nur ab und zu durch einen aufspringenden Fisch kräuselte.

»De Greef gehört nicht zu dieser Kategorie der schwarzen Schafe. Ich glaube nicht einmal, dass er aufs Geld versessen ist. Er ist fast durch und durch Anarchist. Alles, was er einmal kennengelernt, was man ihn gelehrt hat, das Beamtentum seines Vaters und die bürgerlichen Werte seiner Mutter, seine Heimatstadt, die Moral seines Landes, alles ist ihm zuwider.«

Er unterbrach sich, und es sah fast so aus, als ob er errötete. »Verzeihen Sie …«

»Fahren Sie bitte fort.«

»Wir haben nur wenige Worte gewechselt, de Greef und

ich, aber ich glaube, ihn verstanden zu haben. Sehen Sie, in meiner Heimat gibt es viele solche jungen Leute, und es gibt sie wahrscheinlich in allen Ländern, in denen eine strenge Moral herrscht. Deshalb sagte ich auch vorhin, dass man in Frankreich nicht allzu häufig auf solche Typen treffen würde, denn hier gibt es keine oder vielleicht sogar zu wenig Heuchelei.«

Spielte er auf das Milieu an, mit dem sie beide seit ihrer Ankunft zu tun hatten? Auf die Emiles, Charlots und Ginettes, die unter den anderen lebten, ohne sichtbar von der Schande gezeichnet zu sein?

Maigret fühlte sich ein wenig beklommen, ein wenig gereizt. Man hatte ihn zwar nicht angegriffen, dennoch drängte es ihn, sich zu verteidigen.

»Aus Protest«, fuhr Monsieur Pyke fort, »verwerfen diese jungen Leute alles in Bausch und Bogen, das Gute und das Schlechte. Nehmen Sie zum Beispiel das junge Mädchen, das er seiner Familie entrissen hat. Sie ist reizend, sehr begehrenswert. Aber ich glaube nicht, dass er es aus sinnlicher Begierde getan hat. Nein, er hat es getan, weil sie aus guter Familie kam, weil sie jeden Sonntag mit ihrer Mama zur Messe ging, weil ihr Vater wahrscheinlich ein strenger und rechtschaffener Mann ist. Und auch, weil er ein großes Risiko einging, als er sie praktisch entführte. Aber ich täusche mich vielleicht, was meinen Sie?«

»Ich glaube, nicht.«

»Es gibt Menschen, die eine saubere und gepflegte Umgebung dazu reizt, alles zu besudeln. Auch de Greef hat das Bedürfnis, das Leben, überhaupt alles, egal was, zu besudeln, ja selbst seine Gefährtin.«

Jetzt war Maigret verblüfft. Es verschlug ihm regelrecht die Sprache, als er sich darüber klar wurde, dass Monsieur Pyke genau das aussprach, was er selber dachte. Als nämlich de Greef gestanden hatte, dass er mehrmals an Bord der ›North Star‹ gewesen sei, war ihm sofort der Gedanke gekommen, dass man dort sicher nicht nur zum Trinken beisammensaß, sondern dass zwischen den beiden Paaren intimere und weniger gutzuheißende Beziehungen bestehen mussten.

»Diese Burschen sind sehr gefährlich«, meinte Monsieur Pyke und fügte abschließend hinzu: »Und vielleicht auch sehr unglücklich.«

Wahrscheinlich kam ihm das nun eingetretene Schweigen zu feierlich vor, denn er meinte dann noch in leichterem Ton:

»Er spricht ausgezeichnet englisch, wissen Sie das? Ohne den leisesten Akzent. Es würde mich nicht wundern, wenn er eines unserer großen Colleges besucht hätte.«

Es war Zeit zum Abendessen. Die halbe Stunde war längst vorüber. Es war fast völlig dunkel. Die Boote im Hafen schaukelten im Rhythmus der leise rollenden Wellen. Maigret klopfte seine Pfeife am Absatz aus und überlegte, ob er sich eine neue stopfen sollte. Als sie am kleinen Boot des Holländers vorbeikamen, musterte er es ganz genau. Hatte Monsieur Pyke nur um des Redens willen geredet? Hatte er ihm auf seine Weise eine Art Botschaft übermitteln wollen?

Es war schwierig, wenn nicht gar unmöglich, das zu erkennen. Sein Französisch war perfekt, zu perfekt, und dennoch sprachen die beiden Männer nicht dieselbe Sprache;

die Gedanken in ihren Köpfen nahmen verschiedene Wege. »Diese Burschen sind sehr gefährlich«, hatte der Inspektor von Scotland Yard mit Betonung gesagt. Vermutlich wollte er um nichts in der Welt auch nur den Eindruck erwecken, er wolle sich in Maigrets Untersuchung einmischen. Mit keinem Wort hatte er nach den Vorgängen in Ginettes Zimmer gefragt. Glaubte er, dass sein Kollege ihm etwas verbarg, dass Maigret ihn hinters Licht zu führen versuchte? Oder, schlimmer noch, dachte er, nachdem er von der Moral der Franzosen gesprochen hatte, dass Maigret und Ginette…? Der Kommissar murmelte:

»Sie hat mir ihre Verlobung mit Monsieur Emile mitgeteilt. Wegen der alten Justine soll es geheim bleiben, denn sie würde eine Heirat mit allen Mitteln zu verhindern versuchen, selbst über ihren Tod hinaus.«

Er merkte, dass im Vergleich zu den messerscharfen Bemerkungen Monsieur Pykes seine eigenen Worte – und noch mehr seine Gedanken – recht verschwommen waren.

Kurz und bündig hatte der Engländer ausgesprochen, was er zu sagen hatte. Eine halbe Stunde Zusammensein mit de Greef hatte für ihn genügt, um sich nicht nur von ihm, sondern auch von der Welt im Allgemeinen ein klares Bild zu machen.

Maigret wäre es schwergefallen, auch nur einen seiner Gedanken klar auszudrücken. Bei ihm war das ganz anders. Er witterte eher etwas. Er witterte die verschiedensten Dinge, wie immer bei Beginn einer Untersuchung, aber er hätte nicht sagen können, wie und wann sich dieser Gedankennebel schließlich auflösen würde. Das war etwas demütigend, weil es so wenig hermachte. Neben der untadeligen

Gestalt seines Kollegen kam er sich plump und schwerfällig vor.

»Sie ist ein komisches Mädchen«, murmelte er dennoch.

Mehr wusste er nicht zu sagen über eine Frau, die er vor vielen Jahren kennengelernt hatte, über deren Leben er weitgehend im Bilde war und die ihm soeben ihr Herz offenbart hatte.

Ein komisches Mädchen! Manches an ihr zog ihn an, anderes wiederum stieß ihn ab, wie sie selbst es auch deutlich gespürt hatte. Wer weiß, ob er wenigstens am Ende zu einer eindeutigen Einschätzung ihrer Person gelangen würde?

Nach einer einzigen Schachpartie und ein paar Worten während des Spiels hatte Monsieur Pyke den Charakter seines Spielpartners ein für alle Mal analysiert.

War es nicht, als hätte der Engländer damit die nächste Runde gewonnen?

5

Die Nacht in der ›Arche‹

Zunächst, als Maigret noch meinte, er könne gleich einschlafen, hatte er über den Geruch nachgedacht. Eigentlich waren es mehrere Gerüche. Am intensivsten war der Geruch des Hauses, der einem, sobald man über die Schwelle des Lokals schritt, in die Nase stieg und den Maigret schon seit dem Morgen zu analysieren versucht hatte, weil er ihm absolut fremd war. Jedes Mal, wenn er das Haus betrat, schlug ihm dieser Geruch entgegen, und jedes Mal schnupperte er dann. Natürlich schmeckte man den Wein heraus, zusammen mit einem leichten Anisgeschmack, dazu die Gerüche aus der Küche. Und da es die südliche Küche war, bei der Knoblauch, roter Pfeffer, Öl und Safran reichlich verwendet wurden, war es für ihn ein vollkommen ungewohnter Geruch.

Aber wozu über das alles nachdenken? Er hatte die Augen geschlossen und wollte schlafen. Es hatte keinen Zweck, sich all die Marseiller und provenzalischen Restaurants ins Gedächtnis zu rufen, in denen er, sei es in Paris oder anderswo, gegessen hatte. Dies hier war eben ein anderer Geruch, und wenn schon. Er brauchte nur einzuschlafen. Er hatte doch genug getrunken, um in einen bleiernen Schlaf zu sinken.

Hatte er vorhin, gleich nachdem er sich hingelegt hatte,

nicht schon geschlafen? Das Fenster stand offen, und ein Geräusch hatte ihn beunruhigt, bis er schließlich entdeckt hatte, dass es vom Rascheln der Blätter in den Bäumen auf dem Platz herkam.

Der Geruch, der von unten kam, ließ sich zur Not mit dem eines kleinen Lokals in Cannes vergleichen, das von einer dicken Frau geführt wurde. Eine Ermittlung hatte ihn vor Jahren einmal dorthin geführt, und er hatte seine Mußestunden in dieser Bar verbracht.

Der Geruch des Zimmers indessen sagte ihm gar nichts. Womit mochten die Matratzen gestopft sein? Mit Seegras, das den Jodgeruch des Meeres hat, wie in der Bretagne? Vor ihm hatten schon andere Leute in diesem Bett gelegen, und zuweilen meinte er, den Duft von Öl in der Nase zu spüren, wie es die Frauen zum Sonnenbaden benutzen.

Er drehte sich mühsam auf die andere Seite. Dann hörte er zum mindestens zehnten Mal, wie sich eine Tür öffnete, wie draußen auf dem Korridor Schritte der Toilette zustrebten. Daran war nichts Ungewöhnliches, es schien ihm jedoch, dass auf dem Flur viel mehr Leute hin und her gingen, als das Haus überhaupt beherbergte. So fing er also an, die Bewohner der ›Arche‹ durchzuzählen. Paul und seine Frau schliefen über ihm in einem Dachzimmer, das man über eine Art Leiter erreichte. Wo Jojo schlief, wusste er nicht. Ihr Zimmer lag auf jeden Fall nicht im ersten Stock. Auch Jojo hatte ihren eigenen Geruch. Teils kam er von ihrem Haaröl, teils von ihrem Körper und ihrer Kleidung; es war ein zugleich unbestimmter und scharfer, dabei aber nicht unangenehmer Geruch. Er hatte ihn ein wenig verwirrt, als sie miteinander gesprochen hatten.

Auch dabei hätte Monsieur Pyke auf den Gedanken kommen können, dass Maigret mogelte. Der Kommissar war nach dem Abendessen kurz nach oben gegangen, um sich die Hände zu waschen und die Zähne zu putzen. Er hatte seine Zimmertür offenstehen lassen, und ohne auch nur den geringsten Laut zu verursachen, war Jojo im Türrahmen erschienen. Wie alt mochte sie sein? Sechzehn, zwanzig Jahre? Sie hatte den zugleich bewundernden und scheuen Blick junger Mädchen, die an den Theaterausgängen von den Künstlern Autogramme erbetteln. Sie war sehr beeindruckt von Maigret, denn er war ein berühmter Mann.

»Wollen Sie mir etwas sagen, mein Kind?«

Sie war eingetreten und hatte die Tür hinter sich geschlossen, was ihm gar nicht recht war, denn man weiß ja nie, was die Leute denken. Und er vergaß nicht, dass ein Engländer im Haus war.

»Es ist wegen Marcellin«, hatte sie schließlich errötend gesagt. »Eines Nachmittags, er war reichlich betrunken und machte auf einer Bank unten im Schankraum seine Siesta, hat er mir etwas erzählt.«

Sieh an! Vorhin, als es in der ›Arche‹ ganz leer war, hatte er auch jemanden auf dieser Bank liegen sehen, der dort, mit einer Zeitung über dem Kopf, ein kleines Nickerchen hielt. Na ja, es war ein kühles Plätzchen, aber trotzdem, was für ein merkwürdiges Haus! Und was den Geruch anging …

»Ich habe gedacht, dass es Ihnen nützen könnte. Er hat mir erzählt, dass er, wenn er wollte, an einen ganz schön großen Batzen herankäme.«

»Was für einen großen Batzen?«

»Geld, sicherlich.«

»Ist das lange her?«

»Ich glaube, es war zwei Tage, bevor es passiert ist.«

»War sonst noch jemand im Schankraum?«

»Nein, ich war alleine. Ich putzte gerade die Theke.«

»Haben Sie mit jemandem darüber gesprochen?«

»Ich glaube nicht.«

»Sonst hat er nichts gesagt?«

»Nur noch: ›Was würde ich damit anfangen, meine kleine Jojo? Ich hab es hier ja so gut.‹«

»Er hat Ihnen nie den Hof gemacht, nie etwas von Ihnen gewollt?«

»Nein.«

»Und die anderen?«

»Fast alle.«

»Wenn Ginette hier war – sie kam doch etwa jeden Monat, nicht wahr? –, hat Marcellin sie dann nie oben in ihrem Zimmer besucht?«

»Bestimmt nicht. Er war ihr gegenüber voller Respekt.«

»Kann man mit Ihnen wie mit einem erwachsenen Menschen reden, Jojo?«

»Ich bin immerhin neunzehn.«

»Gut. Hatte Marcellin von Zeit zu Zeit Beziehungen zu Frauen?«

»Natürlich.«

»Auf der Insel?«

»Zuerst mit Nine, sie ist meine Cousine. Sie treibt es mit jedem. Anscheinend kann sie es nicht lassen.«

»Auf seinem Kahn?«

»Egal wo. Danach mit der Witwe Lambert, der das Café auf der anderen Seite des Platzes gehört. Er hat so manche

Nacht bei ihr verbracht. Wenn er Fische fing, brachte er sie ihr. Jetzt, wo er tot ist, darf ich es wohl sagen: Marcellin angelte mit Dynamit.«

»Ist nie davon die Rede gewesen, dass er die Witwe Lambert heiraten wollte?«

»Ich glaube nicht, dass sie sich wieder verheiraten wollte.«

Jojos Lächeln deutete darauf hin, dass die Witwe Lambert eine außergewöhnliche Erscheinung war.

»Ist das alles, Jojo?«

»Ja. Ich gehe jetzt besser wieder hinunter.«

Auch Ginette schlief nicht. Sie lag im Nachbarzimmer, genau hinter der Wand, so dass Maigret meinte, sie atmen zu hören. Wenn er sich im Halbschlaf umdrehte, stieß er zuweilen mit dem Ellbogen gegen diese Wand, und die Vorstellung, dass er sie damit jedes Mal aufschreckte, war ihm peinlich.

Es hatte lange gedauert, ehe sie sich endlich ins Bett gelegt hatte. Was sie wohl machte? Ob sie so lange mit ihrer Toilette beschäftigt war? Manchmal war die Stille in ihrem Zimmer so vollkommen, dass Maigret sie beim Briefeschreiben vermutete. Zumal ihr Dachfenster zu hoch lag, als dass sie in bequemer Stellung ein bisschen frische Luft schnappen konnte.

Im Grunde war dieser eigenartige Geruch... ja, es war ganz einfach der Geruch von Porquerolles. Ein wenig war es ihm auch vorhin, als er mit Monsieur Pyke am Ende der Mole stand, aufgefallen. Der Luftzug vom Meer her, das die am Tage gespeicherte Wärme abgab, und die Gerüche, die mit der Brise vom Land kamen, trugen dazu bei. Und standen auf dem Platz nicht Eukalyptusbäume? Wahrscheinlich gab es auf der Insel auch noch andere wohlriechende Pflanzen.

Wer ging denn jetzt schon wieder über den Flur? Monsieur Pyke? Das wäre schon das dritte Mal. Pauls Küche musste ihm zu schaffen machen. Monsieur Pyke hatte viel getrunken. Weil es ihm schmeckte? Oder weil er nicht anders konnte? Jedenfalls mochte er Champagner. Maigret hatte nie daran gedacht, ihn dazu einzuladen. Monsieur Pyke hatte den ganzen Abend Champagner getrunken, zusammen mit dem Major. Die beiden Männer hatten sich sofort verstanden; man konnte meinen, dass sie sich seit je kannten. Sie hatten sich in eine Ecke gesetzt, und Jojo hatte ihnen unaufgefordert Champagner gebracht. Bellam trank ihn nicht aus Sektkelchen, sondern aus den großen Gläsern, in denen man auch das Bier servierte. Er sah typisch englisch aus; mit seinen silbergrauen Haaren, seinem rosigen Teint, seinen großen hellen Augen, die immer etwas feucht waren, und der riesigen Zigarre, die ewig zwischen seinen Lippen steckte, hätte er fast eine Gestalt aus dem *Punch* sein können. Er war ein Kind von siebzig oder zweiundsiebzig Jahren, und in seinem Blick saß der Schalk. Seine Stimme war wahrscheinlich von Champagner und Zigarren heiser geworden. Selbst nach dem Genuss mehrerer Flaschen bewahrte er eine rührende Würde.

»Darf ich Ihnen Major Bellam vorstellen?«, hatte Monsieur Pyke in einem passenden Augenblick gesagt. »Wir sind zufällig auf demselben College gewesen.«

Natürlich nicht im selben Jahr, nicht einmal im selben Jahrzehnt. Man spürte, wie glücklich die beiden waren. Der Major nannte den Kommissar Monsieur ›Maigrette‹.

Hin und wieder gab er Jojo oder Paul einen unauffälligen Wink, und schon wurde eine neue Flasche Champagner auf den Tisch gestellt. Zwischendurch winkte er leise Jojo heran, die dann ein Glas füllte und es irgendeinem Gast im Raum brachte.

Man hätte diese Geste als etwas hochmütig oder herablassend auffassen können, doch der Major machte es so liebenswürdig, so naiv, dass sich niemand gekränkt fühlte. Ein wenig sah es aus, als wolle er gute Noten verteilen. Wenn das Glas bei seinem Empfänger angelangt war, erhob er sein eigenes und prostete dem anderen von weitem zu.

Alle oder fast alle hatten an dem Abend einmal hereingesehen. Charlot ließ fast den ganzen Abend einen Automaten laufen, der mit billigen Zigarettenetuis, Pfeifen und Plastikgeldbeuteln bestückt war. Vorher hatte er sich mit dem Geldspielautomaten beschäftigt. Er konnte es sich leisten, so viel Geld hineinzuwerfen, wie er wollte, denn schließlich war es seine eigene Kasse, die er da fütterte. Der andere Automat schien ihm ebenfalls zu gehören. Er steckte eine Münze in den Schlitz und drehte hingebungsvoll an dem Knopf, der die kleine Chromnadel auf eines der Päckchen steuerte.

Schlief Ginette vor innerer Unruhe nicht? Hatte Maigret sie zu hart angefasst? Ja, in ihrem Zimmer war er recht barsch zu ihr gewesen. Nicht aus Ärger, wie man hätte vermuten können. Glaubte sie, dass das der Grund für seine Haltung war?

Es ist immer lächerlich, den Samariter zu spielen. Er hatte sie an der Place des Ternes aufgelesen und ins Sanatorium geschickt. Aber nie hatte er einen Gedanken daran verschwendet, dass er eine Seele gerettet, ein Mädchen ›vom Strich runtergeholt‹ hatte.

Ein anderer, der ihm ›ähnelte‹ – wie sie sich ausgedrückt hatte –, hatte sich dann um sie gekümmert: der Arzt im Sanatorium. Hatte dieser sich irgendetwas erhofft?

Sie war und blieb dieselbe. So war sie eben. Maigret hatte überhaupt keinen Grund, sich darüber aufzuregen, deshalb verbittert zu sein.

Er war hart gewesen, weil es notwendig war, weil diese Art Frauen, selbst wenn sie weniger verdorben sind, mit jedem Atemzug lügen, manchmal ohne jeden Grund. Sie hatte ihm noch nicht alles gesagt, das war sicher. Und darum konnte sie auch nicht einschlafen, irgendetwas quälte sie.

Einmal war sie aufgestanden. Er hatte das Geräusch ihrer nackten Füße auf dem Fußboden gehört. Wollte sie vielleicht zu ihm kommen? Das war durchaus möglich. Maigret hatte sich im Geist schon darauf vorbereitet, hastig seine Hose überstreifen zu müssen, die er auf dem Teppich hatte liegen lassen. Aber sie kam nicht. Ein Glas klirrte, sie war durstig. Vielleicht hatte sie auch eine Schlaftablette geschluckt.

Er hatte nur ein Glas Champagner getrunken. Die übrige Zeit hatte er den Wein vorgezogen und dann, Gott weiß, warum, Anisette probiert. Wer hatte den Anisette bestellt? Ach ja, das war der Zahnarzt. Der ehemalige Zahnarzt, besser gesagt. Sein Name war ihm entfallen. Er war auch so eine sonderbare Gestalt. Auf der Insel gab es wohl nur Sonderlinge, jedenfalls in der ›Arche‹. Aber führten nicht gerade sie vielleicht ein normales Leben? Waren es nicht die Leute vom Festland, die mit ihrer so andersartigen

Lebensauffassung unklug handelten? Er musste ein sehr vermögender, feiner Mann gewesen sein, denn er hatte in einem der elegantesten Viertel von Bordeaux eine Zahnarztpraxis geführt – und die Leute dort sind sehr anspruchsvoll. Er war zufällig nach Porquerolles gekommen, um hier seinen Urlaub zu verbringen, und seither hatte er die Insel bis auf eine Woche, in der er seine Praxis auflöste, nicht mehr verlassen.

Er trug keinen Kragen. Einer der Morins, ein Fischer namens ›Morin-Coiffeur‹, schnitt ihm einmal im Monat die Haare. Der Bart des ehemaligen Zahnarztes war mindestens drei Tage alt, seine Hände, wie überhaupt alles an ihm, waren ungepflegt. Er tat auch sonst nichts mehr. Er saß höchstens im Schatten seiner Veranda in einem Schaukelstuhl und las. Er hatte ein Mädchen von der Insel geheiratet. Sie war vielleicht einmal hübsch gewesen, doch nun war sie dick geworden, hatte einen kräftigen Damenbart und eine schrille Stimme. Er war glücklich. Zumindest behauptete er es. Er sagte mit einer verwirrenden Bestimmtheit:

»Sie werden sehen! Wenn Sie eine Weile hierbleiben, wird es Sie genauso wie die anderen packen. Und dann gehen Sie nicht mehr von hier fort.«

Maigret wusste, dass auf bestimmten Inseln im Pazifik sich Weiße bisweilen so gehenließen, sich kanakisierten, wie man dort sagt, aber dass so etwas auch schon drei Meilen vor der französischen Küste vorkam, war ihm neu.

Wenn man mit dem Zahnarzt über jemanden sprach, so beurteilte er die Person nur nach dem Grad ihrer ›Kanakisierung‹. Er nannte es allerdings anders; er sagte: die ›Porquerollitis‹.

Der Doktor? Es gab nämlich auch einen Doktor auf der Insel. Maigret war ihm zwar noch nicht begegnet, aber Lechat hatte ihm von ihm erzählt. Nach den Worten des Zahnarztes steckte dem Doktor die ›Porquerollitis‹ bereits in den Knochen.

»Ich vermute, dass Sie befreundet sind?«

»Wir treffen uns nie. Wir grüßen uns von weitem.«

Das war gut möglich, denn der Doktor hatte sich gleich nach seiner Ankunft gewisse Maßregeln auferlegt. Er war sehr krank und hatte sich auf der Insel nur niedergelassen, um sich hier auszukurieren. Er war Junggeselle und lebte allein in einem kleinen Holzhäuschen mitten in einem blühenden Garten. Seinen Haushalt besorgte er selber. Es war furchtbar schmutzig bei ihm. Aus Gesundheitsgründen ging er abends nicht aus dem Haus, nicht einmal für Notfälle. Und wenn es im Winter einmal wirklich kalt wurde, sah man ihn tage-, manchmal sogar wochenlang nicht.

»Sie werden's schon sehen! Sie werden's schon sehen!«, beharrte der Zahnarzt und lächelte sarkastisch. »Im Übrigen brauchen Sie sich nur umzuschauen, um sich von dem Ganzen eine Vorstellung zu machen. Schon allein der Gedanke, dass sich hier Abend für Abend dasselbe abspielt, müsste Ihnen genügen.«

Es war in der Tat eine merkwürdige Szenerie: nicht ganz die Atmosphäre eines Cafés, aber auch nicht ganz die eines Salons. Die lockere Stimmung erinnerte eher an ein Treffen in einem Künstleratelier. Alle kannten sich, und man machte sich gegenseitig nicht viel vor. Der Major, der ein bekanntes englisches College besucht hatte, galt hier nicht mehr als ein Strolch wie Marcellin oder Charlot. Hin und wieder stand einer auf und setzte sich an einen anderen Platz, zu anderen Leuten.

Anfangs hatten Emile und Ginette ruhig und schweigsam an ihrem Tisch neben der Theke gesessen. Sie wirkten wie ein altes Ehepaar, das im Wartesaal eines Bahnhofs auf den Zug wartet. Monsieur Emile hatte seinen gewohnten Kräutertee bestellt, Ginette trank aus einem winzigen Gläschen einen grünlichen Likör. Bisweilen sprachen sie halblaut ein oder zwei Worte miteinander. Verstehen konnte man sie nicht, man sah nur, wie sich ihre Lippen bewegten. Dann hatte Ginette sich seufzend erhoben und aus einem Fach unter dem Grammophon ein Damespiel hervorgeholt. Man spürte, dass dies Tag für Tag, über Jahre hinweg so hätte sein können, dass der Mensch älter werden konnte, ohne sich vom Fleck zu rühren, ohne sein immergleiches Verhalten je zu verändern.

Wahrscheinlich würde Maigret den Zahnarzt in fünf Jahren noch genauso vor seinem Anisette sitzend vorfinden, mit demselben zugleich grimmigen und zufriedenen Lächeln.

Selbst schon fast wie eine Maschine betätigte Charlot den Spielautomaten; er hatte schließlich keinen Grund, irgendwann damit aufzuhören.

Die beiden Verlobten schoben die Steine auf dem Damebrett hin und her und blickten zwischen ihren Zügen mit einem unwirklichen Ernst auf das Brett.

Der Major leerte ein Glas Champagner nach dem anderen und erzählte dabei Monsieur Pyke Geschichten.

Niemand hatte es eilig. Niemand schien an den nächsten Tag zu denken. Wenn Jojo keinen Gast zu bedienen hatte, lehnte sie hinter der Theke und blickte, das Kinn in die

Hände gestützt, nachdenklich vor sich hin. Mehrmals fühlte Maigret ihren Blick auf sich, doch sobald er den Kopf zu ihr hinwandte, schaute sie in eine andere Richtung. Paul, der Wirt, immer noch in Kochkleidung, ging von einem Tisch zum anderen und spendierte jeweils eine Runde. Das musste ihn einiges Geld kosten, aber man durfte wohl annehmen, dass er letzten Endes doch nicht drauflegte. Seine Frau, eine unauffällige, kleine Person mit matten blonden Haaren und harten Gesichtszügen, saß ganz alleine an einem Tisch und machte die Tagesabrechnung.

»So ist es jeden Abend«, hatte Lechat zum Kommissar gesagt.

»Und die Inselbewohner, ich meine, die Fischer?«

»Nach dem Abendessen kommen sie selten her. Sie fahren vor Tagesanbruch aufs Meer hinaus und legen sich früh schlafen. Abends kämen sie auf keinen Fall in die ›Arche‹. Das ist eine Art stillschweigender Vereinbarung. Nachmittags und auch am Morgen findet sich hier alles ein. Nach dem Abendbrot gehen die Inselbewohner, die echten Einheimischen, jedoch eher in die anderen Cafés.«

»Was machen sie dort?«

»Nichts. Ich bin einmal hingegangen. Manchmal, eigentlich nur ganz selten, hören sie Radio. Sie trinken stumm ihr Gläschen und starren vor sich hin.«

»Ist es hier auch immer so ruhig?«

»Das kommt darauf an. Warten Sie nur, das kann sich von einem Moment auf den anderen ändern. Da genügt schon eine Kleinigkeit, irgendeine hingeworfene Bemerkung, eine Runde, die der oder jener spendiert. Und schon bilden sich Grüppchen, schon reden sie alle auf einmal.«

Es war nicht dazu gekommen. Vielleicht lag es an der Anwesenheit Maigrets.

Trotz des offenen Fensters war ihm sehr heiß. Maigret konnte es nicht lassen, er horchte auf jedes Geräusch im Haus. Ginette schlief immer noch nicht. Manchmal vernahm er Schritte über seinem Kopf. Monsieur Pyke musste ein viertes Mal zum Ende des Flurs gehen, und Maigret wartete wie jedes Mal mit einer gewissen Beklemmung auf das Rauschen der Wasserspülung, bevor er versuchte, wieder einzuschlafen. Denn zwischen den Geräuschen war er wohl immer wieder eingenickt. Wenn der Schlaf auch nicht tief genug war, um alle Gedanken in ihm auszulöschen, so genügte er doch, um sie zu vernebeln.

Monsieur Pyke hatte ihm einen bösen Streich gespielt, als er am Ende der Mole von dem Holländer gesprochen hatte, denn seither maß der Kommissar de Greef nur noch nach den unanfechtbaren Worten seines britischen Kollegen.

Dennoch, das Bild, das Pyke von dem jungen Mann gezeichnet hatte, befriedigte ihn nicht. Er war ja dabei gewesen, abgesehen von Anna, die sehr müde zu sein schien und, je später es wurde, immer schwerer gegen die Schulter ihres Gefährten lehnte. De Greef sprach kein Wort mit ihr. Er schien überhaupt nicht viel mit ihr zu reden. Er war der Mann, der Herr, und sie hatte nur zu folgen und zu warten. Er blickte um sich. Mit seinem mageren Gesicht erinnerte er an ein ausgehungertes Tier, an eine Raubkatze.

Die anderen waren bestimmt auch keine Lämmer, aber de Greef hatte unbestreitbar etwas von einer Raubkatze an sich. Er schnupperte wie eine Raubkatze. Das war ein Tick.

Er horchte auf alles, was gesagt wurde, und schnupperte. Sonst ließ er keinerlei Reaktion erkennen.

Der Major wäre im Dschungel wahrscheinlich ein Dickhäuter gewesen. Ein Elefant oder – besser – ein Flusspferd. Und Monsieur Emile? Irgendein hinterhältiges Tier mit scharfen Zähnen.

Es war lächerlich. Was würde Monsieur Pyke denken, wenn er Maigrets Gedanken lesen könnte? Freilich konnte der Kommissar sich damit entschuldigen, dass er viel getrunken hatte und im Halbschlaf lag. Wenn er geahnt hätte, dass er so schlecht schlafen würde, dann hätte er noch ein paar Gläser mehr getrunken, um gleich in einen traumlosen Schlaf zu sinken.

Lechat war eigentlich recht tüchtig. So tüchtig, dass Maigret ihn gerne in seiner Abteilung gesehen hätte. Noch ein bisschen jung, ein bisschen unruhig. Er war leicht erregbar, bewegte sich wie ein nervöser Jagdhund, der um seinen Herrn herumtänzelt. Den Süden Frankreichs kannte er bereits, weil er ja zur Polizei von Draguignan gehörte, aber er hatte nur ein- oder zweimal die Gelegenheit gehabt, nach Porquerolles zu kommen. Jetzt war er knapp drei Tage hier, und die Insel war ihm schon vertraut.

»Kommen die Leute von der ›North Star‹ nicht jeden Abend her?«

»Fast jeden Abend. Manchmal kommen sie erst spät. Wenn das Meer ruhig ist, machen sie gerne eine kleine Bootsfahrt im Mondschein.«

»Sind Mrs. Wilcox und der Major befreundet?«

»Sie vermeiden sorgfältig jedes Gespräch und tun so, als wären sie Luft füreinander.«

Alles in allem war das verständlich. Sie stammten beide aus demselben Milieu. Beide lebten sie hier – aus welchem Grund auch immer – unter ihrer Würde. Dem Major war es sicher peinlich, sich unter den Augen von Mrs. Wilcox zu betrinken, denn in seinem Lande pflegt dies ein Gentleman nur unter seinesgleichen und hinter verschlossenen Türen zu tun. Sie dagegen schämte sich gewiss vor dem ehemaligen Offizier der Indienarmee mit ihrem Moricourt.

Gegen elf Uhr abends waren sie gekommen. Wie üblich entsprach sie in keiner Weise dem Bild, das sich der Kommissar von ihr gemacht hatte. Er hatte sich eine Lady vorgestellt, doch sie war eine Frau mit gefärbtem roten Haar, verblüht, ziemlich dick, und ihre rauhe Stimme glich der Major Bellams, nur dass sie einen noch dunkleren Klang hatte. Sie trug ein schlichtes Leinenkleid, hatte aber eine dreireihige, vielleicht echte Perlenkette angelegt und einen großen Diamantring am Finger.

Sie hatte sich sofort nach Maigret umgesehen. Philippe hatte ihr wohl von dem Kommissar berichtet. Nachdem sie Platz genommen hatte, setzte sie ihre eingehende Musterung fort und unterhielt sich leise mit ihrem Begleiter über ihn.

Was mochte sie sagen? Ob sie ihn auch dick und gewöhnlich fand? Hatte sie ihn sich als jungen Primus vorgestellt? Vielleicht fand sie, dass er nicht sehr intelligent aussah?

Die beiden tranken Whisky mit etwas Sodawasser. Philippe machte ihr den Hof und wurde verlegen, weil Maigret ihn beobachtete. Offensichtlich mochte er es nicht, bei der Erfüllung seiner Pflichten Zuschauer zu haben. Sie hingegen tat alles, um seine Abhängigkeit von ihr deutlich zu machen. Anstatt nach Jojo oder Paul zu rufen, ließ sie sich von ihrem Hausfreund ein neues Glas besorgen, weil sie das andere nicht sauber genug fand, und scheuchte ihn dann noch mal hoch, um ihr an der Theke Zigaretten zu holen. Einmal schickte sie ihn sogar ohne jeden Grund hinaus. Sie legte großen Wert darauf, ihre Macht über den Moricourt-Erben zur Schau zu stellen, und wollte bei der Gelegenheit vielleicht auch beweisen, dass sie sich nicht schämte.

Im Vorbeigehen hatte das Paar den jungen de Greef und seine Begleiterin gegrüßt. Allerdings nur sehr flüchtig, ein bisschen so, wie es Freimaurer untereinander tun.

Wider Maigrets Erwarten war der Major als Erster gegangen, würdig, wenn auch etwas schwankenden Schrittes. Monsieur Pyke hatte ihn ein Stück begleitet.

Dann war der Zahnarzt aufgebrochen.

»Sie werden's sehen! Sie werden's sehen!«, hatte er Maigret noch einmal zugerufen und ihm eine baldige ›Porquerollitis-Attacke‹ vorausgesagt. Charlot hatte die Lust an seinen Spielautomaten verloren und sich rittlings auf einen Stuhl zu den Damespielern gesetzt und Ginette wortlos auf ein oder zwei Züge hingewiesen. Nachdem Monsieur Emile gegangen war, hatte Charlot sich schlafen gelegt. Ginette schien dafür erst die Erlaubnis Maigrets einholen zu wollen. Sie war schließlich an seinen Tisch gekommen und hatte mit einem leisen Lächeln gemurmelt: »Sind Sie mir noch böse?«

Man sah ihr die Müdigkeit deutlich an, und so hatte Maigret ihr geraten, ebenfalls schlafen zu gehen. Er war dann gleich nach ihr hinaufgegangen, weil ihm plötzlich der Gedanke gekommen war, sie träfe sich vielleicht mit Charlot.

Als er wieder einmal einzuschlafen versuchte – aber vielleicht schlief er auch schon, und es war alles nur ein Traum –, hatte er das Gefühl, eine höchst bedeutsame Tatsache zu entdecken. ›Ich darf das nicht vergessen. Ich muss mich morgen früh unbedingt daran erinnern.‹ Fast wäre er wieder aufgestanden, um sich die Sache zu notieren. Wie eine Erleuchtung war es über ihn gekommen. Es war ganz seltsam, aber er war doch froh darüber und sagte sich immer wieder: ›Dass ich's bloß morgen früh nicht vergesse!‹

Das Rauschen der Wasserspülung hallte von neuem durch die ›Arche‹. Danach hörte man während zehn Minuten, wie wieder Wasser langsam in den Behälter floss. Es ging ihm auf die Nerven. Plötzlich wurde das Geräusch stärker. Irgendetwas explodierte. Maigret setzte sich im Bett auf, öffnete die Augen und stellte fest, dass sein Zimmer in Sonnenlicht getaucht war. Sein Blick fiel genau auf den Glockenturm der kleinen Kirche, der sich hinter dem offenen Fenster erhob.

Der Krach kam vom Hafen herauf, wo die spuckenden Motoren der Fischerboote alle gleichzeitig in Gang gesetzt wurden, denn die Fischer fuhren alle zur selben Stunde aus. Einer der Motoren setzte nach einigem Geknatter plötzlich völlig aus, und es war kurze Zeit still. Dann begann er erneut zu stottern, und man hätte am liebsten mitgeholfen, ihm das ein für alle Mal abzugewöhnen.

Maigret wollte sich anziehen und hinuntergehen, aber ein Blick auf seine Uhr, die er auf dem Nachttisch abgelegt hatte, zeigte ihm, dass es erst halb fünf war. Der Geruch trat noch deutlicher als am Vorabend hervor, was wahrscheinlich an der morgendlichen Feuchtigkeit lag. Im Haus war es totenstill; auch auf dem Platz rührte sich nichts. Das Laub der Eukalyptusbäume ließ die Strahlen der aufgehenden Sonne still über sich gleiten. Man vernahm nur das Tuckern der Fischerboote im Hafen, ab und zu hörte man eine Stimme dazwischenrufen. Dann klangen auch diese Laute immer ferner, immer gedämpfter, bis schließlich nur noch ein leises Vibrieren in der Luft lag.

Als er von neuem die Augen aufschlug, erinnerte ihn ein anderer Geruch an alle Morgenstunden seit seiner frühen Kindheit: der Duft frischen Kaffees. In den meisten Zimmern im Haus wurde es lebendig. Auf dem Platz waren Schritte zu hören, und im Kies knirschten die Räder der Karren.

Maigret fiel sofort ein, dass er sich an etwas Wichtiges erinnern musste, aber er konnte sich nicht entsinnen, woran. Der Anisette hatte einen flauen Geschmack in seinem Mund hinterlassen. Er suchte nach einem Klingelknopf, um sich Kaffee heraufzubestellen. Doch es war kein Knopf da. So zog er sich Hemd und Hose über, schlüpfte in seine Pantoffeln, fuhr sich mit dem Kamm durchs Haar und öffnete die Tür. Aus Ginettes Zimmer strömte ein starker Duft von Parfüm und Seife; sie war wohl mit ihrer Morgentoilette beschäftigt.

Hatte er nicht gerade in Bezug auf sie diese Entdeckung gemacht oder zu machen geglaubt? Er ging hinunter. Im Schankraum waren die Stühle noch auf den Tischen zu Pyramiden aufgestapelt. Die Türen standen offen, und er sah, dass auch auf der Terrasse die Stühle noch ineinanderstanden. Es war niemand da. Er trat in die Küche, wo er seine Augen erst an das dämmrige Licht gewöhnen musste.

»Guten Morgen, Herr Kommissar. Haben Sie gut geschlafen?«, fragte Jojo. Sie trug wieder ihr kurzes schwarzes Kleidchen, das ihr buchstäblich an der Haut klebte. Sie war auch noch nicht gewaschen und schien unter dem Kleid nichts anzuhaben.

»Möchten Sie Kaffee?«

Einen Augenblick lang dachte Maigret an seine Frau, die jetzt zu Hause in ihrer Pariser Wohnung gewiss das Frühstück richtete. Dabei waren die Fenster zum Boulevard Richard-Lenoir sicher wie immer weit geöffnet. Doch dann fiel ihm ein, dass es in Paris regnete. Bei seiner Abreise war es dort fast so kalt wie im Winter gewesen. Hier konnte man sich das kaum vorstellen.

»Soll ich Ihnen einen Tisch frei machen?«

Wozu? Es war hier in der Küche ganz gemütlich. Der Herd wurde mit Rebenholz gefeuert, was gut roch. Wenn Jojo die Arme hob, sah er die kleinen braunen Haare in ihren Achselhöhlen.

Immer noch versuchte er, sich auf seine Entdeckung in der Nacht zu besinnen. Er redete gedankenverloren irgendetwas daher; es war ihm wohl peinlich, mit Jojo alleine zu sein.

»Ist Monsieur Paul noch nicht heruntergekommen?«

»Er ist schon eine ganze Weile am Hafen. Jeden Morgen kauft er bei den zurückkehrenden Fischern seinen Fisch.«

Sie schaute auf die Wanduhr.

»Die ›Cormoran‹ fährt in fünf Minuten aus.«

»Ist sonst niemand heruntergekommen?«

»Monsieur Charlot.«

»Doch wohl nicht mit seinem Gepäck?«

»Nein, er hat Monsieur Paul begleitet. Und vor gut einer halben Stunde ist auch Ihr Freund hinausgegangen.«

Maigret blickte durch die offenen Türen auf den Platz hinaus.

»Er ist sicher schwimmen gegangen, denn er hatte eine Badehose an und ein Handtuch unter dem Arm.«

Es ging um Ginette. Aber es hatte auch mit Jojo zu tun. Er erinnerte sich, dass er im Halbschlaf an den Moment gedacht hatte, als Jojo die Treppe hinaufging. Es war jedoch kein erotischer Gedanke gewesen. Ihre Beine, die sie bis obenhin zeigte, spielten dabei nur eine untergeordnete Rolle. So weit, so gut! Dann war sie in sein Zimmer gekommen.

Am Abend vorher hatte er Ginette eindringlich gefragt: »Warum sind Sie gekommen?« Ein paarmal hatte sie gelogen. Zuerst hatte sie erklärt, ihr Besuch gelte ihm, denn sie hätte erfahren, dass er auf der Insel sei, und habe sich gedacht, dass er sie suchen lassen würde. Etwas später gab sie dann zu, dass sie mit Monsieur Emile sozusagen verlobt war und ihn in Wahrheit entlasten wollte, dass sie gekommen war, um dem Kommissar zu versichern, dass ihr Chef nicht das Geringste mit Marcellins Tod zu tun habe. Er hatte gar nicht so falsch gehandelt, als er sie so hart anpackte. Sie hatte den Schleier ein bisschen gelüftet, aber noch nicht genug.

Am Ofen stehend, trank er seinen Kaffee in kleinen Schlucken. Es war ein ulkiger Zufall, dass die Tasse, aus gewöhnlichem Steingut, fast genauso aussah wie jene, die er in seiner Kindheit benutzt hatte und die er damals für einmalig hielt.

»Wollen Sie nichts essen?«

»Jetzt nicht.«

»In einer Viertelstunde gibt es beim Bäcker frisches Brot.«

Plötzlich entspannte er sich, ein Lächeln legte sich auf seine Lippen, und Jojo fragte sich sicher, was ihn dazu veranlasste. Es war ihm eingefallen. Hatte Marcellin Jojo nicht von einem großen Batzen Geld erzählt, den er sich hätte verdienen können? Er war zwar betrunken gewesen, doch das kam ja oft bei ihm vor. Seit wann hatte er die Möglichkeit, an diesen Batzen Geld heranzukommen? Nicht unbedingt erst seit kurzem. Ginette kam fast allmonatlich auf die Insel. Sie war wohl auch im vorigen Monat hier gewesen. Darüber konnte man sich leicht Gewissheit verschaffen. Andererseits konnte Marcellin ihr auch geschrieben haben. Wenn er an einen großen Batzen Geld kommen konnte, dann war es wahrscheinlich, dass auch ein anderer diese Möglichkeit hatte, wenn nämlich dieser wusste, was Marcellin wusste.

Die Tasse in der Hand, den Blick auf das helle Rechteck der Tür gerichtet, stand Maigret da. Jojo schaute neugierig zu ihm hin.

Lechat behauptete, Marcel sei gestorben, weil er zu viel von ›seinem Freund Maigret‹ gesprochen habe. Bei flüchtiger Betrachtung schien das an den Haaren herbeigezogen zu sein.

Monsieur Pyke bot einen komischen Anblick, als sich sein Schatten in der Tür abzeichnete. Er war halbnackt, hatte sein feuchtes Handtuch in der Hand, und die nassen Haare klebten ihm auf der Stirn. Statt ihn zu begrüßen, murmelte Maigret:

»Einen Augenblick …«

Jetzt hatte er es gleich. Nur noch eine kleine Anstrengung, und die Gedanken würden sich ineinanderfügen. Man konnte zum Beispiel davon ausgehen, dass Ginette gekommen war, weil sie wusste, warum Marcellin gestorben war. Sie musste sich nicht unbedingt herbemüht haben, um die Entdeckung des Schuldigen zu verhindern. Denn sobald sie einmal mit Monsieur Emile verheiratet war, hätte sie Vermögen. Da war aber die alte Justine; sie lebte noch und konnte noch Jahre weiterleben, auch wenn die Ärzte anderer Meinung waren. Wenn sie erfuhr, was sich da anbahnte, wäre sie zu jeder Gemeinheit fähig gewesen, nur um eine Heirat ihres Sohnes nach ihrem Tod zu vereiteln.

Marcellins ›großer Batzen‹ war sofort zu haben, vielleicht auch jetzt noch – trotz Maigrets und Inspektor Lechats Anwesenheit.

»Entschuldigen Sie, Monsieur Pyke. Haben Sie gut geschlafen?«

»Sehr gut«, antwortete der Engländer unerschütterlich.

Würde Maigret ihm gestehen, dass er gezählt hatte, wie oft die Wasserspülung gezogen worden war? Nein, es war überflüssig. Der Inspektor von Scotland Yard war nach seinem Bad im Meer so munter wie ein Fisch. Gleich beim Rasieren würde der Kommissar Zeit haben, über den ›großen Batzen‹ nachzudenken.

6

Das Pferd des Majors

Die Engländer haben auch ihre guten Seiten. Hätte ein französischer Kollege an der Stelle von Monsieur Pyke dem Verlangen widerstanden, ihm die Sache unter die Nase zu reiben? Und hatte Maigret, der andere Menschen eigentlich kaum je neckte, nicht eben fast eine kleine Anspielung auf die Wasserspülung gemacht, die der Inspektor vom Yard in der Nacht so oft gezogen hatte?

Vielleicht war der Abend doch feuchter gewesen, als es ihnen beiden zum Bewusstsein gekommen war. Sie hielten sich immer noch alle drei – Maigret, Pyke und Jojo – in der Küche auf, deren Tür offen stand. Maigret trank seinen Kaffee aus, Monsieur Pyke, in Badehose, stand zwischen ihm und der Tür, und Jojo suchte in der Speisekammer nach Speck für den Engländer. Es war genau drei Minuten vor acht, Maigret blickte zur Uhr hin und bemerkte plötzlich:

»Ich möchte wissen, ob Lechat immer noch seinen Rausch von gestern Abend ausschläft.«

Die Frage kam in dem unschuldigen, unnachahmlichen Ton, in dem man unbewusst eine Dummheit von sich gibt.

Jojo zuckte zusammen, vermied es aber, sich umzudrehen. Was Monsieur Pyke betraf, so zeichnete sich – all seiner guten Erziehung zum Trotz – ein leichtes Erstaunen in seinen Zügen ab. Und doch erwiderte er ganz harmlos:

»Ich habe ihn vorhin gesehen, als er an Bord der ›Cormoran‹ ging. Ich vermute, dass das Schiff noch auf Ginette wartet.«

Maigret hatte die Beerdigung Marcellins fast vergessen. Das Peinliche war dabei, dass er – jetzt fiel es ihm plötzlich ein – noch am Vorabend ausgiebig und ein bisschen zu eifrig mit seinem Inspektor darüber gesprochen hatte. War Monsieur Pyke bei der Unterhaltung dabei gewesen? Er hätte es nicht sagen können, aber er sah sich selbst wieder dort auf der Bank sitzen.

›Du wirst sie begleiten, mein Lieber, hörst du? Ich will nicht behaupten, dass uns das irgendwie weiterbringt. Vielleicht zeigt sie irgendwelche Reaktionen, vielleicht auch nicht. Vielleicht wird ihr jemand etwas zuflüstern wollen. Vielleicht wirst du jemanden im Trauergefolge entdecken, dessen Anwesenheit gewisse Schlüsse zulässt. An den Begräbnissen muss man immer teilnehmen, das ist ein alter Grundsatz, der mir oft Erfolg gebracht hat. Halt die Augen auf! Weiter nichts!‹

Er glaubte sich sogar zu erinnern, dem Inspektor, den er dabei die ganze Zeit duzte, von zwei oder drei Beerdigungen erzählt zu haben, die ihn auf die Spur von Verbrechern gebracht hatten.

Jetzt verstand er auch, warum Ginette so geräuschvoll in ihrem Zimmer herumhantierte. Er hörte, wie sie oben die Tür öffnete und herunterrief: »Bring mir schnell eine Tasse Kaffee, Jojo! Wie viel Zeit habe ich noch?«

»Drei Minuten, Madame!«

Gerade in diesem Augenblick kündigte die Sirene der ›Cormoran‹ die bevorstehende Abfahrt an.

»Ich gehe zur Anlegestelle«, sagte der Kommissar.

Es war zu spät, um hinaufzugehen und sich richtig anzuziehen. So zog er in Pantoffeln und ohne Kragen los. Er war nicht der Einzige, der in diesem Aufzug erschien. In der Nähe des Schiffes standen kleine Gruppen, dieselben Leute wieder wie am Tag zuvor, als Maigret angekommen war. Sie schienen bei jeder Ankunft und bei jeder Abfahrt des Schiffes da zu sein. Bevor sie ihren Tag begannen, kamen sie, um der ›Cormoran‹ beim Auslaufen zuzusehen, und hinterher tranken sie noch ein Glas Weißwein bei Paul oder in einem der Cafés. Erst danach machten sie ihre Morgentoilette.

Der Zahnarzt, weniger diskret als Monsieur Pyke, starrte unverfroren auf Maigrets Pantoffeln und seine unfertige Erscheinung, und sein befriedigtes Lächeln schien ganz unzweideutig zu sagen: ›Ich hatte es Ihnen gesagt! Es fängt schon an!‹

Er meinte natürlich die ›Porquerollitis‹, die ihm selbst ja schon in den Knochen saß. Laut begnügte er sich zu fragen:

»Gut geschlafen?«

Lechat, der schon an Bord war und nervös und ungeduldig wurde, ging noch einmal an Land, um mit seinem Chef zu sprechen.

»Ich habe Sie nicht wecken wollen. Kommt sie nicht? Wenn sie nicht gleich erscheint, sagt Baptiste, legen wir ohne sie ab.«

Auf dem Schiff befanden sich mehrere Leute, die ebenfalls zu Marcellins Beerdigung hinüberfuhren. Einige Fischer im Sonntagsstaat, der Maurer und die Frau aus dem Tabakladen. Charlot war nirgends zu entdecken, obwohl

Maigret ihn vorhin auf dem Platz gesehen hatte. An Bord der ›North Star‹ rührte sich nichts. Der Stumme wollte gerade die Leinen losmachen, als Ginette im Laufschritt herangeeilt kam. Sie trug ein schwarzes Seidenkleid und einen schwarzen Hut mit Schleier. Die Seide raschelte, und sie zog eine ganze Parfümwolke hinter sich her. Mit einem Schwung und akrobatischem Geschick wurde sie an Bord gehoben. Erst als sie sich hingesetzt hatte, entdeckte sie den Kommissar auf dem Quai und grüßte ihn mit einem leisen Kopfnicken.

Das Meer war spiegelglatt und blendete so sehr, dass einem nach längerem Hinschauen alles vor den Augen verschwamm. Die ›Cormoran‹ zeichnete einen silbernen Schnörkel auf das Wasser. Die Leute blickten ihr noch eine Weile nach, wie sie es immer taten, und schlenderten dann langsam auf den Platz zu. Ein Fischer, der eben einen Tintenfisch harpuniert hatte, zog ihm jetzt die Haut ab, wobei sich die Fangarme des Polypen um seinen tätowierten Arm schlangen.

In der ›Arche‹ stand Paul frisch und munter hinter seiner Theke und schenkte Weißwein aus. Monsieur Pyke hatte sich angekleidet und saß bei Eiern mit Speck an einem Tisch. Wie die anderen trank auch Maigret ein Gläschen. Ein wenig später, als er mit herunterhängenden Hosenträgern in seinem Zimmer am Fenster stand und sich rasierte, klopfte es an die Tür. Es war der Engländer.

»Störe ich Sie nicht? Darf ich hereinkommen?«

Er setzte sich auf den einzigen Stuhl. Eine Weile sagten beide gar nichts.

»Gestern habe ich eine ganze Weile mit dem Major geschwatzt«, meinte er schließlich. »Wissen Sie, dass er einer unserer berühmtesten Polospieler gewesen ist?«

Maigrets Reaktion auf diese Worte, genauer gesagt das Fehlen jeder Reaktion, enttäuschte ihn gewiss sehr. Der Kommissar hatte nur eine sehr vage Vorstellung vom Polospiel. Er wusste allenfalls, dass man dazu Pferde brauchte und dass irgendwo im Bois de Boulogne oder in Saint-Cloud ein sehr aristokratischer Poloklub existierte. Monsieur Pyke ließ sich jedoch nichts anmerken und ging höflich darüber hinweg.

»Er ist der jüngste Sohn der Familie.«

Ihm schien das viel zu sagen. Aber war es in England nicht tatsächlich so, dass in den Adelsfamilien nur der Älteste Titel und Vermögen erbte und dass die anderen gezwungen waren, in der Armee oder bei der Marine Karriere zu machen?

»Sein Bruder gehört dem Oberhaus an. Der Major ist in die Indienarmee eingetreten.«

Dieselbe Wirkung musste umgekehrt Maigret bei Monsieur Pyke auslösen, wenn er andeutungsweise von Leuten wie Charlot, Monsieur Emile oder Ginette redete. Aber Monsieur Pyke zeigte sich geduldig, mit vollendeter Diskretion und Leichtigkeit rückte er Details zurecht.

»Wer einen Namen hat, wird nur widerwillig in London bleiben, es sei denn, er hat die Mittel, entsprechend aufzutreten. Die große Leidenschaft in der Indienarmee galt den Pferden. Für das Polospiel braucht man einen Reitstall mit mehreren Ponys.«

»War der Major nie verheiratet?«

»Die jüngeren Söhne verheiraten sich selten. Hätte Bellam eine Familie gegründet, dann hätte er auf die Pferde verzichten müssen.«

»Und da hat er sich für die Pferde entschieden!«

Monsieur Pyke schien das ganz und gar nicht zu verwundern.

»Die Junggesellen dort treffen sich abends im Klub, und sie haben keine andere Zerstreuung als das Trinken. Der Major hat viel getrunken in seinem Leben. In Indien war es der Whisky. Den Champagner hat er sich erst hier angewöhnt.«

»Hat er Ihnen erzählt, warum er sich in Porquerolles niedergelassen hat?«

»Er hat eine böse Katastrophe erlebt, das Schlimmste, was ihm überhaupt passieren konnte. Ein unglücklicher Sturz vom Pferd hat ihn drei Jahre lang ans Bett gefesselt, die Hälfte der Zeit lag er in Gips. Und als er endlich wieder aufstehen konnte, wurde ihm klar, dass es mit dem Reiten für immer vorbei war.«

»Hat er Indien deshalb verlassen?«

»Ja, und deshalb ist er auch hier. Ich bin sicher, dass man fast überall in diesen Klimazonen, am Mittelmeer oder im Pazifik, solchen alten Gentlemen vom Schlage des Majors begegnen kann. Sie gelten meist als Originale. Und wohin sollten sie sonst auch gehen?«

»Möchten sie nicht nach England zurückkehren?«

»Ihre Mittel würden es ihnen nicht gestatten, in London ein ihrem Rang entsprechendes Leben zu führen, und mit den Lebensgewohnheiten, die sie sich angeeignet haben, würden sie in England schlecht aufs Land passen.«

»Hat er Ihnen gesagt, warum er Mrs. Wilcox nicht grüßt?«

»Das brauchte er mir gar nicht erst zu sagen.«

Sollte er hartnäckig bleiben? Oder wollte auch Monsieur Pyke lieber nicht allzu viel über seine Landsmännin hören? Dabei war Mrs. Wilcox im Grunde genau das weibliche Gegenstück zu dem Major.

Maigret wusch sich das Gesicht und überlegte, ob er sein Jackett anziehen sollte. Der Inspektor vom Yard war auch in Hemdsärmeln. Es war schon wieder richtig heiß. Aber im Gegensatz zu seinem schlanken Kollegen konnte Maigret nicht auf Hosenträger verzichten, und ein Mann in Hosenträgern sah immer aus wie ein Budenbesitzer beim Picknick. Also zog er sein Jackett an. Im Zimmer war nichts mehr zu tun. Monsieur Pyke erhob sich und murmelte:

»Der Major ist trotz allem ein Gentleman geblieben.«

Er folgte Maigret die Treppe hinunter. Er fragte ihn nicht, was er vorhatte, er ging ihm einfach nach, und das genügte schon, um dem Kommissar den ganzen Tag zu verderben.

Gerade wegen Monsieur Pyke hatte er sich vorgenommen, sich heute Morgen wie ein hoher Beamter der Kriminalpolizei aufzuführen. Denn ein Kommissar rennt eigentlich nicht durch die Straßen und in die Kneipen, um nach einem Mörder zu suchen. Er ist ein bedeutender Mann, der hinter seinem Schreibtisch sitzt und wie ein General in seinem Stabsquartier seine kleine Armee von Polizisten, Inspektoren und Spezialisten befehligt. Aber Maigret hatte sich damit nie ganz abfinden können. Wie ein Jagdhund wollte er selber herumschnüffeln, Erde aufscharren und die Spur aufnehmen.

Die beiden ersten Tage hatte Lechat beträchtliche Arbeit geleistet. Er hatte Maigret eine Niederschrift aller Verhöre übergeben. Die ganze Insel hatte er verhört, die Morins und die Gallis, den kranken Doktor und den Pfarrer, dem Maigret noch nicht begegnet war, und dann obendrein auch noch die Frauen.

Maigret hätte sich gern in eine Ecke im Speiseraum gesetzt, der den ganzen Vormittag leer war, um die Berichte ernsthaft durchzugehen und dies und jenes mit Blau- oder Rotstift anzustreichen.

Mit einer etwas verlegenen Miene fragte er Monsieur Pyke:

»Kommt es bei Ihren Kollegen vom Yard auch vor, dass sie gelegentlich wie Anfänger durch die Straßen laufen?«

»Ich kenne mindestens drei oder vier, die man nie in ihrem Büro sieht.«

Umso besser, denn ihm war gar nicht danach, hier sitzen zu bleiben. Er begann zu begreifen, warum man in Porquerolles dieselben Leute immer am selben Ort antraf. Es war eine Art Instinkt. Unwillkürlich war man irgendwie von der Sonne und der Landschaft abhängig. Jetzt zum Beispiel machten Maigret und sein Begleiter draußen ziellos einige Schritte und wurden sich dabei kaum bewusst, dass sie zum Hafen hinuntergingen.

Für Maigret stand eines fest: Wenn er den Rest seiner Tage zufällig auf dieser Insel verbringen müsste, würde er jeden Morgen denselben Spaziergang machen, und die Pfeife dieser Stunde wäre dann die beste des ganzen Tages.

Die ›Cormoran‹ hatte jetzt drüben die Spitze von Giens erreicht. Die Passagiere gingen von Bord und stiegen in einen alten Autobus. Selbst mit bloßem Auge war das Schiff als ein winziger weißer Punkt zu erkennen. Der Stumme lud Kisten mit Gemüse und Obst für den Bürgermeister und den Genossenschaftsladen, Fleisch für den Metzger und Postsäcke auf.

Vielleicht gingen auch neue Passagiere an Bord, so wie gestern Maigret und Monsieur Pyke, und wahrscheinlich würden sie von der Unterwasserlandschaft auf dem Meeresgrund genauso entzückt sein.

Die Matrosen der großen weißen Jacht schrubbten das Deck. Es waren Männer mittleren Alters, die hin und wieder bei Morin-Barbu ein Gläschen tranken; sie hatten jedoch keinen Kontakt zu den Einheimischen. Rechts vom Hafen führte ein Pfad an der Steilküste empor und endete bei einer Hütte, deren Tür offen stand. Ein Fischer hockte auf der Schwelle, hielt mit nackten Zehen ein ausgespanntes Netz fest, und seine Hände fuhren geschickt wie die einer Näherin mit Nadel und Faden durch die Maschen.

Dort war Marcellin ermordet worden. Die beiden Beamten schauten kurz in die Hütte hinein. In der Mitte stand ein riesiger Kessel, wie man ihn auf dem Lande zum Kochen des Schweinefutters verwendet. Hier diente er zum Auskochen der Netze. Man benutzte dabei eine bräunliche Flüssigkeit, die sie gegen die Einwirkungen des Salzwassers schützte.

Alte Segel schienen Marcellin als Schlafstatt gedient zu haben. Überall in den Ecken standen Farbtöpfe, Öl- und Petroleumkannen, geflickte Ruder, und es lag allerlei Eisengerümpel herum.

»Schlafen manchmal auch andere Leute hier?«, fragte Maigret den Fischer.

Dieser hob gleichgültig den Kopf.

»Der alte Benoît gelegentlich, wenn's regnet.«

»Und wenn es nicht regnet?«

»Dann schläft er lieber draußen. Wie's gerade kommt. Mal in einer kleinen Bucht am Strand, mal an Deck irgendeines Bootes. Manchmal auch auf einer Bank am Dorfplatz.«

»Haben Sie ihn heute gesehen?«

»Er war vorhin dort oben.«

Der Fischer deutete auf den Pfad, der in einiger Höhe am Meer entlang weiterführte und auf der einen Seite mit Kiefern bestanden war.

»War er alleine?«

»Ich glaube, der Herr, der in der ›Arche‹ wohnt, ist weiter oben zu ihm gestoßen.«

»Welcher Herr?«

»Der mit dem Leinenanzug und der weißen Mütze.«

Es war Charlot.

»Ist er hier wieder vorbeigekommen?«

»Ja, vor gut einer halben Stunde.«

Die ›Cormoran‹ zeichnete sich in dem blauen Dunst immer noch als ein weißer Punkt ab, doch dieser weiße Punkt hatte sich jetzt deutlich von der Küste gelöst. Hier und da entdeckte man noch andere Schiffe, einige lagen unbeweglich auf dem Wasser, andere trieben langsam dahin und ließen eine leuchtende Spur hinter sich.

Maigret und Monsieur Pyke gingen wieder zum Hafen hinunter und spazierten wie am Abend zuvor an der Mole entlang. Ganz unbewusst schauten sie dabei einem kleinen Jungen zu, der mit einer kurzen Leine nach Seeaalen fischte.

Als sie bei dem kleinen Boot des Holländers angelangt

waren, schaute Maigret kurz hinein und war ein wenig überrascht, Charlot dort im Gespräch mit de Greef zu finden.

Monsieur Pyke ging immer noch stumm neben ihm her. Wartete er darauf, dass sich irgendetwas ereignete? Versuchte er, Maigrets Gedanken zu erraten?

Sie gingen bis zum Ende der Mole, kehrten dann um und kamen von neuem an der ›Fleur d'amour‹ vorüber. Charlot stand immer noch an derselben Stelle.

Dreimal gingen sie die hundert Meter der Mole auf und ab, und beim dritten Mal stieg Charlot an Deck des kleinen Schiffes, drehte sich noch einmal um, um sich zu verabschieden, und trat dann auf das Brett, das als Landesteg diente.

Die beiden Männer standen ganz in seiner Nähe. Ihre Wege mussten sich kreuzen. Maigret blieb nach kurzem Zögern stehen. Um diese Zeit musste der Autobus aus Giens in Hyères ankommen. Die Trauergäste würden noch einen Schluck trinken, ehe sie sich zur Leichenhalle begaben.

»Hören Sie! Ich habe Sie schon den ganzen Morgen gesucht.«

»Wie Sie sehen, habe ich die Insel nicht verlassen.«

»Gerade darüber will ich mit Ihnen sprechen. Ich sehe keinen Grund mehr, Sie hier festzuhalten. Sie hatten mir doch gesagt, dass Sie nur für zwei oder drei Tage gekommen waren und dass Sie, wäre Marcellin nicht ermordet worden, bereits wieder abgefahren wären. Der Inspektor hielt es für richtig, Sie hierzubehalten. Ich gebe Ihnen nun Ihre Freiheit zurück.«

»Ich danke Ihnen.«

»Ich bitte Sie nur, mir zu sagen, wo ich Sie im Notfall erreichen kann.«

Charlot blickte nachdenklich auf das Ende seiner glühenden Zigarette und sagte schließlich:

»In der ›Arche‹.«

»Sie reisen nicht ab?«

»Im Augenblick nicht.«

Er hob den Kopf und blickte dem Kommissar fest in die Augen.

»Erstaunt Sie das? Man könnte fast meinen, dass es Ihnen gar nicht recht ist, wenn ich bleibe. Ich vermute doch, dass es mir gestattet ist?«

»Ich kann Sie nicht daran hindern. Ich gebe zu, dass es mich interessieren würde, wieso Sie plötzlich Ihre Absicht geändert haben.«

»Sehen Sie, mein Beruf nimmt mich nicht sonderlich in Beschlag. Kein Büro, keine Fabrik, kein Geschäft, keine Angestellten oder Arbeiter, die auf mich warten. Finden Sie nicht, dass es sich hier ganz gut leben lässt?«

Seine Ironie versuchte er gar nicht erst zu verbergen.

Der Bürgermeister, immer noch in seinem langen grauen Kittel, kam gerade mit seinem Handkarren zum Hafen herunter. Der Hausdiener vom Grand Hotel und der Briefträger mit Dienstmütze waren ebenfalls da. Die ›Cormoran‹ hatte etwa die Hälfte der Strecke zurückgelegt; in einer Viertelstunde würde sie die Anlegestelle erreichen.

»Sie haben lange mit dem alten Benoît gesprochen?«

»Als ich Sie vorhin in der Nähe der Hütte gesehen habe, dachte ich mir schon, dass Sie mich das fragen würden. Sie werden Benoît natürlich auch selbst befragen, daran kann ich Sie nicht hindern, ich kann Ihnen aber im Voraus sagen, dass er nichts weiß. Jedenfalls glaube ich, das so verstanden zu haben, denn er spricht ein so merkwürdiges Kauderwelsch. Wer weiß, vielleicht haben Sie mehr Glück als ich.«

»Wollen Sie etwas herausbekommen?«

»Vielleicht dasselbe wie Sie.«

Es war fast eine Herausforderung, die ihm Charlot da seelenruhig ins Gesicht schleuderte.

»Wie kommen Sie darauf, dass es für Sie von Interesse sein könnte? Hat Marcellin Ihnen etwas erzählt?«

»Nicht mehr als den anderen. Mir gegenüber war er immer etwas verlegen. Halbstarke wie er fühlen sich eben bei den schweren Jungs nicht wohl in ihrer Haut.«

Nachher würde er Monsieur Pyke den Begriff ›schwerer Junge‹ erläutern müssen. Man sah dem Engländer deutlich an, dass er diesen Ausdruck in einem Extrafach in seinem Gehirn registrierte.

Maigret machte das Spielchen mit, ging auf den leichten Ton ein, als spräche man von den harmlosesten Dingen.

»Charlot, wissen Sie, warum Marcellin getötet wurde?«

»Ich weiß darüber in etwa so viel wie Sie. Und wahrhaftig, ich ziehe daraus wahrscheinlich auch dieselben Schlüsse, allerdings zu anderen Zwecken.«

Er lächelte und blinzelte in die Sonne.

»Hat Jojo mit Ihnen gesprochen?«

»Mit mir? Hat man Ihnen nicht gesagt, dass wir wie Hund und Katze zueinander stehen?«

»Haben Sie ihr etwas getan?«

»Sie hat nicht gewollt. Und deshalb können wir uns nicht ausstehen.«

»Ich überlege, Charlot, ob es für Sie nicht besser wäre, nach Le Pont du Las zurückzufahren.«

»Ich danke Ihnen für den Ratschlag, aber ich bleibe lieber hier.«

Ein kleines Ruderboot stieß von der ›North Star‹ ab. Man erkannte Moricourt, der sich an die Ruder setzte. Er war alleine. Vermutlich wollte er wie die anderen bei der Ankunft der ›Cormoran‹ dabei sein. Danach würde er wahrscheinlich zur Poststelle gehen, um nachzuschauen, ob etwas für ihn gekommen war.

Charlot blickte in dieselbe Richtung wie Maigret, und seine Gedanken schienen ebenfalls in die gleiche Richtung zu gehen. Maigret hatte sich dem Boot des Holländers zugewandt, als Charlot meinte:

»Er ist ein merkwürdiger Bursche, aber ich glaube nicht, dass er es war.«

»Sprechen Sie von Marcellins Mörder?«

»Ihnen entgeht aber auch gar nichts. Ich mache Sie allerdings darauf aufmerksam, dass die Person des Mörders mich nicht interessiert. Nur, man tötet niemanden ohne Grund, nicht wahr? Es sei denn, bei einer Schlägerei. Aber schon gar nicht, wenn das Opfer vorher laut hinausposaunt, dass es ein Freund von Kommissar Maigret ist.«

»Waren Sie in der ›Arche‹, als Marcellin von mir sprach?«

»Alle waren sie da, ich meine, all jene, mit denen Sie sich jetzt befassen. Und Marcellin redete gern lauthals los, erst recht, wenn er getrunken hatte.«

»Wissen Sie, warum er das gerade an jenem Abend sagte?«

»Da haben Sie den Nagel auf den Kopf getroffen! Genau die Frage habe ich mir gleich gestellt, als ich von seiner Ermordung hörte. Ich habe mich gefragt, an wen die Worte des armen Burschen gerichtet waren. Verstehen Sie?«

Maigret verstand vollkommen.

»Haben Sie eine befriedigende Antwort darauf gefunden?«

»Noch nicht. Wenn ich sie gefunden hätte, würde ich mit dem nächsten Schiff nach Le Pont du Las zurückkehren.«

»Ich wusste gar nicht, dass Sie so gerne Privatdetektiv spielen.«

»Sie scherzen, Herr Kommissar.«

Hartnäckig, aber mit der harmlosesten Miene versuchte Maigret weiter, aus seinem Gesprächspartner herauszubringen, womit dieser hinterm Berg hielt.

Es war ein komisches Spiel, das sie da auf dem sonnigen Hafendamm spielten. Monsieur Pyke war in der Rolle des Schiedsrichters und blieb gewissenhaft neutral.

»Sie meinen also ganz bestimmt, dass Marcellin nicht ohne Grund getötet wurde.«

»Sie sagen es.«

»Sie vermuten, dass der Mörder etwas in seinen Besitz bringen wollte, was Marcellin gehörte.«

»Wir vermuten das beide nicht, weder ich noch Sie, sonst wäre Ihr Ruf nämlich höllisch übertrieben.«

»Wollte man ihn zum Schweigen bringen?«

»Damit sind Sie ganz nah dran, Kommissar.«

»Er hatte etwas entdeckt, was jemanden in Gefahr brachte?«

»Warum wollen Sie durchaus wissen, was ich denke? Sie wissen doch ebenso gut Bescheid wie ich.«

»Auch über den ›großen Batzen‹?«

»Auch über den ›großen Batzen‹.«

Charlot zündete sich eine neue Zigarette an und fügte

hinzu: »Die ›großen Batzen‹ haben mich schon immer interessiert, begreifen Sie jetzt?«

»Haben Sie deshalb heute Morgen den Holländer besucht?«

»Der ist arm wie eine Kirchenmaus.«

»Was bedeutet, dass er nichts damit zu tun hat?«

»Das habe ich nicht gesagt. Ich meine nur, dass Marcellin nicht hoffen konnte, bei ihm etwas zu holen.«

»Sie vergessen das Mädchen.«

»Anna?«

»Ihr Vater ist sehr reich.«

Charlot dachte einen Augenblick nach, zuckte dann aber nur die Schultern. Die ›Cormoran‹ glitt an der ersten Felsenspitze vorüber und fuhr in den Hafen ein.

»Erlauben Sie? Ich erwarte jemanden.«

Charlot tippte spöttisch an seine Mütze und ging auf die Anlegestelle zu.

Während Maigret seine Pfeife stopfte, bemerkte Monsieur Pyke:

»Ich glaube, dieser Bursche ist sehr intelligent.«

»Ohne das bringt man es in seinem Beruf auch nicht weit.«

Der Hausdiener vom Grand Hotel ergriff das Gepäck eines jungverheirateten Paares. Der Bürgermeister war an Bord gegangen, wo er die Etiketten der Kisten überprüfte. Charlot half einer jungen Dame beim Aussteigen und begleitete sie dann zur ›Arche‹. Er hatte also wirklich jemanden erwartet. Bestimmt hatte er am Tag vorher telefoniert. Von wo hatte eigentlich Inspektor Lechat vorgestern angerufen, als er Maigret von dem Mord unterrichtete? Wenn er das Wandtelefon in der ›Arche‹ benutzt hatte, dann hatte ihm jeder zuhören können, denn es hing gleich neben der Theke. Maigret durfte nicht vergessen, ihn danach zu fragen.

Der Zahnarzt war auch wieder da, im selben Aufzug wie am Vormittag. Unrasiert, vielleicht auch ungewaschen, mit einem alten Strohhut auf dem Kopf stand er da und betrachtete die ›Cormoran‹. Damit begnügte er sich. Er schien sich seines Lebens zu freuen.

Würden Maigret und Monsieur Pyke der allgemeinen Bewegung folgen, langsam zur ›Arche‹ hochschlendern, sich an die Theke stellen und ein Glas Weißwein trinken, das man ihnen hinstellen würde, ohne erst nach ihrem Begehr zu fragen?

Der Kommissar blickte verstohlen auf seinen Begleiter, und Monsieur Pyke, obwohl er völlig gleichmütig aussah, schien ihn seinerseits zu beobachten.

Warum sollten sie es schließlich anders machen als die Übrigen?

In Hyères zelebrierte man Marcellins Begräbnis. Ginette würde, anstelle der Familie, gleich hinter dem Sarg herschreiten und sicherlich mit ihrem zusammengeknüllten Taschentuch ihr Gesicht abtupfen, denn es herrschte eine drückende Hitze dort drüben; die Palmen an den Straßenrändern standen bewegungslos in der Sonne.

»Mögen Sie den Weißwein der Insel, Monsieur Pyke?«

»Ich werde gerne ein Gläschen trinken.«

Der Briefträger schob einen Karren, in dem sich die Postsäcke türmten, quer über den kahlen Platz. Maigret hob den Kopf und entdeckte in einem der weit offenstehenden Fenster der ›Arche‹ Charlot, der am Fenstersims lehnte. Hinter ihm, im glitzernden Dämmerlicht, stand eine junge Frau, die gerade ihr Kleid über den Kopf streifte.

»Er hat viel geredet. Ich frage mich, ob er mir nicht noch mehr erzählen wollte.«

Nun, das würde schon noch kommen. Leute wie Charlot können dem Drang, sich in ein vorteilhaftes Licht zu stellen, nur schwer widerstehen.

Als Maigret und Monsieur Pyke sich auf der Terrasse niedersetzten, bemerkten sie Monsieur Emile, der mehr denn je einem kleinen weißen Mäuschen glich. Einen Panamahut auf dem Kopf, trippelte er über den Platz und bog dann schräg zur Post ab, die ganz oben links von der Kirche lag. Die Tür zur Post stand offen. Vier oder fünf Leute warteten dort, während das Postfräulein die Briefe sortierte.

Es war Samstag. Jojo schrubbte barfüßig die roten Fliesen im Saal, und kleine schmutzige Rinnsale liefen auf die Terrasse.

Paul brachte den Wein nicht in Gläsern, sondern stellte gleich eine ganze Flasche vor sie hin.

»Kennen Sie die Frau oben in Charlots Zimmer?«

»Sie ist seine Freundin.«

»Arbeitet sie für ihn?«

»Ich glaube nicht. Sie ist so etwas wie Tänzerin oder Sängerin in einem Marseiller Nachtlokal. Sie ist das dritte oder vierte Mal hier.«

»Hat er sie angerufen?«

»Ja, gestern Nachmittag, als Sie auf Ihrem Zimmer waren.«

»Haben Sie gehört, was er ihr sagte?«

»Er hat sie lediglich darum gebeten, übers Wochenende herzukommen. Sie war sofort dazu bereit.«

»Waren Charlot und Marcellin befreundet?«

»Ich kann mich nicht besinnen, sie zusammen gesehen zu haben, ich meine, beide ganz alleine.«

»Bitte versuchen Sie, sich genau zu erinnern. Am Abend, als Marcellin von mir sprach…«

»Ich weiß, was Sie sagen wollen. Ihr Inspektor hat mir die gleiche Frage gestellt.«

»Ich nehme an, dass zu Beginn des Abends die Gäste alle an verschiedenen Tischen saßen, so wie gestern Abend.«

»Ja, so fängt es immer an.«

»Wissen Sie, wie es dann weiterging?«

»Jemand hat das Grammophon angestellt, ich weiß nicht mehr, wer. Jedenfalls lief Musik. Der Holländer und seine Freundin tanzten. Daran denke ich wieder, weil mir auffiel, dass das Mädchen wie eine Stoffpuppe in seinen Armen hing.«

»Hat sonst noch jemand getanzt?«

»Mrs. Wilcox und Monsieur Philippe. Er ist ein sehr guter Tänzer.«

»Wo war Marcellin zu diesem Zeitpunkt?«

»Ich meine, er stand an der Theke.«

»Sehr betrunken?«

»Nicht sehr, aber es reichte… Warten Sie. Eine Kleinigkeit. Er wollte unbedingt mit Mrs. Wilcox tanzen…«

»Marcellin?«

Machte Monsieur Pyke absichtlich ein ganz abwesendes Gesicht, sobald von seiner Landsmännin die Rede war?

»Hat sie angenommen?«

»Sie haben ein paar Schritte getanzt. Marcellin ist ein paarmal gestolpert. Er spielte gerne den Clown, wenn viele

Leute da waren. Sie hat dann die erste Runde spendiert. Ja, sie hatte eine Flasche Whisky auf ihrem Tisch stehen. Sie mag es nicht, dass man ihn ihr glasweise serviert. Marcellin trank einen Schluck und bestellte dann Weißwein.«

»Und der Major?«

»An ihn denke ich auch eben. Er hielt sich in der Ecke gegenüber auf, und ich überlege gerade, wer bei ihm stand. Ich glaube, es war Polyte.«

»Wer ist Polyte?«

»Ein Morin. Ihm gehört der grüne Kahn. Im Sommer schippert er Touristen um die Insel. Er trägt eine Mütze wie die Kapitäne auf Überseedampfern.«

»Ist er denn Kapitän?«

»Er hat in der Marine gedient und scheint es bis zum Maat gebracht zu haben. Er begleitet den Major oft nach Toulon. Der Zahnarzt trank mit den beiden. Marcellin ist dann mit seinem Glas von einem Tisch zum anderen gegangen. Wenn ich mich nicht täusche, hat er sich den Weißwein mit Whisky gemixt.«

»Wie kam er darauf, von mir zu sprechen? Und an wen wandte er sich? Stand er in diesem Moment am Tisch des Majors oder bei Mrs. Wilcox?«

»Ich tue mein Möglichstes, mich auf alles zu besinnen. Sie haben ja selbst gesehen, wie es hier zugeht, und das gestern war noch ein ruhiger Abend. Die Holländer saßen bei Mrs. Wilcox. Ich glaube, an dem Tisch hat die Unterhaltung begonnen. Marcellin stand in der Mitte des Raumes, als ich ihn plötzlich die Stimme erheben hörte: ›Mein Freund, der Kommissar Maigret… Ja, allerdings, mein Freund. Und ich weiß, was ich sage… Ich kann es beweisen…‹«

»Hat er einen Brief vorgezeigt?«

»Das kann ich nicht sagen. Jojo und ich, wir mussten beide bedienen.«

»War Ihre Frau im Raum?«

»Ich glaube, sie war nach oben gegangen. Sobald sie mit der Abrechnung fertig ist, geht sie gewöhnlich hinauf. Ihr Gesundheitszustand ist nicht der beste, sie braucht viel Schlaf.«

»Kurz und gut, Marcellin konnte sich also ebenso gut an Major Bellam wie an Mrs. Wilcox oder an die Holländer gewandt haben? Oder sogar an Charlot oder sonst irgendjemanden. An den Zahnarzt, zum Beispiel. An Monsieur Emile.«

»Ich glaube schon.«

Der Wirt wurde drinnen verlangt, und er zog sich entschuldigend zurück. Einige Leute kamen aus dem Postamt und liefen über den sonnigen Platz. In einer Ecke des Platzes stand eine Frau hinter einem Tisch, auf dem sie Gemüse zum Verkauf ausgebreitet hatte. Der Bürgermeister lud neben der ›Arche‹ seine Kisten ab.

»Sie werden am Telefon verlangt, Monsieur Maigret.«

Der Kommissar trat in den dämmrigen Schankraum und ergriff den Hörer.

»Sind Sie's, Chef? Hier spricht Lechat. Die Beerdigung ist zu Ende. Ich bin in einer Bar in der Nähe des Friedhofs. Die betreffende Dame ist bei mir. Sie weicht mir seit der Überfahrt nicht von der Seite und hat mir schon ihr ganzes Leben erzählt.«

»Wie war denn das Begräbnis?«

»Sehr schön. Sie hat Blumen gekauft. Auch die anderen

von der Insel haben Blumen auf das Grab gelegt. Es war schrecklich heiß auf dem Friedhof. Ich weiß nicht, was ich tun soll. Ich glaube, ich muss sie zum Mittagessen einladen.«

»Kann sie dich hören?«

»Nein. Ich bin in einer Telefonzelle. Ich sehe sie durch die Scheibe. Sie pudert sich gerade und betrachtet sich dabei in einem kleinen Spiegel.«

»Hat sie niemanden getroffen? Niemanden angerufen?«

»Sie hat mich nicht eine Sekunde allein gelassen. Ich musste sie sogar in den Blumenladen begleiten, und es sah aus, als ob ich zur Familie gehörte, wie ich da hinter dem Sarg neben ihr herschritt.«

»Seid ihr mit dem Autobus von Giens nach Hyères gefahren?«

»Mir blieb nichts anderes übrig, als sie einzuladen, in meinem Wagen mitzufahren. Geht auf der Insel alles gut weiter?«

»Es ist alles in Ordnung.«

Als Maigret wieder hinaus auf die Terrasse trat, fand er dort den Zahnarzt, der sich neben Monsieur Pyke gesetzt hatte und offensichtlich an der Flasche Weißwein mittrinken wollte.

Philippe de Moricourt, einen Stoß Zeitungen unter dem Arm, stand zögernd vor der ›Arche‹ und überlegte, ob er hineingehen sollte.

Monsieur Emile strebte mit vorsichtigen Schritten seiner Villa zu, wo ihn die alte Justine erwartete.

Und wie alle Tage roch es aus der Küche nach Bouillabaisse.

7

Der Nachmittag bei Aglaé

Es war kein Beiname, und das dicke Mädchen konnte bestimmt nichts dafür; sie war tatsächlich auf den Namen Aglaé getauft. Sie war sehr dick, besonders um die Hüften, und unförmig wie eine fünfzig- oder sechzigjährige Frau, die im Alter noch zugenommen hat. Im Gegensatz dazu wirkte ihr Gesicht umso kindlicher, denn Aglaé war höchstens sechsundzwanzig Jahre alt.

An diesem Nachmittag hatte Maigret – weiterhin in Begleitung von Monsieur Pyke – auf dem Weg zur Post jeden Winkel des Platzes abgegangen, und dabei hatte er ein ganzes Viertel von Porquerolles entdeckt. Kam der Weihrauchgeruch wirklich aus der kleinen Kirche, in der doch gewiss nicht allzu oft ein Hochamt abgehalten wurde?

Es war immer noch der gleiche Platz, an dem auch die ›Arche‹ lag, und doch hätte man schwören mögen, dass die Luft hier auf der Anhöhe viel wärmer, viel drückender war. In den Gärtchen vor zwei oder drei Häusern wimmelte es von Blumen und Bienen. Die Geräusche vom Hafen klangen nur gedämpft herauf. Zwei alte Männer spielten Pétanque, eine Art Boulespiel, bei dem die mit Nägeln beschlagenen Kugeln immer nur ein paar Meter weit geworfen werden. Es war ein kurioser Anblick, wenn die Alten sich ganz vorsichtig nach den Kugeln bückten. Einer von ihnen war Ferdinand Galli, der Patriarch aller Gallis auf der Insel. Er besaß hier in dieser Ecke des Platzes ein Café. Der Kommissar hatte jedoch noch nie jemanden dort hineingehen sehen. Es schien nur von den Nachbarn oder von der Sippe der Gallis besucht zu werden. Sein Spielpartner, ein adretter Pensionär mit einer Eisenbahnermütze auf dem Kopf, war stocktaub. Ein anderer Achtzigjähriger saß auf der Bank vor der Post und sah den beiden gelangweilt zu. Auf dieser Bank, die grün gestrichen war und neben der offenen Tür zur Post stand, sollte Maigret einen Teil seines Nachmittags verbringen.

»Ich fragte mich schon, ob Sie nicht irgendwann doch mal den Weg hier herauf finden würden!«, hatte Aglaé ausgerufen, als sie ihn eintreten sah. »Ich habe mir schon gedacht, dass Sie telefonieren müssten und das nicht gerne von der ›Arche‹ aus täten, wo so viele Leute jedes Wort hören können, das Sie sagen.«

»Wird es lange dauern, bis Sie Paris bekommen, Mademoiselle?«

»Wenn ich ein dringendes Gespräch anmelde, kann ich Sie in ein paar Minuten verbinden.«

»Gut, dann verlangen Sie die Kriminalpolizei.«

»Die Nummer weiß ich. Ich habe nämlich Ihren Inspektor verbunden, als er Sie angerufen hat.«

Er hätte fast gefragt: ›Und Sie haben mitgehört?‹ Aber das sollte er gleich von ihr selbst erfahren.

»Wen bei der Kriminalpolizei wollen Sie sprechen?«

»Inspektor Lucas. Wenn er nicht da ist, dann Inspektor Torrence.«

Ein paar Augenblicke später war Lucas am anderen Ende der Leitung.

»Wie ist denn das Wetter bei euch, mein Lieber? Regnet es immer noch? Es gießt? Also, hör mal, Lucas. Ich brauche sofort nähere Auskünfte über einen gewissen Philippe de Moricourt. Schau zu, wie du das anstellst. Ja, Lechat hat seine Papiere eingesehen und meint, es wäre sein richtiger Name. Sein letzter Wohnsitz in Paris war eine Pension am linken Seineufer in der 17 bis, rue Jacob… Was ich insbesondere wissen möchte? … Ich habe keine bestimmte Vorstellung. Alles, was du herauskriegen kannst. Ich glaube nicht, dass wir ihn in der Kartei haben, aber du kannst dich auf alle Fälle mal vergewissern. Erledige so viel wie möglich telefonisch, und ruf mich dann hier an. Einfach Porquerolles, keine Nummer. Ruf bitte auch bei der Polizei in Ostende an. Frag, ob dort ein gewisser Bebelmans bekannt ist. Soviel ich weiß, ist er ein bedeutender Reeder. Sieh zu, dass du auch da so viel wie möglich erfährst. Das ist noch nicht alles.

Unterbrechen Sie nicht, Mademoiselle.

Hast du am Montparnasse irgendwelche Beziehungen? Informier dich dort über einen Jef de Greef, der mehr oder weniger Maler ist und eine Weile auf seinem Schiff gelebt hat, das in der Nähe des Pont-Marie festgemacht war. Hast du alles mitgeschrieben? Das wär's, ja. Aber ruf mich nicht erst wieder an, wenn du alle Informationen hast. Du kannst dir so viele Leute zu Hilfe nehmen, wie du willst. Ist im Büro alles in Ordnung? … Wer hat ein Kind bekommen? … Die Frau von Janvier? … Sag ihm meine besten Wünsche.«

Als er aus der Kabine trat, sah er, wie Aglaé seelenruhig, ohne eine Spur von Verlegenheit, den Kopfhörer abnahm.

»Hören Sie die Gespräche immer mit?«

»Ich bin in der Leitung geblieben für den Fall, dass die Verbindung unterbrochen würde. Ich traue nämlich der Telefonistin in Hyères nicht, sie ist so ein dummes Weib.«

»Sie machen es aber trotzdem bei allen so?«

»Morgens habe ich wegen der Post keine Zeit dazu. Nachmittags geht es schon eher.«

»Notieren Sie die Telefongespräche, die von den Inselbewohnern angemeldet werden?«

»Dazu bin ich verpflichtet.«

»Könnten Sie mir eine Liste aller Gespräche aufstellen, die Sie in den vergangenen Tagen, sagen wir, die letzte Woche, vermittelt haben?«

»Sofort. Ich brauche nur ein paar Minuten dafür.«

»Sie nehmen auch die Telegramme an, nicht wahr?«

»Außer in der Hochsaison kommen nicht viele. Heute früh habe ich eines gehabt, das Sie sicherlich interessieren wird.«

»Woher wissen Sie das?«

»Das Telegramm wurde von jemandem auf der Insel aufgegeben. Von jemandem, der sich zumindest für eine der Personen zu interessieren scheint, über die Sie gerade um Auskunft gebeten haben.«

»Haben Sie einen Durchschlag?«

»Den kann ich Ihnen holen.«

Kurz darauf reichte sie dem Kommissar ein Formular, und er las:

Fred Masson, bei Angelo, Rue Blanche, Paris.

Erbitte genaue Informationen über Philippe de Moricourt, Adresse: Rue Jacob, Paris. Stop. Erbitte telegrafische Antwort über Porquerolles. Gruß.

Charlot.

Maigret gab das Telegramm Monsieur Pyke zu lesen, der nur den Kopf schüttelte.

»Machen Sie mir bitte die Liste der Gespräche fertig, Mademoiselle. Ich warte draußen mit meinem Freund.«

Im Schatten der Eukalyptusbäume setzten sie sich also nun zum ersten Mal in dieser Ecke des Platzes auf die Bank. Die rötliche Mauer in ihrem Rücken war warm. Irgendwo, unsichtbar für sie, stand ein Feigenbaum, dessen süßlicher Duft zu ihnen herüberwehte.

»Bitte gestatten Sie mir später«, sagte Monsieur Pyke mit einem Blick auf die Kirchenuhr, »Sie für einen Augenblick verlassen zu dürfen, wenn es Ihnen recht ist.«

War es eine Geste der Höflichkeit, dass er glauben ließ, es könnte Maigret vielleicht nicht recht sein?

»Der Major hat mich für fünf Uhr zu einem Gläschen in seine Villa eingeladen. Er wäre gekränkt gewesen, wenn ich abgelehnt hätte.«

»Aber ich bitte Sie.«

»Ich habe mir gedacht, dass Sie wahrscheinlich zu tun hätten.«

Der Kommissar schaute den beiden Alten beim Boulespiel zu und hatte gerade seine Pfeife zu Ende geraucht, als Aglaé mit schriller Stimme hinter ihrem Schalter hervorrief:

»Monsieur Maigret! Die Liste ist fertig!«

Er holte sich das Blatt und setzte sich wieder neben Monsieur Pyke. Sie hatte gewissenhaft gearbeitet. Die Liste war in einer sauberen Schülerschrift geschrieben; drei oder vier orthographische Fehler fanden sich darin.

Das Wort ›Metzger‹ kam mehrmals in der Aufstellung vor. Offenbar telefonierte er jeden Tag nach Hyères, um sein Fleisch für den nächsten Tag zu bestellen. Ebenso häufig waren die Anrufe der Genossenschaft, aber sie galten verschiedenen Nummern. Maigret zog etwas unterhalb der Mitte des Blattes einen Strich und trennte so die Gespräche vor Marcellins Tod von denen danach.

»Sie machen Notizen?«, fragte Monsieur Pyke, als sein Begleiter ein dickes Notizbuch aufschlug.

War das nicht eine Anspielung auf die Tatsache, dass er Maigret nun das erste Mal wie einen richtigen Kommissar handeln sah?

Der meistgenannte Name auf der Liste war Justine. Sie telefonierte mit Nizza, Marseille, Béziers, Avignon und hatte außerdem in einer Woche allein vier Gespräche mit Paris geführt.

»Wir werden die Liste später durchgehen«, sagte Maigret. »Ich vermute, dass das Postfräulein die Gespräche eifrig mitgehört hat. Gibt es so was in England auch?«

»Es ist sicher nicht ganz legal, aber gelegentlich wird es schon vorkommen.«

Am Vortag hatte Charlot mit Marseille telefoniert. Maigret wusste es ja bereits. Er hatte seine Freundin angerufen, die mit der ›Cormoran‹ gekommen war und die jetzt mit Charlot zusammen auf der Terrasse der ›Arche‹ bei einem Kartenspiel saß. Die ›Arche‹ und die paar Gestalten drum herum konnte man nämlich von hier aus gut erkennen. Im Gegensatz zu der Stille hier hatte das Treiben dort etwas von der Geschäftigkeit eines Ameisenvolkes an sich.

Das Interessanteste an der Liste aber war, dass Marcellins Name darauf stand. Genau zwei Tage vor seinem Tod hatte er eine Nummer in Nizza angerufen. Maigret sprang auf und betrat das Postamt. Monsieur Pyke folgte ihm.

»Kennen Sie diese Nummer, Mademoiselle?«

»Natürlich. Es ist die Nummer des Hauses, in dem die Dame arbeitet. Justine verlangt sie täglich, Sie können das anhand der Liste feststellen.«

»Haben Sie Justines Gespräche mitgehört?«

»Ja, oft. Aber jetzt mache ich mir nicht mehr die Mühe, denn es ist doch immer dasselbe.«

»Spricht sie oder ihr Sohn?«

»Sie spricht, und Monsieur Emile hört.«

»Das verstehe ich nicht ganz.«

»Sie ist schwerhörig. Also nimmt Monsieur Emile den Hörer ans Ohr und wiederholt ihr laut, was gesprochen wird. Dann geht wieder sie an den Apparat und schreit hinein, dass man kaum ein Wort verstehen kann. Ihr erstes Wort ist immer: ›Wie viel?‹ Man nennt ihr dann die eingenommene Summe, und Monsieur Emile steht daneben und schreibt sie auf. Sie ruft nacheinander alle ihre Häuser an.«

»In Nizza meldet sich wohl immer Ginette am Apparat?«

»Ja. Schließlich ist sie dort die Leiterin.«

»Und die Gespräche mit Paris?«

»Das sind nicht so viele. Sie spricht immer mit demselben, einem gewissen Monsieur Louis. Es geht dabei jedes Mal um Frauen, die sie anfordert. Er sagt ihr das Alter und den Preis. Sie antwortet mit Ja oder Nein. Manchmal feilscht sie wie auf einem Dorfmarkt.«

»Ist Ihnen bei ihren Gesprächen in der letzten Zeit nichts Besonderes aufgefallen? Hat Monsieur Emile selbst mal telefoniert?«

»Ich glaube, das würde er nicht wagen.«

»Verbietet es ihm seine Mutter?«

»Sie verbietet ihm fast alles.«

»Und Marcellin?«

»Darüber wollte ich gerade sprechen. Er kam selten hier vorbei, meistens nur, um sein Geld abzuholen. Im letzten Jahr hat er es wohl ganze dreimal dazu gebracht, zu telefonieren.«

»Wohin?«

»Einmal nach Toulon, als er ein Ersatzteil für seinen Schiffsmotor bestellte. Dann nach Nizza…«

»Ginette?«

»Ja. Er wollte ihr mitteilen, dass er sein Geld nicht bekommen hatte. Es kam fast jeden Monat eine Postanweisung für ihn, wissen Sie. Einmal hatte sie das Formular nicht richtig ausgefüllt, der Betrag in Worten entsprach nicht dem Betrag in Ziffern, und deshalb durfte ich das Geld nicht ausbezahlen. Mit der nächsten Post hat sie dann eine neue Anweisung geschickt.«

»Wie lange ist das her?«

»Ungefähr drei Monate. Die Tür war geschlossen. Es muss also noch Winter gewesen sein.«

»Und wohin ging der letzte Anruf?«

»Ich habe wie gewöhnlich mitgehört, aber dann kam Madame Galli herein und wollte Briefmarken kaufen.«

»War es ein langes Gespräch?«

»Länger als gewöhnlich. Ich kann das leicht nachprüfen.« Sie blätterte in ihrem Buch.

»Es waren zwei Einheiten von jeweils drei Minuten.«

»Den Anfang des Gesprächs haben Sie also mitbekommen. Was hat Marcellin gesagt?«

»Ungefähr Folgendes:

›Bist du es?‹

›Ich bin's… ja. Nein, es handelt sich nicht um Geld… Geld, das könnte ich so viel haben, wie ich wollte…‹«

»Sie hat nichts dazu gesagt?«

»Doch, sie antwortete leise:

›Du hast wieder getrunken, Marcel.‹

Er hat ihr geschworen, er sei fast nüchtern, und fuhr dann fort:

›Ich möchte, dass du mir einen Gefallen tust… Habt ihr bei euch im Haus einen *Großen Larousse*?‹

Das ist alles, was ich weiß. In diesem Augenblick kam Madame Galli herein, und mit der ist nicht gut Kirschen essen. Sie behauptet, die Beamten lebten nur von ihren Steuern, und ewig will sie sich beschweren.«

Da das Gespräch nur sechs Minuten gedauert hatte, war nicht anzunehmen, dass Ginette in dieser Zeit Gelegenheit hatte, in einem *Larousse* nachzuschlagen und wieder an den Apparat zu kommen, um Marcellin die gewünschte Auskunft zu geben.

»Sie hat ihm dann telegrafisch geantwortet. Warten Sie, ich habe das Telegramm schon für Sie herausgesucht.«

Sie hielt ihm ein gelbes Blatt hin. *Gestorben 1890* stand darauf, und es war mit *Ginette* unterzeichnet.

»Da hätten Sie doch allerlei versäumt, wenn Sie nicht zu mir heraufgekommen wären, nicht wahr? Ich wäre nämlich nicht hinuntergekommen, und dann hätten Sie nichts erfahren.«

»Haben Sie Marcellins Gesicht beobachtet, als er das Telegramm las?«

»Er hat es zwei- oder dreimal gelesen, damit er auch ganz sicher sein konnte, es richtig verstanden zu haben. Dann ist er pfeifend hinausgegangen.«

»So, als hätte er eine gute Nachricht bekommen?«

»Genau so. Und auch, glaube ich, als ob er plötzlich jemanden bewunderte.«

»Haben Sie gestern das Gespräch von Charlot mitgehört?«

»Mit Bébé?«

»Wen meinen Sie damit?«

»Er nennt sie Bébé. Sie muss heute Morgen angekommen sein. Soll ich Ihnen wiederholen, was er gesagt hat? Also, er sagte: ›Geht's gut, Bébé? Mir geht's gut, danke. Ich muss noch ein paar Tage hierbleiben. Ich hätte Lust auf ein Spielchen. Komm also her.‹«

»Und sie ist gekommen«, beendete Maigret die Unterhaltung. »Ich danke Ihnen, Mademoiselle. Ich sitze mit meinem Freund draußen auf der Bank, wenn das Gespräch aus Paris kommt.«

Eine Dreiviertelstunde saßen sie draußen und schauten den Boulespielern zu. Das jungverheiratete Paar brachte ein paar Ansichtskarten zur Post. Der Metzger kam und meldete sein tägliches Gespräch nach Hyères an. Hin und wieder schaute Monsieur Pyke auf die Kirchenuhr. Ein paarmal wollte er zum Sprechen ansetzen, vielleicht eine Frage stellen, doch jedes Mal besann er sich anders. Eine wohlige Wärme war um sie herum. Von weitem sahen sie zu, wie sich die Männer zu der großen Boulepartie versammelten, an der immer etwa ein Dutzend Spieler teilnahmen und die den Nachmittag über auf dem ganzen Platz ausgetragen wurde. Der Zahnarzt war auch unter den Spielern.

Die ›Cormoran‹ war bereits wieder ausgelaufen. An der Spitze von Giens würde sie Lechat und Ginette aufnehmen und zurückbringen.

Endlich rief Aglaé von drinnen: »Paris!«

Es war der fleißige Lucas, der gewiss, wie immer während der Abwesenheit Maigrets, an dessen Schreibtisch saß, von wo aus er auf die Seine und den Pont Saint-Michel blicken konnte. Der Kommissar schaute flüchtig zu Aglaé hinüber.

»Einen Teil der Informationen habe ich, Chef, und die aus Ostende erwarte ich jeden Augenblick. Womit soll ich anfangen?«

»Ist ganz egal.«

»Gut. Dann erst mal Moricourt. Das war nicht schwierig. Torrence erinnerte sich an diesen Namen, er hatte ihn einmal auf der Titelseite eines Buches gelesen. Es ist tatsächlich sein richtiger Name. Sein Vater war Rittmeister und ist schon lange tot. Seine Mutter lebt in Saumur. Soviel ich erfahren konnte, haben sie keinerlei Vermögen. Philippe de Moricourt hat sich mehrmals um eine Heirat mit einer reichen Erbin bemüht, aber jedes Mal ohne Erfolg.«

Schamlos hörte Aglaé das Gespräch mit und zwinkerte Maigret durch die Glasscheibe zu, wenn ihr eine Bemerkung besonders zu gefallen schien.

»Er gibt sich als Schriftsteller aus. Ein Verleger vom linken Seine-Ufer hat zwei Bücher mit Gedichten von ihm herausgegeben. Er ging häufig ins ›Café de Flore‹, wo er recht gut bekannt war. Gelegentlich hat er auch für Zeitschriften gearbeitet. Interessiert Sie das alles?«

»Ja, mach weiter.«

»Viel mehr weiß ich auch nicht, denn ich habe diese Auskünfte alle telefonisch eingeholt, um Zeit zu gewinnen. Ich habe aber jemanden losgeschickt, der weitere Informationen sammeln soll. Sie werden heute Abend oder morgen dann noch mehr Einzelheiten erfahren. Es lag niemals eine Anzeige gegen ihn vor; das heißt, doch: Es gab eine vor fünf Jahren, die dann aber zurückgezogen worden ist.«

»Ich höre!«

»Eine Dame aus Auteuil, deren Namen ich noch erfahren werde, hatte ihm ein kostbares Buch zum Weiterverkauf anvertraut. Sie hatte danach monatelang nichts mehr von ihm gehört und deshalb Anzeige erstattet. Es kam heraus, dass er den Band an einen Amerikaner verkauft hatte. Er hat versprochen, den Betrag in Monatsraten abzustottern. Ich habe diese Dame am Telefon gehabt, und sie berichtete mir, dass er mit der Zahlung zwar immer zwei oder drei Monate im Rückstand war, schließlich aber doch alles bezahlt hätte.«

»Ist das alles?«

»So ungefähr. Sie kennen ja diese Typen. Immer gut gekleidet, immer ganz korrekt.«

»Und die Geschichten mit älteren Damen?«

»Darüber habe ich nichts Genaues erfahren können. Er machte aus seinen Verhältnissen immer ein großes Geheimnis.«

»Und der andere?«

»Wussten Sie, dass sie sich kennen? De Greef scheint ein ganz begabter Bursche zu sein, einige Leute behaupten sogar, er könnte einer der größten Maler seiner Generation werden, wenn er nur wollte.«

»Will er denn nicht?«

»Er verkracht sich über kurz oder lang mit allen Leuten. Er hat eine junge Belgierin aus sehr guter Familie entführt.«

»Ich weiß.«

»Ach so. Als er nach Paris kam, hat er in einer kleinen Galerie in der Rue de Seine seine Bilder ausgestellt. Als er auch am letzten Tag noch kein Einziges verkauft hatte, ging er hin und verbrannte sie alle. Manche behaupten, dass an Bord seines Schiffes wahre Orgien gefeiert wurden. Er hat mehrere erotische Bücher illustriert, die unter der Hand verkauft werden, und davon hat er hauptsächlich gelebt. So, das wär's, Chef. Ich warte jetzt auf den Anruf aus Ostende. Wie geht es Ihnen dort unten?«

Monsieur Pyke deutete hinter der Glasscheibe auf seine Uhr und zeigte Maigret an, dass es kurz vor fünf war. Dann machte er sich auf den Weg zur Villa des Majors.

Der Kommissar war plötzlich in Hochstimmung, bekam richtige Urlaubslaune.

»Hast du Janvier meine Glückwünsche gesagt? Und ruf doch bitte meine Frau an, sie soll bei der jungen Mutter vorbeischauen und ihr ein kleines Geschenk oder Blumen bringen. Aber bloß keinen Silberbecher!«

Er war jetzt mit Aglaé alleine, die hinter ihrem Drahtgitter saß. Sie schien sich sehr zu amüsieren. Schamlos gab sie zu:

»Ich würde zu gerne eines seiner Bücher sehen. Glauben Sie, dass er welche an Bord hat?« Und ohne Übergang fuhr sie fort:

»Komisch, Ihr Beruf ist viel leichter, als man denkt. Die Auskünfte kommen von allen Seiten. Glauben Sie, dass es einer von den beiden gewesen ist?«

Auf ihrem Schreibtisch stand ein großer Strauß Mimosen. Daneben lag eine Tüte mit Bonbons, die sie dem Kommissar hinhielt.

»Hier passiert so selten etwas! Ich habe übrigens ganz vergessen, Ihnen zu sagen, dass Monsieur Philippe viel schreibt. Seine Briefe lese ich selbstverständlich nicht; er wirft sie gleich in den Kasten. Aber ich kenne seine Schrift. Er benutzt immer grüne Tinte, ich weiß nicht, warum.«

»Wem schreibt er?«

»Die Namen habe ich vergessen, doch es waren meistens Leute in Paris. Hin und wieder schreibt er auch seiner Mutter. Aber die Briefe nach Paris sind immer viel schwerer.«

»Bekommt er viel Post?«

»Ziemlich. Auch Illustrierte und Tageszeitungen. Und jeden Tag sind Drucksachen für ihn dabei.«

»Was ist mit Mrs. Wilcox?«

»Sie schreibt ebenfalls viel; nach England, nach Capri, nach Ägypten. An Ägypten erinnere ich mich vor allem deshalb, weil ich mir erlaubt habe, sie für meinen Neffen um die Briefmarken zu bitten.«

»Telefoniert sie?«

»Zwei- oder dreimal hat sie hier von der Zelle aus telefoniert, jedes Mal mit London. Leider verstehe ich kein Englisch. Ich muss jetzt schließen«, setzte sie hinzu. »Ich hätte schon um fünf Uhr zumachen sollen. Wenn Sie aber bleiben und auf Ihr Gespräch warten wollen…«

»Welches Gespräch?«

»Hat Monsieur Lucas Ihnen nicht gesagt, dass er Sie wegen Ostende noch einmal anrufen würde?«

Sie war wahrscheinlich nicht gefährlich; dennoch war es Maigret lieber, schon der Leute wegen, nicht zu lange alleine mit ihr zu sein. Sie war die Neugier in Person. So fragte sie zum Beispiel:

»Wollen Sie nicht Ihre Frau anrufen?«

Er sagte ihr, dass er, falls ein Gespräch käme, auf dem Platz bei der ›Arche‹ zu finden sei. Dann schlenderte er Pfeife rauchend zu den Boulespielern hinunter. Er brauchte nicht mehr auf jede seiner Bewegungen zu achten, denn jetzt war kein Monsieur Pyke da, der ihn beobachtete. Er hatte richtig Lust, beim Boulespiel mitzumachen, und er erkundigte sich sogar ein paarmal nach den Spielregeln. Zu seinem großen Erstaunen stellte er fest, dass der Zahnarzt, den alle vertraulich Léon nannten, geradezu ein Meisterspieler war. Mit drei ausholenden Schritten warf er seine Kugel mit so einem Schwung und so exakt, dass er auch auf zwanzig Meter die gegnerische Kugel voll traf und sie weit wegschleuderte. Nach jedem gelungenen Wurf nahm er dann eine ganz kleine, bescheidene Haltung an, als wäre diese Leistung vollkommen selbstverständlich.

Der Kommissar ging auf ein Gläschen Weißwein in die ›Arche‹ und traf dort Charlot, der mit dem Spielautomaten beschäftigt war, während seine Freundin auf der Bank saß und intensiv in einer Filmzeitschrift blätterte. Ob sie ihr ›Spielchen‹ gemacht hatten?

»Wo ist denn Ihr Freund?«, fragte Paul verwundert.

Auch Monsieur Pyke musste der Aufenthalt hier wie Urlaub vorkommen. Er saß mit einem anderen Engländer zusammen, konnte seine Sprache sprechen und Ausdrücke gebrauchen, deren besondere Bedeutung nur Männer verstanden, die dasselbe College besucht hatten.

Die Ankunft der ›Cormoran‹ war nicht zu verpassen, sie kündigte sich jedes Mal durch dasselbe Phänomen an: Ein Schwall von Leuten strömte draußen vorbei, hinab zum Hafen, staute sich bei dem Schiff am Quai und floss dann wieder zurück. Im Strom der Zurückkehrenden tauchten dann neue Gesichter auf, Leute, die angekommen waren und Koffer und Kisten mit sich schleppten.

Maigret ließ sich vom allgemeinen Strom treiben. Ganz in seiner Nähe ging der Bürgermeister; wie gewöhnlich schob er seinen Karren vor sich her. An Deck des Schiffes entdeckte Maigret sofort Ginette und den Inspektor; man konnte sie fast für ein Pärchen halten. Die Fischer, die auf der Beerdigung waren, kamen ebenfalls zurück. Dann waren noch zwei alte Fräuleins an Bord, Touristinnen, die im Grand Hotel angemeldet waren.

Unter den Leuten, die die ›Cormoran‹ begrüßten, bemerkte Maigret Charlot, der ebenfalls der Menge gefolgt war und der, wie er selbst, auch nur einen Ritus zu erfüllen schien, ohne dessen Sinn so richtig zu verstehen.

»Gibt's was Neues?«, fragte Lechat, kaum war er an Land. »Wenn Sie wüssten, wie verdammt heiß es da drüben ist!«

»Ist alles gut abgelaufen?«

Ginette blieb ganz selbstverständlich bei ihnen stehen. Sie sah müde aus. Eine gewisse Unruhe lag in ihrem Blick.

Zu dritt schlugen sie den Weg zur ›Arche‹ ein. Es war Maigret, als ob er schon seit Ewigkeiten diesen Gang machte.

»Haben Sie Durst, Ginette?«

»Ich würde gerne einen Aperitif trinken.«

Sie saßen zusammen auf der Terrasse vor ihren Gläsern. Ginette wurde jedes Mal verlegen, wenn sie Maigrets Blick auf sich ruhen fühlte. Es war der verträumte, verschleierte Blick eines Menschen, der mit seinen Gedanken ganz weit weg ist.

»Ich gehe hinauf und mache mich ein bisschen frisch«, verkündete sie, nachdem sie ausgetrunken hatte.

»Darf ich Sie begleiten?«

Lechat spürte, dass es Neuigkeiten gab, und bemühte sich zu erraten, was es war. Er wagte seinen Chef nicht danach zu fragen. Er blieb alleine am Tisch zurück, während Maigret hinter Ginette die Treppe hinaufging. Im Zimmer angelangt, meinte sie:

»Hören Sie, ich will mich wirklich umziehen.«

»Mich geniert das nicht.«

»Und wenn ich mich geniere?«, entgegnete sie mit gespielter Heiterkeit. Trotzdem nahm sie ihren Hut ab und zog dann auch ihr Kleid aus, nachdem Maigret es ihr hinten aufgehakt hatte.

»Das ist mir doch sehr nahegegangen«, seufzte sie. »Ich glaube, er war glücklich hier.«

Sicher hätte auch Marcellin sich um diese Zeit draußen auf dem Platz in der untergehenden Sonne an dem Boulespiel beteiligt.

»Sie waren alle sehr nett. Man hat ihn gern gemocht.«

Sie legte hastig ihr Korsett ab, das tiefe Spuren in ihrer

weißen Haut hinterließ. Maigret stand mit dem Rücken zu ihr am Dachfenster.

»Erinnern Sie sich an die Frage, die ich Ihnen gestellt habe?«, fragte er in gleichgültigem Ton.

»Sie haben sie mir oft genug gestellt. Ich hätte nie gedacht, dass Sie so hartnäckig sein können.«

»Und ich hätte nicht geglaubt, dass Sie versuchen würden, mir etwas zu verbergen.«

»Habe ich denn etwas vor Ihnen verborgen?«

»Ich habe Sie gefragt, warum Sie hierher nach Porquerolles gekommen sind, wo doch Marcellins Leichnam in Hyères lag.«

»Ich habe Ihre Frage beantwortet.«

»Sie haben mich belogen.«

»Ich weiß nicht, was Sie wollen.«

»Warum haben Sie mir nichts von dem Telefongespräch erzählt?«

»Welches Telefongespräch?«

»Das Gespräch, das Marcellin einen Tag vor seinem Tod mit Ihnen geführt hat.«

»Ich kann mich nicht daran erinnern.«

»Auch nicht an das Telegramm?«

Er brauchte sich gar nicht umzudrehen, um zu sehen, wie sie diese Worte aufnahm. Er verfolgte weiter das Boulespiel draußen auf dem Platz vor der Terrasse, von der Stimmengemurmel und Gläserklirren heraufklangen. Um ihn herum war alles so friedlich, so beruhigend, und obendrein war Monsieur Pyke nicht da. Als sie immer noch schwieg, fragte er:

»Woran denken Sie?«

»Ich denke daran, dass es nicht richtig von mir war. Das wissen Sie doch ganz genau.«

»Sind Sie fertig?«

»Ich muss mir gerade noch mein Kleid überziehen.«

Maigret ging zur Tür, öffnete sie und vergewisserte sich, dass niemand auf dem Flur war. Als er wieder ins Zimmer zurückkam, stand Ginette vor dem Spiegel und frisierte sich.

»Haben Sie die Sache mit dem *Larousse* jemandem erzählt?«

»Wem denn?«

»Ich weiß nicht. Zum Beispiel Monsieur Emile. Oder Charlot.«

»So töricht, darüber zu reden, bin ich nun auch wieder nicht gewesen.«

»Weil Sie an Marcels Stelle zu treten hofften? Ginette, wissen Sie, dass Sie schrecklich gewinnsüchtig sind?«

»Ja, ja, das heißt es immer von Frauen, die sich ihre Zukunft sichern wollen. Und wenn sie aus schierer Not einen gewissen Beruf ausüben, dann fallen alle über sie her.« Ihre Stimme bekam plötzlich einen bitteren Klang.

»Ich dachte, Sie wollten Monsieur Emile heiraten?«

»Vorausgesetzt, dass Justine sich endlich zum Sterben entschließt und dass sie nicht im letzten Moment Maßnahmen ergreift, die ihrem Sohn eine Heirat unmöglich machen. Glauben Sie bloß nicht, dass ich das freudigen Herzens tue!«

»Kurz und gut, wenn Marcels Tipp etwas taugte und Sie damit Erfolg hätten, würden Sie nicht heiraten?«

»Jedenfalls nicht diesen elenden Schwächling.«

»Sie würden das Haus in Nizza verlassen?«

»Auf der Stelle, das kann ich Ihnen schwören.«

»Was würden Sie tun?«

»Ich würde irgendwo auf dem Lande leben und mir Hühner und Kaninchen halten.«

»Was hat Ihnen Marcellin am Telefon erzählt?«

»Sie werden wieder behaupten, dass ich lüge.«

Er schaute ihr einen Augenblick fest in die Augen und sagte dann: »Jetzt nicht mehr.«

»Na, endlich. Das kommt nicht zu früh. Er hat mir berichtet, er sei zufällig auf eine ganz große Sache gestoßen. Genau diese Worte hat er gebraucht. Es könnte eine Menge einbringen, hat er hinzugefügt, aber er sei noch nicht fest entschlossen.«

»Hat er dabei nicht auf jemanden angespielt?«

»Nein. So geheimnisvoll hat er sonst nie getan. Er hat mich gefragt, ob wir einen *Großen Larousse* im Hause hätten, den, der aus was weiß ich wie vielen Bänden besteht. Ich habe ihm geantwortet, dass wir so etwas nicht hätten. Er hat dann darauf bestanden, dass ich in die Stadtbibliothek ging, um dort das Gesuchte nachzuschlagen.«

»Was wollte er wissen?«

»Jetzt kann ich es Ihnen ja sagen. So wie die Dinge stehen, habe ich sowieso keine Chancen mehr.«

»Allerdings.«

»Begriffen habe ich freilich nichts. Ich glaubte, wenn ich erst mal hier wäre, würde ich schon dahinterkommen.«

»Wer ist 1890 gestorben?«

»Man hat Ihnen mein Telegramm gezeigt? Hatte er es nicht vernichtet?«

»Die Post hat wie immer ein Duplikat davon.«

»Es ging um einen gewissen van Gogh, einen Maler. Er

hat sich das Leben genommen, habe ich gelesen. Er war sehr arm. Heute jagt man seinen Bildern nach, die wohl sehr wertvoll sein müssen. Ich habe mich gefragt, ob Marcel eines aufgetrieben hatte.«

»Das war aber nicht der Fall?«

»Ich glaube nicht. Als er mich anrief, wusste er noch nicht einmal, dass dieser Mann tot ist.«

»Was haben Sie sich dabei gedacht?«

»Nichts weiter, ich schwöre es Ihnen. Ich kam nur zu dem Schluss: Wenn Marcel aus dieser Information Geld schlagen konnte, dann konnte ich es möglicherweise auch. Vor allem, als ich erfuhr, dass man ihn ermordet hatte. Kein Mensch bringt einen andern nur so zum Vergnügen um. Marcel hatte keine Feinde. Bei ihm gab es auch nichts zu stehlen. Verstehen Sie?«

»Sie vermuten, dass das Verbrechen mit dem fraglichen van Gogh zusammenhängt?«

Maigret sagte das ohne Ironie. Er machte kurze Züge an seiner Pfeife, schaute zum Fenster hinaus und fügte dann hinzu: »Damit haben Sie wahrscheinlich recht.«

»Aber zu spät, denn nun sind Sie hier, und es nützt mir überhaupt nichts mehr. Wollen Sie, dass ich noch länger auf der Insel bleibe? Sie müssen wissen, dass mir das als Urlaub angerechnet wird; wenn Sie mich hier aber festhalten, kann mir die alte Megäre nichts mehr wollen.«

»Nun, dann bleiben Sie.«

»Danke. Jetzt sind Sie fast wieder so wie damals in Paris.«

Er gab sich nicht die Mühe, das Kompliment zu erwidern.

»Ruhen Sie sich etwas aus.«

Maigret ging hinunter, kam an Charlot vorüber, der ihn

spöttisch anblickte, und setzte sich wieder auf die Terrasse neben Lechat.

Es war die angenehmste Stunde des Tages. Die ganze Insel schien sich zu entspannen, und das Meer ringsherum, die Bäume, die Felsen, der sonnige Platz schienen nach der sengenden Hitze des Tages aufzuatmen.

»Haben Sie etwas Neues herausgefunden, Chef?«

Gerade kam Jojo vorbei, und Maigret bestellte schnell etwas zu trinken. Sie schaute ihn mit einer Miene an, als wäre sie ihm böse, weil er sich mit Ginette in deren Zimmer eingeschlossen hatte. Schließlich seufzte er:

»Ja, ich fürchte.«

Und als er das überraschte Gesicht des Inspektors bemerkte, fügte er hinzu:

»Ich meine, ich werde wahrscheinlich nicht mehr allzu lange hierbleiben können. Es ist schön hier, finden Sie nicht? Außer dass Monsieur Pyke da ist.«

Aber war ein rascher Erfolg nicht besser? Wer weiß, was Monsieur Pyke sonst bei Scotland Yard später erzählen würde?

»Sie werden aus Paris verlangt, Monsieur Maigret.«

Es handelte sich wahrscheinlich um die Informationen aus Ostende.

8

Monsieur Pyke und die Großmutter

Es war so sehr Sonntag, dass es einem fast zu viel werden konnte. Maigret behauptete gern, halb ernst, halb scherzhaft, er habe es, ohne erst die Augen aufschlagen zu müssen, von jeher gleich morgens im Bett gespürt, dass wieder einmal Sonntag war.

Hier ging mit den Glocken etwas äußerst Merkwürdiges vor. Dabei waren es eigentlich keine richtigen Kirchenglocken, sondern bimmelnde Glöckchen, wie man sie in Kapellen oder Klöstern läuten hört. Die Luft schien hier ganz anders, dichter zu sein als anderswo. Man hörte den Klöppel zwar deutlich gegen die Bronze schlagen, wodurch so etwas wie ein Ton entstand, aber dann begann das seltsame Phänomen: Ein Ring bildete sich am blassen und noch frischen Himmel, dehnte sich wie ein Rauchkringel zögernd nach allen Seiten aus, wurde zu einem großen Kreis, aus dem wie durch einen Zauber immer größere und immer vollkommenere Kreise hervorgingen. Die Kreise schwebten über dem Platz, über den Häusern, dem Hafen und weit hinaus bis über das Meer, auf dem kleine Boote schaukelten. Man spürte sie jenseits der Hügel und der Felsen, und sie waren noch nicht ganz verschwunden, als der Klöppel von neuem an das Metall schlug, wieder tönende Ringe entstanden und sich fortsetzten. Und so ging es weiter; man nahm diesen sonderbaren Vorgang mit jener kindlichen Verwunderung wahr, die man beim Anblick eines Feuerwerks empfindet.

Selbst die Schritte auf dem gestampften Boden des Platzes klangen anders als sonst, erinnerten irgendwie an einen Ostersonntag, und Maigret, der daraufhin aus dem Fenster blickte, hätte sich nicht gewundert, dort unten Erstkommunikantinnen zu sehen, deren Beinchen sich in den langen Kleidern verhedderten.

Wie am Tag zuvor zog er Pantoffeln und Hose an, streifte sein Jackett über das Nachthemd mit dem rotbestickten Kragen und ging hinunter. Aber als er in die Küche kam, war er enttäuscht. Unbewusst hatte er erwartet, Jojo dort wie gestern Morgen am Herd stehen und Kaffee kochen zu sehen, während von draußen das Licht durch die offene Tür fiel. Heute jedoch waren in der Küche vier oder fünf Fischer versammelt. Sie hatten gewiss schon ihren Schnaps getrunken, denn es roch im ganzen Raum danach. Auf den Fliesenboden hatte man einen ganzen Korb voll Fische geleert: rosafarbene Seekröten, blau und grün schimmernde Fische, deren Namen Maigret nicht kannte. Eine Art Seeschlange mit roten und gelben Flecken, die noch lebte, wand sich um ein Stuhlbein.

»Möchten Sie eine Tasse Kaffee, Monsieur Maigret?«

Nicht Jojo, sondern der Wirt bediente ihn. Vielleicht hatte Jojo sonntags frei. Maigret kam sich vor wie ein Kind, das man um seine Freude bringt.

Er erlebte das manchmal an sich, besonders morgens und besonders, wenn er vor den Spiegel trat, um sich zu rasieren. Er musterte sein breites Gesicht, stellte oft Tränensäcke unter den geschwollenen Augen fest; seine Haare wurden auch immer spärlicher. In solchen Augenblicken setzte er ein ernstes Gesicht auf, absichtlich, wie um sich selbst Angst zu machen, und sagte in den Spiegel:

»Das ist der Herr Kommissar von der Kriminalpolizei.«

Wer wollte es wagen, ihn nicht ernst zu nehmen? Eine Menge Leute, die kein gutes Gewissen hatten, zitterten schon, wenn nur sein Name genannt wurde. Er hatte die Macht, sie zu verhören, bis sie vor Angst winselten, sie ins Gefängnis zu werfen oder unter die Guillotine zu schicken.

Hier auf der Insel gab es jemanden, der wie er den Klang der Glocken vernahm, dieselbe sonntägliche Luft einatmete. Jemand, der am Vorabend mit ihm im gleichen Raum getrunken hatte und der in wenigen Tagen für immer hinter Gittern verschwinden würde.

Maigret trank seinen Kaffee, goss sich nach und nahm die Tasse mit in sein Zimmer hinauf. Nur mit Mühe konnte er daran glauben, dass das alles ernst war. Es war doch noch gar nicht so lange her, dass er in kurzen Hosen herumgesprungen, dass er in der frischen Morgenluft mit erstarrten Fingerspitzen über den Platz seines Dorfes gelaufen war, um in der kleinen Kirche, die nur vom Kerzenlicht erhellt war, bei der Messe zu dienen. Jetzt war er ein erwachsener Mann, alle hielten ihn dafür, und nur er selbst konnte es manchmal kaum glauben.

Ob andere bisweilen dasselbe Gefühl hatten? Ob Monsieur Pyke zum Beispiel sich hin und wieder fragte, wieso man ihn ernst nehmen konnte? Kam nicht auch ihm, und sei es noch so selten, alles wie ein Spiel, das ganze Leben als etwas höchst Lächerliches vor?

War denn der Major etwas anderes als einer dieser wohlgenährten Jungen, wie sie in jeder Schulklasse sitzen, einer dieser dicken und schlafmützigen Bengel, über die sich selbst der Lehrer einfach lustig machen muss?

Monsieur Pyke hatte gestern Abend, kurz vor dem Zwischenfall mit Polyte, einen schrecklichen Satz ausgesprochen. Sie waren unten, und wie am Abend zuvor, wie jeden Abend, hatte sich alle Welt in der ›Arche‹ eingefunden. Der Inspektor vom Yard hatte sich ganz selbstverständlich an den Tisch des Majors gesetzt. Trotz des Altersunterschiedes und ihrer ungleichen Statur hatten sie wie zwei Brüder gewirkt. Sie mussten schon am späten Nachmittag einiges getrunken haben, als Monsieur Pyke seinen Landsmann in dessen Villa aufgesucht hatte. Jedenfalls genug, um einen glasigen Blick und eine schwere Zunge zu bekommen, doch zu wenig, um ihre Würde zu verlieren. Sie hatten eben nicht nur auf dem College die gleichen Manieren beigebracht bekommen, sondern waren wohl auch später, Gott weiß wo, in Sachen Alkoholkonsum auf dieselbe Schule gegangen.

Sie waren nicht traurig, eher heimwehkrank, ein bisschen abwesend, wirkten jeder wie der liebe Gott persönlich, der das Treiben der Welt mit melancholischer Milde betrachtet. Als Maigret sich dann neben Monsieur Pyke setzte, hatte dieser geseufzt:

»Seit voriger Woche ist sie Großmutter.«

Dabei vermied er, die Person, von der er sprach, anzublicken, wie er es überhaupt vermied, ihren Namen zu nennen. Aber es war sonnenklar, dass er damit nur Mrs. Wilcox gemeint haben konnte. Sie saß mit Philippe am anderen

Ende des Raumes auf der Bank. Der Holländer und Anna hatten am Nebentisch Platz genommen.

Nach einer Weile hatte Monsieur Pyke im selben gleichgültigen Ton hinzugefügt:

»Ihre Tochter und ihr Schwiegersohn erlauben ihr nicht, nach England zurückzukehren. Der Major kennt die beiden sehr gut.«

Arme alte Frau. Denn plötzlich fiel Maigret auf, dass Mrs. Wilcox wirklich eine alte Frau war, und er mokierte sich nicht länger über ihr stark geschminktes Gesicht, über ihre gefärbten Haare, die an den Ansätzen weiß blitzten, und über ihre künstliche Lebhaftigkeit.

Sie war eine Großmutter. Maigret erinnerte sich, dass er bei ihrem Anblick an seine eigene Großmutter hatte denken müssen. Er hatte versucht, sich vorzustellen, wie er sich als Kind verhalten hätte, wenn man ihm eine Frau wie Mrs. Wilcox gezeigt und gesagt hätte: ›Gib deiner Großmama einen Kuss.‹

Man verbot ihr, in ihrem eigenen Land zu leben, und sie fügte sich. Sie wusste nur zu gut, dass sie nichts dagegen tun konnte, dass nur sie im Unrecht war. Man behandelte sie wie jene Trunkenbolde, denen man bloß das allernötigste Taschengeld gibt und die dann durch allerlei Tricks hier und dort ein Gläschen zu ergattern versuchen. Überkam sie, wie die Säufer, auch ab und zu das Selbstmitleid, weinte sie auch manchmal still in ihrer Ecke vor sich hin? Vielleicht, wenn sie viel getrunken hatte. Denn sie schluckte ganz schön; Philippe hatte ihr immer wieder nachgeschenkt, während Anna, die etwas weiter auf derselben Bank saß, nur an eines dachte: an den Augenblick, da sie endlich ins Bett kommen würde.

Maigret rasierte sich. Er hatte nicht ins Badezimmer gehen können, weil es noch besetzt war.

»Noch fünf Minuten!«, hatte Ginette ihm durch die Tür zugerufen.

Von Zeit zu Zeit warf er einen Blick durchs Fenster hinunter auf den Platz, der heute völlig anders wirkte, selbst jetzt noch, da die Glocken verstummt waren. Der Pfarrer las gerade die erste Messe. Bei dem Pfarrer seines Heimatdorfes ging in der Frühmesse alles immer so schnell, dass dem jungen Maigret kaum Zeit blieb, zwischen den Responsorien die Messkännchen herumzureichen.

Wie merkwürdig war doch sein Beruf. Er war ein Mensch wie jeder andere auch, und doch hielt er so viele Schicksale in seinen Händen.

Einen nach dem anderen rief er sich alle, die gestern Abend unten saßen, ins Gedächtnis zurück. Er selbst hatte nicht viel getrunken, gerade genug, um seine Empfindungen ein klein bisschen zu verstärken.

De Greef mit seinen scharfen Gesichtszügen hatte ein paarmal mit stummer Ironie zu ihm herübergestarrt, schien ihn herausfordern zu wollen. Philippe, der trotz seines klangvollen Namens und seiner Ahnen ein primitiver Charakter war, bemühte sich jedes Mal um Haltung, wenn Mrs. Wilcox ihn wie einen Hausdiener herumkommandierte. Bestimmt gab es Augenblicke, in denen er sich rächen konnte, aber es blieb ihm nicht erspart, diese Erniedrigungen unter aller Augen hinnehmen zu müssen. Und die Demütigung, die er gestern Abend hatte schlucken müssen, war so schlimm, dass jeder peinlich berührt war. Der arme Paul, der glücklicherweise nicht wusste, von wem der Schlag gekommen war, hatte hinterher alle Mühe, wieder ein bisschen Stimmung unter die Gäste zu bringen. Gewiss sprachen sie unten darüber. Den ganzen Tag lang würden die Leute auf der Insel über nichts anderes reden. Würde Polyte sein Geheimnis hüten? Aber das war jetzt eigentlich ziemlich gleichgültig.

Polyte stand an der Theke, seine Kapitänsmütze auf dem Kopf. Er hatte schon eine ganze Menge Schnaps getrunken. Er sprach so laut, dass seine Stimme die übrigen Gespräche übertönte.

Wie schon so oft hatte Philippe den Saal durchquert, um auf Mrs. Wilcox' Geheiß das Grammophon anzustellen. Dann hatte Polyte Maigret zugezwinkert, war seinerseits zum Grammophon gegangen und hatte den Apparat abgestellt. Er hatte sich zu Moricourt herumgedreht und ihn mit einem sarkastischen Blick gemustert. Philippe hatte nicht protestiert, sondern getan, als ob er gar nichts gemerkt hätte.

»Ich mag es nicht, wenn man mich so ansieht!«, hatte Polyte dann gerufen und war dabei ein paar Schritte vorgegangen.

»Aber… ich sehe Sie ja überhaupt nicht an…«

»Es ist wohl unter Ihrer Würde, mich anzusehen?«

»Das habe ich nicht gesagt.«

»Meinen Sie vielleicht, ich wüsste nicht Bescheid?«

Mrs. Wilcox hatte ihrem Begleiter etwas auf Englisch zugeflüstert. Monsieur Pyke hatte die Brauen gerunzelt.

»Bin ich vielleicht nicht gut genug für Sie, Sie kleiner, billiger Zuhälter?!«

Philippe war knallrot geworden, rührte sich aber immer noch nicht und bemühte sich krampfhaft wegzuschauen.

»Sagen Sie's doch, dass ich Ihnen nicht gut genug bin!«

In diesem Augenblick hatte de Greef einen kurzen und äußerst scharfen Blick zu Maigret hinübergeworfen. Wusste er Bescheid? Lechat, der das alles nicht verstand, hatte sich erheben und einschreiten wollen, und Maigret hatte ihn unter dem Tisch am Handgelenk festhalten müssen.

»Was würden Sie dazu sagen, wenn ich Ihnen Ihre hübsche Fresse polierte, na? Was würden Sie dazu sagen?«

Und Polyte, der fand, dass er nun genug geredet hatte, schlug seine Faust quer über den Tisch voll in Philippes Gesicht.

Philippe fasste sich nur mit der Hand an die Nase, sonst nichts. Er versuchte weder sich zu verteidigen noch seinen Widersacher anzugreifen, er stammelte nur: »Ich habe Ihnen nichts getan.«

Mrs. Wilcox schrie zur Theke hinüber:

»Monsieur Paul! Monsieur Paul! Wollen Sie bitte schön diesen Verrückten hinauswerfen? Das ist ja einfach empörend!«

Sie hatte die Worte ›Verrückter‹ und ›empörend‹ ganz besonders betont.

»Was Sie betrifft…«, hatte Polyte, zu dem Holländer gewandt, wieder angefangen.

Dieser reagierte völlig anders. Ohne sich von seinem Platz zu rühren, in starrer Haltung, sagte er:

»Sei ruhig, Polyte.«

Man spürte, dass er sich nichts gefallen lassen würde, dass er, mit gespannten Muskeln, jeden Moment aufspringen konnte.

Schließlich hatte sich Paul dazwischengestellt.

»Beruhige dich, Polyte. Komm einen Augenblick mit mir in die Küche. Ich habe mit dir zu reden.«

Der Kapitän hatte sich fortführen lassen, aber nicht, ohne der Form halber zu protestieren.

Lechat, völlig verwirrt, weil er noch immer nicht wusste, worum es ging, hatte gefragt:

»Haben Sie das inszeniert, Chef?«

Maigret hatte keine Antwort gegeben, und als der Inspektor von Scotland Yard ihn prüfend anschaute, hatte er ein so gleichgültiges Gesicht wie nur möglich gemacht.

Paul hatte sich geziemend entschuldigt. Polyte war nicht wieder erschienen; man hatte ihn durch die Hintertür hinausgelassen. Heute würde er sich als Held aufspielen.

Haften blieb, dass Philippe sich nicht zur Wehr gesetzt hatte, dass sein Gesicht einen Augenblick lang in Angstschweiß gebadet war, von einer physischen Angst, die sich auf den Magen legt und unüberwindbar ist. Hinterher hatte er übermäßig viel getrunken und mit finsterer Miene dagesessen, bis Mrs. Wilcox ihn schließlich mit sich fortgenommen hatte.

Sonst hatte sich nichts weiter ereignet. Charlot und seine Tänzerin waren ziemlich früh nach oben gegangen, hatten aber noch nicht geschlafen, als Maigret seinerseits sein Zimmer aufsuchte. Ginette und Monsieur Emile hatten sich halblaut unterhalten. Niemand hatte eine allgemeine Runde spendiert, wahrscheinlich wegen des Zwischenfalls.

»Komm rein, Lechat!«, rief der Kommissar zur Tür hin.

Der Inspektor war schon fertig angezogen.

»Ist Monsieur Pyke schwimmen gegangen?«

»Er sitzt unten und verzehrt seine Eier mit Speck. Ich war zur Abfahrt der ›Cormoran‹ am Hafen.«

»War was Besonderes los?«

»Nichts. Es sieht so aus, als ob sonntags viele Leute aus Hyères und Toulon rüberkämen. Sie gehen hier an die Strände, die dann hinterher mit Sardinenbüchsen und leeren Flaschen übersät sind. In einer Stunde werden sie eintreffen.«

Die Information aus Ostende hatte nichts Unerwartetes gebracht. Monsieur Bebelmans, Annas Vater, war eine bedeutende Persönlichkeit. Er war lange Zeit Bürgermeister der Stadt gewesen und hatte sich einmal auch für die Abgeordnetenwahl aufstellen lassen. Seit seine Tochter das Haus verlassen hatte, durfte ihr Name vor ihm nicht mehr erwähnt werden. Seine Frau war inzwischen gestorben, und Anna wusste nichts davon.

»Man könnte fast sagen, dass alle, die aus diesem oder jenem Grund auf die schiefe Bahn geraten sind, sich hier wieder zusammenfinden«, sagte Maigret, als er in sein Jackett schlüpfte.

»Das macht das Klima hier«, antwortete Lechat, der sich mit solchen Problemen wenig beschäftigte. »Ich habe mir heute Morgen noch einen Revolver angesehen.«

Er war ein gewissenhafter Beamter. Er hatte nicht eher geruht, bis er jeden, der in Besitz eines Revolvers war, ausfindig gemacht hatte. Er suchte sie alle nacheinander auf, untersuchte ohne allzu viel Hoffnung die Waffen, tat es aber, weil es einfach zur Routine gehörte.

»Was machen wir heute?«

Maigret begab sich zur Tür und überhörte die Frage. Sie

gingen hinunter. Monsieur Pyke saß immer noch an dem Tisch mit der rotkarierten Tischdecke.

»Sie sind doch sicher Protestant«, wandte sich Maigret an den Engländer. »Wollen Sie nicht am Hochamt teilnehmen?«

»Stimmt, ich bin Protestant, aber ich war schon bei der Frühmesse.«

Und wenn es nur eine Synagoge gegeben hätte, so wäre er sicher auch dorthin gegangen, einfach, weil heute Sonntag war und er an irgendeinem Gottesdienst teilnehmen wollte.

»Ich weiß nicht, ob Sie mich begleiten wollen. Ich muss heute Vormittag einer Dame einen Besuch abstatten, der Sie lieber aus dem Weg gehen.«

»Gehen Sie an Bord der Jacht?«

Maigret nickte. Daraufhin schob Monsieur Pyke seinen Teller zurück, stand auf und griff nach dem Strohhut, den er sich am Tag zuvor beim Bürgermeister gekauft hatte. Er hatte nämlich bereits einen Sonnenbrand im Gesicht, das dadurch fast so rot wie das des Majors war.

»Kommen Sie mit?«

»Sie werden vielleicht einen Dolmetscher brauchen.«

»Soll ich auch mitkommen?«, fragte Lechat.

»Ja, das wäre mir lieb. Kannst du rudern?«

»Ich bin an der Küste geboren.«

Wieder einmal gingen sie zum Hafen. Der Inspektor bat einen Fischer, sich ein Boot ohne Motor ausleihen zu dürfen, und die drei stiegen ein. Auf dem Deck ihres kleinen Schiffes sahen sie de Greef und Anna beim Frühstück sitzen.

Auch das Meer schien dem Sonntag zu Ehren ein glitzerndes Seidengewand übergezogen zu haben. Bei jedem Ruderschlag sprühte das Wasser wie tausend kleine Perlen in der Sonne. Die ›Cormoran‹ lag am gegenüberliegenden Ufer vor der Spitze von Giens und wartete auf die Passagiere, die mit dem Autobus eintreffen würden. Man konnte bis auf den Meeresgrund sehen; an den Felsen schimmerten violett die Seeigel, und manchmal schoss ein Seebarsch wie ein silberner Pfeil vorbei.

Die Kirchenglocken läuteten zum Hochamt. In den Häusern roch es jetzt sicher überall nach Kaffee und nach dem Parfüm, das sich die Frauen auf ihre Sonntagskleider sprühten.

Die ›North Star‹ wirkte aus der Nähe viel größer und viel höher. Da sich an Bord nichts rührte, hob Lechat den Kopf und rief:

»Hallo, dort oben!«

Es dauerte eine Weile, bis sich ein Matrose an der Reling zeigte. Seine eine Wange war noch weiß vom Seifenschaum, und in der Hand hielt er ein offenes Rasiermesser.

»Ist Ihre Chefin zu sprechen?«

»Könnten Sie nicht in einer oder zwei Stunden wiederkommen?«

Monsieur Pyke war sichtlich verlegen. Maigret zögerte eine Sekunde bei dem Gedanken an die ›Großmutter‹.

»Wenn es sein muss, warten wir an Deck«, sagte er zu dem Matrosen.

»Los, Lechat!«

Nacheinander erklommen sie die Leiter. Die Bullaugen an der Kajüte waren mit Messing eingefasst. Maigret bemerkte hinter einem der Fensterchen ein Frauengesicht, das aber gleich darauf wieder im Halbdunkel verschwand. Einen Augenblick später öffnete sich die Luke, und Philippes Kopf tauchte auf. Er war noch ungekämmt und verschlafen und erkundigte sich mürrisch:

»Was wollen Sie?«

»Mit Mrs. Wilcox sprechen.«

»Sie ist noch nicht auf.«

»Das stimmt nicht. Ich habe sie eben gesehen.«

Philippe trug einen blaugestreiften Seidenpyjama. Um in die Kabine zu gelangen, musste man ein paar Stufen hinabsteigen. Maigret baute sich eigensinnig vor Philippe auf, wartete gar nicht erst ab, bis man ihn zum Eintreten aufforderte, sondern sagte nur:

»Erlauben Sie?«

Das Schiff zeigte eine seltsame Mischung von Luxus und Unordnung, von raffinierter Ausstattung und schäbigen Details. Das Deck war sauber geschrubbt, die Messingbeschläge funkelten. Das Tauwerk war sorgfältig aufgeschossen, und der Kommandostand mit dem Kompass und den Bordinstrumenten blinkte und blitzte wie eine holländische Küche.

Über die wenigen Stufen erreichte man eine Kabine mit mahagoniverkleideten Wänden. Zwei mit rotem Leder bezogene Bänke umsäumten einen am Boden befestigten Tisch, auf dem Flaschen und Gläser, Brotschnitten, eine angebrochene Sardinenbüchse und Spielkarten wild durcheinanderlagen. Ein widerlicher Alkoholgeruch und der Mief ungelüfteter Betten verpesteten die Luft.

Mrs. Wilcox schien in aller Hast hinter die geschlossene

Tür der Nebenkabine, die wohl als Schlafzimmer diente, geflüchtet zu sein, denn sie hatte einen Seidenpantoffel auf dem Fußboden verloren.

»Verzeihen Sie bitte die Störung«, sagte Maigret höflich zu Philippe. »Sicher saßen Sie gerade beim Frühstück?«

Ohne Ironie blickte er auf die halbgeleerten Ale-Flaschen, die angebissene Brotscheibe und ein Stück Butter in Papier.

»Ist das eine Durchsuchung?«, fragte der junge Mann, wobei er sich mit der Hand durchs Haar fuhr.

»Nennen Sie es, wie Sie wollen. Bis jetzt betrachte ich es als einen einfachen Besuch.«

»Um diese Zeit?«

»Um diese Zeit sind manche Leute schon wieder müde.«

»Mrs. Wilcox pflegt immer spät aufzustehen.«

Hinter der Tür hörte man Wasser laufen. Philippe hätte sich sicher auch gerne ordentlich angezogen, aber dann hätten der Kommissar und sein Begleiter die zweite Kabine mit ihrer allzu intimen Unordnung zu sehen bekommen. Er hatte keinen Morgenmantel zur Hand. Sein Pyjama war zerknittert. Automatisch griff er nach einer Bierflasche und trank.

Lechat war auf Geheiß des Kommissars an Deck geblieben, wo er sich mit den beiden Matrosen unterhalten sollte. Sie waren keine Engländer, wie man hätte annehmen können, sondern stammten aus Nizza und waren ihrem Akzent nach zu urteilen wahrscheinlich italienischer Abstammung.

»Bitte setzen Sie sich, Monsieur Pyke«, sagte Maigret, da Philippe selbst sie nicht dazu aufforderte.

Maigrets Großmutter war immer zur Frühmesse um sechs Uhr morgens gegangen, und wenn er damals aufstand, traf er sie in einem schwarzen Seidenkleid und mit einer weißen Haube. Im Kamin brannte das Feuer, und auf einem Tisch mit gestärkter Decke stand schon das Frühstück bereit.

Hier waren einige alte Frauen auch zur Frühmesse gegangen, andere überquerten jetzt schräg den Platz und gingen auf das offene Portal der Kirche zu, in der es nach Weihrauch duftete.

Mrs. Wilcox dagegen hatte schon Bier getrunken, und jetzt am Morgen war ihr grauer Haaransatz sicher noch deutlicher zu sehen. Man hörte sie hinter der Wand hin und her gehen, sie konnte ihrem Sekretär im Moment in keiner Weise behilflich sein.

Philippes Wange war dort, wo ihn gestern Polytes Faust getroffen hatte, leicht angeschwollen, und so, wie er jetzt in seinem blaugestreiften Pyjama dastand, sah er aus wie ein trotziger Schuljunge. Denn wie es in jeder Klasse den dicken, gummiballähnlichen Jungen gibt, so gibt es auch immer den Schüler, der sich in den Pausen stumm beleidigt in seine Ecke zurückzieht und von dem seine Klassenkameraden sagen: So ein blöder Petzer!

An den Wänden hingen Stiche, aber der Kommissar konnte ihre Qualität nicht beurteilen. Einige waren etwas gewagt, ohne deshalb die Grenzen des guten Geschmacks zu überschreiten.

Monsieur Pyke und er kamen sich ein wenig wie in einem Wartezimmer vor. Der Engländer hielt seinen Strohhut auf den Knien. Maigret zündete sich schließlich seine Pfeife an.

»Wie alt ist Ihre Mutter, Monsieur de Moricourt?«

»Wieso fragen Sie mich das?«

»Nur so. Wenn ich nach Ihrem Alter gehe, dürfte sie etwa fünfzig sein.«

»Fünfundvierzig. Sie war noch sehr jung, als ich geboren wurde. Sie hat mit sechzehn geheiratet.«

»Mrs. Wilcox ist älter als sie, nicht wahr?«

Monsieur Pyke senkte den Kopf. Man hätte glauben können, dass der Kommissar die Atmosphäre absichtlich noch peinlicher machte. Lechat konnte sich da draußen wohler fühlen. Er saß in der Sonne auf der Reling und schwatzte mit einem der beiden Matrosen, der sich dabei die Fingernägel säuberte.

Endlich gab es einen Laut an der Tür. Mrs. Wilcox trat heraus und zog die Tür rasch wieder hinter sich zu, damit niemand das Durcheinander sehen konnte. Sie hatte sich inzwischen angezogen und zurechtgemacht, aber die dick aufgetragene Schminke konnte ihre aufgedunsene Haut nicht ganz verstecken. In ihrem Blick lag eine gewisse Unruhe. Sie musste einen erbärmlichen Anblick geboten haben, nachdem sie gleich am frühen Morgen eine Flasche Starkbier getrunken hatte, um ihren Kater loszuwerden. ›Großmutter …‹, dachte Maigret unwillkürlich. Er erhob sich, grüßte sie und stellte seinen Begleiter vor:

»Vielleicht kennen Sie Monsieur Pyke schon? Er ist ein Landsmann von Ihnen und gehört dem Scotland Yard an; er ist aber nicht dienstlich hier. Bitte entschuldigen Sie die frühe Störung, Mrs. Wilcox.«

Sie war trotz allem eine Frau von Welt geblieben. Ein kurzer Blick von ihr genügte, um Philippe anzuzeigen, dass sein Aufzug ungehörig war.

»Gestatten Sie, dass ich mich ankleiden gehe?«, fragte er leise mit einem bösen Blick auf den Kommissar.

»Sie werden sich dann vielleicht etwas wohler fühlen.«

»Setzen Sie sich, Messieurs. Darf ich Ihnen etwas anbieten?«

Sie bemerkte, dass Maigret seine Pfeife ausgehen ließ.

»Rauchen Sie nur weiter, ich bitte Sie. Ich wollte mir selbst auch gerade eine Zigarette anzünden.« Und mit einem gezwungenen Lächeln fuhr sie fort: »Entschuldigen Sie die Unordnung hier, aber eine Jacht ist kein Haus, und wir haben sehr wenig Platz.«

Was mochte Monsieur Pyke in diesem Augenblick denken? Würde er das Benehmen seines französischen Kollegen ungehobelt oder flegelhaft nennen? Es war gut möglich. Maigret selbst war übrigens auch nicht gerade stolz auf die Arbeit, die er hier zu tun hatte.

»Sie kennen doch wohl Jef de Greef, Mrs. Wilcox?«

»Er ist ein begabter Junge, und Anna ist ein reizendes Mädchen. Sie waren öfter hier an Bord.«

»Es heißt, er sei ein talentierter Maler.«

»Ja, das glaube ich auch. Ich habe ihm ein Bild abgekauft und hätte es Ihnen gerne gezeigt, wenn ich es nicht schon in meine Villa in Fiesole geschickt hätte.«

»Sie haben eine Villa in Italien?«

»Ach, es ist eigentlich ein ganz bescheidenes Häuschen, aber es liegt herrlich, auf einem Hügel, und von meinem Fenster aus habe ich einen wunderbaren Blick auf Florenz. Kennen Sie Florenz, Herr Kommissar?«

»Ich hatte leider noch nicht das Vergnügen.«

»Einen Teil des Jahres verbringe ich dort, und alles, was

ich auf meinen vielen Reisen kaufe, landet in diesem Häuschen.«

Sie schien sich jetzt ein wenig sicherer zu fühlen.

»Wollen Sie wirklich nichts trinken?«

Sie selbst war durstig und schielte nach dem Bier, das sie vorhin nicht hatte austrinken können. Aber sie wagte nicht, alleine zu trinken.

»Wollen Sie nicht dieses Bier probieren? Ich lasse es direkt aus England kommen.«

Um ihr eine Freude zu machen, sagte Maigret ja. Aus einem in die Wand eingelassenen Kühlschrank nahm sie ein paar Flaschen. Fast überall hinter der Holzverkleidung verbargen sich Wandschränke, und auch die Sitzbänke waren in Wirklichkeit Truhen.

»Sie kaufen viele Dinge, wenn Sie auf Reisen sind, nicht wahr?«

Sie lachte.

»Wer hat Ihnen das gesagt? Ich kaufe, weil es mir Spaß macht, stimmt. In Istanbul zum Beispiel lasse ich mich jedes Mal von den Basarhändlern verleiten und kehre dann mit lauter schrecklichen Dingen an Bord zurück. Dort, wo ich die Sachen einkaufe, finde ich sie wunderschön, aber wenn ich dann in die Villa komme und den ganzen Krempel sehe…«

»Sind Sie Jef de Greef in Paris begegnet?«

»Nein, erst hier. Vor noch gar nicht langer Zeit.«

»Und Ihr Sekretär?«

»Er reist schon seit zwei Jahren mit mir. Er ist ein sehr gebildeter junger Mann. Wir haben uns in Cannes kennengelernt.«

»Arbeitete er dort?«

»Er machte eine Reportage für eine Pariser Zeitung.«

Moricourt lauschte bestimmt an der Wand.

»Sie sprechen perfekt französisch, Mrs. Wilcox.«

»Ich habe eine Weile in Paris studiert, und meine Gouvernante war Französin.«

»Ist Marcellin oft an Bord gekommen?«

»Gewiss. Ich glaube, fast jeder auf der Insel war einmal hier.«

»Erinnern Sie sich an die Nacht, in der er ermordet wurde?«

»Ja, so ungefähr.«

Er blickte auf ihre Hände, aber sie zitterten nicht.

»Er hat an jenem Abend viel von mir gesprochen.«

»Man hat es mir erzählt, ja. Ich wusste damals nicht, wer Sie sind. Ich musste erst Philippe fragen.«

»Und Monsieur de Moricourt wusste es?«

»Sie scheinen eine Berühmtheit zu sein.«

»Als Sie die ›Arche Noah‹ verließen...«

»Ja, ich höre?«

»...war da Marcellin schon gegangen?«

»Das kann ich nicht mit Gewissheit sagen. Ich weiß nur, dass wir hinunter zum Hafen ganz dicht an den Häusern entlangliefen, weil der Mistral so stark blies. Ich habe sogar Angst gehabt, dass wir nicht aufs Schiff kommen könnten.«

»Sie und Monsieur de Moricourt sind dann sofort ins Ruderboot gestiegen?«

»Sofort. Was hätten wir sonst auch tun können? Da fällt mir ein, dass Marcellin uns bis zum Boot begleitete.«

»Sie haben niemanden getroffen?«

»Bei dem Wetter war ja kein Mensch draußen.«

»Sind de Greef und Anna auch zu ihrem Boot gegangen?«

»Mag sein. Ich weiß es nicht mehr. Aber warten Sie…«

In diesem Augenblick hörte Maigret zu seiner Verblüffung Monsieur Pykes präzise Stimme. Es war das erste Mal, dass er in die Untersuchung eingriff. Klar und deutlich sagte er, aber ohne dass er seinen Worten eine besondere Bedeutung beizumessen schien:

»Bei uns müssten wir Sie darauf hinweisen, Mrs. Wilcox, dass alles, was Sie sagen, gegen Sie verwendet werden kann.«

Bestürzt schaute Mrs. Wilcox erst ihn, dann Maigret an. Man meinte, in ihrem Blick plötzlich eine panische Angst zu entdecken.

»Ist das ein Verhör?«, fragte sie. »Aber… sagen Sie mir, Herr Kommissar… Ich nehme nicht an, dass Sie uns, Philippe und mich, verdächtigen, diesen Mann umgebracht zu haben?«

Maigret starrte einen Augenblick lang schweigend auf seine Pfeife.

»Ich verdächtige niemanden von vornherein, Mrs. Wilcox. Doch dies ist allerdings ein Verhör, und Sie haben das Recht, die Antwort zu verweigern.«

»Warum sollte ich Ihnen nicht antworten? Wir sind gleich zur Jacht zurückgefahren, obwohl das Ruderboot voller Wasser stand und wir uns an die Leiter klammern mussten, um wieder an Bord zu kommen.«

»Ist Philippe nicht noch einmal zurückgefahren?«

Zögernd blickte sie ihn an. Die Anwesenheit ihres Landsmannes schien sie verlegen zu machen.

»Wir sind sofort schlafen gegangen. Er hätte nicht von Bord gehen können, ohne dass ich es merkte.«

Bei diesen Worten entschied sich Philippe, wieder zu erscheinen. Er trug eine weiße Flanellhose, hatte sich Brillantine ins Haar gerieben und sich eine Zigarette angesteckt, die jetzt zwischen seinen Lippen hing. Er wollte den Tapferen spielen und wandte sich unmittelbar an Maigret:

»Haben Sie mir Fragen zu stellen, Herr Kommissar?«

Maigret tat, als ob er ihn gar nicht sähe.

»Kaufen Sie viele Bilder, Madame?«

»Ziemlich viele, ja. Das ist eine meiner Marotten. Wenn ich auch nicht gerade eine Gemäldegalerie besitze, so habe ich doch allerlei gute Bilder.«

»In Fiesole?«

»Ja, in Fiesole.«

»Italienische Meister?«

»Nein, so weit versteige ich mich nicht. Ich bin bescheidener und begnüge mich mit moderner Malerei.«

»Mit Bildern von Cézanne oder Renoir, zum Beispiel?«

»Ich besitze einen entzückenden kleinen Renoir.«

»Degas, Manet, Monet?«

»Eine Zeichnung von Degas, eine Tänzerin.«

»Van Gogh?«

Maigret sah nicht sie an, sondern musterte Philippe, dem plötzlich etwas in der Kehle zu stecken schien und der starr vor sich hin blickte.

»Ich habe eben erst einen van Gogh gekauft.«

»Wann genau?«

»Vor einigen Tagen. Wann sind wir nach Hyères gefahren, um ihn wegzuschicken, Philippe?«

»Ich kann mich nicht genau erinnern«, antwortete der Gefragte mit tonloser Stimme.

Maigret half ihrem Gedächtnis nach.

»War es nicht ein oder zwei Tage vor Marcellins Tod?«

»Zwei Tage davor«, sagte sie. »Jetzt fällt es mir wieder ein.«

»Haben Sie das Bild hier aufgetrieben?«

Sie nahm sich gar nicht die Zeit zu überlegen, und als es heraus war, biss sie sich auf die Lippen.

»Philippe«, begann sie, »hat durch einen Freund...«

Am Schweigen der drei Männer erkannte sie plötzlich, dass sie das nicht hätte sagen dürfen. Sie sah sie nacheinander an und schrie: »Was ist los, Philippe?«

Mit einem Satz war sie aufgesprungen und ging auf den Kommissar zu.

»Wollen Sie es nicht sagen? ... Erklären Sie es mir! ... So reden Sie doch! Warum sagen Sie nichts mehr? Philippe! Was ist denn? ...«

Philippe rührte sich immer noch nicht.

»Entschuldigen Sie, Madame, aber ich muss Ihren Sekretär mitnehmen.«

»Sie verhaften ihn? Aber ich sage Ihnen doch, dass er hier war, dass er die ganze Nacht bei mir geblieben ist, dass...«

Sie schaute auf die Tür zu ihrer Schlafkabine. Man spürte, dass sie nahe daran war, sie aufzumachen, auf das große Bett zu deuten und zu schreien: ›Wie hätte er weggehen können, ohne dass ich es merkte!‹

Maigret und Monsieur Pyke hatten sich ebenfalls erhoben.

»Wollen Sie bitte mitkommen, Monsieur de Moricourt?«

»Haben Sie einen Haftbefehl?«

»Ich werde einen beim Untersuchungsrichter beantragen, wenn Sie darauf bestehen, aber ich glaube nicht, dass Sie das tun werden.«

»Sie nehmen mich fest?«

»Noch nicht.«

»Wohin bringen Sie mich?«

»An einen Ort, wo wir uns in Ruhe unterhalten können. Glauben Sie nicht auch, dass das vorteilhafter ist?«

»Sag mir, Philippe ...«, begann Mrs. Wilcox.

Ohne sich dessen bewusst zu werden, war sie in die englische Sprache verfallen. Philippe hörte ihr nicht zu, schaute sie nicht an, kümmerte sich nicht mehr um sie. Und als er auf Deck stieg, warf er ihr nicht einmal einen Blick zum Abschied zu.

»Das wird Sie nicht viel weiterbringen«, sagte er zu Maigret.

»Kann schon sein.«

»Wollen Sie mir vielleicht Handschellen anlegen?«

Es war immer noch Sonntag. Die ›Cormoran‹ lag im Hafen. Menschen in heller Sommerkleidung gingen an Land. Einige Touristen hockten schon auf den Felsen, eine Angel in der Hand.

Monsieur Pyke verließ die Kajüte als Letzter, und als er in dem Ruderboot Platz nahm, war er knallrot im Gesicht. Lechat wusste vor lauter Verwunderung über den zusätzlichen Passagier nichts zu sagen.

Maigret saß am Heck des kleinen Bootes und ließ seine linke Hand durch das Wasser gleiten, wie er es früher als

Kind immer getan hatte, wenn sein Vater ihn zu einer Bootsfahrt auf dem Teich mitnahm.

Das Glockengeläut malte immer noch tönende Kreise in den Himmel.

9

Maigrets schlechte Schüler

Sie blieben vor dem Krämerladen stehen, wo Maigret den Schlüssel holen wollte. Da der Bürgermeister einige Kunden zu bedienen hatte, rief er seiner Frau etwas zu. Sie war eine kleine, blasse Person mit einem straffen Haarknoten im Nacken. Während sie eine ganze Weile nach dem Schlüssel suchte, stand Philippe zwischen Maigret und Monsieur Pyke und machte ein verbissenes, beleidigtes Gesicht. Es war wieder eine Szene wie in der Schule: der bestrafte Schüler und der gestrenge, unerbittliche Lehrer.

Man hätte es nicht für möglich gehalten, dass die ›Cormoran‹ so viele Leute befördern konnte. Allerdings hatten auch noch andere Schiffe an diesem Morgen die Überfahrt gemacht. Jetzt bahnten die Touristen sich einen Weg zum Strand, und einstweilen bot der Platz geradezu den Anblick einer Völkerwanderung.

Im Halbdunkel des Genossenschaftsladens konnte man Anna in ihrem Pareo und mit ihrem Einkaufsnetz erkennen. De Greef und Charlot saßen zusammen auf der Terrasse der ›Arche‹. Die beiden hatten gesehen, wie Philippe, flankiert von den Polizeibeamten, vorbeiging, und hatten dem Grüppchen nachgeschaut. Sie waren frei. Sie saßen an ihrem Tischchen und hatten eine Flasche kühlen Wein vor sich stehen. Maigret hatte leise ein paar Worte an Lechat gerichtet.

Endlich brachte die Frau des Bürgermeisters den Schlüssel. Ein paar Augenblicke später öffnete Maigret die Tür ins Amtszimmer und ging sofort ans Fenster, das er wegen des modrigen Geruchs weit aufriss.

»Setzen Sie sich, Moricourt.«

»Ist das ein Befehl?«

»Genau.«

Er schob ihm einen der Klappstühle hin, die bei den Feiern am 14. Juli benutzt wurden. Monsieur Pyke schien gemerkt zu haben, dass der Kommissar in solchen Situationen nur ungern jemanden stehen sah, denn er klappte ebenfalls einen Stuhl auf und setzte sich in eine Ecke.

»Sie haben mir wohl nichts zu sagen?«

»Bin ich verhaftet?«

»Ja.«

»Ich habe Marcellin nicht umgebracht.«

»Sondern?«

»Nichts. Ich verweigere jede weitere Aussage. Sie können mich vernehmen, solange Sie wollen, und all die widerlichen Mittel anwenden, mit denen Sie die Leute zum Sprechen bringen. Ich werde nichts sagen.«

Wie so eine kleine Rotznase! Es lag vielleicht an seinen Eindrücken vom Vormittag, dass Maigret ihn nicht ernst nehmen, nicht glauben konnte, dass er es hier mit einem erwachsenen Mann zu tun hatte. Der Kommissar nahm keinen Stuhl. Er ging ziellos hin und her, berührte mal eine zusammengerollte Fahne, mal die Büste des Staatsoberhauptes, stellte sich vor das Fenster, durch das er eine Gruppe weißgekleideter kleiner Mädchen unter der Obhut zweier Nonnen in Schwesterntracht über den Platz ziehen sah. Er hatte also gar nicht so falsch gelegen, als er heute früh an Erstkommunikantinnen hatte denken müssen.

Die Männer von der Insel trugen heute saubere dunkelblaue Leinenhosen, deren Farbe in der Sonne besonders kräftig wirkte, und ihre weißen Hemden blitzten geradezu. Man begann schon wieder mit einem Boulespiel. Monsieur Emile ging mit trippelnden Schritten zur Post.

»Es ist Ihnen doch wohl klar, dass Sie ein ganz schäbiger Lump sind!«

Maigret hatte seinen enormen Körper direkt neben Philippe aufgebaut und schaute auf ihn herab. Instinktiv hielt sich Philippe schützend die Hände vors Gesicht.

»Jawohl, ein schäbiger Lump, ein feiger, ängstlicher Lump. Es gibt Leute, die brechen in Wohnungen ein und riskieren dabei immerhin etwas. Andere dagegen machen sich nur an alte Frauen heran, klauen ihnen wertvolle Bücher, die sie dann verscherbeln, und wenn sie erwischt werden, fangen sie an zu heulen, betteln um Vergebung und sprechen von ihrer armen Mutter.«

Es sah fast so aus, als ob Monsieur Pyke sich ganz klein machte und sich absichtlich so wenig wie möglich bewegte, um seinen Kollegen nur ja nicht zu stören. Man hörte ihn nicht einmal atmen. Nur die Geräusche von draußen drangen durch das offene Fenster und vermischten sich auf seltsame Weise mit der Stimme des Kommissars.

»Wer ist auf die Idee mit den gefälschten Bildern gekommen?«

»Ich werde nur im Beisein eines Anwalts antworten.«

»Das heißt also, dass Ihre unglückliche Mutter bluten muss, um für Sie einen renommierten Anwalt zu bezahlen.

Denn so einen Anwalt brauchen Sie, nicht wahr? Sie sind eine widerliche Person, Moricourt!«

Die Hände auf dem Rücken verschränkt, ging er wieder hin und her. Mehr denn je glich er einem Lehrer.

»In der Schule hatte ich einen Mitschüler, der Ihnen ähnelte. Er war ein genauso scheinheiliger Wicht wie Sie. Ab und zu brauchte er eine Abreibung, und wenn wir sie ihm verabreichten, drehte unser Lehrer sich absichtlich um oder verließ den Schulhof. Sie haben gestern Abend Ihre Prügel bekommen, und Sie haben sie stillschweigend eingesteckt. Blass und zitternd sind Sie auf Ihrem Platz sitzen geblieben, neben der alten Frau, von der Sie sich aushalten lassen. Damit Sie's wissen: Ich habe Polyte gebeten, Sie zu verdreschen, weil ich sehen wollte, wie Sie darauf reagieren, denn ich war mir meiner Sache noch nicht ganz sicher.«

»Wollen Sie mich jetzt auch wieder schlagen?«

Er versuchte, den Souveränen zu spielen, aber es war ihm deutlich anzumerken, dass ihm die nackte Angst im Genick saß.

»Es gibt verschiedene Arten von Lumpen, Moricourt, und leider auch eine Sorte, bei denen es einem nie gelingt, sie in den Knast zu schicken. Ich sage Ihnen gleich, dass ich alles tun werde, was in meiner Macht steht, damit Sie dorthin kommen.«

Zehnmal blieb er vor dem jungen Mann stehen, und jedes Mal hob dieser instinktiv die Hände vor sein Gesicht.

»Gib zu, dass die Idee mit den Bildern von dir stammt.«

»Sind Sie berechtigt, mich zu duzen?«

»Es wird dir zum Schluss nichts anderes übrigbleiben, als ein Geständnis abzulegen, und wenn ich dich drei Tage und drei Nächte lang verhören muss. Ich habe es mal mit einem zu tun gehabt, der ein härterer Brocken war als du. Er wollte auch den starken Mann spielen, als man ihn zum Quai des Orfèvres brachte, und er war genauso gut angezogen wie du. Es war eine lange Prozedur. Wir waren fünf oder sechs, wir lösten einander ab. Und weißt du, was ihm nach sechsunddreißig Stunden passiert ist? Weißt du, woran wir gemerkt haben, dass er allmählich weich wurde? – Am Geruch! An einem Gestank, der so eklig war wie der ganze Kerl! Er hatte sich in die Hosen gemacht!«

Maigret blickte auf Moricourts schöne weiße Hose und befahl ihm unvermittelt: »Zieh deine Krawatte aus!«

»Warum?«

»Soll ich sie dir ausziehen? Gut. So, und jetzt schnür deine Schuhe auf, und zieh die Senkel heraus. Du wirst es schon erleben. In ein paar Stunden wird man dir ansehen, dass du was auf dem Kerbholz hast.«

»Sie haben nicht das Recht…«

»Ich nehme es mir. Du hast nur daran gedacht, wie du der alten Närrin, an die du dich herangemacht hast, noch mehr Geld aus der Tasche ziehen könntest. Dein Anwalt wird sicher erklären, es sei unmoralisch, Frauen wie ihr ein Vermögen zu überlassen, und er wird behaupten, das sei eine Versuchung, der man nicht widerstehen könne. Aber im Augenblick tut das nichts zur Sache. Darüber sollen die Geschworenen befinden. Weil sie Bilder kaufte und nichts davon verstand, hast du dir gesagt, dass damit eine Menge Geld zu machen wäre, und du hast dich dann mit de Greef zusammengetan. Ich frage mich, ob du es nicht sogar warst, der ihn nach Porquerolles bestellt hat.«

»Und de Greef ist ein kleiner Heiliger, ja?«

»Auch ein Lump, aber eine andere Sorte. Wie viele Bilder hat er für deine alte Madame gefälscht?«

»Ich habe Ihnen bereits erklärt, dass ich nichts sagen werde.«

»Der van Gogh war bestimmt nicht das erste. Nur hat zufällig jemand dieses Bild gesehen, als es wahrscheinlich noch nicht ganz fertig war. Marcellin trieb sich überall herum. Er war sowohl an Bord der Jacht von de Greef als auch an Bord der ›North Star‹. Ich vermute, dass er den Holländer dabei überraschte, wie er ein Bild mit einem fremden Namen signierte. Später hat er dasselbe Bild bei Mrs. Wilcox entdeckt, und das hat ihn stutzig gemacht. Er hat eine ganze Weile gebraucht, bis er hinter den Trick kam. Er war sich nicht sicher. Er hatte noch nie etwas von einem van Gogh gehört und hat deshalb eine Freundin angerufen, um sich zu erkundigen.«

Philippe starrte mit düsterer Miene auf den Fußboden.

»Ich behaupte nicht, dass du sein Mörder bist.«

»Ich habe ihn nicht umgebracht.«

»Wahrscheinlich bist du für so etwas zu feige. Marcellin hat sich gesagt, wenn schon zwei an der Alten schwer verdienten, warum sollte nicht auch noch ein Dritter etwas abbekommen? Er hat euch über seine Gedanken nicht im Unklaren gelassen. Aber ihr habt nicht gespurt. Dann hat er, um ein bisschen deutlicher zu werden, von seinem Freund Maigret zu reden begonnen. Wie viel hat Marcellin verlangt?«

»Ich werde nicht antworten.«

»Nun, ich habe Zeit. In jener Nacht ist Marcellin dann ermordet worden.«

»Ich habe ein Alibi.«

»Allerdings. In seiner Todesstunde hast du bei der Großmutter im Bett gelegen.«

Bis hin in das kleine Amtszimmer des Bürgermeisters strömte der Geruch der Aperitifs, die auf der Terrasse der ›Arche‹ serviert wurden. De Greef musste immer noch dort sitzen, und Anna hatte sich wahrscheinlich mit ihren Einkäufen zu ihm gesellt. Lechat beobachtete den Holländer vom Nebentisch aus und würde ihn gegebenenfalls daran hindern, sich zu entfernen.

Charlot hatte inwischen sicher begriffen, dass es für ihn jetzt in jeder Hinsicht zu spät war. Auch er hatte darauf spekuliert, seinen Teil abzubekommen.

»Wirst du nun sprechen, Philippe?«

»Nein.«

»Denke daran, dass ich nicht versuche, dich in die Zange zu nehmen. Ich erzähle dir nicht, dass wir Beweise haben, dass de Greef ausgepackt hat. Du wirst schließlich doch reden, denn du bist feige, hast einen perfiden Charakter. Gib mir deine Zigaretten.«

Maigret nahm das Päckchen, das der junge Mann ihm reichte, und warf es aus dem Fenster.

»Dürfte ich Sie um eine Gefälligkeit bitten, Monsieur Pyke? Würden Sie Lechat, der drüben auf der Terrasse der ›Arche‹ sitzt, bitte sagen, er soll den Holländer herbringen? Ohne die junge Frau. Und es wäre mir lieb, wenn Jojo uns ein paar Flaschen Bier brächte.«

Solange sein Kollege fort war, sagte Maigret wie aus übertriebener Rücksicht gegen ihn kein einziges Wort. Die Hände auf dem Rücken, schritt er immer noch auf und ab, während draußen vor dem Fenster das sonntägliche Leben weiterging.

»Treten Sie ein, de Greef. Trügen Sie eine Krawatte, würde ich Sie auffordern, sie abzunehmen und außerdem Ihre Schnürsenkel herauszuziehen.«

»Bin ich verhaftet?«

Maigret nickte nur.

»Setzen Sie sich. Aber nicht zu nahe an Ihren Freund Philippe. Geben Sie mir Ihre Zigaretten, und werfen Sie die, die Sie gerade im Schnabel haben, weg.«

»Haben Sie einen Haftbefehl?«

»Ich werde mir telegrafisch einen kommen lassen, der auf Sie beide ausgestellt sein wird, damit mir da nur keine Zweifel aufkommen.«

Er setzte sich auf den Platz, den sonst gewiss immer der Bürgermeister bei den Trauungen einnahm.

»Einer von euch beiden hat Marcellin umgebracht. Wer – das ist im Grunde nicht so wichtig, denn ihr seid beide gleich schuldig.«

Jojo kam mit einem Tablett voller Flaschen und Gläser herein und erschrak sichtlich, als sie die beiden jungen Männer sah.

»Sie brauchen keine Angst zu haben, Jojo. Das sind nur schmutzige, kleine Mörder. Aber reden Sie draußen nicht gleich darüber, sonst steht uns bald das ganze Dorf vor dem Fenster, und obendrein womöglich auch noch die Touristen.«

Maigret nahm sich Zeit, blickte die jungen Männer nacheinander an. Der Holländer war viel ruhiger und verriet auch keine Spur von Großtuerei.

»Vielleicht wäre es das Beste, ich ließe euch das untereinander abmachen. Denn schließlich geht es ja nur um einen von euch. Der wird allerdings wahrscheinlich einen Kopf kürzer werden oder für den Rest seines Lebens im Zuchthaus verschwinden, während der andere vielleicht mit ein paar Jahren Gefängnis davonkommen wird. Aber welcher nun?«

Wie der ›unbeliebte Klassenkamerad‹ rutschte Philippe unruhig auf seinem Stuhl hin und her. Fast schien er gleich den Finger heben zu wollen – wie in der Schule.

»Das Gesetz kann leider nicht berücksichtigen, wer die wirklichen Verantwortlichen eines Verbrechens sind. Ich für meinen Teil würde euch gerne beide in denselben Sack stecken, wobei ich jedoch für de Greef noch so etwas wie Sympathie aufbringen könnte.«

Sichtlich unzufrieden und unruhig bewegte sich Philippe auf seinem Stuhl.

»Geben Sie zu, de Greef, dass Sie es nicht nur des Geldes wegen getan haben. Sie wollen auch nicht antworten? Wie Sie mögen. Ich wette, Sie vergnügen sich schon lange damit, Bilder zu fälschen. Sie wollen damit sich selbst beweisen, dass Sie kein Sonntagsmaler, kein dilettantischer Schmierfink sind. Haben Sie viele verkauft? Ist auch einerlei. Was für eine großartige Rache an den Leuten, von denen Sie sich unverstanden fühlen, wäre es für Sie gewesen, wenn Sie eine Ihrer mit weltbekannten Namen signierten Fälschungen im Ausstellungsraum des Louvre oder in einem Museum in Amsterdam entdeckt hätten! Wir werden uns Ihre letzten Werke aus Fiesole kommen lassen. Vor dem Schwurgericht werden sich die Herren Sachverständigen darüber auseinandersetzen. Sie werden ein paar schöne Stunden erleben, de Greef.«

Es war fast amüsant, während dieser Rede Philippes zugleich angewiderte und gequälte Miene zu beobachten. Beide sahen mehr denn je wie freche Lausbuben aus. Philippe war eifersüchtig, weil Maigret nur zu seinem ›Schulkameraden‹ sprach, und er hätte sicher gerne dagegen protestiert.

»Gestehen Sie, Monsieur de Greef, dass es Ihnen gar nicht so unrecht ist, wenn die Bombe platzt.«

Und nun noch gar dieses ›Monsieur‹, das Moricourt in tiefster Seele verletzen musste.

»Wenn man meint, man sei der Einzige, der die Welt versteht, macht einem das Leben schließlich keinen Spaß mehr. Sie lieben Ihr Leben nicht, Monsieur de Greef.«

»Ebenso wenig wie das Ihre oder das, welches man mir aufzwingen wollte.«

»Sie lieben gar nichts.«

»Ich liebe mich selbst nicht.«

»Sie lieben auch dieses junge Mädchen nicht, das Sie nur aus Trotz, nur um ihre Eltern zu ärgern, entführt haben. Seit wann haben Sie das Verlangen, einen Ihrer Mitmenschen zu töten? Ich meine nicht, dass Sie es aus Notwendigkeit, aus Geldgier oder um einen lästigen Zeugen zu beseitigen getan haben. Ich spreche vom Töten um des Tötens willen, weil man sehen möchte, wie das ist, welche Empfindungen man dabei hat. Und dann schlägt man sogar mit einem Hammer den Schädel des Opfers ein, um sich zu beweisen, dass man starke Nerven hat.«

Die Lippen des Holländers verzogen sich zu einem leisen

Lächeln. Philippe blickte verstohlen zu ihm hinüber, er verstand gar nichts mehr.

»Soll ich Ihnen beiden jetzt sagen, wie es weitergehen wird? Sie sind – einer wie der andere – entschlossen, nichts zu sagen. Sie sind überzeugt, dass wir keine Beweise gegen Sie in der Hand haben.

Beim Tod Marcellins gab es keine Zeugen. Wegen des Mistrals konnte niemand auf der Insel den Schuss hören. Die Waffe liegt wahrscheinlich unauffindbar irgendwo auf dem Meeresboden. Ich habe mir auch nicht die Mühe gemacht, nach ihr suchen zu lassen, denn die Fingerabdrücke würden uns auch nicht weiterbringen. Es wird eine langwierige Untersuchung werden. Der Richter wird Sie geduldig verhören, wird sich nach Ihrem Vorleben erkundigen, und die Zeitungen werden viel über Sie schreiben. Man wird dabei besonders betonen, dass Sie beide aus guter Familie kommen.

Ihre Freunde vom Montparnasse, de Greef, werden Ihr Talent hervorheben. Man wird Sie als einen unverstandenen Phantasten hinstellen.

Man wird auch von den beiden kleinen Gedichtbänden sprechen, die Moricourt veröffentlicht hat.«

Wie glücklich musste dieser sein, dass ihm endlich auch einmal ein Pluspunkt zuerkannt wurde!

»Die Journalisten werden den Richter in Groningen und Madame de Moricourt in Saumur interviewen. In den kleinen Blättern wird man sich über Mrs. Wilcox lustig machen, doch wahrscheinlich wird ihre Botschaft dafür eintreten, dass ihr Name so wenig wie möglich genannt wird.«

In einem Zug trank Maigret ein halbes Glas Bier aus und

setzte sich dann auf die Fensterbank mit dem Rücken zu dem in der Sonne brütenden Platz.

»De Greef wird weiter schweigen, weil das in seiner Natur liegt, weil er keine Angst hat.«

»Und ich werde den Mund aufmachen!«, höhnte Philippe.

»Du wirst reden. Weil du ein Waschlappen bist, weil du für alle der widerliche Kerl sein wirst, weil du dich aus der Affäre ziehen willst, weil du feige bist und weil du zu dem Schluss kommen wirst, dass du nur durch Reden deine kostbare Haut retten kannst.«

De Greef drehte sich mit einem undefinierbaren Lächeln zu seinem Kameraden herum.

»Wahrscheinlich wirst du schon morgen aussagen, wenn du erst in einem richtigen Vernehmungszimmer sitzen und mit tüchtigen Polizisten zu tun haben wirst, die dich mit ihren Fäusten verhören werden. Du hast Prügel nicht gern, Philippe.«

»Dazu haben sie nicht das Recht.«

»Es hat auch niemand das Recht, eine arme Frau auszunehmen, die nicht mehr weiß, was sie tut.«

»Oder die es nur zu gut weiß. Bloß weil sie Geld hat, nehmen Sie sie in Schutz.«

Maigret brauchte ihm gar nicht erst näher zu kommen, er hob auch so schon automatisch beide Arme vor sein Gesicht.

»Du wirst vor allen Dingen auspacken, wenn du feststellst, dass de Greefs Chancen besser stehen als deine.«

»Er war auf der Insel.«

»Auch er hat ein Alibi. Du warst bei der Alten, und er war bei Anna...«

»Anna wird sagen...«

»Was wird sie sagen?«

»Nichts.«

In der ›Arche‹ aß man jetzt zu Mittag. Entweder hatte Jojo nicht ganz den Mund gehalten, oder aber die Leute witterten etwas, denn hin und wieder strichen ein paar Gestalten um das Rathaus herum.

Später würde es einen großen Volksauflauf geben.

»Ich habe große Lust, sie alle beide hier alleine zu lassen. Was halten Sie davon, Monsieur Pyke? Natürlich müsste sie jemand bewachen, sonst würden sie sich womöglich in Stücke zerreißen. Bleibst du hier, Lechat?«

Lechat setzte sich an den Tisch, stemmte beide Ellbogen auf die Platte und goss sich dann statt Aperitif oder Weißwein ein Glas Bier ein.

Maigret und sein britischer Kollege traten hinaus in die Sonne, die noch heißer geworden war, und gingen schweigend ein paar Schritte.

»Sind Sie enttäuscht, Monsieur Pyke?«, fragte der Kommissar schließlich mit einem Blick aus den Augenwinkeln.

»Warum?«

»Ich weiß nicht. Sie sind nach Frankreich gekommen, um unsere Methoden zu studieren, und müssen feststellen, dass wir gar keine haben. Moricourt wird reden. Ich hätte ihn auch gleich zum Sprechen bringen können.«

»Mit der Methode, die Sie schon erwähnt haben?«

»Mit dieser oder mit einer anderen. Ob er redet oder nicht, ist übrigens gleichgültig. Er wird seine Aussage widerrufen, dann wieder ein Geständnis ablegen, um es hinterher wieder zurückzunehmen. Sie werden sehen, wie in den Köpfen der Geschworenen der Zweifel wachgehalten wird.

Die beiden Anwälte werden wie Hund und Katze aufeinander losgehen. Jeder wird seinen Klienten reinzuwaschen versuchen, die ganze Verantwortung dem Klienten des Kollegen zuschieben wollen.«

Auch ohne sich auf die Zehenspitzen zu stellen, konnten sie die beiden jungen Männer durch das Fenster des Amtszimmers auf ihren Stühlen sitzen sehen. Auf der Terrasse der ›Arche‹ saß Charlot beim Mittagessen. Rechts von ihm saß seine Freundin, links Ginette, die dem Kommissar schon von weitem ein Zeichen zu machen schien, dass sie Charlots Einladung nicht hätte ablehnen können.

»Es ist viel angenehmer, wenn man es mit Berufsverbrechern zu tun hat.« Wahrscheinlich dachte Maigret bei diesen Worten an Charlot.

»Aber die lassen sich nur selten auf einen Mord ein. Die wirklichen Verbrechen entstehen oft aus einer Kette von Zufällen. Für die Burschen da drüben war es anfangs nur ein Spiel; sie haben gar nicht versucht, sich über die möglichen Folgen klarzuwerden. Es war fast so etwas wie ein böser Scherz. Einer verrückten, millionenschweren Alten Bilder mit der Signatur berühmter Maler anzudrehen! Und eines Morgens taucht ein hergelaufener Typ, ein Marcellin, zu einem ungelegenen Zeitpunkt an Deck auf…«

»Bedauern Sie sie?«

Maigret gab darauf keine Antwort, mit einem Schulterzucken fuhr er fort: »Sie werden sehen, dass die Psychiater untersuchen werden, bis zu welchem Grad man sie verantwortlich machen kann.«

Monsieur Pyke kniff die Augen zusammen, weil ihn die Sonne blendete. Er schaute seinen Kollegen lange an, als ob er dessen innerste Gedanken erraten wollte. Dann sagte er kurz:

»Aha.«

Der Kommissar fragte ihn nicht, zu welchem Schluss er mit diesem ›Aha‹ gelangt war. Er wechselte das Thema und fragte: »Lieben Sie das Mittelmeer, Monsieur Pyke?«

Und als der Engländer mit der Antwort zögerte, setzte er hinzu:

»Ich frage mich, ob das Klima hier mir so richtig bekommt. Vielleicht können wir heute Abend schon abreisen.«

Der weiße Glockenturm schmiegte sich in das tiefe und zugleich durchsichtige Blau des Himmels.

Der Bürgermeister, neugierig geworden, spähte von außen durch das Fenster in sein Amtszimmer.

Was hatte Charlot denn vor? Man sah ihn vom Tisch aufstehen und eilig zum Hafen hinunterlaufen. Maigret schaute ihm eine Sekunde nach, runzelte die Stirn und murmelte:

»Wenn nur nicht …«

Dann stürzte er in dieselbe Richtung, gefolgt von Monsieur Pyke, der nichts begriffen hatte. Als sie an der Mole anlangten, war Charlot bereits an Deck der kleinen, auf den eigenartigen Namen ›Fleur d'amour‹ getauften Jacht. Er beugte sich schnell über die Luke, inspizierte das Innere und verschwand dann unter Deck. Mit einer schweren Last auf den Armen kam er einen Augenblick später wieder herauf. Als die beiden Männer das Schiff erreichten, lag Anna ausgestreckt auf dem Boden. Bedenkenlos riss Charlot ihren Pareo herunter und legte ihre schwere, volle Brust frei.

»Daran hatten Sie nicht gedacht!«, brachte er in bitterem Ton hervor.

»Veronal?«

»Auf dem Fußboden in der Kajüte liegt ein leeres Glasröhrchen.«

Erst waren es fünf, dann zehn und schließlich eine ganze Menschenmenge, die um Mademoiselle Bebelmans herumstanden. Der Arzt der Insel kam eilends herbeigelaufen und sagte mit traurigem Gesicht:

»Ich habe für alle Fälle mal ein Brechmittel mitgebracht.«

Mrs. Wilcox stand mit einem ihrer Matrosen an Deck ihrer Jacht; abwechselnd blickten sie mit einem Fernglas herüber.

»Sehen Sie, Monsieur Pyke, ich mache auch meine Fehler. Anna ist klargeworden, dass de Greef nichts anderes zu fürchten hatte als ihre Zeugenaussage, und sie hat Angst gehabt, etwas zu verraten.«

Er drängte sich durch die Menge, die sich vor dem Bürgermeisteramt angesammelt hatte. Lechat hatte das Fenster geschlossen. Die beiden jungen Männer saßen immer noch auf ihren Stühlen. Auf dem Tisch standen die Bierflaschen.

Maigret lief wie ein wildes Tier im Käfig in dem kleinen Raum umher, blieb plötzlich vor Philippe de Moricourt stehen. Seine nächste Bewegung war nicht vorauszusehen, der junge Mann kam gar nicht dazu, sich dagegen zu schützen. Maigrets Schlag traf ihn voll ins Gesicht.

Erleichtert, in fast ruhigem Ton, sagte er danach:

»Ich bitte Sie um Entschuldigung, Monsieur Pyke.«

Dann wandte er sich an de Greef, der ihn verständnislos anstarrte: »Anna ist tot.«

Er machte sich nicht die Mühe, das Verhör fortzusetzen.

Er zwang sich, nicht auf den Sarg zu blicken, der immer noch in seiner Ecke stand, der denkwürdige Sarg des alten Benoît, in dem man schon Marcellin transportiert hatte und der jetzt für das Mädchen aus Ostende benutzt werden würde.

Es war wie eine Ironie des Schicksals, als mitten in der Menschenmenge der struppige Kopf des quicklebendigen Benoît auftauchte.

Lechat war mit den beiden Männern, denen man Handschellen angelegt hatte, mit einem Fischerboot auf dem Weg zur Spitze von Giens.

Maigret und Monsieur Pyke bestiegen um fünf Uhr die ›Cormoran‹. Ginette, Charlot und seine Tänzerin gingen ebenfalls an Bord. Zusammen mit den Touristen, die den Sonntag an den Stränden der Insel verbracht hatten, warteten sie auf das Auslaufen des Schiffes.

Die ›North Star‹, die an der Hafeneinfahrt vor Anker lag, schaukelte sacht auf den Wellen.

Mit düsterem Gesicht paffte Maigret seine Pfeife. Einmal bewegten sich seine Lippen, und Monsieur Pyke beugte sich zu ihm und sagte:

»Verzeihung, was sagten Sie?«

»Ich sagte, Mistfinken.«

Worauf er rasch den Kopf abwandte und auf den Meeresgrund starrte.

Tumacacori (Arizona), 2. Februar 1949

Maigret auf Reisen

I

Was im ›George-v‹ geschah, während es in Paris regnete, Maigret schlief und manche Leute ihr Bestes taten

Am lästigsten sind die Fälle, die anfangs so alltäglich scheinen, dass man ihnen keine Bedeutung beimisst. Das ist so ähnlich wie mit den Krankheiten, die schleichend beginnen, nur mit unklaren Beschwerden. Nimmt man sie schließlich doch ernst, ist es oft schon zu spät.

Maigret hatte das einmal zu Inspektor Janvier gesagt, als sie eines Abends auf dem Rückweg zum Quai des Orfèvres über den Pont-Neuf schlenderten.

Doch in dieser Nacht äußerte sich Maigret nicht zu den laufenden Ereignissen, denn er schlief tief und fest neben Madame Maigret in seiner Wohnung am Boulevard Richard-Lenoir.

Wenn er auf Unannehmlichkeiten gefasst war, dann erwartete er sie sicher nicht aus dem Hotel George-v, einem Ort, der häufiger in den Klatschspalten der Zeitungen auftauchte als in den Lokalnachrichten, sondern eher von der Tochter eines Abgeordneten, die er in sein Büro hatte vorladen müssen, um ihr dringend zu raten, in Zukunft gewisse Laster bleiben zu lassen. Obwohl er in väterlichem Ton mit ihr gesprochen hatte, hatte sie darauf ziemlich heftig reagiert. Allerdings war sie auch eben erst achtzehn geworden.

»Sie sind ja nur ein Beamter, und ich werde dafür sorgen, dass man Sie feuert.«

Um drei Uhr morgens fiel ein feiner Regen, der die Straßen mit einem glänzenden Film überzog und der, wie Tränen in den Augen, den Lichtern einen stärkeren Glanz verlieh.

Um drei Uhr dreißig klingelte es in der dritten Etage des ›George-v‹, in dem Raum, in dem ein Zimmermädchen und ein Hausdiener vor sich hin dösten. Beide öffneten die Augen. Der Hausdiener stellte als Erster fest, dass die gelbe Lampe aufleuchtete, und erklärte:

»Für Jules.«

Das bedeutete, dass jemand nach dem Kellner geklingelt hatte und er einem Gast eine Flasche dänisches Bier bringen sollte.

Die beiden anderen Hotelangestellten nickten wieder ein, jeder auf seinem Stuhl. Eine ganze Weile herrschte Stille, dann meldete sich die Klingel erneut, genau in dem Augenblick, in dem Jules, der schon über sechzig war und seit eh und je Nachtdienst gemacht hatte, mit seinem leeren Tablett zurückkehrte.

»Jaja! Ich komme ja schon!«, knurrte er zwischen den Zähnen.

Ohne Hast begab er sich zu 332, wo über der Tür eine Lampe aufleuchtete. Er klopfte, wartete einen Moment, und als es still blieb, machte er behutsam auf. Im Salon war es dunkel, und es war niemand drinnen. Ein schwacher Lichtschein drang vom Schlafzimmer herüber, in dem ein leises, anhaltendes Wimmern zu hören war, wie das Wimmern eines Tieres oder eines Kindes.

Die kleine Comtesse lag auf ihrem Bett, die Augen halb geschlossen, die Lippen leicht geöffnet, und sie presste beide Hände auf die Brust, ungefähr auf die Stelle, an der das Herz sitzt.

»Wer ist da?«, fragte sie stöhnend.

»Der Kellner, Madame.«

Er kannte sie gut, und auch sie kannte ihn gut.

»Ich sterbe, Jules. Aber ich will nicht sterben. Rufen Sie schnell einen Arzt. Ist einer im Hotel?«

»Um diese Zeit nicht, Madame, aber ich hole gleich die Krankenschwester.«

Vor gut einer Stunde hatte er in diese Suite eine Flasche Champagner, eine Flasche Whisky, Soda und einen Kübel Eis gebracht. Flaschen und Gläser standen noch im Salon, mit Ausnahme eines Champagnerkelchs, der umgekippt auf dem Nachttisch lag.

»Hallo? Verbinden Sie mich schnell mit der Krankenschwester.«

Mademoiselle Rosay, die Telefonistin, wunderte sich nicht, sondern steckte einen Stöpsel in eine der zahlreichen Buchsen der Telefonanlage, dann einen zweiten.

Jules hörte ein entferntes Klingeln, danach eine verschlafene Stimme.

»Hallo? Hier ist der Sanitätsraum …«

»Bitte kommen Sie sofort in die Suite 332 herunter!«

»Ich sterbe, Jules.«

»Aber nein, Sie werden nicht sterben, Madame.«

Er wusste nicht, was er inzwischen tun sollte. Er ging in

den Salon, um die Lampen einzuschalten, stellte fest, dass die Champagnerflasche ganz leer und die Whiskyflasche zu drei Vierteln geleert war.

Die Comtesse Paverini wimmerte immer noch und presste nach wie vor die Hände auf die Brust.

»Jules!«

»Ja, Madame!«

»Falls es zu lange dauert, bis jemand kommt …«

»Mademoiselle Genévrier ist schon unterwegs.«

»Falls es trotzdem zu lange dauert, bis jemand kommt, dann sagen Sie ihnen, dass ich mich vergiftet habe, aber dass ich nicht sterben will!«

Die Krankenschwester mit grauem Haar und grauem Gesicht, die unter ihrem weißen Kittel noch nach Bett roch, betrat die Suite, nachdem sie der Form halber kurz an die Tür geklopft hatte. Sie hielt ein Fläschchen mit Gott weiß was in der Hand, ein bräunliches Fläschchen, und die Packungen verschiedener Medikamente beulten ihre Taschen aus.

»Sie sagt, sie hat sich vergiftet.«

Zunächst sah sich Mademoiselle Genévrier im Raum um, entdeckte den Papierkorb, fischte ein Tablettenröhrchen heraus und las das Etikett.

»Bitten Sie die Telefonistin, Doktor Frère anzurufen! Es ist dringend!«

Man hätte meinen können, die Comtesse habe sich nun, da sich jemand um sie kümmerte, in ihr Schicksal ergeben, denn sie versuchte nicht mehr zu sprechen, und ihr Wimmern wurde leiser.

»Hallo? Rufen Sie schnell Doktor Frère an! Nein, nein,

die Anordnung kommt nicht von mir. Die Krankenschwester hat's gesagt.«

Derartige Szenen sind in den Luxushotels und in bestimmten Vierteln von Paris so häufig, dass fast jedes Mal, wenn bei der Polizei nachts ein Notruf, beispielsweise aus dem 16. Arrondissement, eingeht, irgendjemand fragt:

»Gardénal?«

Der Name dieses Schlafmittels ist zu einem gängigen Begriff geworden. Man spricht bei solchen Selbstmordversuchen von ›einem Gardénal‹, wie man von ›einem Bercy‹ spricht, wenn man einen Betrunkenen aus der Umgebung des Weinmarkts am Quai de Bercy meint.

»Holen Sie mir warmes Wasser!«

»Abgekochtes?«

»Egal, Hauptsache, es ist warm.«

Mademoiselle Genévrier hatte der Comtesse den Puls gemessen und die Augenlider angehoben.

»Wie viel Tabletten haben Sie geschluckt?«

Eine beinahe kindliche Stimme antwortete:

»Ich weiß es nicht. Ich weiß es nicht mehr. Lassen Sie mich nicht sterben!«

»Gewiss nicht, Kleines. Trinken Sie erst einmal das!«

Sie hatte ihr einen Arm um die Schultern gelegt, stützte sie und hielt ihr ein Glas an die Lippen.

»Schmeckt das nicht gut?«

»Trinken Sie's!«

Ganz in der Nähe, in der Avenue Marceau, zog Doktor Frère sich hastig an, griff kurz darauf nach seiner Arzttasche, verließ das in tiefem Schlummer liegende Haus und stieg in sein Auto, das am Straßenrand abgestellt war.

Die Marmorhalle des ›George-v‹ war menschenleer, bis auf den Mann am Empfang, der hinter seiner Mahagonitheke Zeitung las, und den Portier, der nichts tat.

»Zimmer 332!«, rief der Arzt im Vorübergehen.

»Ich weiß.«

Die Telefonistin hatte ihm Bescheid gesagt.

»Soll ich einen Krankenwagen rufen?«

»Wir werden sehen …«

Doktor Frère kannte die meisten Zimmer und Suiten des Hotels. Wie die Krankenschwester klopfte er gewissermaßen nur symbolisch an, trat ein, legte seinen Hut ab und ging direkt ins Schlafzimmer.

Jules hatte sich, nachdem er einen Krug warmes Wasser gebracht hatte, in eine Ecke zurückgezogen.

»Eine Vergiftung, Doktor! Gegeben habe ich bisher …«

Sie wechselten ein paar Worte, die sich wie ein Gespräch im Telegrammstil oder in einem Geheimcode anhörten, während die Comtesse, immer noch von der Krankenschwester gestützt, von heftiger Übelkeit erfasst wurde und anfing, sich zu übergeben.

»Jules!«

»Ja, Doktor?«

»Lassen Sie im Amerikanischen Hospital in Neuilly anrufen, sie sollen einen Krankenwagen herschicken!«

An all dem war nichts Außergewöhnliches. Die Telefonistin hatte den Kopfhörer über den Ohren und wandte sich an eine andere Telefonistin, die wie sie Nachtdienst hatte, drüben in Neuilly.

»Ich weiß nichts Genaues, meine Liebe. Es handelt sich um die Comtesse Paverini, der Arzt ist gerade bei ihr oben.«

In 332 klingelte das Telefon. Jules hob den Hörer ab, dann meldete er:

»Der Krankenwagen ist in zehn Minuten da.«

Der Arzt räumte die Spritze, mit der er eben eine Injektion verabreicht hatte, wieder in seine Tasche.

»Soll ich sie anziehen?«

»Es reicht, wenn Sie sie gut zudecken. Falls Sie hier irgendwo einen kleinen Koffer finden, dann packen Sie ihr ein paar Sachen ein. Sie wissen besser als ich, was sie brauchen wird.«

Eine Viertelstunde später trugen zwei Sanitäter die kleine Comtesse hinunter und hievten sie in den Krankenwagen, während Doktor Frère sich wieder in sein eigenes Auto setzte.

»Bis Sie ankommen, bin ich auch dort.«

Er kannte die Sanitäter. Und die Sanitäter kannten ihn. Er kannte auch die Dame in der Aufnahme des Krankenhauses, mit der er kurz redete, sowie den jungen Arzt, der Bereitschaftsdienst hatte. Diese Leute machten nicht viele Worte, es klang immer wie ein Code, weil sie daran gewöhnt waren zusammenzuarbeiten.

»Die Einundvierzig ist frei …«

»Wie viel Tabletten?«

»Das weiß sie nicht mehr. Das Röhrchen war leer.«

»Hat sie sich erbrochen?«

Die Krankenschwester hier war Doktor Frère ebenso vertraut wie die im ›George-v‹. Während sie sich um die Patientin kümmerte, konnte er sich endlich eine Zigarette anzünden.

Magenspülung. Puls. Wieder eine Spritze.

»Jetzt brauchen wir sie nur noch schlafen zu lassen. Messen Sie ihr alle halbe Stunde den Puls!«

»Ja, Doktor.«

Er fuhr mit einem Fahrstuhl hinunter, der genauso aussah wie der im Hotel, und machte der Dame in der Aufnahme noch ein paar Angaben, die sie notierte.

»Haben Sie die Polizei benachrichtigt?«

»Noch nicht.«

Er sah auf die schwarzweiße Uhr an der Wand. Es war halb fünf.

»Verbinden Sie mich bitte mit dem Polizeirevier in der Rue de Berry!«

Dort standen Fahrräder vor der Tür, direkt unter der Straßenlaterne. Drinnen spielten zwei junge Beamte Karten, und ein Wachtmeister machte sich auf einem Spirituskocher gerade Kaffee.

»Hallo? Polizeirevier Rue de Berry ... Doktor wie? ... Doktor Frère? Ja, hab verstanden ... Was gibt's denn? ... Einen Moment, bitte!«

Er griff nach einem Bleistift und notierte auf einem Zettel, was ihm gemeldet wurde.

»Ja ... Ja ... Ich schreib drauf, dass Sie uns noch Ihren Bericht schicken. Ist sie tot?«

Als er den Hörer auflegte, sagte er zu den beiden anderen, die ihn fragend anschauten:

»Gardénal, im ›George-V‹.«

Für ihn bedeutete das einfach mehr Arbeit. Seufzend hob er den Hörer wieder ab.

»Zentrale! ... Hier ist das Revier in der Rue de Berry. Bist du's, Marchal? ... Wie läuft's bei euch? Hier ist es ruhig. Die Schlägerei? ... Nein, wir haben die Kerle nicht auf der Wache behalten. Einer von ihnen kennt ’ne Menge Leute, verstehst du? ... Ich musste den Kommissar anrufen, und der hat mir geraten, sie laufenzulassen.«

Es ging um eine Schlägerei in einem Nachtlokal in der Rue de Ponthieu.

»Na gut! Ich hab da was anderes, eine Gardénalgeschichte. Schreibst du mit? Comtesse ... Ja, es ist eine Comtesse. Ob echt oder falsch, das weiß ich nicht. Paverini: P wie Paula, A wie Anton, V wie Viktor, E wie Emil ... Paverini, ja! Hotel George-v, Suite 332. Ein Doktor Frère hat sie ins Amerikanische Hospital in Neuilly eingewiesen. Ja, sie hat was gesagt ... Erst wollte sie sterben, dann wollte sie auf einmal nicht mehr. Die alte Leier!«

Um fünf Uhr dreißig vernahm Inspektor Justin vom achten Arrondissement den Nachtportier des ›George-v‹, schrieb ein paar Worte in sein Notizbuch, sprach dann noch mit Jules, dem Kellner, und begab sich anschließend ins Krankenhaus in Neuilly, wo man ihm erklärte, dass die Comtesse gerade schlafe und nicht mehr in Lebensgefahr schwebe.

Um acht Uhr morgens nieselte es immer noch, aber der Himmel war hell. Lucas, der ein wenig erkältet war, setzte sich an seinen Schreibtisch am Quai des Orfèvres, auf dem ihn die Meldungen der vergangenen Nacht erwarteten.

Dabei stieß er auf die in wenigen Sätzen festgehaltenen amtlichen Spuren der Schlägerei in der Rue de Ponthieu, auf etwa zehn von der Polizei aufgegriffene Mädchen, auf einige Betrunkene, eine Messerstecherei in der Rue de

Flandre und auf ein paar andere Zwischenfälle, die nicht über den Rahmen des Üblichen hinausgingen.

Sechs Zeilen informierten ihn auch über den Selbstmordversuch der Comtesse Paverini, geborene La Salle.

Maigret, der wegen der Tochter des Abgeordneten etwas beunruhigt war, traf um neun Uhr ein.

»Hat der Chef schon nach mir gefragt?«

»Bis jetzt noch nicht.«

»Steht im Rapport etwas Bedeutendes?«

Lucas zögerte kurz, fand schließlich, dass ein Selbstmordversuch, selbst einer im ›George-v‹, kein bedeutendes Ereignis sei, und antwortete:

»Nein.«

Er ahnte nicht, dass er damit einen schweren Fehler beging, der Maigret und der gesamten Kriminalpolizei noch schwer zu schaffen machen würde.

Als auf dem Gang die Klingel ertönte, verließ der Kommissar mit einigen Aktenbündeln in der Hand sein Büro und begab sich mit den anderen Abteilungsleitern zum Chef. Es wurde über Fälle geredet, die noch nicht abgeschlossen waren und die verschiedene Kommissare betrafen, aber weil er noch nichts von ihr wusste, erwähnte Maigret die Comtesse Paverini nicht.

Um zehn Uhr war er wieder in seinem Büro und begann, die Pfeife im Mund, mit seinem Bericht über einen bewaffneten Überfall, der sich drei Tage zuvor ereignet hatte und bei dem die Mütze eines Alpenjägers am Tatort zurückgeblieben war, so dass er hoffte, die Schuldigen in Kürze festnehmen zu können.

Ein gewisser John T. Arnold, der genau um diese Zeit im

Hotel Scribe an den Grands Boulevards frühstückte, griff, noch in Schlafanzug und Morgenrock, zum Telefon.

»Hallo, Mademoiselle … Würden Sie mir bitte ein Gespräch mit Colonel Ward im Hotel George-v vermitteln?«

»Sofort, Monsieur Arnold.«

Denn Monsieur Arnold war ein langjähriger Gast, der beinahe das ganze Jahr über im ›Scribe‹ wohnte. Die Telefonistin vom ›Scribe‹ und die vom ›George-v‹ kannten sich, ohne einander jemals gesehen zu haben, wie sich eben die meisten Telefonistinnen kennen.

»Hallo, Kleines, sei so nett und verbinde mich mit Colonel Ward!«

»Für Arnold?«

Die beiden Männer telefonierten gewöhnlich mehrmals am Tag miteinander, und das Gespräch um zehn Uhr vormittags war schon Tradition.

»Er hat noch nicht nach seinem Frühstück geläutet, soll ich trotzdem bei ihm anrufen?«

»Wart mal, ich frag nach!«

Der Stöpsel wanderte von einer Buchse in die andere.

»Monsieur Arnold? Der Colonel hat noch nicht nach seinem Frühstück geläutet. Soll ich ihn wecken lassen?«

»Hat er eine Nachricht für mich hinterlegt?«

»Davon wurde mir nichts gesagt.«

»Es ist doch schon nach zehn …«

»Zehn Uhr zehn …«

»Dann rufen Sie ihn an!«

Stöpsel raus, Stöpsel rein.

»Lass es klingeln, meine Liebe! Tut mir leid, wenn er dann meckert.«

Stille in der Leitung. Die Telefonistin vom ›Scribe‹ konnte inzwischen drei weitere Gespräch vermitteln, eins davon nach Amsterdam.

»Hallo, Kleines, hast du meinen Colonel vergessen?«

»Ich lasse es pausenlos bei ihm klingeln. Er meldet sich nicht.«

Augenblicke später rief das ›Scribe‹ schon wieder das ›George-v‹ an.

»Hör zu, meine Liebe! Ich habe meinem Kunden gesagt, dass sich der Colonel nicht meldet. Er behauptet, dass das unmöglich ist, dass der Colonel seinen Anruf um zehn erwartet und dass es sehr wichtig ist.«

»Ich probiere es noch einmal.«

Dann, nach einem weiteren vergeblichen Versuch:

»Bleib einen Moment dran! Ich frage den Portier, ob er weggegangen ist.«

Schweigen.

»Nein. Sein Schlüssel hängt nicht am Brett. Was soll ich machen?«

Oben in seinem Zimmer wurde John T. Arnold ungeduldig.

»Also was ist, Mademoiselle? Haben Sie mein Gespräch vergessen?«

»Nein, Monsieur Arnold. Der Colonel meldet sich nicht. Der Portier hat ihn aber nicht weggehen sehen, und sein Schlüssel hängt nicht am Brett.«

»Dann schicken Sie den Etagenkellner hin, er soll klopfen!«

Es war nicht mehr Jules, sondern ein Italiener namens Gino, der inzwischen den Dienst im dritten Stock übernommen hatte, in dem Colonel Wards Suite lag, fünf Türen neben der Suite der Comtesse Paverini.

Der Kellner rief beim Portier an.

»Es meldet sich niemand, und die Tür ist abgeschlossen.«

Der Portier wandte sich an seinen Assistenten.

»Geh mal nachschauen!«

Der Assistent klopfte nun ebenfalls und rief:

»Colonel Ward?«

Dann holte er ein Passepartout aus der Tasche, und es gelang ihm, die Tür zu öffnen.

In der Suite waren die Fensterläden noch zu, und auf einem Tisch im Salon brannte eine Lampe. Das Schlafzimmer war ebenfalls erleuchtet, das Bett für die Nacht vorbereitet und der Schlafanzug ausgebreitet.

»Colonel Ward?«

Dunkle Kleidungsstücke lagen auf einem Stuhl, Strümpfe auf dem Teppich, neben zwei Schuhen, von denen einer umgedreht war, mit der Sohle nach oben.

»Colonel Ward!«

Die Tür des Badezimmers war nur angelehnt. Der Gehilfe des Portiers klopfte zunächst an, dann stieß er sie auf und zischte bloß:

»Sch…«

Beinahe hätte er vom Schlafzimmer aus telefoniert, aber ihm war gar nicht danach zumute, sich noch länger hier aufzuhalten, so dass er die Suite lieber verließ. Er schloss die Tür wieder und rannte, ohne an den Fahrstuhl zu denken, die Treppe hinunter.

Drei oder vier Gäste standen gerade beim Portier, der die

Abflugzeiten für Flüge über den Atlantik nachschlug. Da flüsterte ihm sein Assistent ins Ohr:

»Er ist tot.«

»Augenblick …«

Sekunden später fragte der Portier, der den Sinn dieser Worte nicht sofort begriffen hatte:

»Was sagst du?«

»Tot! In seiner Badewanne …«

Auf Englisch bat der Portier die Gäste, die neben ihm standen, sich einen Moment zu gedulden. Dann ging er durch die Halle und beugte sich über die Theke des Empfangs.

»Ist Monsieur Gilles in seinem Büro?«

Jemand nickte, und schon klopfte er links dahinter an eine Tür.

»Verzeihung, Monsieur Gilles, ich habe soeben René zum Colonel hinaufgeschickt. Er liegt anscheinend tot in seiner Badewanne.«

Monsieur Gilles trug eine gestreifte Hose und ein Jackett aus schwarzem Cheviot. Er wandte sich an seine Sekretärin.

»Rufen Sie sofort Doktor Frère an! Wahrscheinlich macht er gerade Hausbesuche. Versuchen Sie ihn irgendwie unterwegs zu erreichen!«

Monsieur Gilles wusste nämlich Dinge, von denen die Polizei noch keine Ahnung hatte. Der Portier, Monsieur Albert, ebenfalls.

»Was meinen Sie dazu, Albert?«

»Wahrscheinlich dasselbe wie Sie.«

»Haben Sie schon gehört … von der Comtesse?«

Ein Kopfnicken genügte.

»Ich gehe hoch.«

Aber weil er sich nicht dazu überwinden konnte, es allein zu tun, suchte er sich am Empfang einen der jungen Männer im Cut und mit pomadisierten Haaren als Begleitung aus. Dem Portier, der wieder an seinen Platz zurückgekehrt war, sagte er im Vorbeigehen:

»Rufen Sie die Krankenschwester! Sie soll sofort in Dreihundertsiebenundvierzig kommen!«

Die Hotelhalle war nun nicht mehr leer wie in der Nacht. Die drei Amerikaner berieten immer noch, welches Flugzeug sie nehmen sollten. Ein Paar, das gerade eingetroffen war, füllte am Empfang seinen Meldezettel aus. Die Blumenfrau war an ihrem Stand, die Zeitungsverkäuferin ebenfalls, und auch der Schalter für Theaterkarten war schon geöffnet. In den Sesseln warteten einige Leute auf irgendwen oder irgendwas, unter ihnen auch die Erste Verkäuferin eines großen Modehauses mit einem Kleiderkarton.

Oben, an der Schwelle zum Badezimmer der Suite 347, brachte es der Hoteldirektor nicht über sich, noch länger den fettleibigen Toten zu betrachten, der in einer sonderbaren Haltung in der Badewanne lag: Der Kopf war unter Wasser, und nur der Bauch ragte heraus.

»Ruf mal ...«

Er hielt inne, als er es im Zimmer nebenan klingeln hörte, und stürzte ans Telefon.

»Monsieur Gilles?«

Er vernahm die Stimme der Telefonistin.

»Ich konnte Doktor Frère bei einem seiner Patienten in der Rue François-Ier erreichen. Er wird in ein paar Minuten hier sein.«

Der junge Mann vom Empfang erkundigte sich:

»Wen soll ich rufen?«

Die Polizei natürlich. Bei einem derartigen Vorfall ist das unbedingt notwendig. Monsieur Gilles kannte den Kommissar des Viertels, doch die beiden Männer empfanden wenig Sympathie füreinander. Außerdem mangelte es den Leuten des hiesigen Kommissariats bisweilen am nötigen Fingerspitzengefühl, was in einem Hotel wie dem ›George-v‹ unangenehm auffiel.

»Ruf die Kriminalpolizei an!«

»Wen?«

»Den Direktor.«

Obwohl sie sich schon mehrmals bei einem Abendessen begegnet waren, hatten sie bislang doch nur wenige Sätze miteinander gewechselt, aber immerhin kannten sie sich, das musste reichen.

»Hallo? Spreche ich mit dem Direktor der Kriminalpolizei? Entschuldigen Sie bitte, dass ich Sie störe, Monsieur Benoit! Hier ist Gilles, der Direktor des ›George-v‹ … Hallo? Eben ist etwas passiert … Das heißt, ich habe eben entdeckt …«

Er wusste nicht, wie er sich ausdrücken sollte.

»Es handelt sich leider um eine bedeutende, eine weltweit bekannte Persönlichkeit: um Colonel Ward … Ja, David Ward! Einer meiner Angestellten hat ihn vorhin tot in seiner Badewanne aufgefunden … Nein, sonst weiß ich noch nichts … Ich wollte Sie lieber sofort anrufen. Der Arzt muss jeden Augenblick hier sein … Ich brauche Sie doch nicht ausdrücklich darum zu bitten …«

… diskret zu handeln. Natürlich! Er hatte keine Lust zuzusehen, wie Journalisten und Fotografen das Hotel belagerten.

»Nein ... Natürlich nicht ... Ich verspreche Ihnen, dass nichts angerührt wird. Ich bleibe persönlich in seiner Suite oben ... Da kommt gerade Doktor Frère, wollen Sie mit ihm reden?«

Der Arzt, der noch von nichts wusste, ergriff den Telefonhörer, der ihm gereicht wurde.

»Doktor Frère am Apparat! ... Hallo? Ja ... Ich war auf Krankenbesuch und bin soeben hier eingetroffen ... Was sagen Sie? ... Ist zwar nicht einer meiner Patienten, aber ich kenne ihn. Ein einziges Mal musste ich ihn wegen einer harmlosen Grippe behandeln ... Was? ... Im Gegenteil, sehr widerstandsfähig, trotz des Lebens, das er führt. Geführt hat ... Würden Sie mich jetzt bitte entschuldigen ... Ich habe den Toten noch nicht gesehen ... Einverstanden! ... Ja ... Ja ... Ist mir schon klar! Bis später, Herr Direktor ... Wollen Sie noch einmal mit ihm sprechen? ... Nein? ...«

Er legte den Hörer auf und fragte:

»Wo ist er?«

»In der Badewanne.«

»Der Leiter der Kriminalpolizei rät dringend, hier nichts anzufassen, bis er jemanden hergeschickt hat.«

Monsieur Gilles wandte sich dem jungen Angestellten von der Reception zu.

»Du kannst runtergehen. Passt mir ja die Leute von der Polizei ab, und führt sie unauffällig herauf! Bitte kein Gerede darüber in der Halle, verstanden?«

»Ja, Herr Direktor.«

In Maigrets Büro klingelte es.

»Würden Sie für einen Moment zu mir kommen?«

Es war das dritte Mal, dass der Kommissar gestört wurde, seit er seinen Bericht über den bewaffneten Raubüberfall begonnen hatte. Er zündete seine Pfeife wieder an, die er hatte ausgehen lassen, überquerte den Gang und klopfte an die Tür des Chefs.

»Herein! ... Setzen Sie sich, Maigret!«

Erste Sonnenstrahlen mischten sich unter den Regen, und einer brach sich auf dem kupfernen Tintenfass des Chefs.

»Kennen Sie Colonel Ward?«

»Ich habe seinen Namen schon öfter in der Zeitung gelesen. Ist das nicht der Mann mit den drei oder vier Frauen?«

»Er ist vorhin tot in seiner Badewanne im ›George-v‹ gefunden worden.«

Maigret zuckte nicht einmal mit der Wimper, so sehr war er noch in die leidige Sache mit dem Raubüberfall vertieft.

»Mir wäre es lieb, wenn Sie selbst hinfahren könnten. Der Arzt, der mehr oder weniger für das Hotel zuständig ist, hat mir eben erzählt, dass sich Colonel Ward gestern noch ausgezeichneter Gesundheit erfreute und dass er seines Wissens nie an einer Herzschwäche gelitten hat. Die Presse wird sich darauf stürzen, und zwar nicht nur die französische Presse, sondern auch die internationale ...«

Maigret verabscheute diese Geschichten um allzu bekannte Persönlichkeiten, die man nur mit Glacéhandschuhen anfassen kann.

»Ich fahre hin«, sagte er.

Der Bericht konnte warten. Mit brummiger Miene stieß

Maigret die Tür zum Inspektorenbüro auf und überlegte, wen er mitnehmen sollte. Janvier war da, aber der war ebenfalls mit dem bewaffneten Raubüberfall beschäftigt.

»Geh doch in mein Büro rüber, und versuch meinen Bericht weiterzuschreiben! Du, Lapointe …«

Der junge Lapointe hob erfreut den Kopf.

»Setz deinen Hut auf! Du kommst mit mir!«

Und zu Lucas sagte er:

»Wenn jemand nach mir fragen sollte, ich bin im ›George-v‹.«

»Wegen der Vergiftung?«

Das war ihm wie von selbst herausgerutscht, und Lucas wurde rot.

»Welche Vergiftung?«

Lucas geriet ins Stottern.

»Die Comtesse …«

»Von wem redest du denn?«

»Da stand heute Morgen etwas im Rapport, von einer Comtesse mit einem italienischen Namen, die im ›George-v‹ versucht hat, sich das Leben zu nehmen. Ich habe Ihnen nichts davon gesagt, weil …«

»Wo ist der Rapport?«

Lucas stöberte in den Papieren, die sich auf seinem Schreibtisch türmten, und zog ein Formular heraus.

»Sie ist ja nicht gestorben, deshalb habe ich …«

Maigret überflog die wenigen Zeilen.

»Hat man sie vernehmen können?«

»Das weiß ich nicht. Vom 8. Arrondissement ist jemand ins Krankenhaus nach Neuilly gefahren. Ich weiß noch nicht, ob sie in der Lage war zu sprechen.«

Maigret hatte keine Ahnung davon, dass in der vergangenen Nacht, kurz vor zwei Uhr morgens, die Comtesse Paverini und Colonel Ward vor dem ›George-v‹ aus einem Taxi gestiegen waren und dass sich der Portier keineswegs gewundert hatte, als er sie gemeinsam kommen und ihre Schlüssel holen sah.

Auch Jules, der Etagenkellner, war nicht erstaunt gewesen, als er, nachdem man in 332 nach ihm geklingelt hatte, den Colonel bei der Comtesse angetroffen hatte.

»Wie immer, Jules!«, hatte sie gesagt.

Das bedeutete eine Flasche Krug 1947 und eine noch original verschlossene Johnnie Walker, denn der Colonel hütete sich vor Whisky, den er nicht selbst entkorkt hatte.

Lucas, der mit einem Tadel gerechnet hatte, fühlte sich noch tiefer getroffen, weil Maigret ihn nur überrascht ansah, als hielte er einen solchen Mangel an Urteilsvermögen bei seinem ältesten Mitarbeiter für unglaublich.

»Los, Lapointe, gehen wir!«

Sie begegneten einem kleinen Ganoven, den der Kommissar vorgeladen hatte.

»Komm doch heute Nachmittag noch einmal her!«

»Um welche Uhrzeit, Chef?«

»Wann du willst.«

»Gehen wir zu Fuß oder fahren wir?«, fragte Lapointe.

Sie stiegen in einen Polizeiwagen. Lapointe setzte sich ans Steuer. Im ›George-v‹ hatte der Portier genaue Anweisungen erhalten.

»Lassen Sie nur, ich parke ihn schon!«

Alle hatten Anweisungen. Auf dem ganzen Weg der beiden Polizisten öffneten sich vor ihnen die Türen wie von selbst, und sie fanden sich im Nu an der Schwelle zu Suite 347, wo der telefonisch vorgewarnte Direktor bereits auf sie wartete.

Maigret hatte noch nicht oft Gelegenheit gehabt, im ›George-v‹ tätig zu sein, doch zwei- oder dreimal war er schon gerufen worden, und er kannte Monsieur Gilles, dem er die Hand drückte. Doktor Frère wartete im Salon, neben dem kleinen, runden Tisch, auf dem er seine schwarze Arzttasche abgestellt hatte. Er war ein vornehmer, sehr ruhiger Mensch, der einflussreiche Patienten behandelte und beinahe ebenso viele Geheimnisse kannte wie Maigret. Allerdings bewegte er sich in einer anderen Welt, zu der die Polizei nur selten Zutritt bekam.

»Tot?«

Ein kurzer Lidschlag zur Bestätigung.

»Wann ungefähr?«

»Mit Sicherheit lässt sich das nach der Autopsie sagen, sofern, wie ich annehme, eine solche angeordnet wird.«

»War es kein Unfall?«

»Kommen Sie mit!«

Maigret fand den Anblick, den der nackte Tote in der Badewanne bot, genauso unerfreulich wie Monsieur Gilles.

»Ich habe ihn nicht angerührt, denn aus medizinischer Sicht ist das ja nicht mehr nötig. Auf den ersten Blick könnte es sich um einen dieser Unfälle handeln, die öfter, als man denkt, in der Badewanne passieren. Man rutscht aus, der Kopf schlägt auf den Wannenrand …«

»Ich weiß. Nur, das hinterlässt keine Spuren auf den Schultern. Darauf wollten Sie doch hinaus?«

Auch Maigret hatte die zwei dunklen Flecken auf den

Schultern des Toten entdeckt, die wie Blutergüsse aussahen.

»Sie meinen, jemand hat nachgeholfen …«

»Ich weiß es nicht. Mir wäre es lieber, wenn der Gerichtsmediziner diese Frage klären könnte.«

»Wann haben Sie ihn zuletzt lebend gesehen?«

»Vor ungefähr einer Woche, als ich hier war, um der Comtesse eine Spritze zu geben.«

Monsieur Gilles' Miene verfinsterte sich. Hatte er vermeiden wollen, dass man auf sie zu sprechen kam?

»Eine Comtesse mit einem italienischen Namen?«

»Die Comtesse Paverini.«

»Die letzte Nacht versucht hat, sich das Leben zu nehmen?«

»Ehrlich gesagt, bin ich mir nicht sicher, ob ihr Versuch ernst gemeint war. Gewiss, sie hat zu viel Phenobarbital genommen. Ich wusste übrigens, dass sie diese Tabletten abends regelmäßig eingenommen hat. Sie hat die Dosis erhöht, aber ich bezweifle, ob sie so viel geschluckt hat, dass es ausgereicht hätte, den Tod herbeizuführen.«

»Ein vorgetäuschter Selbstmordversuch?«

»Das frage ich mich gerade.«

Sie waren beide an den Umgang mit – fast immer hübschen! – Frauen gewöhnt, die nach einem Streit, einer Enttäuschung oder einer Liebesgeschichte gerade so viel Schlaftabletten einnehmen, dass sie die Symptome einer Vergiftung auslösen, ohne jedoch ihr Leben ernsthaft zu gefährden.

»Haben Sie eben gesagt, dass der Colonel dabei war, als Sie der Comtesse eine Spritze gegeben haben?«

»Wenn sie sich in Paris aufhält, verabreiche ich ihr zwei pro Woche. Vitamin B und C. Nichts Ernstes ... Die Nerven ... Verstehen Sie?«

»Und der Colonel?«

Monsieur Gilles zog es vor, darauf selbst zu antworten.

»Der Colonel und die Comtesse standen in sehr enger Beziehung zueinander. Jeder hatte zwar seine eigene Suite, aber ich habe mich immer gefragt, warum, denn ...«

»War er ihr Liebhaber?«

»Es war allgemein bekannt, gewissermaßen offiziell. Der Colonel hat, wenn ich mich nicht irre, schon vor zwei Jahren die Scheidung beantragt, und in den Kreisen, in denen die beiden verkehrten, hat man damit gerechnet, dass er, sobald er endgültig frei ist, die Comtesse heiratet.«

Beinahe hätte Maigret mit gespielter Naivität gefragt:

›In welchen Kreisen?‹

Aber wozu? Das Telefon klingelte. Lapointe sah seinen Chef an, weil er nicht wusste, was er tun sollte. Es war dem jungen Inspektor anzumerken, dass ihn die Umgebung beeindruckte.

»Heb ab!«

»Hallo ... Was? ... Ja, er ist hier. Ich bin's, ja.«

»Wer ist dran?«, fragte Maigret.

»Lucas möchte Sie kurz sprechen.«

»Hallo, Lucas?«

Der hatte sich, um seinen Fehler wieder auszubügeln, mit dem Amerikanischen Hospital in Neuilly in Verbindung gesetzt.

»Ich bitte Sie um Entschuldigung, Chef. Das werde ich

mir nie verzeihen. Ist sie inzwischen ins Hotel zurückgekommen?«

Die Comtesse Paverini war vor einer Weile aus ihrem Zimmer im Krankenhaus, in dem man sie allein gelassen hatte, verschwunden und hatte sich auf und davon gemacht, ohne dass jemand sie daran gehindert hätte.

2

Immer noch ist die Rede von Leuten, deren Namen andauernd für Schlagzeilen sorgen

Kurze Zeit danach ereignete sich ein scheinbar belangloser Zwischenfall, der sich dennoch auf Maigrets Stimmung während der ganzen Untersuchung auswirken sollte. Hatte Lapointe es gemerkt, oder unterstellte ihm der Kommissar eine Reaktion, die er gar nicht gehabt hatte?

Schon in dem Moment, als Monsieur Gilles von den Kreisen gesprochen hatte, denen die Comtesse Paverini und Colonel Ward angehörten, hatte sich der Kommissar nur mit Mühe zurückgehalten, um nicht zu fragen:

»Welche Kreise?«

Hätte er gefragt, hätte man dann aus seiner Stimme nicht einen gereizten, ironischen, vielleicht sogar aggressiven Unterton herausgehört?

Das erinnerte ihn an ein Gefühl, das er einmal in seinen Anfangszeiten bei der Polizei gehabt hatte. Er war ungefähr in Lapointes Alter gewesen, und man hatte ihn zu einer einfachen Überprüfung in ebendieses Viertel geschickt, in dem er sich nun befand: zwischen Place de l'Étoile und Seine. Den Namen der Straße wusste er nicht mehr.

Es war noch die Zeit der Stadtpalais gewesen, und dem

jungen Maigret war es so vorgekommen, als betrete er eine fremde Welt. Was ihn damals am meisten überraschte, war die besondere Stille, die herrschte, fernab vom Menschengetümmel und vom Getöse öffentlicher Verkehrsmittel. Man hörte nur das Zwitschern der Vögel und das rhythmische Hufgeklapper der Pferde, auf denen Damen in Reitkostümen und Herren mit hellen Melonen auf dem Kopf Richtung Bois de Boulogne ritten.

Selbst die Mietshäuser strahlten eine gewisse Verschwiegenheit aus. In den Höfen polierten Chauffeure Autos auf Hochglanz, und da und dort war an einer Tür oder an einem Fenster ein Diener in gestreifter Weste oder ein Haushofmeister mit weißer Krawatte zu sehen.

Vom Leben der hohen Herrschaften, die fast alle bekannte Namen trugen, die man morgens im *Figaro* oder im *Gaulois* las, wusste der damalige Inspektor so gut wie nichts, und ihm schnürte sich die Kehle zu, als er an einem der majestätischen Portale klingelte.

An diesem Tag, in der Suite 347, war er natürlich nicht mehr der Anfänger von einst. Und die meisten Stadtpalais waren inzwischen verschwunden, aus vielen der ehemals stillen Straßen waren Geschäftsstraßen geworden.

Nichtsdestoweniger befand er sich in dem Bereich, der an die Stelle der aristokratischen Viertel getreten war, und das ›George-v‹ ragte darin empor wie das Kernstück eines in sich geschlossenen Universums, das ihm nicht gerade vertraut war.

Die Namen derer, die jetzt noch schliefen oder in den benachbarten Suiten ihr Frühstück einnahmen, tauchten nach wie vor häufig in den Zeitungen auf. Die Avenue

George-v, die Rue François-Ier und die Avenue Montaigne bildeten eine Welt für sich, in der man auf den Türschildern die Namen bedeutender Modeschöpfer lesen konnte und wo man in den Schaufenstern, selbst im schlichten Fenster eines Wäschegeschäfts, Dinge zu sehen bekam, die es nirgendwo sonst zu sehen gab.

War Lapointe, der in einer bescheidenen Mietwohnung links der Seine lebte, etwa nicht verwirrt? Empfand er nicht, wie der Maigret von einst, eine unwillkürliche Scheu vor diesem Luxus, den er plötzlich vor Augen hatte?

»Ein Polizist, der ideale Polizist, sollte sich in jeder Umgebung unbefangen fühlen ...«

Maigret hatte das eines Tages gesagt, und sein ganzes Leben lang hatte er sich bemüht, sich über die oberflächlichen Unterschiede zwischen den Menschen hinwegzusetzen und am Lack zu kratzen, um hinter den verschiedenen äußeren Erscheinungsbildern den (wie er sich ausdrückte) ›nackten Menschen‹ zu entdecken.

Dennoch reagierte er irgendwie empfindlich auf die Atmosphäre, die er an diesem Morgen im ›George-v‹ antraf. Monsieur Gilles, der Direktor, war trotz seiner gestreiften Hose, trotz einer gewissen professionellen Süßlichkeit und trotz seiner Angst vor Scherereien ein großartiger Mann, und dasselbe traf auch auf den Arzt zu, der daran gewöhnt war, illustre Persönlichkeiten zu behandeln.

Maigret hatte ein wenig den Eindruck, als herrsche zwischen den beiden eine Art geheimes Einverständnis. Sie benutzten zwar die gleichen Wörter wie jeder andere auch, und dennoch sprachen sie eine andere Sprache. Sagten sie ›die Comtesse‹ oder ›der Colonel‹, dann schwang da eine

Bedeutung mit, die gewöhnliche Sterbliche nicht wahrnahmen.

Sie zählten gewissermaßen zu den Eingeweihten. Sie gehörten, und sei es nur als Komparsen, einer eigenen Welt an, der der Kommissar aus Redlichkeit nicht von vornherein feindselig gegenübertreten wollte.

All das ging ihm nur vage durch den Kopf, eigentlich fühlte er es nur, während er den Telefonhörer wieder auflegte und sich dem Arzt zuwandte, um ihn zu fragen:

»Glauben Sie, die Comtesse wäre, wenn sie tatsächlich eine tödliche Dosis Schlafmittel eingenommen hätte, dank Ihrer Bemühungen vor etwa einer halben Stunde schon dazu in der Lage gewesen, ohne fremde Hilfe aufzustehen und das Krankenhaus zu verlassen?«

»Ist sie weg?«

Die Fensterläden des Schlafzimmers waren immer noch geschlossen, aber im Salon hatte man sie bereits geöffnet, und ein wenig Sonnenlicht, oder vielmehr ein schwacher Abglanz davon, drang herüber. Der Arzt stand nach wie vor neben dem runden Tischchen, auf dem er seine Tasche abgestellt hatte. Der Hoteldirektor hielt sich neben der Tür zum Salon auf, während Lapointe, rechts von Maigret, etwas im Hintergrund blieb.

Der Tote lag immer noch in der Wanne, und das Badezimmer, dessen Tür offen stand, war der hellste Raum.

Wieder klingelte das Telefon. Nach einem Blick auf den Kommissar, als wollte er ihn um Erlaubnis fragen, hob der Direktor den Hörer ab.

»Hallo?... Ja, ich bin am Apparat... Kommt er herauf?«

Alle sahen ihn an, und er suchte mit sorgenvoller Miene nach Worten, als die Eingangstür aufgestoßen wurde.

Ein Mann um die fünfzig mit angegrautem Haar und sonnengebräuntem Teint in einem graumelierten Anzug betrachtete nacheinander die im Raum versammelten Personen und entdeckte schließlich Monsieur Gilles.

»Ach, da sind Sie ja! Was ist David denn zugestoßen? Wo ist er?«

»Es tut mir leid, Monsieur Arnold…«

Er zeigte Richtung Badezimmer, dann begann er, wie selbstverständlich, englisch zu sprechen:

»Wie haben Sie davon erfahren?«

»Ich habe heute Morgen fünfmal angerufen«, antwortete Monsieur Arnold, ebenfalls auf Englisch.

Das war ein Detail, über das sich Maigret nur noch mehr ärgerte. Er verstand zwar leidlich Englisch, aber er war weit davon entfernt, es fließend zu sprechen. Der Arzt wechselte indes ebenfalls ins Englische über.

»Es besteht leider nicht der geringste Zweifel daran, dass er tot ist, Mister Arnold.«

Der Neuankömmling war an die Tür zum Badezimmer getreten, wo er eine Weile stehen blieb und auf den Toten in der Wanne blickte. Dabei bewegten sich seine Lippen, als spreche er ein stummes Gebet.

»Ein dummer Unfall, nicht wahr?«

Gott weiß, warum er wieder zur französischen Sprache zurückgekehrt war, die er fast akzentfrei beherrschte.

Genau in diesem Moment passierte es. Maigret befand sich in der Nähe des Stuhls, auf dem die Hose des Toten lag. An einem Knopf in Gürtelhöhe hing eine dünne Platinkette, an deren anderem Ende, in der Hosentasche, vermutlich irgendein Gegenstand befestigt war, vielleicht ein Schlüssel oder eine Uhr.

Mechanisch hatte der Kommissar die Hand nach dieser Kette ausgestreckt, aus reiner Neugierde, und als er mitten in seiner Bewegung war, drehte sich dieser Arnold zu ihm um und sah ihn scharf an, als halte er ihn für ungehörig oder taktlos.

All das war subtiler als Worte. Nur ein flüchtiger, nicht einmal besonders eindringlicher Blick, eine kaum wahrnehmbare Veränderung im Gesichtsausdruck.

Doch Maigret ließ die Hand sinken und nahm eine Haltung ein, für die er sich sogleich schämte, denn es war eine schuldbewusste Haltung.

Hatte Lapointe es gemerkt und deshalb den Kopf abgewandt?

Sie waren zu dritt am Quai des Orfèvres, die – von anderen bisweilen belächelt – dem Kommissar eine Bewunderung entgegenbrachten, die schon an Heldenverehrung grenzte: Lucas, der Älteste, dann Janvier, der seinerzeit ebenso jung, ebenso unerfahren und ebenso eifrig gewesen war wie der Dritte im Bunde, der »kleine Lapointe«, wie sie ihn nannten.

War er soeben enttäuscht worden, oder war er nur verlegen gewesen, als er sah, dass sich sein Chef, wie er selbst, von der Atmosphäre, die sie umgab, einschüchtern ließ?

Maigret reagierte prompt darauf, seine Gesichtszüge verhärteten sich, und vielleicht benahm er sich ja wieder ungeschickt, dessen war er sich sogar bewusst, aber er konnte nicht anders:

»Also, jetzt möchte *ich* Ihnen ein paar Fragen stellen, Monsieur Arnold!«

Der Engländer wandte sich nicht an ihn, um sich danach zu erkundigen, wer er denn sei, sondern an Monsieur Gilles, der erklärte:

»Kommissar Maigret von der Kriminalpolizei.«

Kurz angedeutetes, kaum höflich zu nennendes Kopfnicken.

»Darf ich fragen, wer Sie sind und warum Sie hergekommen sind?«

Erneut blickte Arnold den Direktor an, offensichtlich überrascht, als wäre die Frage zumindest verwunderlich.

»Monsieur John T. Arnold ist...«

»Lassen Sie ihn doch selbst antworten!«

Darauf der Engländer:

»Könnten wir vielleicht in den Salon rübergehen?«

Zuvor warf er allerdings noch einen Blick ins Badezimmer, als wolle er dem Toten noch einmal seine Reverenz erweisen.

»Brauchen Sie mich noch?«, fragte Doktor Frère.

»Wenn Sie mir sagen, wo ich Sie finden kann...«

»Meine Sekretärin weiß Bescheid... Das Hotel hat meine Telefonnummer.«

Arnold sagte auf Englisch zu Monsieur Gilles:

»Würden Sie mir bitte einen Scotch heraufschicken lassen?«

Ehe Maigret das Gespräch wiederaufnahm, hob er den Telefonhörer ab:

»Geben Sie mir den Staatsanwalt, Mademoiselle!«

»Welchen Staranwalt?«

Hier war man zweifellos mit einem anderen Wortschatz vertraut als am Quai des Orfèvres. Er nannte ihr die Nummer.

»Würden Sie mich bitte mit dem Staatsanwalt oder einem seiner Vertreter verbinden? Hier ist Kommissar Maigret. Ja …«

Während der Kommissar wartete, flüsterte Monsieur Gilles ihm zu:

»Könnten Sie diese Herren bitten, diskret vorzugehen und das Hotel so zu betreten, als ob nichts geschehen wäre?«

»Hallo? Ich bin im Hotel George-v, Herr Staatsanwalt. Eben wurde hier in einem Badezimmer eine Leiche entdeckt: Colonel David Ward. Ward, ja … Die Leiche liegt noch in der Badewanne, und gewisse Anzeichen lassen vermuten, dass Wards Tod nicht auf einen Unfall zurückzuführen ist … Ja, ich bin im Bild …«

Der Staatsanwalt hatte soeben am anderen Ende der Leitung gefragt: »Sie wissen doch, dass David Ward ein *sehr bedeutender* Mann ist?«

Maigret ließ sich dennoch nicht aus der Ruhe bringen.

»Ja … Ja, ich bleibe hier. Letzte Nacht ist noch etwas anderes vorgefallen, im selben Hotel, aber das erzähle ich Ihnen nachher. Ja … Bis gleich, Herr Staatsanwalt!«

Während er gesprochen hatte, war kurz ein Kellner in weißer Weste aufgetaucht und wieder gegangen, und Monsieur Arnold hatte sich in einem Lehnsessel niedergelassen und eine Zigarre angezündet, deren Spitze er langsam und sorgfältig abgeschnitten hatte.

»Ich habe Sie gefragt …«

»Wer ich bin und was ich hier mache. Ich muss Sie auch

etwas fragen: Wissen Sie überhaupt, wer mein Freund David Ward ist, das heißt, jetzt muss ich ja wohl sagen, wer er *war*?«

Vielleicht war es im Grunde gar keine Anmaßung, sondern angeborenes Selbstbewusstsein. Arnold fühlte sich hier zu Hause. Der Direktor zögerte, ihm ins Wort zu fallen. Schließlich tat er es doch, wie ein Schüler, der während des Unterrichts darum bittet, zur Toilette gehen zu dürfen.

»Entschuldigen Sie, meine Herren! Ich möchte gern wissen, ob ich nach unten gehen kann, ich müsste einige Anweisungen geben.«

»Der Staatsanwalt und der Untersuchungsrichter werden gleich hier sein.«

»Das habe ich gehört, ja.«

»Da werden wir Sie brauchen. Außerdem erwarte ich die Spezialisten vom Erkennungsdienst und die Fotografen sowie den Gerichtsarzt.«

»Kann ich wenigstens einen Teil dieser Herren durch den Lieferanteneingang hereinlassen? Verstehen Sie mich nicht falsch, Kommissar, aber wenn in der Halle zu viel Unruhe ausbricht und …«

»Ich verstehe.«

»Ich danke Ihnen.«

»Ihr Whisky kommt gleich, Monsieur Arnold. Möchten Sie ebenfalls etwas, meine Herren?«

Maigret schüttelte den Kopf und bedauerte es sogleich, denn eigentlich hätte er auch gern einen Schluck Alkohol getrunken.

»Ich bin ganz Ohr, Monsieur Arnold. Wo sind wir stehengeblieben?«

»Ich habe gesagt, dass Sie wahrscheinlich den Namen meines Freundes David in den Zeitungen gelesen haben, wie jeder. Meistens wird er als Milliardär bezeichnet. Der ›englische Milliardär‹ ... Und wenn man in Francs rechnet, dann stimmt das auch, in Pfunden allerdings nicht ...«

»Wie alt war er?«, unterbrach ihn Maigret.

»Dreiundsechzig. David hat sein Vermögen nicht allein geschaffen, sondern er kam schon, wie man so sagt, mit einem Silberlöffel im Mund zur Welt. Sein Vater besaß bereits die größte Drahtzieherei von Manchester, die sein Großvater gegründet hat. Können Sie mir folgen?«

»Jawohl.«

»Ich möchte nicht so weit gehen zu behaupten, das Unternehmen wäre von allein gelaufen und David hätte sich nicht darum kümmern müssen, doch es forderte ihn nur in geringem Maß. Von Zeit zu Zeit eine Besprechung mit seinen Direktoren, mit den Vorstandsmitgliedern, ein paar Unterschriften ...«

»Hat er nicht in Manchester gelebt?«

»Er war fast nie dort.«

»Wenn ich den Zeitungen Glauben schenke ...«

»Die Zeitungen haben sich ein für alle Mal zwei oder drei Dutzend Persönlichkeiten herausgepickt, über deren Tun und Lassen sie ausführlich berichten, auch wenn es noch so belanglos ist. Das heißt nicht, dass alles, was sie erzählen, auch stimmt. So wurde über Davids Scheidungen viel geschrieben, was nicht ganz den Tatsachen entsprach. Aber das ist es nicht, was ich Ihnen begreiflich machen möchte. Für die meisten Leute hatte David, der Erbe eines beachtlichen Vermögens, eines auf soliden Füßen stehenden Unternehmens, nichts anderes zu tun, als seine Zeit fröhlich in Paris, Deauville, Cannes, Lausanne oder Rom zu verbringen, Nachtlokale oder Rennplätze zu besuchen, umgeben von hübschen Frauen und Persönlichkeiten, die genauso bekannt sind wie er. Doch das trifft nicht zu...«

Monsieur Arnold legte eine Pause ein, betrachtete eine Weile die weiße Asche seiner Zigarre, winkte den eintretenden Kellner heran und griff nach dem Whiskyglas auf dem Tablett.

»Gestatten Sie?«

Darauf lehnte er sich in seinem Sessel zurück und fuhr fort:

»Wenn David in Manchester nicht das übliche Leben eines englischen Großindustriellen geführt hat, dann gerade deshalb, weil ihm seine Stellung dort in den Schoß gefallen war, weil er dort nur das Werk seines Vaters und seines Großvaters fortzusetzen brauchte, was ihn nicht reizte. Können Sie das verstehen?«

An der Art, wie er erst den Kommissar und dann den jungen Lapointe ansah, war zu erkennen, dass er die beiden Männer für unfähig hielt, das zu begreifen.

»Die Amerikaner benutzen dafür ein Wort, das wir Engländer nur selten in den Mund nehmen. Sie sprechen von einem *Playboy* und meinen damit einen reichen Mann, dessen einziger Lebenszweck darin besteht, sich angenehm die Zeit zu vertreiben, vom Polo zum Wintersport zu reisen, von Regatta zu Regatta zu jagen, ständig in angenehmer Begleitung in Nachtlokalen herumzusitzen...«

»Der Staatsanwalt wird nicht mehr lange auf sich warten lassen«, bemerkte Maigret nach einem Blick auf die Uhr.

»Entschuldigen Sie, dass ich Sie mit diesen Ausführungen behellige, aber Sie haben mir eine Frage gestellt, die sich nicht mit wenigen Worten beantworten lässt. Mag sein, dass ich Sie auch davor bewahren möchte, einen Bock zu schießen. So nennen Sie das doch, oder? David Ward war weit davon entfernt, ein *Playboy* zu sein. Er betrieb eine Reihe verschiedener Geschäfte, gewissermaßen als Privatmann und nicht in seiner Eigenschaft als Besitzer der Drahtwerke Ward in Manchester. Nur hielt er es nicht für nötig, sich zum Arbeiten acht Stunden am Tag in ein Büro einzuschließen. Sie können mir glauben, wenn ich Ihnen versichere, dass er in geschäftlichen Dingen ein Genie war ... Manchmal setzte er riesige Projekte in die Tat um, wo und wann man es am wenigsten erwartet hätte.«

»Zum Beispiel?«

»Einmal, als wir in seinem Rolls-Royce an der italienischen Riviera entlangfuhren, zwang uns eine Panne dazu, in einer bescheidenen Gastwirtschaft einzukehren. Während man unser Essen zubereitete, gingen wir in der Umgebung spazieren. Das ist mittlerweile zwanzig Jahre her. Am Abend trafen wir dann in Rom ein, doch wenige Tage später habe ich auf Davids Rechnung zweitausend Hektar zum Teil von Weinbergen bedecktes Land gekauft. Heute stehen dort drei Hotels, ein Spielcasino und Villen an einem Strand, der einer der schönsten an der ganzen Küste ist ... In der Schweiz, in der Nähe von Montreux ...«

»Alles in allem waren Sie also sein persönlicher Geschäftsbevollmächtigter.«

»Sein Freund und Geschäftsbevollmächtigter, wenn Sie so wollen. Sein Freund zuerst, denn als ich ihn kennenlernte, hatte ich mich vorher noch nie mit Handel oder Finanzen befasst.«

»Wohnen Sie auch im ›George-v‹?«

»Nein, im Hotel Scribe. Das mag Ihnen seltsam vorkommen, aber sowohl in Paris als auch anderswo haben wir fast immer in verschiedenen Hotels gewohnt, weil David sehr auf seine *privacy* – auf die Wahrung seiner Privatsphäre – bedacht war ...«

»Hatte die Comtesse Paverini aus demselben Grund eine Suite am anderen Ende des Flurs bezogen?«

Arnold wurde ein wenig verlegen.

»Aus diesem Grund und aus anderen.«

»Aus welchen?«

»Das ist ein heikles Thema.«

»Aber es wusste doch jeder, dass sie ein Verhältnis miteinander hatten?«

»Jeder redete darüber, das ist richtig.«

»Und stimmte es?«

»Vermutlich. Ich habe nie danach gefragt.«

»Sie waren doch sehr eng miteinander befreundet.«

Jetzt war Arnold verärgert. Wahrscheinlich dachte auch er, dass sie nicht dieselbe Sprache sprachen und deshalb einander nicht auf gleicher Augenhöhe begegneten.

»Wie oft war er verheiratet?«

»Nur dreimal. Die Zeitungen hatten ihm zwar mehr Ehefrauen angedichtet, weil sie, sobald er eine Frau kennenlernte und sich ein paarmal mit ihr in der Öffentlichkeit zeigte, sofort eine neue Heirat ankündigten.«

»Leben die drei Frauen noch?«

»Ja.«

»Hatte er Kinder von ihnen?«

»Zwei. Einen sechzehnjährigen Sohn, Bobby, der in Cambridge ist, von der zweiten Frau und eine Tochter, Ellen, von der dritten.«

»Welches Verhältnis hatte er zu ihnen?«

»Zu seinen ehemaligen Frauen? Ein ausgezeichnetes. Er war ein Gentleman.«

»Hat er sie ab und zu gesehen?«

»Er hat sich mit ihnen getroffen.«

»Sind sie wohlhabend?«

»Die erste schon, Dorothy Payne, sie stammt aus einer bedeutenden Familie aus der Textilbranche in Manchester.«

»Und die beiden anderen?«

»Er hat dafür gesorgt, dass es ihnen an nichts fehlt.«

»So dass keine von ihnen an seinem Tod interessiert ist?«

Arnold runzelte die Stirn, zuerst als habe er den Sinn der Frage nicht verstanden, dann entsetzt.

»Warum sollten sie?«

»Und die Comtesse Paverini?«

»Er hätte sie wahrscheinlich geheiratet, sobald seine Scheidung von Muriel Halligan rechtskräftig geworden wäre.«

»Wem lag Ihrer Meinung nach daran, dass er stirbt?«

Er antwortete ebenso schnell wie unmissverständlich:

»Niemandem.«

»Wissen Sie, ob er Feinde hatte?«

»Meines Wissens hatte er nur Freunde.«

»Wollte er lange im ›George-v‹ bleiben?«

»Moment... Heute ist der siebte Oktober...«

Er zog ein rotes Notizbuch aus seiner Tasche, ein hübsches Notizbuch, mit einem Einband aus weichem Leder und mit vergoldeten Ecken.

»Wir sind am zweiten Oktober hier eingetroffen, da kamen wir aus Cannes. Davor waren wir in Biarritz, nachdem wir am siebzehnten August Deauville verlassen hatten. Wir wollten am dreizehnten nach Lausanne weiterreisen.«

»Geschäftlich?«

Wieder betrachtete Arnold den Kommissar mit einer gewissen Verzweiflung, so als wäre dieser beleibte Mann ganz und gar unfähig, auch nur die elementarsten Dinge zu begreifen.

»David besaß ein Appartement in Lausanne und war dort sogar polizeilich gemeldet.«

»Und hier?«

»Er hatte diese Suite das ganze Jahr über zu seiner Verfügung, so wie er auch eine in London und eine weitere im ›Carlton‹ in Cannes hatte.«

»Und in Manchester?«

»Dort besaß er das Stammhaus der Wards, ein riesiges Bauwerk in viktorianischem Stil, in dem er, glaube ich, in dreißig Jahren keine drei Mal übernachtet hat. Er hasste Manchester.«

»Kennen Sie die Comtesse Paverini gut?«

Arnold kam nicht mehr zum Antworten. Vom Flur her waren Schritte zu hören, dann Stimmen. Monsieur Gilles führte, von den beiden tiefer beeindruckt als von Maigret, den Staatsanwalt der Republik und einen jungen Untersuchungsrichter herein, mit dem Maigret noch nicht zusammengearbeitet hatte. Er hieß Calas und sah aus wie ein Student.

»Darf ich Ihnen Monsieur Arnold vorstellen?«

»John T. Arnold«, ergänzte dieser, während er sich erhob.

Maigret ergänzte:

»Der enge Vertraute und persönliche Bevollmächtigte des Verstorbenen.«

Als freue er sich darüber, es endlich mit jemandem von Rang zu tun zu haben, der vielleicht seiner eigenen Welt angehörte, erklärte Arnold dem Staatsanwalt:

»Ich war heute Morgen um zehn Uhr mit David verabredet, genauer gesagt, ich sollte ihn anrufen. Dabei habe ich von seinem Tod erfahren. Hier höre ich nun, dass man nicht an einen Unfall glaubt, und die Polizei wird wohl gute Gründe für derartige Äußerungen haben. Ich möchte Sie allerdings dringend bitten, Herr Staatsanwalt, zu viel Aufhebens um die Sache zu vermeiden. David war ein angesehener Mann, und es fällt mir schwer, Ihnen im Einzelnen zu schildern, welchen Widerhall sein Tod auslösen wird, nicht nur an der Börse, sondern in verschiedenen Kreisen.«

»Wir werden so diskret wie möglich vorgehen«, murmelte der Staatsanwalt. »Nicht wahr, Kommissar?«

Der senkte den Kopf.

»Ich nehme an«, fuhr Arnold fort, »dass Sie mir ein paar Fragen stellen wollen.«

Der Staatsanwalt sah Maigret an, dann den Untersuchungsrichter.

»Vielleicht etwas später. Ich weiß es noch nicht. Im Augenblick, denke ich, können Sie sich zurückziehen.«

»Falls Sie mich brauchen, ich bin unten. In der Bar.«

Nachdem sich die Tür hinter ihm geschlossen hatte, sahen sich die im Zimmer Verbliebenen mit sorgenvollen Gesichtern an.

»Eine üble Geschichte, was?«, meinte der Staatsanwalt. »Können Sie sich schon einen Reim darauf machen?«

»Nicht den geringsten. Ich weiß nur, dass eine Comtesse Paverini, die Wards Geliebte war und eine Suite am anderen Ende des Flurs bewohnt, letzte Nacht versucht hat, sich zu vergiften. Der Arzt hat sie ins Amerikanische Hospital in Neuilly eingewiesen, wo man ihr ein Einzelzimmer gegeben hat. Die Krankenschwester hat jede halbe Stunde nach ihr gesehen und vor einer Weile das Zimmer leer vorgefunden.«

»Ist die Comtesse verschwunden?«

Maigret nickte, dann fügte er hinzu:

»Ich lasse die Bahnhöfe, Flugplätze und die verschiedenen Ausfallstraßen von Paris überwachen.«

»Merkwürdig, nicht?«

Maigret zuckte die Schultern. Was konnte er dazu schon sagen? An diesem Fall war alles merkwürdig, angefangen mit dem Toten, der ›mit einem Silberlöffel im Mund‹ zur Welt gekommen war und angeblich Geschäfte gemacht hatte, während er sich auf Rennbahnen und in Nachtlokalen herumtrieb, bis hin zu diesem weltgewandten Bevollmächtigten, der eben mit ihm geredet hatte wie ein Lehrer mit einem begriffsstutzigen Schüler.

»Wollen Sie ihn sehen?«

Der Staatsanwalt, ein sehr ehrenwerter Justizbeamter, der dem alten Amtsadel angehörte, gestand:

»Ich habe gerade mit dem Außenministerium telefoniert. David Ward war wirklich eine bemerkenswerte Persönlichkeit. Den Rang eines Colonels hat ihm der Krieg eingebracht, in dem er eine Abteilung des britischen Geheimdienstes leitete. Meinen Sie, dass sein Tod damit zusammenhängen könnte?«

Schritte auf dem Flur, ein kurzes Klopfen an der Tür, dann tauchte Doktor Paul auf, mit seiner Arzttasche in der Hand.

»Jetzt hab ich schon fast gedacht, die lassen mich nur durch den Lieferanteneingang herein. Das blüht übrigens gerade den Leuten vom Erkennungsdienst. Wo ist die Leiche?«

Er drückte dem Staatsanwalt die Hand, dann Calas, dem neuen Richter, und schließlich noch Maigret.

»Na, alter Kumpel?«

Daraufhin zog er seine Jacke aus und krempelte die Ärmel seines Hemdes hoch.

»Mann oder Frau?«

»Ein Mann.«

Maigret zeigte auf das Badezimmer, und gleich darauf war ein lauter Fluch des Arztes zu hören. Die Männer vom Erkennungsdienst trafen ebenfalls ein, mit ihren ganzen Apparaten, und Maigret musste sich um sie kümmern.

Egal, ob im ›George-v‹ oder anderswo, egal, ob für David Ward oder für ein beliebiges anderes Opfer – die Routine musste eingehalten werden.

»Kann man die Fensterläden aufmachen, Chef?«

»Ja. Dieses Glas hier zählt nicht. Es ist eben erst für einen Zeugen heraufgeschickt worden.«

Die Sonne durchflutete jetzt nicht nur den Salon, sondern auch das geräumige, freundliche Schlafzimmer, in dem eine Menge kleiner, privater Gegenstände vorhanden waren, fast nur erlesene oder kostbare Dinge.

So stammte zum Beispiel der goldene Wecker auf dem Nachttisch von Cartier, genauso wie ein Zigarrenetui, das auf einer Kommode lag, während das Manikürenecessaire das Markenzeichen eines bekannten Londoner Hauses trug.

Im Schrank zählte ein Inspektor achtzehn Anzüge, und wahrscheinlich hingen ebenso viele in Wards anderen Suiten in Cannes, Lausanne oder London.

»Sie können mir den Fotografen hereinschicken«, ertönte die Stimme von Doktor Paul.

Maigret sah sich überall und nirgends um und registrierte selbst die nichtigsten Einzelheiten der Suite und all dessen, was sich darin befand.

»Ruf doch mal Lucas an, und frag ihn, ob er etwas Neues erfahren hat!«, sagte er zu Lapointe, der in diesem Tohuwabohu ein wenig verloren wirkte.

Es gab drei Telefonapparate: einen im Salon, einen weiteren am Kopfende des Bettes und einen dritten im Badezimmer.

»Hallo! Lucas? Hier ist Lapointe …«

Am Fenster unterhielt sich Maigret leise mit dem Staatsanwalt und dem Untersuchungsrichter, wogegen Doktor Paul und der Fotograf nicht zu sehen waren, denn sie standen noch immer vor der Badewanne.

»Wir werden ja sehen, ob Doktor Paul zur selben Ansicht gelangt wie Doktor Frère. Seiner Meinung nach deuten die blauen Flecken darauf hin …«

Schließlich tauchte der Gerichtsarzt wieder auf, so unbekümmert, wie es nun mal seine Art war.

»Bevor ich meinen Bericht abfasse und bevor der Autopsiebefund vorliegt, denn ich nehme ja an, dass eine Autopsie angeordnet wird, kann ich Ihnen schon Folgendes sagen:

Erstens: Nach seiner Konstitution zu urteilen, hätte dieser Kerl mindestens achtzig Jahre alt werden können.

Zweitens: Er war ziemlich betrunken, als er in seine Badewanne stieg.

Drittens: Er ist nicht ausgerutscht, und die Person, die ihm vom Diesseits ins Jenseits hinübergeholfen hat, hat ein gewisses Maß an Energie aufwenden müssen, um ihn unter Wasser zu halten.

Das ist für den Augenblick alles. Wenn jemand so freundlich ist, ihn mir ins Gerichtsmedizinische Institut zu schicken, dann werde ich versuchen, weitere Einzelheiten herauszufinden.«

Staatsanwalt und Untersuchungsrichter wechselten einen raschen Blick. Autopsie? Keine Autopsie?

»Hat er Angehörige?«, erkundigte sich der Staatsanwalt bei Maigret.

»Soviel ich verstanden habe, hat er zwei Kinder, beide noch minderjährig, und die Scheidung von seiner dritten Frau ist noch nicht rechtskräftig.«

»Brüder oder Schwestern?«

»Moment mal …«

Maigret hob erneut den Telefonhörer ab. Lapointe machte ihm ein Zeichen, dass er mit ihm reden müsse, aber der Kommissar verlangte zunächst die Bar.

»Ich möchte gern Monsieur Arnold sprechen.«

»Augenblick, bitte!«

Kurz darauf berichtete Maigret dem Staatsanwalt:

»Schwester hat er keine. Er hatte einen Bruder, aber der kam mit vierundzwanzig Jahren in Indien ums Leben. Es gibt noch ein paar Cousins, mit denen er allerdings nicht in Verbindung stand ... Was ist, Lapointe?«

»Lucas hat mir etwas durchgegeben, was er gerade erfahren hat: Die Comtesse Paverini hat heute Morgen kurz vor neun Uhr in ihrem Zimmer mehrere Telefongespräche angemeldet.«

»Sind die Nummern notiert worden?«

»Die von Paris nicht, es waren angeblich zwei oder drei, darunter zweimal dieselbe. Danach hat sie sich mit Monte Carlo verbinden lassen.«

»Welche Nummer?«

»Die vom ›Hôtel de Paris‹.«

»Weiß man, mit wem sie gesprochen hat?«

»Nein. Soll ich das ›Hôtel de Paris‹ anrufen?«

Nach wie vor dasselbe Milieu. Hier das ›George-v‹, in Monte Carlo das prunkvollste Hotel der ganzen Côte d'Azur.

»Hallo, Mademoiselle, geben Sie mir bitte das ›Hôtel de Paris‹ in Monte Carlo! ... Was?«

Ratlos wandte sich Lapointe an den Kommissar:

»Sie fragt, auf wessen Rechnung sie das Gespräch setzen soll.«

Und Maigret antwortete unwirsch:

»Auf Wards Rechnung … Oder auf meine, wenn ihr das lieber ist.«

»Hallo, Mademoiselle? Das Gespräch ist für Kommissar Maigret … Ja, danke!«

Sobald er aufgelegt hatte, erklärte er:

»Zehn Minuten Wartezeit.«

In einer Schublade wurden gerade Briefe gefunden, manche in Englisch, andere in Französisch oder Italienisch, kunterbunt, Briefe von Frauen und Geschäftsbriefe sowie Einladungen zu Cocktailempfängen oder Abendessen, während eine andere Schublade Aktenbündel enthielt, die besser geordnet waren.

»Nehmen wir sie mit?«

Maigret nickte, nachdem er sich durch einen Blick mit Richter Calas verständigt hatte. Es war inzwischen elf Uhr, und das Hotel belebte sich allmählich. Man hörte es rundherum klingeln, Hotelangestellte liefen hin und her, und der Fahrstuhl war pausenlos in Betrieb.

»Was meinen Sie, Doktor, könnte eine Frau ihm den Kopf unter Wasser gehalten haben?«

»Das kommt auf die Frau an.«

»Sie nennen sie ›die kleine Comtesse‹, was darauf schließen lässt, dass sie eher schmächtig ist.«

»Das ist keine Frage der Körpergröße oder der Leibesfülle«, gab Doktor Paul zu bedenken.

Und Maigret:

»Wir täten vielleicht gut daran, uns mal in Dreihundertzweiunddreißig umzusehen.«

»In Dreihundertzweiunddreißig?«

»In der Suite der besagten Comtesse.«

Sie fanden die Tür verschlossen und mussten erst nach einem Zimmermädchen suchen. Die Suite bestand ebenfalls aus einem Salon, allerdings kleiner als der von 347, einem Schlafzimmer und einem Bad.

Trotz des offenen Fensters hing noch ein Hauch von Parfum und Alkohol im Raum, und obgleich die Champagnerflasche weggeräumt worden war, hatte man die nur zu drei Vierteln geleerte Whiskyflasche auf einem kleinen Beistelltisch stehenlassen.

Der Staatsanwalt und der Untersuchungsrichter, die zu wohlerzogen oder zu schüchtern waren, verharrten unschlüssig an der Tür, während Maigret Schränke und Schubladen öffnete. Was er dabei entdeckte, entsprach einer weiblichen Variante dessen, was er schon bei David Ward entdeckt hatte: höchst luxuriöse Dinge, die es nur in wenigen Geschäften zu kaufen gibt und die als Symbol für einen gewissen Lebensstil gelten.

Auf dem Frisiertisch lagen Schmuckstücke wie wertloser Plunder herum: ein diamantenbesetztes Armband mit einer winzigen Uhr sowie Ringe und Ohrringe, die alles in allem an die zwanzig Millionen Franc wert sein mochten.

Auch hier Papiere in einer Schublade: Einladungen, Rechnungen von Modeschöpfern und Modistinnen, Prospekte und Flugpläne der Air France und der Pan American.

Keine Privatbriefe. Man hätte meinen können, die Comtesse korrespondiere mit niemandem. Dagegen zählte Maigret in einem Wandschrank achtundzwanzig Paar Schuhe, von denen manche noch nie getragen worden waren, und ihre Größe bestätigte ihm, dass die Comtesse in der Tat recht zierlich sein musste.

Lapointe kam angelaufen.

»Ich habe mit dem ›Hôtel de Paris‹ gesprochen. Die Telefonistin notiert zwar die Gespräche, die sie vermittelt, aber nicht die Anrufe, die für die Gäste eingehen, es sei denn, sie muss jemandem etwas ausrichten. Sie hat heute Morgen über fünfzehn Gespräche aus Paris bekommen und kann nicht mehr sagen, für wen das fragliche war.«

Stockend fügte Lapointe hinzu:

»Sie hat mich gefragt, ob es hier auch so warm ist wie dort. Anscheinend …«

Maigret hörte ihm nicht mehr zu, und Lapointe verstummte. Die kleine Schar kehrte zu David Wards Suite zurück, und unterwegs begegnete ihnen ein recht seltsamer Tross. Der Hoteldirektor, den man wahrscheinlich alarmiert hatte, schritt als Späher voran und äugte ängstlich nach den Türen, die sich jeden Moment öffnen konnten. Er hatte sich zur Verstärkung einen Boy in himmelblauer Uniform mitgebracht, um sich und seinem Tross freie Bahn zu schaffen.

Ihnen folgten vier Männer mit einer Bahre, auf der David Wards noch immer nackter Leichnam lag, nur von einer Decke verhüllt.

»Hier entlang!«, sagte Monsieur Gilles mit gedämpfter Stimme. Er ging auf Zehenspitzen. Die Träger bewegten sich behutsam vorwärts und achteten darauf, ja nicht an Wände oder Türen zu stoßen.

Sie steuerten keinen der Fahrstühle an, sondern bogen in

einen schmalen Flur mit matterem und schon etwas älterem Anstrich ein, der zum Lastenaufzug führte.

David Ward, der zu den am meisten umworbenen Gästen des Hotels gehört hatte, verließ es nun auf demselben Weg wie Schrankkoffer und unhandliche Gepäckstücke.

Es herrschte Schweigen. Die beiden hohen Justizbeamten, die hier nichts mehr zu tun hatten, konnten sich nicht dazu entschließen, noch einmal die Suite zu betreten.

»Kümmern Sie sich um alles Weitere, Maigret!«, sagte der Staatsanwalt seufzend.

Er zögerte, dann fügte er etwas leiser hinzu:

»Aber seien Sie vorsichtig! Vermeiden Sie nach Möglichkeit, dass die Zeitungen ... Na ja, Sie verstehen mich schon. Das Ministerium hat mir dringend geraten ...«

Am Vortag, etwa um dieselbe Zeit, war es weniger kompliziert gewesen, als der Kommissar dem Kassierer in der Rue de Clignancourt einen Besuch abstattete, einem Vater von drei Kindern, der zwei Schüsse in den Bauch abgekriegt hatte, weil er unbedingt seine Geldtasche verteidigen wollte, die acht Millionen Franc enthielt.

Er hatte es abgelehnt, sich ins Krankenhaus bringen zu lassen. Wenn er sterben musste, dann lieber zu Hause, in dem kleinen Schlafzimmer mit der rosageblümten Tapete, in dem seine Frau bei ihm wachte und in dem sich seine Kinder nur auf Zehenspitzen bewegten, als sie von der Schule heimkamen.

In diesem Fall gab es eine Spur, die am Tatort zurückgelassene Mütze, die letzten Endes schon zu den Tätern führen würde.

Aber bei David Ward?

»Ich glaube«, sagte Maigret plötzlich, als redete er zu sich selbst, »ich fahre mal nach Orly.«

Vielleicht wegen der Flugpläne der Air France und der Pan American, die in einer Schublade gelegen hatten, oder wegen des Telefongesprächs mit Monte Carlo?

Vielleicht auch nur deshalb, weil er etwas unternehmen musste, egal, was, und weil ihm ein Flugplatz in das Bild zu passen schien, das er sich von einer Frau wie der Comtesse machte.

3

Das Tun und Treiben der kleinen Comtesse und Maigrets Skrupel

Er sollte jedoch das ›George-v‹ nicht so schnell wie beabsichtigt verlassen können. Während er Lucas telefonisch einige Anweisungen erteilte, ehe er sich auf den Weg zum Flugplatz machen wollte, brachte Lapointe aus dem Zimmer der Comtesse, in dem er noch einmal herumgeschlichen war, eine bunte Blechdose. Sie hatte ursprünglich englische Kekse enthalten und war nun mit Fotos vollgestopft.

Das erinnerte Maigret an die Dose, in der seine Mutter früher Knöpfe aufbewahrte und in der sie jedes Mal kramte, wenn an irgendeinem Kleidungsstück einer fehlte. Es war eine mit chinesischen Schriftzeichen verzierte Teedose gewesen, ziemlich ungewöhnlich im Haus eines Schlossverwalters, der niemals Tee trank.

In einem Wandschrank der Suite 332 hatte der Kommissar Koffer gesehen, die aus einem berühmten Lederwarengeschäft in der Avenue Marceau stammten, und selbst die nichtigsten Gebrauchsgegenstände wie etwa ein Schuhlöffel oder ein Briefbeschwerer trugen das Firmenzeichen eines exquisiten Hauses.

Dennoch bewahrte die Comtesse in einer simplen Keksdose die Fotos von sich und ihren Freunden auf, ein buntes Durcheinander von Schnappschüssen, die zufällig auf ihren Reisen entstanden waren und sie im Badeanzug an Bord einer Jacht zeigten, wahrscheinlich im Mittelmeer, oder auf Wasserskiern oder auch mitten im Schnee im Hochgebirge.

Auf manchen Fotos war sie in Begleitung des Colonels, bisweilen allein mit ihm, aber meistens zusammen mit anderen Personen, von denen der Kommissar sogar einige erkannte, denn es waren Schauspieler, Schriftsteller und andere Leute, deren Bilder man häufig in den Zeitungen sah.

»Nehmen Sie die Dose mit, Chef?«

Man hätte meinen können, Maigret verlasse nur widerstrebend diese Etage des ›George-v‹, obwohl hier anscheinend nichts mehr zu entdecken war.

»Ruf die Krankenschwester! Aber vergewissere dich vorher, dass es dieselbe ist, die letzte Nacht hier war!«

Es war dieselbe, einfach deshalb, weil es im Hotel nur eine einzige Krankenschwester gab. Wie Maigret etwas später erfuhr, bestand ihre Arbeit hauptsächlich darin, Kater zu kurieren und Spritzen zu verabreichen. Seit ein paar Jahren ließ sich etwa jeder dritte Gast auf Anordnung seines Arztes irgendwelche Spritzen geben.

»Sagen Sie, Mademoiselle …«

»Genévrier …«

Sie war eine biedere, traurig aussehende Frau unbestimmten Alters mit dem stumpfen Blick derer, die nicht genug zum Schlafen kommen.

»Als die Comtesse Paverini das Hotel im Krankenwagen verließ, da trug sie doch nur ein Nachthemd, oder?«

»Ja. Wir haben sie mit einer Decke zugedeckt. Ich wollte keine Zeit damit verlieren, sie erst anzuziehen. Ich habe ihr etwas Wäsche und ein paar andere Sachen in einen Koffer gepackt.«

»Auch ein Kleid?«

»Ein blaues Kostüm, das erstbeste, das mir in die Hände fiel. Natürlich auch Schuhe und Strümpfe.«

»Sonst nichts?«

»Noch eine Handtasche, die im Schlafzimmer lag. Ich habe nachgeschaut, ob alles darin war, was eine Frau so braucht, Kamm, Puderdose, Lippenstift...«

»Wissen Sie, ob sie auch Geld enthielt?«

»Soviel ich gesehen habe, war auch eine Brieftasche darin sowie ein Scheckheft und ein Reisepass.«

»Ein französischer Pass?«

»Ein italienischer.«

»Ist die Comtesse italienischer Abstammung?«

»Sie ist eigentlich Französin, aber sie ist durch ihre Heirat mit dem Comte Paverini Italienerin geworden, und ich glaube, sie hat diese Staatsbürgerschaft beibehalten. Genau weiß ich das allerdings nicht. Ich kümmere mich nicht um diese Dinge.«

Im Fahrstuhl stand ein Mann, den Lapointe mit den Augen verschlang und den Maigret schließlich auch erkannte. Es war der größte Filmkomiker Amerikas. Nachdem er ihn so oft auf der Leinwand gesehen hatte, beschlich ihn ebenfalls ein recht sonderbares Gefühl, als er ihn nun leibhaftig in der Kabine eines Fahrstuhls vor sich sah, ganz alltäglich gekleidet, mit dicken Tränensäcken unter den Augen und mit der jämmerlichen Miene eines Mannes, der am Abend zuvor zu viel getrunken hatte.

Ehe er sich in die Hotelhalle begab, machte der Kommissar noch einen Abstecher in die Bar, wo John T. Arnold, die Ellbogen auf den Tresen gestützt, vor einem Whisky saß.

»Kommen Sie doch für einen Moment mit mir in eine stille Ecke!«

Es waren erst wenige Gäste da, die meisten mit so aschfahlen Gesichtern wie der amerikanische Schauspieler, bis auf zwei, die auf einem runden Tischchen Geschäftspapiere ausgebreitet hatten und mit ernsten Mienen verhandelten.

Maigret reichte seinem Gegenüber ein Foto nach dem anderen.

»Sie kennen doch sicher diese Leute, nicht wahr? Ich habe festgestellt, Sie sind auch auf einigen Bildern drauf.«

Arnold kannte tatsächlich jeden, und viele von ihnen waren Persönlichkeiten, die Maigret dem Namen nach ebenfalls kannte: zwei ehemalige Könige, die einst in ihren Ländern geherrscht hatten und nun an der Côte d'Azur lebten, eine Exkönigin, die jetzt in Lausanne wohnte, ein paar Prinzen, ein englischer Regisseur, der Besitzer einer großen Whiskybrennerei, eine Balletttänzerin, ein Tennis-Champion …

Es ging Maigret ein wenig auf die Nerven, wie Arnold die einzelnen Fotos erläuterte.

»Erkennen Sie ihn nicht? Das ist doch Paul.«

»Was für ein Paul?«

»Paul von Jugoslawien. Hier, das ist Nénette …«

Nénette war nicht etwa der Vorname einer Schauspielerin oder einer Halbweltdame, sondern einer Dame aus den besten Kreisen vom Faubourg Saint-Germain, die Minister und Botschafter zu ihren Tischgesellschaften einlud.

»Und der hier, neben der Comtesse und dem Colonel?«

»Das ist Jef.«

»Welcher Jef?«

»Van Meulen, Chemikalien.«

Noch ein Name, den Maigret selbstverständlich kannte, da er auf Farbdosen und einer Menge anderer Erzeugnisse zu lesen war.

Der Mann war in Shorts und trug einen riesigen Strohhut, wie ein südamerikanischer Plantagenbesitzer, und er spielte Boule auf einem Platz in Saint-Tropez.

»Er war der zweite Ehemann der Comtesse.«

»Noch eine Frage, Monsieur Arnold. Wissen Sie, wer sich zurzeit in Monte Carlo im ›Hôtel de Paris‹ aufhält und an den die Comtesse in der Aufregung gedacht haben könnte, um ihn anzurufen?«

»Hat sie in Monte Carlo angerufen?«

»Ich habe Sie etwas gefragt.«

»Jef, natürlich.«

»Meinen Sie ihren zweiten Mann?«

»Er verbringt einen Großteil des Jahres an der Côte d'Azur. Er besitzt zwar eine Villa in Mougins, in der Nähe von Cannes, aber meistens wohnt er lieber im ›Hôtel de Paris‹.«

»Vertragen sie sich denn noch immer gut?«

»Ausgezeichnet. Sie nennt ihn nach wie vor ›Papa‹.«

Der amerikanische Komiker hatte sich nach einem Rundgang durch die Halle an die Bar gesetzt, und ohne sich nach seinen Wünschen zu erkundigen, bereitete ihm der Barkeeper unaufgefordert ein großes Glas Gin mit Tomatensaft zu.

»Standen van Meulen und der Colonel auch auf gutem Fuß?«

»Sie waren schon immer Freunde.«

»Und der Comte Paverini?«

»Er ist auf einem der Fotos drauf, die Sie mir eben gezeigt haben.«

Arnold suchte ihn: ein großer, brünetter Bursche mit üppigem Haar, in Badehose, im Bug einer Jacht.

»Auch ein Freund?«

»Warum nicht?«

»Ich danke Ihnen.«

Als Maigret sich erhob, fiel ihm noch etwas ein:

»Wissen Sie, wer der Notar des Colonels ist?«

John T. Arnold ließ erneut einen gewissen Unmut erkennen, als hielte er seinen Gesprächspartner für gar zu unbedarft.

»Er hat viele. Nicht unbedingt Notare im französischen Sinn des Wortes. In London sind es die Solicitors Philps, Philps & Hadley. In New York vertritt das Anwaltsbüro Harrison & Shaw seine Interessen. In Lausanne …«

»Bei welchem dieser Herren hat er Ihrer Meinung nach sein Testament hinterlegt?«

»Er hat mal da, mal dort etwas verfügt. Er hat es nämlich oft geändert.«

Maigret hatte den ihm angebotenen Whisky angenommen, doch Lapointe hatte aus Bescheidenheit nur ein Bier getrunken.

»Ich danke Ihnen, Monsieur Arnold.«

»Vergessen Sie nur nicht, was ich Ihnen ans Herz gelegt habe! Seien Sie vorsichtig! Sie werden sehen, dass es Scherereien geben wird.«

Maigret zweifelte daran so wenig, dass er jetzt schon seine Leichenbittermiene aufsetzte. All diese Leute, deren Gepflogenheiten sich von denen gewöhnlicher Sterblicher unterschieden, regten ihn auf. Ihm wurde klar, dass er nur unzulänglich dafür gerüstet war, sie zu begreifen, und dass er Monate brauchen würde, um sich einen Überblick über ihre Angelegenheiten zu verschaffen.

»Komm, Lapointe!«

Ohne nach rechts oder links zu blicken, eilte er durch die Hotelhalle, denn er befürchtete, Monsieur Gilles könnte ihn abfangen. Er mochte ihn zwar gern, aber auch er würde es sich nicht nehmen lassen, ihn noch einmal um Vorsicht und Diskretion zu bitten. In der Halle wimmelte es um diese Zeit von Menschen. Sie redeten in allen möglichen Sprachen und rauchten Zigaretten und Zigarren aus allen möglichen Ländern.

»Hier entlang, Monsieur Maigret!«

Ein Angestellter in Livree führte sie zu der Stelle, an der er das kleine Auto der Kriminalpolizei geparkt hatte, zwischen einem Rolls-Royce und einem Cadillac.

Trinkgeld? Kein Trinkgeld? Maigret gab ihm keins.

»Nach Orly, Kleiner!«

»Ja, Chef.«

Der Kommissar wäre eigentlich gern ins Amerikanische Hospital in Neuilly gefahren, um die Krankenschwester, die Frau in der Aufnahme und die Telefonistin zu befragen.

Es gab vieles, was er hätte tun wollen, was er hätte tun müssen. Aber er konnte nicht überall gleichzeitig sein, und er hatte es eilig, ›die kleine Comtesse‹, wie ihre Freunde sie nannten, wiederzufinden.

Und sie war wirklich klein, zierlich und hübsch, das wusste er von ihren Fotos. Wie alt mochte sie sein? Schwer zu sagen anhand der Schnappschüsse, die meistens in prallem Sonnenschein aufgenommen waren und auf denen man mehr von ihrem im Bikini fast nackten Körper sah als von ihren Gesichtszügen.

Sie hatte braunes Haar, eine kleine, spitze, freche Nase, funkelnde Augen und nahm gern kindliche Posen ein.

Dennoch hätte er geschworen, dass sie auf die vierzig zuging. Ihr Meldezettel im Hotel hätte ihm darüber Auskunft gegeben, aber daran hatte er vorhin nicht gedacht. Er kümmerte sich zuerst um das Dringendste, wobei er dennoch das unangenehme Gefühl hatte, dass er drauf und dran war, seine eigenen Ermittlungen zu gefährden.

»Du musst«, sagte er zu Lapointe, »nachher noch einmal ins ›George-v‹ zurück und ihren Meldezettel holen. Dann lässt du das schärfste Foto vergrößern!«

»Soll es in die Zeitungen?«

»Noch nicht. Fahr auch ins Amerikanische Hospital! Alles klar?«

»Ja. Wollen Sie verreisen?«

Das stand noch nicht fest, aber ihm schwante schon so etwas.

»Falls ich verreise, dann ruf auf alle Fälle meine Frau an!«

Vier- oder fünfmal war er bereits geflogen, doch das war

schon eine Weile her, und er erkannte Orly kaum wieder, wo er neue Gebäude entdeckte und wo mehr Betrieb herrschte als an der Gare du Nord oder der Gare Saint-Lazare.

Der Unterschied bestand auch darin, dass man sich hier gewissermaßen noch wie im ›George-v‹ fühlte, man hörte alle möglichen Sprachen, und Trinkgelder wurden in allen nur erdenklichen Währungen gegeben. Pressefotografen scharten sich um ein großes Auto und knipsten eine Berühmtheit mit einem Armvoll Blumen und mit vielen Koffern derselben Nobelmarke wie die Gepäckstücke der kleinen Comtesse.

»Soll ich auf Sie warten, Chef?«

»Nein. Fahr in die Stadt zurück, und tu, was ich dir gesagt habe! Falls ich nicht fliege, nehme ich mir ein Taxi.«

Er tauchte in der Menge unter, um den Journalisten zu entgehen, und in der Zeit, die er brauchte, um in die Abfertigungshalle zu gelangen, in der sich die Schalter der verschiedenen Fluggesellschaften aneinanderreihten, waren zwei Maschinen gelandet. Einige Hindus, manche mit Turban, kamen gerade über das Rollfeld und begaben sich zum Zoll.

Aus dem Lautsprecher ertönten fast ununterbrochen Durchsagen.

»Monsieur Stillwell wird gebeten, sich zum Schalter der Pan American zu begeben! Monsieur Stillwell …«

Daraufhin erklang derselbe Aufruf in Englisch, dann ein anderer in Spanisch, der Mademoiselle Consuelo Gonzales galt.

Das Büro des Sonderkommissars war nicht mehr dort,

wo Maigret es in Erinnerung hatte. Dennoch fand er es schließlich und stieß die Tür auf.

»Nanu, Colombani!«

Colombani, zu dessen Hochzeit Maigret eingeladen gewesen war, gehörte nicht der Kriminalpolizei an, sondern unterstand direkt dem Innenministerium.

»Ach, haben Sie mir diese Nachricht zukommen lassen?«

Kommissar Colombani kramte aus der Unordnung auf seinem Schreibtisch einen Zettel hervor, auf dem, mit Bleistift geschrieben, der Name der Comtesse stand.

»Ist sie hier nicht aufgetaucht?«

»Ich habe die Weisung an die Männer von der Passkontrolle weitergegeben. Bis jetzt ist mir nichts gemeldet worden. Ich sehe mal in den Passagierlisten nach.«

Er betrat ein anderes verglastes Büro und kehrte mit einem Bündel loser Blätter wieder.

»Einen Moment! Flug 315 nach London: Paverini... Paverini... P... Nein, keine Paverini unter den Reisenden! Sie wissen nicht, wohin sie geflogen ist? Die nächste Maschine, Richtung Stuttgart: auch keine Paverini! Kairo, Beirut... P... Potteret... Nichts! New York mit der Pan American: Pittsberg... Piroulet... Auch da keine Paverini.«

»Hat es keinen Flug an die Côte d'Azur gegeben?«

»Doch, die Maschine nach Rom um zehn Uhr zweiunddreißig, mit Zwischenlandung in Nizza.«

»Haben Sie die Passagierliste?«

»Ich habe die Liste der Passagiere nach Rom, weil meine Leute ihre Pässe überprüft haben. Aber sie kümmern sich nicht um die Reisenden nach Nizza. Die benutzen einen anderen Eingang, denn sie müssen ja keine Zollformalitäten erfüllen und werden von der Polizei auch nicht kontrolliert.«

»Ist es ein französisches Flugzeug?«

»Ein englisches. Eins von der B.O.A.C. Ich bringe Sie hin.«

Die Schalter in der Abfertigungshalle reihten sich wie Jahrmarktsbuden aneinander, die von Schrifttafeln in den jeweiligen Landesfarben mit zumeist rätselhaften Buchstaben gekrönt waren.

»Haben Sie die Passagierliste von Flug 312?«

Die junge Frau, eine Engländerin mit Sommersprossen, suchte in ihren Unterlagen und reichte ihnen ein Blatt.

»P... P... Paarson... Paverini, Louise, Comtesse... Ist sie das, Maigret?«

Der Kommissar wandte sich an die junge Frau am Schalter:

»Können Sie mir sagen, ob die Dame ihren Platz im Voraus gebucht hatte?«

»Augenblick! Diese Maschine hat mein Kollege abgefertigt.«

Sie verließ ihre Box, verschwand in der Menge und kehrte schließlich mit einem großen Blonden wieder, der ein Französisch mit starkem Akzent sprach.

»Haben Sie der Comtesse Paverini ihr Ticket ausgestellt?«

Er sagte ja, sein Nachbar von der Alitalia habe sie zu ihm gebracht. Sie musste unbedingt nach Nizza und hatte die Morgenmaschine der Air France verpasst.

»Das ist recht kompliziert, wissen Sie. Es gibt Linien, die auf manchen Strecken nur ein- oder zweimal in der Woche fliegen. Auf gewissen Routen wird auch nicht immer auf demselben Flugplatz zwischengelandet. Ich habe ihr zugesagt, dass sie, falls sich in letzter Minute noch ein Platz ergeben sollte …«

»Ist sie schon weg?«

»Ja. Um zehn Uhr achtundzwanzig.«

»Also ist sie schon in Nizza eingetroffen?«

Der Angestellte schaute auf eine Uhr an der Wand über dem Schalter gegenüber.

»Vor einer halben Stunde.«

»Wie hat sie ihr Ticket bezahlt?«

»Mit einem Scheck. Sie hat mir erklärt, dass sie überstürzt aufgebrochen ist und kein Bargeld bei sich hat.«

»Nehmen Sie oft Schecks an?«

»Wenn es sich um bekannte Leute handelt, schon.«

»Haben Sie ihren noch hier?«

Er öffnete eine Schublade, sah einige Papiere durch und zog ein Blatt heraus, an dem ein bläulicher Scheck mit einer Nadel festgesteckt war. Er stammte nicht von einer französischen, sondern von einer Schweizer Bank, die in der Avenue de l'Opéra eine Niederlassung unterhielt. Die Handschrift war zittrig und unregelmäßig wie die eines äußerst ungeduldigen oder fiebrigen Menschen.

»Ich danke Ihnen.«

Dann wandte er sich an Colombani:

»Kann ich von Ihrem Büro aus in Nizza anrufen?«

»Sie können sogar eine Nachricht per Fernschreiber durchgeben, die trifft sofort ein.«

»Ich rede lieber.«

»Kommen Sie mit! Eine wichtige Angelegenheit?«

»Ja, sehr.«

»Unangenehm?«

»Ich fürchte, ja.«

»Möchten Sie mit der Flughafenpolizei sprechen?«

Maigret nickte.

»Es wird ein paar Minuten dauern. Inzwischen können wir einen trinken gehen. Hier entlang! Sagen Sie uns Bescheid, wenn Nizza dran ist, Dutilleul?«

An der Bar zwängten sie sich zwischen eine brasilianische Familie und einige Piloten in grauer Uniform, die ein Französisch mit belgischem oder Schweizer Akzent sprachen.

»Was nehmen Sie?«

»Ich hab eben einen Whisky getrunken. Ich sollte besser dabei bleiben.«

Colombani erklärte:

»In der Nachricht, die wir von der Kriminalpolizei erhalten haben, stand nichts von Passagieren, die für einen französischen Flughafen gebucht hatten. Da wir uns im Allgemeinen nur mit denen beschäftigen, die ihre Pässe vorlegen müssen …«

Maigret trank sein Glas in einem Zug leer, denn er wurde bereits ans Telefon gerufen.

»Hallo? Ist dort die Flughafenpolizei? … Hier spricht Maigret von der Kriminalpolizei in Paris … Ja … Hören Sie mich? … Hallo! … Ich spreche so deutlich, wie ich kann … Eine junge Frau … Hallo? Die Comtesse Paverini … Pave-ri-ni! Ja … Sie muss vor gut einer halben Stunde die Maschine der B.O.A.C. verlassen haben … Ja, das Flugzeug aus London über Paris … Was? … Ich verstehe nichts.«

Colombani schloss freundlicherweise die Tür, denn aus der Halle drang ein Höllenlärm in das Büro herein, und dazu kam noch das Dröhnen eines Flugzeugs, das gerade auf die breiten Glasfenster zurollte.

»Die Maschine ist eben erst gelandet? … Sie hatte Verspätung? Umso besser! … Sind die Passagiere noch im Flughafen? Hallo! … Dann laufen Sie schnell! Paverini … Halten Sie sie unter irgendeinem Vorwand auf! Überprüfen Sie zum Beispiel die Papiere! Beeilen Sie sich …«

Colombani bemerkte sachkundig:

»Ich habe mir schon gedacht, dass sie Verspätung haben würde. Auf der ganzen Strecke werden Unwetter gemeldet. Die Maschine aus Casablanca hat sich um eineinhalb Stunden verspätet, und die aus …«

»Hallo? … Ja … Was? Sie haben sie gesehen? Na und? Sie ist schon weg?«

Auch am anderen Ende der Leitung waren Motorengeräusche zu hören.

»Startet die Maschine schon wieder? … Ist die Comtesse an Bord? … Nein?«

Es stellte sich heraus, dass der Beamte in Nizza die Comtesse nur knapp verfehlt hatte. Die Passagiere, die aus London kamen, waren zwar noch da, weil sie durch den Zoll mussten, aber die Comtesse, die erst in Paris an Bord gegangen war, hatte die Maschine als Erste verlassen und war sofort in ein Auto eingestiegen, das sie bereits erwartet hatte.

»Ein Auto mit belgischem Kennzeichen, sagen Sie? Ja, ich verstehe: ein großer Wagen, mit Chauffeur … Nein … Nichts … Danke …«

Vom Amerikanischen Hospital aus hatte sie mit Monte Carlo telefoniert, wo sich ihr zweiter Mann, Joseph van Meulen, wahrscheinlich im ›Hôtel de Paris‹ aufhielt. Dann hatte sie sich nach Orly fahren lassen und das erste Flugzeug Richtung Côte d'Azur genommen. In Nizza wurde sie von einem großen belgischen Wagen abgeholt.

»Läuft es nach Wunsch?«, erkundigte sich Colombani.

»Wann geht die nächste Maschine nach Nizza?«

»Um ein Uhr neunzehn. Im Allgemeinen sind sie ausgebucht, auch wenn jetzt nicht Hochsaison ist. Allerdings gibt es immer ein oder zwei Fluggäste, die in letzter Minute nicht erscheinen. Soll ich Sie vormerken lassen?«

Ohne ihn hätte Maigret Zeit verloren.

»So, das hätten wir! Jetzt brauchen Sie nur noch abzuwarten. Man wird Sie holen, wenn es so weit ist. Werden Sie im Restaurant warten?«

Maigret aß zu Mittag, allein in einer stillen Ecke, nachdem er vorher noch mit Lucas telefoniert hatte, der nichts Neues zu berichten wusste.

»Haben die Journalisten noch keinen Wind davon bekommen?«

»Ich glaube nicht. Vorhin hab ich zwar einen durch die Gänge schleichen sehen, aber das war Michaux, der treibt sich ja immer im Haus herum. Er hat mich jedenfalls nichts gefragt.«

»Lapointe soll nur ja tun, was ich ihm gesagt habe! Ich rufe im Laufe des Nachmittags aus Nizza wieder an.«

Man holte ihn, wie versprochen, und er folgte der Menschenschlange zum Flugzeug, wo er sich in die hinterste Reihe setzte. Die Keksdose mit den Fotos hatte er zwar

Lapointe überlassen, aber einige, die ihm am interessantesten schienen, hatte er behalten, und anstatt die Zeitung zu lesen, die ihm die Stewardess zusammen mit Kaugummi anbot, begann er sie nachdenklich zu betrachten.

Ehe er seine Pfeife rauchen und den Sicherheitsgurt lösen konnte, musste er warten, bis das Warnlicht vor ihm erlosch. Dann, fast unmittelbar nach dem Start, gab es Tee und Gebäck, doch darauf hatte er keinen Appetit.

Die Augen halb geschlossen, den Kopf an die Nackenstütze seines Sessels gelehnt, erweckte er den Anschein, als denke er an gar nichts, während die Maschine einen dichten, leuchtenden Wolkenteppich überflog. Dabei strengte er sich an, all die Namen und Gestalten, die ihm noch an diesem Morgen so fremd waren wie die Bewohner eines anderen Planeten, lebendig werden zu lassen.

Wie lange würde es dauern, bis sich der Tod des Colonels herumsprach und die Presse sich auf die Geschichte stürzte? Denn dann würden die Schwierigkeiten beginnen, wie jedes Mal, wenn es sich um eine hochgestellte Persönlichkeit handelte. Ob auch die Londoner Tageszeitungen Reporter nach Paris schickten? Wollte man John T. Arnold Glauben schenken, dann hatte David Ward nahezu überall auf der Welt geschäftliche Interessen verfolgt.

Ein komischer Kauz! Maigret hatte ihn nur in einer bedauernswerten und grotesken Lage zu Gesicht bekommen, nackt in seiner Badewanne, mit aufgeblähtem, bleichem Bauch, der aus dem Wasser herausragte und an der Oberfläche zu schwimmen schien.

Hatte Lapointe gespürt, dass der Kommissar einen Augenblick lang verunsichert gewesen war und sich seiner

Aufgabe nicht ganz gewachsen gefühlt hatte? Ob das wohl sein Vertrauen in den Chef erschüttert hatte?

Er ärgerte sich über diese Leute, so viel stand fest. Ihnen gegenüber kam er sich vor wie der Neue in einem Verein oder in einer Schulklasse, der weiß, dass er sich unbeholfen benimmt, der sich geniert, weil er die Spielregeln, die Bräuche und die richtigen Stichworte noch nicht kennt, und der meint, dass sich die anderen über ihn lustig machen.

Er war überzeugt davon, dass John T. Arnold, der so unbekümmert und zwanglos mit Exkönigen und Bankiers in London, Rom, Berlin oder New York verkehrte, sich über seine Unbeholfenheit amüsiert und ihn mit etwas mitleidiger Herablassung behandelt hatte.

Maigret wusste wie jeder, und dank seines Berufs sogar besser als die meisten Menschen, wie manche Geschäfte betrieben werden, wie es in manchen Kreisen zugeht.

Aber hier verfügte er nur über ein theoretisches Wissen. Er konnte es nicht nachempfinden. Die kleinsten Kleinigkeiten irritierten ihn.

Es war das erste Mal, dass er sich mit einer völlig anderen Welt zu befassen hatte, von der man im Allgemeinen nur gerüchteweise durch die Indiskretionen der Zeitungen etwas erfährt.

Es gibt Milliardäre oder, um den gängigen Ausdruck zu benutzen, Geldscheffler aller Art und Bankiers, die man mühelos einordnen und deren Dasein man mehr oder weniger durchschauen kann. Sie gehen jeden Morgen in ihr Büro, und auch ihr Privatleben unterscheidet sich kaum von dem eines gewöhnlichen Sterblichen.

Maigret hatte bedeutende Industrielle im Norden und

im Osten des Landes kennengelernt, Wollfabrikanten oder Hüttenwerksbesitzer, die morgens um acht bei ihrer Arbeit und abends um zehn im Bett waren und deren Familien den Familien ihrer Abteilungsleiter oder ihrer Vorarbeiter glichen.

Nun meinte er zu begreifen, dass diese Leute die oberste Sprosse der Leiter eben nicht erreicht hatten, dass sie nur zu den Kleinverdienern unter den Reichen zählten. Über ihnen schwebten Männer wie Colonel Ward, vielleicht auch wie Joseph van Meulen, die ihren Fuß praktisch nie in ein Büro setzten, die, von hübschen Frauen umgeben, von einem Luxushotel ins andere zogen, Kreuzfahrten an Bord ihrer Jachten unternahmen, komplizierte Beziehungen zueinander unterhielten und in einer Hotelhalle oder einer Nachtbar umfangreichere Geschäfte abwickelten als die bürgerlichen Finanzgewaltigen.

David Ward war dreimal verheiratet gewesen, und Maigret hatte die Namen der drei Frauen in sein schwarzes Notizbuch eingetragen. Dorothy Payne, die erste, war die Einzige, die mehr oder weniger aus seinem Milieu und wie er aus Manchester stammte. Die Eheleute waren kinderlos geblieben und hatten sich nach drei Jahren scheiden lassen. Dorothy Payne hatte ebenfalls wieder geheiratet.

Wenn auch ihre Familie dem Großbürgertum angehörte, so kehrte sie dennoch nach ihrer Scheidung weder in diese Welt noch nach Manchester zurück. Sie heiratete sozusagen einen anderen Ward, einen gewissen Aldo di Rocca, einen Kunstseidemagnaten aus Italien, der eine Leidenschaft für Autos hegte und jedes Jahr am 24-Stunden-Rennen von Le Mans teilnahm.

Auch er dürfte im ›George-v‹ oder im ›Ritz‹ absteigen, im ›Savoy‹ in London, im ›Carlton‹ in Cannes oder im ›Hôtel de Paris‹ in Monte Carlo.

Es ist nicht verwunderlich, dass diese Leute sich unentwegt treffen. Schließlich gibt es weltweit nur an die zwanzig oder dreißig Hotels der absoluten Luxusklasse, lediglich ein Dutzend Strände, die in Mode sind, und eine begrenzte Anzahl von Galaveranstaltungen, Grand Prix oder Derbys. Sie kaufen alle in denselben Häusern ein, bei denselben Juwelieren, und lassen bei denselben Modeschöpfern und Schneidern arbeiten. Sogar ihre Friseure und Maniküren sind dieselben.

Die zweite Frau des Colonels, Alice Perrin, deren Sohn in Cambridge studierte, stammte aus einem anderen Milieu, denn sie war die Tochter einer Dorfschullehrerin aus dem Departement Nièvre und hatte als Mannequin in Paris gearbeitet, als Ward ihr begegnet war.

Aber bewegen sich Mannequins, wenn man's genau nimmt, nicht gewissermaßen am Rande dieser Welt?

Nach der Scheidung nahm sie ihren Beruf nicht wieder auf, und der Colonel setzte ihr eine Rente aus.

Mit welchen Leuten mochte sie zurzeit verkehren?

Dasselbe könnte man sich auch bei der dritten Ehefrau fragen – Muriel Halligan, Tochter eines Werkmeisters aus Hoboken, unweit von New York, die in einem Nachtlokal am Broadway Zigaretten verkaufte, als David Ward sich in sie verliebte.

Inzwischen lebte sie mit ihrer Tochter in Lausanne, und auch sie war frei von Geldsorgen.

War John T. Arnold eigentlich verheiratet? Maigret hätte

geschworen, dass er es nicht war. Er schien dafür geboren, das Faktotum, die graue Eminenz und der Vertraute eines Mannes wie Ward zu sein. Er dürfte aus einer guten englischen Familie stammen, möglicherweise aus einer sehr alten Familie, die manche Schicksalsschläge hatte hinnehmen müssen. Er war vermutlich in Eton zur Schule gegangen und hatte in Cambridge studiert, spielte Golf und Tennis, segelte und ruderte. Wahrscheinlich war er, ehe er Ward kennenlernte, in der Armee oder im diplomatischen Dienst gewesen.

Jedenfalls führte er im Schatten des Colonels das Dasein, für das er geschaffen war. Wer weiß, ob er nicht insgeheim auch von den Liebschaften seines Herrn profitierte, so wie er von dessen Luxus profitierte.

»Mesdames, Messieurs, wir bitten Sie, Ihre Sitzgurte anzulegen und das Rauchen einzustellen. In wenigen Augenblicken werden wir in Nizza landen. Wir hoffen, Sie hatten einen angenehmen Flug. *Ladies and gentlemen …*«

Maigret hatte Mühe, seine Pfeife in dem winzigen Aschenbecher in der Armlehne seines Sessels auszuklopfen, und seine dicken Finger kämpften verbissen mit der Schnalle des Sicherheitsgurts.

Er hatte gar nicht gemerkt, dass sie seit einer Weile über dem Meer flogen, das plötzlich fast senkrecht zu stehen und sich dem Fenster zu nähern schien, denn sie hatten bereits zur Landung angesetzt. Die Fischerboote unter ihnen sahen wie Spielzeuge aus, und das Kielwasser eines Zweimastseglers glänzte silbern.

»Bitte bleiben Sie sitzen, bis die Maschine zum Stillstand gekommen ist …«

Das Flugzeug setzte mit einem leichten Ruck auf dem Boden auf, und während es auf das weiße Flughafengebäude zurollte, wurden die Motoren noch lauter, so dass es in Maigrets Ohren dröhnte.

Der Kommissar war als einer der Letzten von Bord gegangen, weil er ganz hinten gesessen und eine dicke Frau vor ihm eine Schachtel Pralinen auf ihrem Sitz vergessen hatte und sich unbedingt an allen aussteigenden Passagieren vorbei an ihren Platz zurückkämpfen wollte.

Am Fuß der Gangway stand ein junger Mann, der kein Jackett trug und dessen Hemd in der Sonne leuchtete. Er tippte an seinen Strohhut und sprach Maigret an.

»Kommissar Maigret?«

»Ja.«

»Inspektor Benoît … Sie haben heute Mittag nicht mit mir telefoniert, sondern mit meinem Kollegen, den ich inzwischen abgelöst habe. Der Kommissar bittet Sie um Entschuldigung, dass er Sie nicht persönlich empfangen kann. Er wurde in einer dringenden Angelegenheit nach Nizza gerufen.«

Sie folgten in einigem Abstand den Passagieren, die hastig dem Flughafengebäude zuströmten. Der Beton des Rollfelds war heiß, und im gleißenden Sonnenschein war hinter einer Absperrung eine Ansammlung von Menschen zu erkennen, die ihre Taschentücher schwenkten.

»Wir wussten vorhin nicht so recht, was wir tun sollten, und nachdem ich den Kommissar um Rat gefragt hatte, habe ich mir erlaubt, am Quai des Orfèvres anzurufen. Ich hatte einen gewissen Lucas am Apparat, der sagte, er wüsste Bescheid. Die Dame, für die Sie sich interessieren …«

Er schaute auf einen Zettel, den er in der Hand hielt.

»... die Comtesse Paverini ist gerade rechtzeitig zurückgekommen, um das Flugzeug nach Genf zu erreichen. Da ich keine Anweisungen dazu hatte, habe ich nicht gewagt, sie eigenmächtig zurückzuhalten. Der Kommissar wusste auch nicht, was er tun sollte. Deshalb habe ich erst einmal bei der Kriminalpolizei in Paris angerufen, und Inspektor Lucas ...«

»Chefinspektor ...«

»Verzeihung, Chefinspektor Lucas war anscheinend genauso ratlos wie ich. Die Dame war nicht allein. Es war ein Herr bei ihr, der recht bedeutend aussah. Er hatte sie in seinem Wagen hergebracht und eine halbe Stunde vorher angerufen, um ihr einen Platz in der Swissair-Maschine nach Genf zu reservieren.«

»Van Meulen?«

»Ich weiß es nicht. Das kann man Ihnen sicher im Büro sagen.«

»Mit anderen Worten, Sie haben sie abreisen lassen?«

»Habe ich etwas falsch gemacht?«

Maigret antwortete nicht sofort.

»Nein. Ich glaube nicht«, sagte er schließlich seufzend.

»Wann startet das nächste Flugzeug nach Genf?«

»Nicht vor morgen früh. Aber wenn Sie unbedingt hinmüssen, dann gibt es trotzdem noch eine Möglichkeit. Erst vorgestern war jemand in der gleichen Situation. Wenn Sie die Maschine um zwanzig Uhr vierzig nach Rom nehmen, erreichen Sie dort noch die Maschine Rom–Genf–Paris–London und ...«

Maigret hätte beinahe schallend gelacht, denn er hatte

auf einmal das Gefühl, er hinke der Zeit hinterher. Um von Nizza nach Genf zu gelangen, brauchte er nur nach Rom zu fliegen und von dort …

In der Bar sah er, wie in Orly, Piloten und Stewardessen, Amerikaner, Italiener, Spanier. Ein vierjähriges Kind, das schon ab New York allein unterwegs war und von einer Stewardess zur anderen weitergereicht wurde, verspeiste mit ernster Miene ein Eis.

»Ich möchte gern telefonieren.«

Der Inspektor bat ihn in das Büro der Flughafenpolizei, wo sich bereits herumgesprochen hatte, wer da war, und wo man ihn neugierig beobachtete.

»Welche Nummer, Herr Kommissar?«

»Das ›Hôtel de Paris‹ in Monte Carlo.«

Wenige Augenblicke später wusste er vom Portier des Hotels, dass Monsieur Joseph van Meulen tatsächlich eine Suite im ›Hôtel de Paris‹ bewohnte, dass er nach Nizza telefoniert hatte, mit seinem Wagen samt Chauffeur hingefahren, ziemlich lange weggeblieben und eben erst zurückgekommen war.

Jetzt nahm er gerade ein Bad, und für den Abend hatte er einen Tisch für das Galadiner im ›Sporting‹ bestellt.

Die Comtesse Paverini, die man im Hotel bestens kannte, war indes nicht gesehen worden, und auch Mademoiselle Nadine hatte Monsieur van Meulen nicht begleitet, als er mit dem Auto weggefahren war.

Wer war Nadine? Maigret hatte keine Ahnung. Der Portier schien allerdings davon überzeugt zu sein, dass alle Welt Bescheid wisse, und Maigret hütete sich, ihn danach zu fragen.

»Nehmen Sie die Maschine nach Rom?«, erkundigte sich der junge Inspektor aus Nizza.

»Nein. Ich lasse mir bei der Swissair für morgen früh einen Platz reservieren, und ich werde wahrscheinlich in Monte Carlo übernachten.«

»Ich bringe Sie zur Swissair …«

Ein Schalter in der Halle neben anderen Schaltern.

»Kennen Sie die Comtesse Paverini?«

»Sie ist eine gute Kundin von uns. Erst vorhin ist sie nach Genf geflogen.«

»Wissen Sie, wo sie in Genf absteigt?«

»In der Regel wohnt sie nicht in Genf, sondern in Lausanne. Wir haben ihr schon oft Tickets ins ›Lausanne-Palace‹ geschickt.«

Auf einmal schien Maigret Paris so groß zu sein und die Welt so klein! Er brauchte mit dem Bus nach Monte Carlo kaum länger, als es gedauert hatte, um vom Pariser Stadtzentrum nach Orly zu kommen.

4

Maigret trifft noch einen Milliardär, der so nackt wie der Colonel, aber quicklebendig ist

Auch hier verspürte man kein Verlangen danach, die Anwesenheit der Polizei auszuposaunen. Als Maigret die Hotelhalle betrat, erkannte er den Portier wieder, mit dem er vom Flughafen aus telefoniert hatte und mit dem er, dessen wurde er sich bei seinem Anblick bewusst, schon mehrmals zu tun gehabt hatte, als dieser noch in einem Luxushotel an den Champs-Élysées gearbeitet hatte. Damals thronte er noch nicht hinter einer Schlüsseltheke, sondern wartete als einfacher Hotelboy darauf loszustürzen, sobald ein Gast ihn rief.

In der Halle hielten sich sowohl Leute auf, die noch in Strandkleidung waren, als auch schon Herren im Smoking, und vor Maigret stand eine dicke, nur spärlich bekleidete Frau mit scharlachrotem Rücken und mit einem Hündchen unterm Arm, die intensiv nach Sonnenöl roch.

Anstatt Maigret mit seinem Namen – geschweige denn mit Kommissar! – anzureden, warf der Portier ihm nur einen verschwörerischen Blick zu und sagte:

»Einen Moment, bitte! Ich habe mich der Sache angenommen.«

Daraufhin hob er den Telefonhörer ab.

»Hallo? Monsieur Jean?«

Die Apparate hier mussten besonders empfindlich sein, denn der Portier sprach beinahe im Flüsterton.

»Der Herr, von dem ich Ihnen erzählt habe, ist soeben eingetroffen. Soll ich ihn hochschicken? ... Verstanden ...«

Und zu Maigret:

»Der Sekretär von Monsieur van Meulen erwartet Sie im fünften Stock, er wird Sie zu ihm führen.«

Das klang fast nach einer Gunst, die man ihm gewährte. Ein wie aus dem Ei gepellter junger Mann erwartete ihn tatsächlich im Flur.

»Monsieur Joseph van Meulen lässt sich entschuldigen, dass er Sie während seiner Massage empfängt, aber er muss gleich danach weggehen. Er hat mich beauftragt, Ihnen zu sagen, dass er sich sehr darüber freut, Sie persönlich kennenzulernen, denn er hat manche Ihrer Ermittlungen mit großer Begeisterung verfolgt.«

War das nicht ein bisschen seltsam? Warum sagte ihm der belgische Financier das nicht selbst, wenn sie sich doch gleich Auge in Auge gegenüberstehen würden?

Maigret wurde in eine Suite geführt, die in der Möblierung und in der Anordnung der Räume der im ›George-v‹ so sehr glich, dass der Kommissar hätte meinen können, er sei noch in Paris, wenn er durch die Fenster nicht den Hafen und die Jachten gesehen hätte.

»Kommissar Maigret ...«, meldete Monsieur Jean, während er die Tür zu einem Schlafzimmer öffnete.

»Kommen Sie rein, Kommissar, und machen Sie sich's bequem!«, forderte ihn ein Mann auf, der splitternackt auf dem Bauch lag und von einem Masseur in weißer Hose und in einem Unterhemd, das enorme Bizepse bloßlegte, geknetet wurde. »Ich habe schon mit einem derartigen Besuch gerechnet, aber ich nahm an, man würde sich damit begnügen, mir einen hiesigen Inspektor zu schicken. Dass Sie sich persönlich herbemüht haben ...«

Er führte seinen Gedanken nicht zu Ende. Das war der zweite Milliardär, den Maigret an diesem Tag zu Gesicht bekam, und er war ebenso nackt wie der erste, was ihn allerdings nicht im Mindesten zu stören schien.

Auf den Fotos in der Keksdose waren auch viele Leute nur spärlich bekleidet gewesen, so als nehme mit steigendem gesellschaftlichen Rang das Schamgefühl ab.

Der Mann musste sehr groß sein, hatte kaum Fett auf den Rippen und war von oben bis unten sonnengebräunt, bis auf einen schmalen, kalkweißen Hautstreifen, der wegen der Badehose keine Sonne abbekommen hatte. Der Kommissar konnte das im Kopfkissen versunkene Gesicht nicht sehen, dafür aber den ebenfalls braungebrannten Schädel, der kahl und glatt war.

Ohne sich um den Masseur zu kümmern, dem in seinen Augen wohl keinerlei Bedeutung zukam, sprach der Belgier weiter:

»Mir war natürlich klar, dass Sie Louises Spur finden würden, und ich habe ihr heute Morgen am Telefon selbst geraten, dass sie erst gar nicht versuchen sollte, sich zu verstecken. Allerdings wusste ich da auch noch nicht, was passiert war. Sie traute sich nicht, mir am Telefon Einzelheiten zu erzählen. Im Übrigen war sie derart durcheinander ... Kennen Sie sie?«

»Nein.«

»Sie ist ein seltsames Geschöpf, eine der erstaunlichsten und anziehendsten Frauen, die es gibt. Fertig, Bob?«

»Noch zwei Minuten, Monsieur.«

Der Masseur musste einmal Boxer gewesen sein, denn er hatte eine gebrochene Nase und plattgedrückte Ohren. Seine Unterarme und die Handrücken waren mit sehr dunklen Haaren bedeckt, auf denen Schweißperlen standen.

»Sie halten doch sicher noch mit Paris Kontakt? Was hört man denn Neues?«

Der Mann sprach ungezwungen und wirkte völlig entspannt.

»Die Ermittlungen sind eben erst angelaufen«, antwortete Maigret ausweichend.

»Ich meine nicht die Ermittlungen. Die Zeitungen? Haben sie die Nachricht schon veröffentlicht?«

»Meines Wissens nicht.«

»Es sollte mich wundern, wenn nicht wenigstens einer der Philps, wahrscheinlich der jüngste, schon im Flugzeug nach Paris säße.«

»Von wem hätten sie es denn erfahren sollen?«

»Na, von Arnold natürlich. Und wenn die Frauen erst Bescheid wissen ...«

»Meinen Sie die ehemaligen Gattinnen des Colonels?«

»Sie sind doch die Hauptbetroffenen, nicht wahr? Ich habe keine Ahnung, wo Dorothy sich aufhält, aber Alice dürfte in Paris sein, und Muriel, die in Lausanne lebt, springt sicher ins erstbeste Flugzeug ... Das reicht, Bob! Danke! Morgen um dieselbe Zeit ... Nein, da habe ich eine Verabredung. Sagen wir um vier Uhr?«

Der Masseur hatte ihm ein gelbes Frotteetuch über die Hüften gebreitet, und van Meulen erhob sich langsam, wobei er sich aus dem Handtuch einen Lendenschurz knotete. Als er stand – er war tatsächlich sehr groß, kräftig, muskulös und für einen Mann von fünfundsechzig, vielleicht sogar siebzig Jahren in tadelloser körperlicher Verfassung –, musterte er den Kommissar mit unverhohlener Neugier.

»Sehr erfreut ...«, sagte er, ohne sich weiter darüber auszulassen. »Es stört Sie doch nicht, wenn ich mich in Ihrer Gegenwart anziehe? Leider muss ich das, denn ich gebe heute Abend ein Galadiner für zwanzig Personen. Ich gehe nur schnell unter die Dusche ...«

Er verschwand im Badezimmer, wo man Wasser laufen hörte. Der Masseur räumte seine Sachen in ein Köfferchen, zog ein buntes Sakko an und entfernte sich, nachdem er seinerseits einen neugierigen Blick auf Maigret geworfen hatte.

Und schon kehrte van Meulen zurück, in einen Bademantel gehüllt, Schädel und Gesicht noch voller Wassertropfen. Sein Smoking, das weiße Seidenhemd, Strümpfe, Schuhe, kurzum alles, was er zu tragen gedachte, erwartete ihn auf einem sorgfältig ausgeklügelten Kleiderständer, wie Maigret noch nie einen zu Gesicht bekommen hatte.

»David war ein guter Freund, ein alter Mitstreiter könnte ich sagen, denn wir kennen uns seit über dreißig Jahren, warten Sie mal, seit genau achtunddreißig Jahren, und wir waren an so manchem Geschäft je zur Hälfte beteiligt. Die Nachricht von seinem Tod hat mich sehr getroffen, noch dazu so ein Tod ...«

Was einen am meisten erstaunte, war seine Natürlichkeit, eine Natürlichkeit, die so vollkommen war, dass Maigret sich nicht erinnern konnte, derlei jemals schon erlebt zu haben. Van Meulen ging hin und her, widmete sich seiner Toilette, und man hätte meinen können, er sei allein und rede mit sich selbst.

Das war also der Mann, den die kleine Comtesse ›Papa‹ nannte, und der Kommissar begriff allmählich, warum. Man spürte, dass er stark war. Auf ihn konnte man sich stützen. Der junge Sekretär hielt sich im Zimmer nebenan auf, wo er telefonierte. Ein Kellner, nach dem niemand geklingelt hatte, brachte auf einem silbernen Tablett ein beschlagenes Glas herein, das eine helle Flüssigkeit enthielt, wahrscheinlich Martini. Es war wohl die dafür übliche Zeit, und der Drink gehörte vermutlich zu einer Reihe fester Gewohnheiten.

»Danke, Ludo. Kann ich Ihnen etwas anbieten, Maigret?«

Er sagte weder Kommissar noch Monsieur, und darin lag nichts Beleidigendes. Es war sogar gewissermaßen eine Art, sie beide auf dieselbe Stufe zu stellen.

»Ich nehme dasselbe wie Sie.«

»Sehr trocken?«

Maigret nickte. Sein Gesprächspartner hatte bereits Unterhose, Unterhemd und die Strümpfe aus schwarzer Seide angezogen. Nun suchte er nach einem Schuhlöffel, um in die Lackschuhe zu schlüpfen.

»Sind Sie ihr noch nie begegnet?«

»Meinen Sie die Comtesse Paverini?«

»Louise, ja. Wenn Sie sie noch nicht kennen, wird es Ihnen schwerfallen zu begreifen … Sie haben Erfahrung im

Umgang mit Männern, das weiß ich, aber ich frage mich, ob Sie auch von den Frauen so viel verstehen. Haben Sie die Absicht, sie in Lausanne aufzusuchen?«

Er machte ihm kein X für ein U vor, versuchte nicht, ihm einzureden, die Comtesse sei woanders.

»Bis dahin hat sie Zeit gehabt, sich ein wenig zu beruhigen. Heute Morgen, als sie mich aus der Klinik anrief, da hat sie so zusammenhanglos geredet, dass ich ihr geraten habe, sie soll ins erstbeste Flugzeug springen und zu mir kommen.«

»Sie war einmal Ihre Frau, nicht wahr?«

»Zweieinhalb Jahre lang. Wir sind gute Freunde geblieben. Warum sollten wir uns auch überwerfen? Ein wahres Wunder, dass dieser Schwester im ›George-v‹ eingefallen ist, Louise etwas zum Anziehen und ihre Handtasche im Krankenwagen mitzugeben, denn sonst hätte sie die Klinik gar nicht verlassen können. Sie hatte übrigens kein Bargeld in dieser Tasche, nur ein paar Münzen. Sie musste in Orly schon ihr Taxi mit einem Scheck bezahlen, und nicht nur das … Kurz und gut, ich habe sie am Flugplatz abgeholt, und wir haben in Nizza eine Kleinigkeit gegessen, wobei sie mir die ganze Geschichte erzählt hat …«

Maigret hütete sich, Fragen zu stellen. Er ließ ihn lieber so erzählen, wie es ihm passte.

»Sie verdächtigen sie doch wohl nicht, David umgebracht zu haben?«

Als van Meulen darauf keine Antwort erhielt, verdüsterte sich seine Miene.

»Das wäre ein großer Fehler, Maigret, das sage ich Ihnen als Freund. Gestatten Sie mir zunächst eine Frage. Ist es überhaupt sicher, dass irgendjemand Davids Kopf in der Badewanne unter Wasser gehalten hat?«

»Wer hat Ihnen das erzählt?«

»Louise natürlich.«

»Sie hat ihn also gesehen?«

»Ja, sie hat ihn gesehen, und sie denkt nicht im Traum daran, es zu leugnen. Wussten Sie das nicht? Jean, bringen Sie mir bitte meine Manschettenknöpfe!«

Er sah plötzlich besorgt aus.

»Hören Sie, Maigret, ich rede wohl besser offen mit Ihnen, sonst verfolgen Sie womöglich noch eine falsche Fährte, und ich möchte vermeiden, dass Louise mehr als nötig behelligt wird. Sie ist immer noch ein kleines Mädchen. Auch wenn sie neununddreißig ist, so ist und bleibt sie doch ihr Leben lang ein Kind. Darin liegt übrigens ihr Charme. Aber das ist auch der Grund, warum sie sich andauernd in unmögliche Situationen bringt.«

Der Sekretär half ihm, die Manschettenknöpfe aus Platin in die Ärmel zu stecken, und van Meulen setzte sich dem Kommissar gegenüber, als gönne er sich einen Augenblick der Ruhe.

»Louises Vater war General, und ihre Mutter gehörte dem niederen Landadel an. Sie ist in Marokko geboren, glaube ich, wo ihr Vater stationiert war, aber sie hat einen Großteil ihrer Jugend in Nancy verbracht. Schon damals wollte sie ihr eigenes Leben leben, und schließlich setzte sie bei ihren Eltern durch, dass sie sie nach Paris schickten und Kunstgeschichte studieren ließen. Auf Ihr Wohl …«

Maigret trank einen Schluck Martini und sah sich nach einem Tisch um, auf dem er sein Glas absetzen konnte.

»Stellen Sie es auf den Boden, egal, wo … Sie ist einem Italiener begegnet, dem Comte Marco Paverini, und es war Liebe auf den ersten Blick. Kennen Sie Paverini?«

»Nein.«

»Sie werden ihn kennenlernen.«

Er schien sich dessen sicher zu sein.

»Ein echter Graf, aber ohne Vermögen. Soviel ich weiß, lebte er damals von der Gunst einer nicht mehr ganz jungen Dame. Die Eltern in Nancy haben sich lange bitten lassen. Aber Louise hat ihnen die bittere Pille so versüßt, dass sie schließlich in die Heirat eingewilligt haben. Das war sozusagen die Zeit, in der man anfing, von der ›kleinen Comtesse‹ zu sprechen. Sie hatten ein Appartement in Passy, dann ein Zimmer im Hotel, danach wieder ein Appartement, mal oben, mal unten, aber sie haben nie aufgehört, sich bei Cocktailparties, Empfängen und überall dort blicken zu lassen, wo man sich amüsierte.«

»Hat Paverini seine Frau ausgenutzt?«

Um eine ehrliche Antwort bemüht, zögerte van Meulen.

»Nein. Nicht so, wie Sie denken. Dazu hätte sie sich übrigens nie hergegeben. Sie war wahnsinnig verliebt in ihn und ist es noch. Das wird immer schwieriger zu begreifen, nicht wahr? Und doch ist es wahr. Ich bin sogar überzeugt davon, dass Marco sie auch liebt, jedenfalls kommt er nicht von ihr los.

Nichtsdestoweniger hatten sie immer wieder Streit. Dreioder viermal hat sie ihn nach heftigen Auseinandersetzungen verlassen, aber nie länger als für ein paar Tage. Marco brauchte nur bleich und mitgenommen bei ihr angekrochen zu kommen und sie um Verzeihung zu bitten, und schon lag sie ihm wieder in den Armen.«

»Wovon haben sie gelebt?«

Van Meulen zuckte kaum merklich mit den Schultern.

»Das fragen ausgerechnet Sie mich? Wovon leben so viele Menschen, denen wir Tag für Tag die Hand drücken? Während einer solchen Krise habe ich sie kennengelernt. Ihr Schicksal hat mich bewegt. Ich war der Meinung, dass das kein Leben für sie sei, dass sie sich aufreiben und in den Händen eines Mannes wie Marco schnell verblühen würde, und da ich gerade frisch geschieden war, habe ich sie gebeten, meine Frau zu werden.«

»Haben Sie sie geliebt?«

Van Meulen sah Maigret an, ohne ein Wort zu sagen, und seine Augen schienen die Frage zu wiederholen.

»Solche Frauen«, murmelte er schließlich, »sind mir in meinem Leben mehrmals begegnet, wie sie auch David begegnet sind. Beantwortet das Ihre Frage? Ich verhehle Ihnen auch nicht, dass ich eine Unterredung mit Marco hatte und ihm einen ansehnlichen Scheck ausgehändigt habe, damit er sich nach Südamerika verzog.«

»Ist er darauf eingegangen?«

»Ich hatte Mittel und Wege, ihn dazu zu bringen.«

»Er hatte sich wohl gewisse … Unredlichkeiten zuschulden kommen lassen?«

Erneut ein kaum wahrnehmbares Schulterzucken.

»Louise war fast drei Jahre lang meine Frau, und ich war recht glücklich mit ihr …«

»Wussten Sie, dass sie Marco noch immer liebte?«

Van Meulen schien sagen zu wollen:

›Na und?‹

Stattdessen fuhr er fort:

»Sie begleitete mich mal dahin, mal dorthin. Ich reise viel. Ich stellte sie meinen Freunden vor, von denen sie einige von früher kannte. Selbstverständlich zogen ein paar Wolken auf, bisweilen sogar heftige Gewitter … Dennoch glaube ich, dass sie aufrichtige Zuneigung für mich empfunden hat und auch immer noch empfindet. Sie nannte mich ›Papa‹, woran ich keinerlei Anstoß nehme, schließlich bin ich dreißig Jahre älter als sie.«

»Hat sie David Ward durch Sie kennengelernt?«

»Durch mich, Sie sagen es.«

Ein Anflug von Ironie blitzte in seinen Augen auf.

»Aber es war nicht David, der sie mir abspenstig gemacht hat, sondern Marco, der eines schönen Tages zurückkam, abgemagert und heruntergekommen, und der sich anschickte, seine Tage auf dem Gehsteig gegenüber zu verbringen wie ein streunender Hund. Da hat sie sich eines Abends schluchzend in meine Arme geworfen und mir gestanden …«

Im Zimmer nebenan hatte das Telefon geklingelt, und der Sekretär, der abgehoben hatte, tauchte auf der Türschwelle auf.

»Monsieur Philps ist am Apparat.«

»Donald oder Herbert?«

»Donald.«

»Was habe ich Ihnen gesagt? Es ist der Jüngste. Ruft er aus Paris an?«

»Ja.«

»Stellen Sie ihn durch!«

Er streckte den Arm nach dem Hörer aus, und das Gespräch wurde auf Englisch geführt. Auf die Fragen, die man ihm am anderen Ende der Leitung stellte, antwortete van Meulen ungefähr Folgendes:

»Ja … Nein … Das weiß ich noch nicht … Daran scheint kein Zweifel zu bestehen. Kommissar Maigret, der sich damit befasst, sitzt mir gerade gegenüber … Gewiss werde ich zur Beerdigung nach Paris fahren, wenngleich mir das so ungelegen wie nur möglich kommt, weil ich eigentlich übermorgen nach Ceylon abreisen wollte … Hallo? … Sind Sie im ›George-v‹? … Wenn ich etwas erfahre, rufe ich Sie an … Nein, heute Abend werde ich nicht hier sein, und ich werde kaum vor drei Uhr früh zurückkommen … Auf Wiederhören …«

Er betrachtete Maigret.

»Da haben wir's. Philps ist an Ort und Stelle, wie ich es Ihnen vorausgesagt habe. Er ist sehr aufgeregt. Die englischen Zeitungen wissen bereits Bescheid, und er wird von Reportern bestürmt. Wo war ich stehengeblieben? Ich werde mich trotzdem fertig anziehen müssen. Jean, meine Krawatten!«

Man brachte ihm sechs zur Auswahl, die in Maigrets Augen alle gleich aussahen und die van Meulen dennoch sorgfältig prüfte, ehe er sich für eine entschied.

»Was hätte ich tun sollen? Ich habe ihr die Scheidung angeboten, und damit Marco sie nicht eines Tages völlig mittellos sitzenlassen kann, habe ich ihr nicht eine bestimmte Summe zugestanden, sondern eine eher bescheidene regelmäßige Rente ausgesetzt.«

»Haben Sie sich weiterhin mit ihr getroffen?«

»Mit beiden ... Überrascht Sie das?«

Er band sich vor dem Spiegel seine Fliege, mit gerecktem Hals, wobei sein Adamsapfel deutlich hervortrat.

»Wie zu erwarten war, begannen die Szenen von neuem. Eines schönen Tages trennte sich David von Muriel, und dann war es an ihm, den barmherzigen Samariter zu spielen ...«

»Er hat sie allerdings nicht geheiratet.«

»Er kam nicht mehr dazu. Er wartete noch auf den Abschluss der Scheidungsformalitäten. Ich frage mich übrigens, was jetzt geschieht. Ich weiß nicht genau, wie weit die Sache gediehen ist, aber wenn noch nicht alle Papiere unterzeichnet sind, gilt möglicherweise Muriel Halligan als Davids Witwe.«

»Ist das alles, was Sie wissen?«

Van Meulen antwortete schlicht:

»Nein. Ich weiß auch, wenigstens zum Teil, was letzte Nacht passiert ist, und ob ich es Ihnen erzähle oder Louise, ist unerheblich. Mir liegt vor allem daran, Ihnen zu versichern, dass Louise David Ward nicht getötet hat. Zunächst wäre sie dazu wahrscheinlich gar nicht fähig ...«

»Körperlich?«

»Ja, in diesem Sinn habe ich es gemeint. In moralischer Hinsicht, wenn Sie mir diesen Ausdruck gestatten, sind wir alle fähig zu töten, vorausgesetzt, wir haben ein ausreichendes Motiv und reden uns ein, dass wir nicht gefasst werden.«

»Ein ausreichendes Motiv?«

»Allen voran wohl die Eifersucht. Das muss man zumindest annehmen, da man ja Tag für Tag von Männern oder Frauen hört, die aus Eifersucht Verbrechen begehen. Obgleich ich der Meinung bin ... Aber lassen wir das! Dann kommt die Habgier! Wenn Menschen habgierig genug sind ... Aber das trifft auf Louise nicht zu, im Gegenteil!«

»Es sei denn, Ward hätte ein Testament zu ihren Gunsten ausgestellt.«

»Es gibt kein Testament zu ihren Gunsten, das können Sie mir glauben. David war Engländer, folglich ein Mann, der nie den Kopf verlor, und er maß allem den Wert bei, der ihm zukam.«

»Hat er die Comtesse geliebt?«

Van Meulen runzelte ärgerlich die Stirn.

»Das ist jetzt das dritte oder vierte Mal, Maigret, dass Sie dieses Wort aussprechen. Versuchen Sie doch zu begreifen! David war in meinem Alter. Louise ist wie ein Kätzchen, niedlich, amüsant, ja, sogar faszinierend. Darüber hinaus hat sie getan, was von ihr erwartet wurde, wenn ich mich so ausdrücken darf, das heißt, sie hat die Gewohnheiten gewisser Kreise angenommen, hat sich einer gewissen Lebensweise angepasst ...«

»Ich glaube, ich verstehe.«

»Das erspart mir, deutlicher zu werden. Ich behaupte ja nicht, dass das besonders schön sei, aber es ist menschlich. Die Journalisten, die begreifen das nicht, und bei jedem unserer Abenteuer reden sie von Liebe auf den ersten Blick ... Jean, mein Scheckheft!«

Jetzt fehlte nur noch die Smokingjacke. Van Meulen sah auf die Uhr.

»Gestern Abend haben sie in der Stadt gegessen, dann

sind die beiden in ein Nachtlokal gegangen, um noch etwas zu trinken. Ich habe nicht gefragt, in welches. Der Zufall wollte es, dass sie Marco trafen, in Begleitung einer üppigen Blondine, einer Holländerin aus der besten Gesellschaft. Sie haben sich kaum begrüßt, nur von weitem. Marco hat mit seiner Partnerin getanzt. Louise wurde unruhig, und als sie mit David ins ›George-v‹ zurückkam, hat sie ihm im Fahrstuhl gesagt, sie habe noch Lust auf eine Flasche Champagner.«

»Trinkt sie viel?«

»Zu viel. David trank auch zu viel, aber nur abends. Sie haben geplaudert, jeder vor seiner Flasche, denn David trank nur Scotch, und ich vermute, dass ihre Unterhaltung gegen Ende allmählich zusammenhanglos wurde. Nach ein paar Gläsern entwickelt Louise gern Schuldgefühle, und sie bezichtigt sich aller Sünden Israels. Soviel sie mir erzählt hat, muss sie David erklärt haben, sie sei nicht gut genug für ihn, sie verabscheue sich selbst, weil sie nur ein rastloses Flittchen sei, aber dass sie nicht anders könne, als zu Marco zu laufen und ihn anzuflehen, er solle sie zurücknehmen.«

»Was hat Ward geantwortet?«

»Nichts. Es ist nicht einmal sicher, dass er es überhaupt mitgekriegt hat. Deshalb habe ich Sie ja gefragt, ob es einen Beweis dafür gibt, dass ihn jemand in der Badewanne festgehalten hat. Bis Mitternacht oder ein Uhr hielt er durch, denn er fing erst nachmittags um fünf zu trinken an. Gegen zwei Uhr früh war er nicht mehr ganz klar im Kopf, und ich habe mir mehrmals gedacht, er könnte einmal einen Unfall haben, wenn er sein Bad nimmt. Ich habe ihm sogar geraten, stets einen Diener in seiner Nähe zu haben, aber ihm graute davor, sich jemandem ausgeliefert zu fühlen. Aus demselben Grund bestand er ja auch darauf, dass Arnold in einem anderen Hotel wohnte. Ich frage mich, ob das bei ihm nicht eine Art Schamgefühl war.

Das ist jedenfalls ungefähr alles, was sich abgespielt hat. Louise zog sich dann aus, schlüpfte in einen Morgenmantel, und es ist gut möglich, dass sie, weil die Champagnerflasche leer war, noch einen Schluck Whisky hinuntergekippt hat. Dann bildete sie sich ein, sie hätte David Kummer bereitet, und wollte zu ihm gehen und ihn um Verzeihung bitten. Das ist typisch für sie, glauben Sie mir, denn ich kenne sie. Sie schlich auf den Flur hinaus. Sie hat mir geschworen, dass sie die Tür nur angelehnt vorgefunden hat. Sie ging hinein ... Was sie im Badezimmer gesehen hat, wissen Sie. Aber anstatt jemanden zu rufen, rannte sie in ihr Zimmer und warf sich aufs Bett. Sie behauptet, dass sie in diesem Moment wirklich sterben wollte, und das ist durchaus möglich ...

Also hat sie Schlaftabletten genommen, die sie schon zu meiner Zeit benutzte, besonders wenn sie getrunken hatte.«

»Wie viel Tabletten?«

»Ich ahne, was Sie denken. Vielleicht haben Sie ja recht. Sie wollte sterben, weil damit alle Probleme gelöst wären, aber sie hätte doch ganz gern weitergelebt, nicht wahr? Die Absicht genügte, sie bewirkte dasselbe. Tatsache ist, dass sie rechtzeitig geklingelt hat. Versetzen Sie sich einmal in ihre Lage! Für sie war das alles wie ein Alptraum, in dem Sein und Schein so weit durcheinandergerieten, dass sie sich nicht mehr zurechtfand.

In der Klinik, als sie wieder zu sich kam, sprang die grausame Wirklichkeit sie an. Ihr erster Gedanke war, mit Marco zu telefonieren, und sie rief seine Nummer an. Niemand meldete sich. Danach rief sie in einem Hotel in der Rue de Ponthieu an, wo er bisweilen nächtigt, wenn ihm das Schicksal gerade hold ist. Aber dort war er auch nicht. Da dachte sie an mich. Sie erzählte mir in unzusammenhängenden Sätzen, dass sie am Ende sei, dass David tot sei, dass sie auch beinahe gestorben wäre, dass sie bedaure, nicht ebenfalls tot zu sein, und sie flehte mich an, sofort zu ihr zu eilen.

Ich habe ihr geantwortet, dass das unmöglich sei. Nachdem ich vergebens versucht hatte, nähere Einzelheiten aus ihr herauszubekommen, habe ich ihr geraten, nach Orly zu fahren und dort ins nächste Flugzeug nach Nizza zu steigen.

Das ist alles, Maigret. Ich habe sie dann nach Lausanne geschickt, wo sie ihren gewohnten Umgang hat, nicht etwa, um sie der Polizei zu entziehen, sondern um sie vor dem Ansturm der Journalisten und Neugierigen zu bewahren und ihr die ganzen Komplikationen zu ersparen, die nicht lange ausbleiben werden.

Sie sagen mir, David ist ermordet worden, und ich glaube Ihnen.

Ich versichere Ihnen allerdings, dass Louise ihn nicht getötet hat und dass ich nicht die leiseste Ahnung habe, wer es getan haben könnte. Und jetzt …«

Er schlüpfte in seine Smokingjacke.

»Wenn jemand nach mir fragt, ich bin im ›Sporting‹ …«, erklärte er seinem Sekretär.

»Was soll ich tun, wenn New York anruft?«

»Sagen Sie, ich hätte darüber nachgedacht und meine Antwort laute nein.«

»Ist gut, Monsieur!«

»Kommen Sie, Maigret?«

Sie stiegen zusammen in den Fahrstuhl. Unten wurden sie von einem Blitzlichtgewitter empfangen.

»Das hätte ich mir ja denken können …«, brummte van Meulen.

Er stieß einen kleinen, untersetzten Mann beiseite, der sich in der Nähe des Telefons aufgehalten hatte und nun versuchte, ihm den Weg zu versperren, und stürzte zum Ausgang.

»Kommissar Maigret?«

Der kleine Mann war der Reporter einer Lokalzeitung.

»Kann ich Sie einen Augenblick sprechen?«

Der Portier beobachtete sie von weitem mit hochgezogenen Augenbrauen.

»Vielleicht können wir uns in eine stille Ecke setzen …«

Maigret hatte genügend Erfahrung, um zu wissen, dass es nichts brachte, wenn er sich davonstahl, denn dann würde man ihm nur Dinge in den Mund legen, die er nie und nimmer gesagt hatte.

»Sie lassen sich wohl kaum von mir auf ein Glas an der Bar einladen, oder?«, fragte der Journalist.

»Ich habe eben etwas getrunken.«

»Bei Joseph van Meulen?«

»Ja.«

»Stimmt es, dass die Comtesse Paverini heute Nachmittag in Nizza war?«

»Das stimmt.«

Der Kommissar hatte in einem riesigen Ledersessel Platz genommen, und der Reporter hatte sich, mit seinem Block in der Hand, auf den äußersten Rand eines Sessels ihm gegenüber gesetzt.

»Sie ist doch die Verdächtige Nummer eins?«

»Warum?«

»Das hat man uns von Paris aus telefonisch durchgegeben.«

Irgendjemand, entweder aus dem ›George-v‹ oder am Flughafen, musste die Presse alarmiert haben, vielleicht ein Inspektor von Orly, der den Zeitungen Tipps gab.

»Haben Sie sie verpasst?«

»Na ja, als ich in Nizza eintraf, war sie schon wieder abgereist.«

»Nach Lausanne, ich weiß.«

Die Presse hatte keine Zeit verloren.

»Ich habe eben mit dem ›Lausanne-Palace‹ telefoniert. Sie ist von Genf aus mit einem Taxi dort eingetroffen. Sie hat sich geweigert, die Fragen der wartenden Reporter zu beantworten, und sich sofort in ihre Suite, die 214, zurückgezogen.«

Dem Journalisten schien es Genugtuung zu bereiten, dass er auf diese Weise Kommissar Maigret ein paar Tipps geben konnte.

»Dann hat sie sich eine Flasche Champagner heraufbringen und einen Arzt rufen lassen, der jeden Augenblick eintreffen muss. Glauben Sie, dass sie den Colonel umgebracht hat?«

»Ich bin nicht so voreilig wie Sie und Ihre Kollegen.«

»Werden Sie nach Lausanne reisen?«

»Schon möglich.«

»Morgen mit der Frühmaschine? Wissen Sie eigentlich, dass die dritte Frau des Colonels in Lausanne wohnt und dass sie und die Comtesse Paverini sich nicht ausstehen können?«

»Das wusste ich nicht.«

Ein merkwürdiges Interview, bei dem der Reporter die Informationen lieferte.

»Gesetzt den Fall, sie ist schuldig, dann wären Sie doch gar nicht dazu berechtigt, sie festzunehmen?«

»Ohne Auslieferungsbefehl nicht.«

»Aber um einen Auslieferungsbefehl zu erwirken, ist es doch wohl nötig, sichere Beweise vorzulegen?«

»Hören Sie, mein Freund, ich habe den Eindruck, dass Sie sich da Ihren Artikel zusammendichten, und ich rate Ihnen dringend, ihn nicht so zu schreiben. Hier geht es weder um eine Verhaftung noch um eine Auslieferung.«

»Steht die Comtesse denn nicht unter Verdacht?«

»Davon weiß ich nichts.«

»Also werden Sie ...«

Jetzt wurde Maigret wütend.

»Nein!«, schrie er beinahe, und zwar so laut, dass der Portier zusammenzuckte. »Ich sage Ihnen nichts, aus dem einfachen Grund, weil ich nichts weiß, und wenn Sie mir zweideutige Äußerungen in den Mund legen, dann werden Sie mich noch kennenlernen ...«

»Aber ...«

»Nichts da!«, schnitt er ihm das Wort ab, stand auf und ging zur Bar hinüber.

Er war so zornig, dass er sich einen Drink bestellte, ohne sich dessen bewusst zu sein:

»Einen Martini …«

Der Barkeeper kannte ihn offenbar aus der Zeitung, denn er betrachtete ihn neugierig. Zwei oder drei Gäste auf hohen Hockern wandten sich um und musterten ihn ebenfalls unverhohlen. Trotz der Vorsichtsmaßnahmen des Portiers wussten bereits alle, wer der neue Gast war.

»Wo sind die Telefonkabinen?«

»Links, im Flur.«

Brummig zog er sich in die erstbeste zurück.

»Geben Sie mir bitte Paris, Danton 44.20!«

Die Leitungen waren nicht überlastet, und er musste nur fünf Minuten warten. Er lief im Flur auf und ab, bis ihn das Klingelzeichen noch vor Ablauf der angekündigten Frist in die Kabine zurückrief.

»Ist dort die Kriminalpolizei? … Verbinden Sie mich mit dem Inspektorenbüro! … Hier spricht Maigret … Hallo? Ist Lucas noch da?«

Er konnte sich denken, dass der tapfere Lucas ebenfalls einen anstrengenden Tag gehabt hatte und dass er wohl kaum schon nach Hause gegangen war.

»Sind Sie es, Chef?«

»Ja, ich bin in Monte Carlo. Was gibt's?«

»Sie wissen bestimmt, dass die Presse trotz unserer Vorsichtsmaßnahmen schon informiert ist?«

»Weiß ich, ja.«

»Die dritte Ausgabe von *France-Soir* ist mit einem riesigen Artikel auf der ersten Seite erschienen. Nachmittags um vier sind englische Journalisten aus London eingetroffen, gleichzeitig mit einem gewissen Mister Philps, irgend so einem Anwalt oder Notar.«

»Sein *Solicitor*.«

»Ja, genau! Er bestand darauf, den Chef persönlich zu sprechen. Sie haben über eine Stunde hinter verschlossenen Türen getagt. Als er rauskam, haben ihn die Journalisten mit Fragen bestürmt und fotografiert. Da hat er mit seinem Schirm auf einen Fotografen eingeschlagen und wollte ihm den Apparat zertrümmern.«

»Sonst noch was?«

»Die Leute reden über die kleine Comtesse, die Geliebte von Ward. Sie glauben, dass sie den Mord begangen hätte und Sie ihr schon höchstpersönlich auf den Fersen wären. Ein gewisser John Arnold hat mich angerufen, er schien außer sich vor Wut.«

»Und weiter?«

»Die Journalisten sind im ›George-v‹ eingefallen und vom hauseigenen Wachpersonal wieder rausgeschmissen worden.«

»Was macht Lapointe?«

»Der ist hier. Er möchte Sie sprechen ... Moment ...«

Lapointes Stimme ertönte.

»Hallo, Chef? Ich war wie vereinbart im Amerikanischen Hospital in Neuilly und hab die Krankenschwester, die Telefonistin und auch die Frau am Empfang ausgefragt. Ihr hat die Comtesse Paverini beim Weggehen einen Brief übergeben und sie gebeten, ihn abzuschicken. Er war an den Comte Marco Paverini in der Rue de l'Étoile adressiert. Weil ich in der Klinik nichts Interessantes herausgekriegt habe, bin ich zu dieser Adresse gefahren. Es ist ein ziemlich elegantes Wohnhaus. Ich habe die Concierge ausgehorcht, auch wenn sie sich zuerst ein bisschen geziert hat. Wie es aussieht, hat der Comte Paverini die letzte Nacht nicht zu Hause verbracht, was bei ihm recht häufig der Fall ist. Er ist heute Morgen gegen elf Uhr nach Hause gekommen und war so sehr in Gedanken versunken, dass er nicht einmal in ihre Loge reingeschaut hat, um zu fragen, ob Post für ihn da ist. Eine knappe halbe Stunde später ist er wieder weggegangen, mit einem kleinen Koffer in der Hand. Seitdem hat man von ihm nichts gehört oder gesehen.«

Maigret schwieg, denn er hatte nichts dazu zu sagen, und er spürte, dass Lapointe am anderen Ende der Leitung verdutzt war.

»Was soll ich tun? Soll ich weiter versuchen, ihn zu finden?«

»Wenn du willst.«

Diese Antwort brachte Lapointe erst recht aus dem Konzept.

»Meinen Sie nicht …?«

Was hatte van Meulen ihm vorhin gesagt? Jeder Mensch ist fähig zu töten, wenn er einen ausreichenden Grund dafür hat. Die Leidenschaft… Konnte da ein Motiv liegen, obwohl Louise fast drei Jahre lang mit einem anderen verheiratet und seit über einem Jahr die Geliebte des Colonels war? Aber war sie nicht ausgerechnet jetzt im Begriff gewesen, Ward zu verlassen, um zu ihrem ersten Mann zurückzukehren?

Die Habgier? Welchen Profit konnte Paverini denn aus Wards Tod schlagen?

Maigret war ein wenig mutlos, was ihm zu Beginn einer

Untersuchung oft passierte. Es gab immer eine Phase, in der die beteiligten Personen ihm plötzlich unwirklich vorkamen und er in ihrem Tun und Treiben keinen Zusammenhang erkennen konnte.

Während dieser Phasen war Maigret mürrisch und schlecht gelaunt und wirkte schwerfälliger und plumper als sonst. Obwohl der junge Lapointe als Letzter zu seiner Mannschaft gestoßen war, so kannte er ihn doch allmählich gut genug, um selbst am Telefon zu begreifen, was in ihm vorging.

»Ich tue mein Bestes, Chef. Ich habe eine Liste der Personen auf den Fotos zusammengestellt. Es gibt nur zwei oder drei, die noch nicht identifiziert sind …«

In der Telefonkabine war es drückend heiß, vor allem auch weil Maigret nicht für die Côte d'Azur gekleidet war. Er kehrte in die Bar zurück, um sein Glas leer zu trinken, und sah, dass auf der Terrasse Tische gedeckt waren.

»Kann ich hier zu Abend essen?«

»Ja. Aber ich glaube, diese Tische sind schon reserviert. Das sind sie jeden Abend. Wir werden Ihnen drinnen einen Platz geben.«

Natürlich! Und hätten sie sich getraut, dann hätten sie ihn auch noch gebeten, mit dem Personal zu essen!

5

Maigret trifft schließlich jemanden, der kein Geld hat und sich Sorgen macht

Er schlief schlecht, ohne dabei den Ort, an dem er sich befand, ganz aus dem Bewusstsein zu verlieren: das Hotel mit den zweihundert geöffneten Fenstern; die Laternenpfähle, die die öffentliche Grünanlage mit den bläulich schimmernden Rasenflächen säumten; das Casino, so altertümlich wie die betagten Damen, die er nach dem Abendessen in ihren Roben aus längst vergangenen Zeiten hatte hineingehen sehen; das träge Meer, das alle zwölf Sekunden – er hatte sie gezählt und wieder gezählt, wie andere Schäfchen zählen – über die triefenden Klippen schwappte.

Autos hielten und fuhren wieder an oder vollführten komplizierte Manöver. Türen schlugen zu. Die Stimmen der Menschen waren so deutlich zu hören, dass Maigret sich indiskret vorkam, und immer noch dröhnten die Reisebusse, die ganze Wagenladungen neuer Spieler zum Casino karrten und andere wieder abtransportierten, und zu allem Überfluss erklang gegenüber auf der Terrasse des ›Café de Paris‹ Musik.

Wenn einen Augenblick lang Stille einkehrte, dann ertönte in der Ferne, wie die Flöte in einem Orchester, das leise, anachronistische Geräusch einer Pferdedroschke.

Maigret hatte sein Fenster offen gelassen, weil ihm warm gewesen war. Aber da er keinerlei Gepäck mitgebracht hatte und folglich ohne Schlafanzug im Bett lag, fühlte er sich mit einem Mal starr vor Kälte, schloss das Fenster und warf dabei einen mürrischen Blick auf das hellerleuchtete ›Sporting‹, da drüben am Ende des Strands, in dem Joseph van Meulen – oder ›Papa‹, wie ihn die kleine Comtesse nannte – an einem für zwanzig Personen gedeckten Tisch thronte.

Weil sich seine Stimmung gewandelt hatte, erschienen ihm die Menschen nun in einem anderen Licht, und er ärgerte sich darüber, fühlte sich fast gedemütigt, dass er dem belgischen Financier wie ein artiges Kind gelauscht und kaum gewagt hatte, ihm ins Wort zu fallen.

War er nicht im Grunde geschmeichelt gewesen, dass ein so feiner Mann ihn mit freundschaftlicher Vertrautheit behandelt hatte? Im Gegensatz zu John T. Arnold, dem kleinen, stämmigen Engländer mit dem aufreizenden Selbstvertrauen, hatte van Meulen nicht den Eindruck erweckt, als ob er ihm einen Vortrag über die Sitten und Gebräuche innerhalb einer bestimmten Gesellschaftsschicht halten wollte, sondern er hatte sich gerührt gezeigt, dass Maigret sich persönlich herbemüht hatte.

›Sie, Sie verstehen mich‹, schien er mit jeder Silbe und jeder Geste auszudrücken.

Hatte sich Maigret davon einwickeln lassen? *Papa … die kleine Comtesse …*

David … Und all die anderen Vornamen, die einer wie der andere ständig im Munde führte, ohne sich die Mühe zu machen, sie zu erläutern, als müsste alle Welt Bescheid wissen.

Er döste ein wenig, wälzte sich schwerfällig hin und her, und plötzlich sah er wieder den Colonel vor sich, nackt in seiner Badewanne, dann den ebenfalls nackten Belgier, an dem der Masseur mit dem Boxergesicht herumknetete.

Waren diese Kerle nicht zu kultiviert, über jeden Verdacht erhaben?

»Jeder Mensch ist fähig zu töten, vorausgesetzt, er hat dazu ein ausreichendes Motiv und ist mehr oder minder zuversichtlich, dass er nicht gefasst wird.«

Van Meulen hielt jedoch Eifersucht nicht für ein ausreichendes Motiv. Hatte er nicht taktvoll zu verstehen gegeben, dass für gewisse Leute Eifersucht nahezu undenkbar sei?

»In unserem Alter … Eine junge, anziehende Frau, die getan hat, was von ihr erwartet wurde …«

Ihre *kleine Comtesse* hatte nach dem Kellner geklingelt, gejammert, sich ins Krankenhaus bringen lassen und dann klammheimlich telefoniert, zunächst in Paris, wo sie ihren ersten Mann erreichen wollte, der zeitweilig noch immer ihr Liebhaber war, und dann mit dem guten ›Papa‹ van Meulen.

Ihr war klar, dass Ward tot war. Sie hatte die Leiche gesehen. Doch die arme Kleine wusste nicht ein noch aus.

Die Polizei benachrichtigen? Ausgeschlossen! Dazu war sie nervlich nicht in der Lage. Und was hätte die Polizei, in ihren schweren Stiefeln und mit ihrem begrenzten Verstand, schon begriffen von dem, was sich in *ihrer* Welt abspielte?

»Steig ins Flugzeug, Kleines! Komm zu mir, und ich werde dir zur Seite stehen …«

In der Zwischenzeit traf der andere, John T. Arnold,

im ›George-v‹ ein, gab gute Ratschläge zum Besten und kehrte unverhohlen die feinen Unterschiede heraus.

»Vorsicht! Alarmieren Sie bloß nicht die Presse! Gehen Sie ja behutsam vor! Dieser Fall ist eine Bombe. Da stehen große Interessen auf dem Spiel. Die ganze Welt wird in Aufruhr geraten.«

Und trotzdem hatte er die Anwälte in London angerufen, damit sie schnellstens kamen; wahrscheinlich sollten sie ihm helfen, die Angelegenheit zu vertuschen.

Van Meulen schickte währenddessen in aller Ruhe, als wäre das die natürlichste und selbstverständlichste Sache der Welt, die Comtesse Paverini zur Erholung nach Lausanne.

Das war keine Flucht! Sie versuchte nicht, der Polizei zu entwischen.

»Das verstehen Sie doch, dort hat sie ihren gewohnten Umgang ... Sie entgeht dem Ansturm der Journalisten, der ganzen Aufregung, die mit einer polizeilichen Ermittlung einhergeht ...«

Wieder musste sich Maigret auf den Weg machen und ins Flugzeug steigen!

Er verabscheute Demagogie. Er beurteilte Menschen nicht nach ihrem Vermögen. Er legte großen Wert darauf, sich einen kühlen Kopf zu bewahren, trotzdem fühlte er sich von hunderterlei Kleinigkeiten irritiert.

Er hörte die Gäste, die bei dem berühmten Galadiner getafelt hatten, ins Hotel zurückkommen, denn sie unterhielten sich lautstark, zuerst draußen, dann in ihren Suiten, drehten Wasserhähne auf und betätigten die Toilettenspülungen.

Um sechs Uhr morgens war er als Erster auf den Beinen und rasierte sich mit dem billigen Rasierer, den er sich, zusammen mit einer Zahnbürste, von einem Hotelboy hatte besorgen lassen. Es dauerte fast eine halbe Stunde, bis er eine Tasse Kaffee bekam. In der Halle unten waren gerade die Putzfrauen am Werk, und als er den übernächtigten Angestellten am Empfang um seine Rechnung bat, antwortete dieser:

»Monsieur van Meulen hat angeordnet …«

»Monsieur van Meulen hat nichts anzuordnen!«

Er bestand darauf, zu bezahlen. Vor der Tür erwartete ihn der Rolls-Royce des belgischen Financiers, und der Chauffeur öffnete den Wagenschlag.

»Monsieur van Meulen hat mir aufgetragen, Sie zum Flughafen zu bringen.«

In das Auto stieg er dann doch ein, weil er noch nie in einem Rolls-Royce gefahren war. Er war zu früh am Flughafen. Er kaufte Zeitungen. Die von Nizza brachte auf der ersten Seite sein Foto, neben van Meulen vor dem Fahrstuhl.

Die Bildunterschrift lautete: *Kommissar Maigret nach einer Sitzung mit dem Milliardär van Meulen*.

Eine Sitzung!

Die Pariser Zeitungen druckten in großen Lettern:

Englischer Milliardär tot in seiner Badewanne aufgefunden

Überall das Gefasel vom Milliardär!

Unfall oder Verbrechen?

Die Journalisten waren wohl noch nicht aufgestanden, denn beim Abflug ließen sie Maigret in Ruhe. Er legte seinen Sicherheitsgurt an und schaute geistesabwesend durch das bullaugenähnliche Fenster auf das entschwindende Meer hinunter und dann auf die kleinen, weißen Häuser mit den roten Dächern, die da und dort im dunklen Grün der Berge aufleuchteten.

»Kaffee oder Tee?«

Er schien zu schmollen. Die zuvorkommende Stewardess erhielt nicht das kleinste Lächeln. Und als er unter einem wolkenlosen Himmel unter sich die Alpen mit ausgedehnten Schneeflächen sah, gestand er sich nicht ein, dass das ein herrlicher Anblick war.

Allerdings tauchten sie kaum zehn Minuten später in eine leichte Dunstschicht ein, die an der Maschine vorüberglitt und schon bald in dichte Schwaden überging, die so undurchsichtig waren wie der Dampf, den die Lokomotiven zischend in Bahnhöfen ausstoßen.

In Genf regnete es. Der Regen hatte nicht eben eingesetzt, sondern es regnete schon lange, das konnte man riechen. Außerdem war es kalt, und alle trugen Regenmäntel.

Kaum hatte er den Fuß auf die Gangway gesetzt, flammten Blitzlichter auf. Nachdem die Journalisten ihn beim Abflug verschont hatten, erwarteten ihn hier in Genf gleich sieben oder acht mit ihren Notizbüchern und ihren Fragen.

»Ich habe nichts zu sagen.«

»Fahren Sie nach Lausanne?«

»Weiß ich noch nicht.«

Er drängte sie zur Seite, wobei ihn freundlicherweise

ein Vertreter der Swissair unterstützte, der ihm die Formalitäten und das Schlangestehen ersparte und ihn an der Abfertigungshalle vorbei hinausgeleitete.

»Haben Sie einen Wagen hier, oder fahren Sie mit der Bahn nach Lausanne?«

»Ich glaube, ich nehme ein Taxi.«

»Ich rufe Ihnen eins.«

Zwei Autos voller Reporter und Fotografen folgten ihm. Immer noch brummig, versuchte er in einer Ecke zu dösen und warf nur von Zeit zu Zeit lustlos einen Blick auf die regennassen Weinberge und den grauen See, der da und dort zwischen den Bäumen durchschimmerte.

Was ihn am meisten ärgerte, war das Gefühl, dass andere sein Tun und Lassen bestimmt hatten. Er fuhr nicht aus eigener Initiative nach Lausanne, sondern weil man ihn in eine Richtung gedrängt hatte, die nur dorthin führen konnte.

Sein Taxi hielt vor den Kolonnaden des ›Lausanne-Palace‹. Die Fotografen nahmen ihn unter Beschuss, man bombardierte ihn mit Fragen. Der Portier half ihm, sich einen Weg zu bahnen.

Drinnen fand er die gleiche Atmosphäre vor wie im ›George-v‹ oder im ›Hôtel de Paris‹..., als legten Leute, die viel reisten, Wert darauf, das Dekor nicht zu wechseln. Mag sein, dass hier alles noch eine Spur feierlicher, noch gediegener war, und der Portier trug einen schwarzen, diskret mit Gold verbrämten Gehrock. Er beherrschte, wie die anderen auch, fünf oder sechs Sprachen, und der einzige Unterschied bestand darin, dass sein Französisch einen leichten deutschen Akzent aufwies.

»Ist die Comtesse Paverini hier?«

»Ja, Herr Kommissar. In Zweihundertvierzehn, wie immer.«

In den Sesseln der Halle wartete eine asiatische Familie auf Gott weiß was, die Frau im golddurchwirkten Sari, drei Kinder mit großen, dunklen Augen, die Maigret neugierig betrachteten.

Es war erst zehn Uhr vormittags.

»Sie wird ja wohl noch nicht aufgestanden sein?«

»Sie hat vor einer halben Stunde nach dem Frühstück geklingelt. Soll ich ihr melden, dass Sie eingetroffen sind? Ich glaube, sie erwartet Sie.«

»Wissen Sie, ob sie jemanden angerufen hat oder von jemandem angerufen wurde?«

»Da wenden Sie sich besser an die Zentrale. Hans ... Begleite den Kommissar in die Zentrale!«

Sie lag am Ende eines Flurs, hinter der Reception. Drei Frauen hantierten Seite an Seite mit den Stöpseln.

»Können Sie mir sagen ...«

»Einen Moment!«

Und auf Englisch:

»Hier ist Bangkok für Sie, Sir.«

»Können Sie mir sagen, ob die Comtesse Paverini seit ihrer Ankunft Gespräche angemeldet oder erhalten hat?«

Sie hatten Listen vor sich liegen.

»Heute Nacht um ein Uhr ist sie aus Monte Carlo angerufen worden.«

Das war sicher *Papa* van Meulen, der zwischen zwei Tänzen im ›Sporting‹ oder, was wahrscheinlicher war, zwischen zwei Einsätzen am Bakkarattisch nicht die Mühe gescheut hatte, sich nach ihrem Befinden zu erkundigen.

»Heute Morgen hat sie in Paris angerufen.«

»Welche Nummer?«

Es war die Nummer von Marcos Junggesellenwohnung in der Rue de l'Étoile.

»Hat sich jemand gemeldet?«

»Nein. Sie hat darum gebeten, es später noch einmal zu versuchen.«

»Ist das alles?«

»Vor etwa zehn Minuten hat sie noch einmal Monte Carlo verlangt.«

»Hat sie das Gespräch bekommen?«

»Ja. Zweimal drei Minuten.«

»Würden Sie mich bitte anmelden?«

»Gern, Monsieur Maigret.«

Es war idiotisch. Er hatte so viel von ihr gehört, dass er sich nun etwas gehemmt fühlte, und das beschämte ihn. Im Fahrstuhl war ihm zumute wie einem jungen Mann, der sich auf den Weg macht, um eine berühmte Schauspielerin zum ersten Mal leibhaftig zu Gesicht zu bekommen.

»Hier entlang.«

Der Hotelboy klopfte an. Eine Stimme rief:

»Herein!«

Der Boy hielt ihm die Tür auf, und Maigret betrat einen Salon, dessen zwei Fenster auf den See hinausgingen.

Es war niemand da. Aus dem Zimmer nebenan, dessen Tür nur angelehnt war, drang eine Stimme zu ihm herüber:

»Nehmen Sie Platz, Herr Kommissar! Ich stehe Ihnen gleich zur Verfügung.«

Auf einem Tablett entdeckte er Eier mit Schinken, die kaum angerührt worden waren, Brötchen und ein zerkrümeltes Croissant. Er meinte das typische Geräusch zu erkennen, mit dem eine Flasche wieder zugekorkt wurde. Endlich ein seidiges Rascheln.

»Entschuldigen Sie, bitte ...«

Immer noch mit dem Gefühl des Mannes, der eine Schauspielerin in ihren Privatgemächern aufsucht, war er verwirrt und enttäuscht. Vor ihm stand eine kleine, ganz alltäglich aussehende Person, kaum geschminkt, mit bleichem Teint und müden Augen, die ihm eine feuchte, zitternde Hand entgegenstreckte.

»Nehmen Sie doch bitte Platz!«

Als die Tür aufgegangen war, hatte er kurz das ungemachte Bett, herumliegende Kleidungsstücke und ein Medizinfläschchen auf dem Nachttisch erspäht.

Sie setzte sich ihm gegenüber und zog über ihren Beinen die Zipfel ihres Morgenrocks übereinander. Er war aus cremefarbener Seide und ließ ihr Nachthemd durchschimmern.

»Es tut mir leid, dass ich Ihnen all diese Mühe bereitet habe.«

Man merkte ihr ihre neununddreißig Jahre wahrlich an, und in diesem Moment sah sie sogar noch älter aus. Tiefe, bläuliche Ringe umschatteten ihre Augen, und feine Fältchen zogen sich von ihren Nasenflügeln zu den Mundwinkeln. Sie täuschte die Müdigkeit nicht vor. Er hätte geschworen, dass sie wirklich erschöpft war, am Ende ihrer Kraft und dem Weinen nahe. Sie schaute ihn an und wusste nicht, was sie sagen sollte. Da klingelte das Telefon.

»Sie gestatten?«

»Aber, ich bitte Sie!«

»Hallo? Ich bin es, ja … Sie können durchstellen … Ja, Anne … Das ist nett von Ihnen, dass Sie mich anrufen … Danke … Ja … Ja … Das weiß ich noch nicht … Ich habe gerade Besuch … Nein. Verlangen Sie nicht von mir, dass ich aus dem Haus gehen soll … Ja … Sagen Sie Ihrer Hoheit … Danke … Bis bald …«

Winzige Schweißperlen standen auf ihrer Oberlippe, und während sie sprach, nahm Maigret einen leichten Alkoholgeruch wahr.

»Sind Sie mir sehr böse?«

Sie benahm sich trotzdem nicht affektiert, sondern machte einen natürlichen Eindruck, und sie war zu aufgewühlt, als dass sie es über sich gebracht hätte, Theater zu spielen.

»Es ist so entsetzlich, es kam so unerwartet! Und ausgerechnet an dem Tag, an dem …«

»An dem Sie Colonel Ward erklärten, dass Sie sich entschlossen hatten, ihn zu verlassen? Ist es das, was Sie sagen wollten?«

Sie nickte.

»Ich nehme an, Jef … Ich nehme an, van Meulen hat Ihnen alles erzählt, oder? Ich frage mich, was ich Ihnen darüber hinaus noch sagen könnte. Werden Sie mich nach Paris mitnehmen?«

»Erschreckt Sie das?«

»Ich weiß es nicht. Er hat mir geraten, mit Ihnen mitzufahren, wenn Sie es verlangen. Ich tue alles, was er sagt. Er ist so intelligent, so gut, so überlegen. Man könnte meinen, er weiß alles, er sieht alles voraus.«

»Den Tod seines Freundes Ward hat er nicht vorausgesehen.«

»Aber er hatte vorausgesehen, dass ich zu Marco zurückgehen würde.«

»War das zwischen Ihnen und Marco schon abgemacht? Ich dachte, als Sie sich in dem Nachtlokal plötzlich Auge in Auge gegenüberstanden, sei Ihr erster Mann in Begleitung einer jungen Holländerin gewesen und Sie hätten nicht miteinander geredet?«

»Das stimmt, aber ich habe trotzdem beschlossen ...«

Ihre fahrigen Hände, die älter wirkten als ihr Gesicht, kamen nicht zur Ruhe, sie verschlang die Finger so fest ineinander, dass die Knöchel weiß hervortraten.

»Wie soll ich Ihnen das erklären, wenn ich es selbst nicht begreife? Alles ging so gut. Ich dachte, ich sei kuriert. David und ich, wir haben darauf gewartet, dass die letzten Papiere unterzeichnet würden, damit wir heiraten könnten. David war ein Mann vom gleichen Schlag wie van Meulen, nicht ganz so, aber fast.«

»Wie meinen Sie das?«

»Bei *Papa* habe ich den Eindruck, dass er mir immer sagt, was er denkt. Nicht unbedingt alles, weil er mich nicht mit Einzelheiten belasten will. Aber da spüre ich einen direkten Kontakt, verstehen Sie mich? David dagegen, der sah mir bei allem nur zu, mit seinen großen Augen, in denen immer ein leicht amüsierter Ausdruck lag. Vielleicht machte er sich ja gar nicht über mich lustig, sondern über sich selbst ... Er war wie eine große Katze, sehr schlau, sehr philosophisch ...«

Und sie fragte wieder:

»Verstehen Sie mich?«

»Zu Beginn des Abends, als Sie mit dem Colonel essen

gingen, da hatten Sie doch noch nicht die Absicht gehabt, mit ihm Schluss zu machen?«

Sie überlegte einen Moment.

»Nein.«

Dann verbesserte sie sich:

»Aber ich habe schon geahnt, dass es eines Tages dazu kommen würde.«

»Warum?«

»Weil ich diese Erfahrung nicht zum ersten Mal gemacht habe. Ich wollte nicht zu Marco zurück, denn ich wusste genau …«

Sie biss sich auf die Lippen.

»Was wussten Sie?«

»Dass wir es doch nicht weit gebracht hätten. Er hat kein Geld, und ich hab auch keins.«

Sie verfolgte plötzlich einen neuen Gedanken, dabei sprach sie so rasch und abgehackt wie jemand, der unter dem Einfluss von Drogen steht.

»Ich habe keinerlei Vermögen, wissen Sie. Ich besitze überhaupt nichts. Würde van Meulen heute Morgen nicht der Bank Geld überweisen, dann wäre der Scheck, den ich gestern am Flugplatz unterschrieben habe, nicht einmal gedeckt. Er musste mir gestern sogar etwas geben, damit ich hierherkommen konnte. Ich bin sehr arm.«

»Und Ihr Schmuck?«

»Der Schmuck, ja … Und mein Nerz … Das ist alles.«

»Aber der Colonel …?«

Sie seufzte mutlos. Wie sollte sie sich nur verständlich machen?

»Das läuft nicht so, wie Sie meinen. Er hat meine Suite,

meine Rechnungen und meine Reisen bezahlt ... Aber ich hatte nie Geld in der Tasche. Solange ich mit ihm zusammen war, brauchte ich ja auch keins.«

»Wenn Sie erst verheiratet gewesen wären ...«

»Dann wäre das nicht anders gewesen.«

»Den anderen Frauen hat er doch eine Rente ausgesetzt.«

»Hinterher! Als er sie verlassen hatte.«

Da fragte er unverblümt:

»Wollte er damit vielleicht vermeiden, dass Sie Marco Geld zuschoben?«

Sie starrte ihn an.

»Ich glaube nicht. Daran habe ich nicht gedacht. David hatte selbst nie Geld bei sich. Arnold hat immer am Monatsende die Rechnungen bezahlt. Jetzt bin ich vierzig und ...«

Sie sah sich um, als wollte sie zum Ausdruck bringen, dass sie all das nun aufgeben musste. Die Furchen links und rechts ihrer Nasenflügel schienen sich noch zu vertiefen. Sie zögerte, bevor sie aufstand.

»Entschuldigen Sie mich einen Moment?«

Schnell ging sie ins Schlafzimmer hinüber, schloss die Tür, und als sie zurückkam, wehte Maigret erneut eine Alkoholfahne entgegen.

»Was haben Sie denn da drüben getrunken?«

»Einen Schluck Whisky, wenn Sie es genau wissen wollen. Ich kann mich nicht mehr auf den Beinen halten. Manchmal trinke ich wochenlang nichts ...«

»Außer Champagner?«

»Außer ab und zu einem Glas Champagner, ja. Aber

wenn ich in einem Zustand bin wie jetzt, dann brauche ich …«

Er hätte geschworen, dass sie aus der Flasche getrunken hatte, gierig wie manche Drogensüchtige, die mit der Spritze durch ihre Kleidung stechen, damit es schneller geht.

Sie hatte jetzt glänzendere Augen und war redseliger geworden.

»Ich versichere Ihnen, dass ich es nicht vorher beschlossen hatte. Ich habe Marco mit dieser Frau gesehen, und das hat mir einen Schock versetzt …«

»Kannten Sie sie?«

»Ja. Sie ist geschieden, und ihr Exmann, der sich mit Seetransporten befasst, hatte geschäftlich mit David zu tun.«

Diese Leute kannten sich alle, sie trafen sich an Vorstandstischen, an Stränden, in Bars, und ihre Frauen wechselten anscheinend völlig ungeniert vom Bett des einen ins Bett des anderen.

»Ich wusste, dass Marco mit ihr in Deauville zusammen war. Ich hatte sogar gehört, dass sie entschlossen ist, ihn zu heiraten, aber ich habe es nicht geglaubt. Sie ist sehr reich, und er hat nichts.«

»Haben Sie sich in den Kopf gesetzt, diese Heirat zu verhindern?«

Ihre Lippen wurden schmaler, ihr Mund härter.

»Ja.«

»Glauben Sie, Marco hätte sich das bieten lassen?«

Ihr stiegen die Tränen in die Augen, aber sie kämpfte dagegen an.

»Ich weiß es nicht. Darüber habe ich nicht nachgedacht.

Ich habe die beiden genau beobachtet. Er tanzte absichtlich direkt an mir vorbei, ohne mich eines Blickes zu würdigen.«

»So dass logischerweise Marco hätte ermordet werden müssen?«

»Was wollen Sie damit sagen?«

»Sind Sie nie auf den Gedanken gekommen, ihn zu töten, haben Sie ihm das nicht irgendwann einmal angedroht?«

»Woher wissen Sie das?«

»Hat er es Ihnen nicht zugetraut?«

»Das hat Ihnen van Meulen erzählt, nicht wahr?«

»Nein.«

»So einfach ist das nicht ... Wir hatten beim Essen schon etwas getrunken. Im ›Monseigneur‹ habe ich eine Flasche Champagner leergetrunken, und ich glaube sogar, dass ich zwei- oder dreimal an Davids Whiskyglas genippt habe. Ich habe überlegt, ob ich es zu einem Skandal kommen lassen soll, ob ich hingehen soll und Marco aus den Armen dieser feisten Frau reißen, die eine Haut wie ein Baby hat.

David hat darauf bestanden, dass wir aufbrechen. Schließlich bin ich mit ihm gegangen. Im Auto habe ich kein Wort gesagt. Ich hatte mir vorgenommen, das Hotel etwas später noch einmal zu verlassen und in das Nachtlokal zurückzugehen, um ... Ich weiß nicht, was ich wirklich wollte. Verlangen Sie nicht von mir, dass ich Ihnen das genauer erkläre! David musste es geahnt haben. Er hat vorgeschlagen, dass wir noch ein letztes Glas in meinem Zimmer trinken.«

»Warum in Ihrem?«

Die Frage überraschte sie, und sie wiederholte verdutzt: »Warum?«

Sie suchte, wie für sich selbst, nach einer Antwort.

»Es war immer so, dass David zu mir kam. Ich glaube, er wollte nicht, dass … Er war immer darauf bedacht, dass seine Intimsphäre nicht gestört wurde.«

»Und da haben Sie ihm mitgeteilt, dass Sie ihn verlassen wollen?«

»Ich habe ihm alles gesagt, was mir in den Sinn kam, dass ich nur ein elendes Flittchen bin, dass ich nie glücklich sein würde ohne Marco, dass er nur aufzutauchen braucht, um …«

»Was hat er Ihnen geantwortet?«

»Er trank in aller Ruhe seinen Whisky und sah mich mit großen, schelmischen Augen an.

›Und das Geld?‹, fragte er schließlich. ›Sie wissen doch genau, dass Marco …‹«

»Hat er ›Sie‹ gesagt?«

»Er hat niemanden geduzt.«

»Stimmte das, was er über Marco sagte?«

»Marco stellt große Ansprüche.«

»Ist er nie auf den Gedanken gekommen zu arbeiten?«

Sie starrte ihn fassungslos an, als ob diese Frage unermessliche Einfalt erkennen ließe.

»Was hätte er denn arbeiten sollen? … Schließlich habe ich mich ausgezogen …«

»Hat sich etwas abgespielt zwischen Ihnen und David?«

Wieder ein überraschter Blick.

»Es spielte sich nie etwas ab … Sie verstehen das nicht. Auch David hatte sehr viel getrunken, wie jeden Abend, bevor er zu Bett ging …«

»Eine dreiviertel Flasche?«

»Nicht ganz. Ich weiß, warum Sie mich das fragen. Weil ich mich nicht gut gefühlt habe, habe ich mir, als er weg war, noch einen kleinen Whisky genommen. Ich wollte mich auf mein Bett werfen und an nichts mehr denken. Ich habe versucht zu schlafen. Dann habe ich mir gesagt, dass das mit Marco und mir ja doch nicht gutgehen würde, dass es nie gutgehen würde und dass ich besser tot wäre.«

»Wie viel Tabletten haben Sie geschluckt?«

»Ich weiß es nicht. Eine Handvoll. Danach ging es mir besser. Ich habe leise geweint und war kurz davor, einzuschlafen. Da habe ich mir meine Beerdigung ausgemalt, den Friedhof und … Ich habe mich innerlich dagegen gewehrt. Plötzlich hatte ich Angst, dass es schon zu spät ist, dass ich nicht mehr klingeln kann. Schreien konnte ich schon nicht mehr. Die Klingelknöpfe schienen sehr weit weg zu sein. Mein Arm war so schwer. Wissen Sie, es war wie im Traum, wenn man fliehen will und die Beine nicht laufen können. Irgendwie musste ich den Knopf doch erreicht haben, denn es ist ja jemand gekommen.«

Sie hielt inne, als sie sah, dass Maigrets Gesicht plötzlich einen kalten, harten Ausdruck bekam.

»Warum schauen Sie mich so an?«

»Warum lügen Sie?«

Es fehlte nicht viel und er wäre darauf hereingefallen.

»Wann sind Sie ins Zimmer des Colonels gegangen?«

»Ach, stimmt ja … Das habe ich vergessen.«

»Sie haben vergessen, dass Sie dort waren?«

Sie schüttelte den Kopf und musste nun doch weinen.

»Seien Sie nicht so streng mit mir! Ich schwöre Ihnen, dass ich Sie nicht belügen wollte. Das sehen Sie doch schon daran, dass ich Jef van Meulen die Wahrheit gesagt habe. Aber als ich in der Klinik aufwachte, habe ich Panik bekommen und beschlossen, so zu tun, als wüsste ich nicht, was passiert ist. Ich war sicher, dass man mir nicht glauben würde, dass man mich verdächtigen würde, David getötet zu haben. Und jetzt, im Gespräch mit Ihnen, da hatte ich vergessen, dass van Meulen mir dringend geraten hat, nichts zu verheimlichen.«

»Wie lange war der Colonel schon weg, als Sie zu ihm hinübergingen?«

»Werden Sie mir noch glauben?«

»Das kommt darauf an.«

»Also wirklich, es ist immer dasselbe mit mir ... Ich tue, was ich kann. Ich habe nichts zu verbergen. Nur, mir schwirrt langsam der Kopf, ich weiß nicht mehr, was ich machen soll. Erlauben Sie, dass ich noch einen Schluck nehme, nur einen kleinen Schluck? Ich verspreche Ihnen, dass ich nicht betrunken sein werde. Aber ich kann nicht mehr, Kommissar!«

Er ließ sie gewähren und hätte sie am liebsten auch um ein Glas gebeten.

»Es war, bevor ich die Tabletten genommen habe. Da hatte ich noch nicht beschlossen zu sterben, aber ich hatte den Whisky schon getrunken. Ich war vollkommen blau, und mir war schlecht. Ich bereute, was ich David gesagt hatte. Das Leben machte mir plötzlich Angst. Ich sah mich als alte Frau, ganz allein, ohne Geld und außerstande, mir meinen Lebensunterhalt zu verdienen, denn ich habe nie etwas gelernt. David war meine letzte Chance. Als ich van Meulen verließ, da war ich noch jünger. Der Beweis dafür ist, dass ...«

»Dass Sie danach den Colonel gefunden haben.«

Sie schien erstaunt, durch seine Aggressivität verletzt.

»Denken Sie von mir, was Sie wollen. Wenigstens ich weiß ja, dass Sie sich irren. Ich hatte Angst, dass David mich im Stich lässt. Ich bin im Nachthemd, sogar ohne einen Morgenrock darüber, zu seiner Suite gelaufen. Die Tür war nur angelehnt ...«

»Ich habe Sie gefragt, wie viel Zeit verstrichen war seit dem Moment, in dem er Ihr Zimmer verlassen hatte ...«

»Das weiß ich nicht. Ich erinnere mich daran, dass ich inzwischen mehrere Zigaretten geraucht hatte. Sie werden sie im Aschenbecher gefunden haben. David rauchte nur Zigarren.«

»Haben Sie in der Suite niemanden gesehen?«

»Nur ihn ... Ich hätte beinahe laut geschrien. Ich bin mir nicht einmal sicher, ob ich nicht sogar geschrien habe ...«

»War er schon tot?«

Sie schaute ihn mit weit aufgerissenen Augen an, als käme ihr der Gedanke, er könnte vielleicht noch nicht tot gewesen sein, zum ersten Mal.

»Er war tot. Ich glaube schon. Jedenfalls habe ich das gedacht, und da bin ich geflüchtet.«

»Sind Sie auf dem Flur niemandem begegnet?«

»Nein. Aber, Moment mal, ich habe den Fahrstuhl heraufkommen hören. Das weiß ich genau, denn ich bin losgerannt.«

»Haben Sie dann noch mehr getrunken?«

»Kann sein ... Automatisch ... Mutlos, wie ich war, habe ich dann die Tabletten genommen. Den Rest habe ich Ihnen schon erzählt. Kann ich ...?«

Wahrscheinlich wollte sie ihn noch einmal um die Erlaubnis bitten, einen Schluck Whisky trinken zu gehen, aber da klingelte das Telefon, und sie griff mit unsicherer Hand danach.

»Hallo … Hallo … Ja, er ist hier, ja …«

Es war erholsam, beinahe erfrischend, die ruhige Stimme von Lucas, kurzum, eine normale Stimme, zu hören und sich dabei vorzustellen, wie er an seinem Schreibtisch am Quai des Orfèvres saß.

»Sind Sie es, Chef?«

»Ich hätte dich ohnehin bald angerufen.«

»Das habe ich mir schon gedacht, aber ich dachte, ich sage Ihnen lieber gleich Bescheid. Marco Paverini ist hier.«

»Habt ihr ihn gefunden?«

»Nicht wir haben ihn gefunden, sondern er ist von sich aus hergekommen. Er ist vor etwa zwanzig Minuten hier eingetroffen, frisch und munter, sehr gelöst. Er hat nach Ihnen gefragt, und als man ihm gesagt hat, dass Sie nicht hier sind, da wollte er mit einem Ihrer Mitarbeiter sprechen. Ich habe ihn empfangen. Vorläufig habe ich ihn mit Janvier in Ihrem Büro gelassen.«

»Was sagt er?«

»Dass er die ganze Geschichte erst aus den Zeitungen erfahren hat.«

»Gestern Abend?«

»Erst heute Morgen. Er war nicht in Paris, sondern bei Freunden, die ein Schloss im Departement Nièvre haben und gerade eine Jagd veranstalten.«

»War die Holländerin dabei?«

»Auf der Jagd? Ja. Sie sind gemeinsam in ihrem Wagen

hingefahren. Er hat mir versichert, sie würden bald heiraten. Sie heißt Anna de Groot und ist geschieden.«

»Ich weiß. Erzähl weiter!«

In ihrem Sessel zusammengesunken, hörte die kleine Comtesse zu und kaute an ihren Fingernägeln, von denen der Lack abblätterte.

»Ich hab ihn gefragt, was er in der Nacht von vorgestern auf gestern gemacht hat.«

»Und?«

»Er war in einem Nachtlokal, im ›Monseigneur‹ ...«

»Ich weiß.«

»Mit Anna de Groot.«

»Weiß ich auch.«

»Dort hat er seine Exfrau in Begleitung des Colonels gesehen.«

»Und dann?«

»Dann hat er die Holländerin nach Hause gebracht.«

»Wohin?«

»Ins ›George-v‹, wo sie eine Suite im vierten Stock bewohnt.«

»Wie spät war es da?«

»Er sagt, ungefähr halb vier, vielleicht auch schon vier Uhr. Ich habe jemanden losgeschickt, um das zu überprüfen, habe aber noch keine Antwort. Sie sind angeblich ins Bett gegangen, und er ist erst vormittags um zehn aufgestanden. Er behauptet, sie seien vor über einer Woche zu dieser Jagd ins Schloss eines Bankiers aus der Rue Auber eingeladen worden. Marco Paverini ist vom ›George-v‹ mit einem Taxi nach Hause gefahren, um seinen Koffer zu holen. Er hat das Taxi vor der Tür warten lassen. Dann ist er ins ›George-v‹ zurück, und gegen halb zwölf hat sich das Paar in Anna de Groots Jaguar auf den Weg gemacht. Heute Morgen, vor dem Aufbruch zur Jagd, hat er mechanisch die Zeitungen in der Halle des Schlosses überflogen und ist dann auf der Stelle nach Paris geeilt. Er hat sogar noch seine Stiefel an.«

»Ist die Holländerin mitgekommen?«

»Sie ist dortgeblieben. Lapointe hat sicherheitshalber im Schloss angerufen, und ein Verwalter hat ihm bestätigt, dass sie zur Jagd aufgebrochen ist.«

»Was macht er auf dich für einen Eindruck?«

»Er ist ganz unbefangen und scheint aufrichtig zu sein. Ein großer Junge, eigentlich recht sympathisch.«

Verdammt! Sie waren alle sympathisch!

»Was soll ich mit ihm machen?«

»Schick Lapointe ins ›George-v‹! Er soll das ganze Kommen und Gehen in dieser Nacht aufdröseln, er soll die Angestellten befragen, die in der Nacht da waren.«

»Da muss er aber zu ihnen nach Hause fahren, denn sie haben ja tagsüber keinen Dienst.«

»Dann soll er eben hinfahren! Mit …«

Vor der Frau, die ihn mit den Augen verschlang, wollte er den Namen lieber nicht aussprechen.

»Mit deinem Besucher kannst du beim derzeitigen Stand der Dinge nichts anderes machen, als ihn laufenzulassen. Leg ihm nahe, dass er Paris nicht verlassen soll! Setz jemanden … Ja … Ja … Na, das Übliche! Ich ruf dich später wieder an. Ich bin nicht allein.«

Warum fragte er im letzten Moment:

»Was habt ihr für Wetter?«

»Es ist ein bisschen frisch, und die Sonne kommt nicht so recht durch.«

Als er den Hörer auflegte, murmelte die Comtesse:

»Geht es um ihn?«

»Um wen?«

»Um Marco. Sie haben doch von ihm geredet, stimmt's?«

»Sind Sie sicher, dass Sie ihm nicht im ›George-v‹ auf dem Flur oder in der Suite des Colonels begegnet sind?«

Sie sprang von ihrem Sessel auf, so erregt, dass Maigret fürchtete, sie könnte einen Nervenzusammenbruch bekommen.

»Das habe ich geahnt!«, schrie sie mit verzerrtem Gesicht. »Er war mit ihr dort, nicht wahr? Direkt über meinem Kopf! Doch! Ich weiß es! Sie steigt immer im ›George-v‹ ab. Ich habe mich nach ihrer Suite erkundigt. Sie waren dort, alle beide, im Bett …«

Sie war außer sich, rasend vor Zorn.

»Sie waren dort, sie waren lustig, und sie haben miteinander geschlafen, während ich …«

»Meinen Sie nicht, dass Marco eher damit beschäftigt war …«

»Womit?«

»Na, vielleicht den Kopf des Colonels unter Wasser zu halten?«

Sie traute ihren Ohren nicht. Ihr Körper bebte unter ihrem durchsichtigen Morgenrock. Plötzlich stürzte sie sich auf Maigret und schlug mit geballten Fäusten blindlings auf ihn ein.

»Sie sind verrückt! … Sie sind verrückt! … Sie wagen es? … Sie sind ein Scheusal! … Sie …«

Er kam sich lächerlich vor, in diesem Hotelzimmer, bei dem Versuch, die Handgelenke einer Furie zu fassen zu bekommen, der ihre Wut zehnfache Energie verlieh.

Mit verrutschter Krawatte, zerzausten Haaren und etwas außer Atem gelang es ihm schließlich, sie so festzuhalten, dass sie sich nicht mehr rühren konnte. Da klopfte jemand an die Tür.

6

Maigret wird zum Essen eingeladen, und es ist immer noch von VIPS *die Rede*

Es ging glimpflicher aus, als Maigret vielleicht befürchtet hatte. Für die Comtesse kam dieses Klopfen an der Tür wie eine wunderbare Fügung, denn es gab ihr die Möglichkeit, einer Szene zu entfliehen, aus der sie sonst wahrscheinlich keinen Ausweg gewusst hätte. Wieder stürzte sie ins Schlafzimmer, während der Kommissar ohne Hast seine Krawatte zurechtrückte, sich über die Haare strich und die Tür zum Flur öffnete.

Es war bloß der Etagenkellner, der, plötzlich eingeschüchtert, fragte, ob er das Frühstückstablett holen könne. Hatte er an der Tür gelauscht oder, auch ohne besonders zu lauschen, etwas von diesem Auftritt mitbekommen? Wenn ja, dann ließ er sich nichts anmerken. Als er gegangen war, erschien die Comtesse wieder. Sie wischte sich die Lippen ab und war nun etwas ruhiger.

»Sie haben doch sicher die Absicht, mich nach Paris zu bringen?«

»Selbst wenn ich das wollte, wären langwierige Formalitäten erforderlich.«

»Mein Anwalt hier würde nicht zulassen, dass Sie meine

Auslieferung durchsetzen, aber ich möchte selbst hinfahren, denn mir liegt daran, an Davids Beerdigung teilzunehmen. Fliegen Sie mit der Vieruhrmaschine?«

»Wahrscheinlich, ja, doch Sie werden mit dieser Maschine bestimmt nicht fliegen.«

»Und warum nicht, bitte schön?«

»Weil ich nicht mit Ihnen reisen möchte.«

»Ich kann fahren, wohin ich will, oder?«

Maigret dachte an die Journalisten, die Fotografen, die es sich nicht entgehen lassen würden, sie unter Beschuss zu nehmen, sowohl in Genf als auch in Orly.

»Das mag Ihr gutes Recht sein, aber falls Sie versuchen sollten, ins Flugzeug zu steigen, dann werde ich einen mehr oder weniger legalen Weg finden, Sie daran zu hindern. Sonst haben Sie ja wohl keinerlei Geständnis zu machen?«

Alles in allem hatte diese Unterredung ein nahezu groteskes Ende gefunden. Um wieder in einer vertrauten Realität Fuß zu fassen, telefonierte der Kommissar danach fast eine halbe Stunde mit Lucas. Die Direktion des Hotels hatte ihm spontan ein kleines Büro neben der Reception zur Verfügung gestellt.

Zwar hatte Doktor Paul seinen offiziellen Bericht noch nicht vorgelegt, aber er hatte Lucas zumindest telefonisch seine Erkenntnisse mitgeteilt. Nach der Autopsie war er mehr denn je davon überzeugt, dass jemand David Ward in seiner Badewanne festgehalten hatte, denn anders waren die blauen Flecken an den Schultern nicht zu erklären. Dagegen wies weder der Nacken noch der Rücken eine Verletzung der Art auf, wie man sie nahezu mit Sicherheit vorgefunden hätte, wenn er ausgerutscht und auf den Wannenrand aufgeschlagen wäre und dabei die Besinnung verloren hätte.

Janvier hatte Marco beschattet, und wie zu erwarten war, hatte der Exmann der kleinen Comtesse, nachdem er den Quai des Orfèvres verlassen hatte, nichts Dringenderes zu tun gehabt, als Anna de Groot anzurufen.

Bei Lucas gingen unentwegt telefonische Anfragen ein, darunter viele von Großbanken und Finanzgesellschaften.

»Kommen Sie heute Nachmittag zurück, Chef?«

»Mit der Vieruhrmaschine.«

Kaum hatte er den Hörer aufgelegt, brachte man ihm einen Brief, den ein uniformierter Polizist eben für ihn abgegeben hatte.

Es waren ein paar nette Zeilen vom Chef der Sûreté, der Sicherheitsbehörde in Lausanne, der seine Freude darüber zum Ausdruck brachte, endlich einmal dem berühmten Maigret persönlich zu begegnen, und ihn zu einem »ganz schlichten Mittagessen in einem ruhigen Waadtländer Gasthof unten am See« einlud.

Maigret, der noch eine halbe Stunde Zeit hatte, rief am Boulevard Richard-Lenoir an.

»Bist du immer noch in Lausanne?«, erkundigte sich Madame Maigret.

Sie war am Tag vorher vom Quai des Orfèvres über die Abreise ihres Mannes informiert worden und hatte am Morgen von ihm in den Zeitungen gelesen.

»Ich fliege heute Nachmittag zurück, was aber nicht heißt, dass ich früh nach Hause komme. Warte mit dem Abendessen nicht auf mich!«

»Bringst du die Comtesse mit?«

Es war gewiss keine Eifersucht, aber zum ersten Mal schien es dem Kommissar, als schwinge in der Stimme seiner Frau Besorgnis und zugleich ein kaum wahrnehmbarer Anflug von Ironie mit.

»Ich habe nicht die geringste Lust, sie mitzubringen.«

»Ach!«

Er steckte seine Pfeife an, erklärte dem Portier, falls jemand nach ihm fragen sollte, sei er in wenigen Minuten wieder zurück, und verließ das Hotel. Zwei Fotografen folgten ihm in der Hoffnung, er würde einen aufschlussreichen Schritt unternehmen.

Die Hände in den Hosentaschen, begnügte er sich damit, die Schaufenster zu betrachten. Dann ging er in einen Tabakladen und kaufte eine Pfeife, weil er so überstürzt abgereist war, dass er, entgegen seiner Gewohnheit, nur eine einzige bei sich hatte.

Er ließ sich von Tabaksdosen, die in Frankreich unbekannt waren, in Versuchung führen und kaufte drei verschiedene. Danach betrat er noch, wie von Gewissensbissen geplagt, das Geschäft nebenan und kaufte für Madame Maigret ein mit dem Wappen von Lausanne besticktes Taschentuch.

Der Polizeichef holte ihn zur angekündigten Zeit ab. Er war ein großer, athletischer Typ und wahrscheinlich ein leidenschaftlicher Skiläufer.

»Sie haben doch hoffentlich nichts dagegen, wenn wir zum Essen ein paar Kilometer aufs Land rausfahren? Machen Sie sich keine Sorgen wegen Ihres Flugzeugs! Ich lasse Sie von einem unserer Wagen zum Flugplatz bringen.«

Er hatte einen hellen Teint, und seine Wangen waren so

frisch rasiert, dass sie glänzten. Sein Aussehen und sein Gang verrieten, dass er sich einen engen Kontakt zum Leben auf dem Land bewahrt hatte, und Maigret erfuhr bald, dass sein Vater unweit von Vevey Weinbauer war.

Sie nahmen in einem Gasthof am Seeufer Platz. Außer ihnen saßen nur noch einige Leute aus der Gegend an einem Tisch und unterhielten sich über den Gesangverein, dem sie angehörten.

»Erlauben Sie, dass ich das Menü aussuche?«

Er bestellte Bündnerfleisch, Schinken und Landwurst, als Hauptgang einen Fisch aus dem See, einen Saibling.

Er warf Maigret kurze, verstohlene Blicke zu und verriet damit zugleich Neugier und Bewunderung.

»Sie ist eine bemerkenswerte Frau, nicht wahr?«

»Die Comtesse?«

»Ja. Auch wir kennen sie hier sehr gut, denn sie verbringt einen Teil des Jahres in Lausanne.«

Mit rührendem Stolz erklärte er:

»Wir sind ein kleines Land, Monsieur Maigret. Aber gerade deshalb ist der Anteil der VIPs, wie die Engländer sagen, hier größer als etwa in Paris oder sogar an der Côte d'Azur. Wenn Sie auch mehr haben als wir, so gehen sie doch bei Ihnen in der Masse unter. Hier kann man sie gar nicht übersehen. Es sind übrigens dieselben, die man auch auf den Champs-Élysées und auf der Croisette antrifft.«

Maigret sprach dem Essen gleichermaßen zu wie dem leichten Weißwein, der aus der Gegend stammte und kühl, in einer beschlagenen Karaffe, serviert worden war.

»Wir kennen hier auch Colonel Ward und fast alle Personen, mit denen Sie zurzeit zu tun haben. Übrigens, Wards dritte Frau, Muriel, ist heute Morgen überstürzt nach Paris abgereist.«

»Was für ein Leben führt sie eigentlich in Lausanne?«

Sein Gesprächspartner hatte hellblaue Augen, und wenn er nachdachte, wurden sie noch heller, fast durchsichtig.

»Das ist nicht so einfach zu sagen. Sie bewohnt ein komfortables, ja, sogar recht luxuriöses, aber nicht besonders großes Appartement in einem Neubau in Ouchy. Ihre Tochter, Ellen, ist in einem Internat, das hauptsächlich von amerikanischen, englischen, holländischen und deutschen Mädchen aus angesehenen Familien besucht wird. Wir haben viele solcher Schulen in der Schweiz, und man schickt uns Kinder aus der ganzen Welt.«

»Ich weiß.«

»Muriel Ward – ich sage Ward, weil die Scheidung noch nicht rechtskräftig ist und sie sich nach wie vor so nennt – gehört einem Kreis an, der bei uns der ›Club der alleinstehenden Damen‹ heißt. Es ist selbstverständlich kein richtiger Club. Es gibt weder Mitgliedsausweise noch Beitragszahlungen. Damit bezeichnen wir die Damen, die aus verschiedenen Gründen in die Schweiz gekommen sind und hier allein leben. Manche sind geschieden, andere verwitwet. Es zählen auch einige Sängerinnen und große Künstlerinnen dazu und die eine oder andere, die von Zeit zu Zeit von ihrem Mann besucht wird. Die Gründe, warum sie sich hier aufhalten, gehen nur sie etwas an, meinen Sie nicht? Manchmal sind es politische Gründe oder finanzielle und auch gesundheitliche. Es sind königliche Hoheiten dabei und Damen ohne Titel, steinreiche Witwen und Frauen, die nur über bescheidene Renten verfügen.«

Er erzählte all das ein wenig im Ton eines Fremdenführers, mit einem leisen Lächeln, das seinen Worten einen Anflug von Humor verlieh.

»Ihr gemeinsames Merkmal ist, dass sie, sei es wegen ihres Namens, ihres Vermögens oder aus sonstigen Gründen, als wichtige Persönlichkeiten gelten, eben wie gesagt als VIPS. Da finden sich Gruppen zusammen. Nicht ein einheitlicher Club, sondern eine Reihe mehr oder weniger miteinander befreundeter oder verfeindeter Gruppen. Manche Damen wohnen das ganze Jahr über im ›Lausanne-Palace‹, in dem Sie gerade waren. Die reichsten haben eine Villa in Ouchy oder ein Schloss irgendwo in der Umgebung. Sie laden einander zum Tee ein, treffen sich bei Konzerten … Aber ist das nicht in Paris genauso? Der Unterschied, ich sag's noch mal, liegt darin, dass sie hier mehr auffallen.

Wir haben auch Männer hier, die von da oder dort angereist sind und beschlossen haben, ständig oder einen Teil des Jahres in der Schweiz zu leben. Im Moment zum Beispiel, um noch einmal aufs ›Lausanne-Palace‹ zurückzukommen, halten sich dort an die zwanzig Mitglieder der Familie von König Saud auf … Zählen Sie noch die Teilnehmer der internationalen Konferenzen hinzu, die von der UNESCO und anderen Organisationen in unserem Land abgehalten werden, dann wird Ihnen klar, dass wir eine Menge zu tun haben.

Ich finde, dass sich unsere Polizei, obwohl sie sehr diskret ist, nicht zu schämen braucht. Wenn ich Ihnen behilflich sein kann …«

Maigret trug allmählich das gleiche Lächeln zur Schau wie sein Gesprächspartner. Er begriff, dass die Polizei trotz der ausgeprägten Schweizer Gastfreundschaft über das Tun und Lassen all dieser hochgestellten Persönlichkeiten gut Bescheid wusste.

Was ihm da soeben erzählt worden war, hieß schlicht und einfach:

»Falls Sie irgendwelche Fragen haben …«

Und so murmelte er:

»Es scheint so, als hätte sich Ward mit seinen ehemaligen Frauen ausgezeichnet verstanden …«

»Warum sollte er ihnen auch böse sein? Schließlich hatte *er* sie ja verlassen, sobald er ihrer überdrüssig war.«

»War er großzügig?«

»Nicht übermäßig. Er gab ihnen so viel, dass sie anständig leben konnten, aber ein Vermögen war das nicht.«

»Was für eine Frau ist Muriel Halligan?«

»Eine Amerikanerin.«

Und in seinem Mund nahm das Wort das volle Ausmaß seiner Bedeutung an.

»Ich weiß nicht, warum der Colonel sich dazu entschlossen hat, die Scheidung in der Schweiz einzureichen. Es sei denn, er hatte andere Gründe dafür, sich hier niederzulassen. Das Verfahren zieht sich jedenfalls schon seit zwei Jahren hin. Muriel hat sich die zwei besten Anwälte des Landes ausgesucht, und sie muss ja wissen, wie teuer sie das zu stehen kommt. Sie beharrt auf dem von manchen amerikanischen Gerichten anscheinend akzeptierten Standpunkt, dass ihr Mann, der sie an einen gewissen Lebensstil gewöhnt hat, nun verpflichtet ist, ihr diesen Lebensstil bis ans Ende ihrer Tage zu sichern.«

»Und darauf hat sich der Colonel nicht eingelassen?«

»Auch er hat ausgezeichnete Anwälte. Drei- oder viermal kursierte das Gerücht, dass eine Einigung erzielt worden sei, aber ich glaube nicht, dass die letzten Papiere schon unterzeichnet sind.«

»Solange das Verfahren andauert, dürfte die Frau sich vermutlich vor Abenteuern hüten?«

Betont langsam, als wollte er jedes seiner Worte abwägen, füllte der Lausanner Polizist die Gläser.

»Abenteuer, nein ... Die Damen des Clubs haben im Allgemeinen keine augenfälligen Affären. Sie haben doch sicher John T. Arnold kennengelernt?«

»Er war der Erste, der ins ›George-v‹ geeilt kam.«

»Er ist Junggeselle«, sagte der Polizist lakonisch.

»Und?«

»Eine Zeitlang munkelte man, er hege besondere Neigungen. Aber ich weiß vom Personal der Hotels, in denen er absteigt, dass dem nicht so ist.«

»Was wissen Sie sonst noch?«

»Er stand dem Colonel fast seit eh und je sehr nahe. Er war zugleich sein Vertrauter, sein Sekretär, sein Bevollmächtigter. Der Colonel leistete sich neben seinen ihm gesetzlich angetrauten Frauen stets mehr oder weniger kurze Abenteuer, meistens sogar nur für eine Nacht oder eine Stunde ... Da er zu träge war, den Frauen den Hof zu machen, und da er es in seiner Position heikel fand, selbst der Tänzerin in einem Nachtlokal zum Beispiel oder einem Blumenmädchen einen entsprechenden Antrag zu machen, hatte John T. Arnold das auf sich genommen ...«

»Ich verstehe.«

»Dann können Sie sich den Rest ja denken. Arnold erhob seine Provision gewissermaßen in Naturalien … Es wird behauptet, ohne dass ich dafür einen gesicherten Beweis hätte, dass er sie auch bei Wards Ehefrauen erhob.«

»Muriel?«

»Er hat sie zweimal allein in Lausanne besucht, aber es ist keineswegs erwiesen, dass er nicht in Wards Auftrag gekommen ist …«

»Die Comtesse?«

»Bestimmt! Er und andere. Wenn sie genug Champagner getrunken hat, empfindet sie oft das Bedürfnis, sich an der Brust eines Freundes auszuweinen …«

»Wusste Ward das?«

»Ich habe nie mit Colonel Ward zu tun gehabt. Ich bin schließlich nur Polizist …«

Sie lächelten alle beide. Es war ein merkwürdiges Gespräch, in Andeutungen und für sie voller Hintersinn.

»Meiner Meinung nach wusste Ward eine ganze Menge, aber es berührte ihn nicht sehr. Ich habe heute Morgen den Zeitungen entnommen, dass Sie in Monte Carlo Monsieur van Meulen getroffen haben, auch ein Kunde von uns … Sie waren eng miteinander befreundet und haben beide viel erlebt. Sie haben von den Menschen, insbesondere von den Frauen, nicht mehr verlangt, als sie ihnen geben konnten. Sie waren ungefähr vom gleichen Kaliber, mit dem Unterschied, dass van Meulen härter ist und sich besser unter Kontrolle hat, während der Colonel sich vom Alkohol verleiten ließ … Sie nehmen doch sicher einen Kaffee?«

Maigret sollte sich noch lange an dieses Mittagessen in dem kleinen Restaurant erinnern, das ihm ein Ausflugslokal am Ufer der Marne ins Gedächtnis rief, aber Schweizer Behäbigkeit ausstrahlte, weniger Pfiff vielleicht, mehr echte Behaglichkeit.

»Nimmt die Comtesse dieselbe Maschine wie Sie?«

»Ich habe es ihr verboten.«

»Das wird wohl davon abhängen, wie viel sie bis vier Uhr getrunken hat. Sie möchten nicht, dass sie mitfliegt?«

»Sie fällt ziemlich auf und ist so anstrengend.«

»Dann wird sie nicht mitfliegen«, versprach der Polizeichef. »Würde es Ihnen sehr viel ausmachen, kurz bei uns, bei der Sûreté, vorbeizuschauen? Meine Mitarbeiter brennen darauf, Sie kennenzulernen.«

Man erwies ihm die Ehre, ihn durch die Räume der Sûreté zu führen, in einem Neubau, in derselben Etage wie eine Privatbank und direkt unter einem Damenfriseur. Maigret schüttelte Hände, lächelte, wiederholte zehnmal dieselben Freundlichkeiten, und der leichte Waadtländer Wein wirkte noch wohlig in ihm nach.

»Jetzt ist es höchste Zeit, dass ich Sie zum Wagen bringe. Wenn Sie nicht bald aufbrechen, müssen wir auf der ganzen Strecke mit Blaulicht fahren.«

Erneut empfing ihn die Flughafenatmosphäre, er hörte wieder die Durchsagen der Lautsprecher und stieß in den Bars wieder auf Piloten in Uniform und auf Stewardessen, die noch schnell einen Kaffee tranken.

Dann saß er im Flugzeug, blickte auf weniger hohe Berge hinunter als am Vormittag, auf Wiesen und Bauernhöfe, die zwischen zwei Wolken sichtbar wurden.

Lapointe erwartete ihn in Orly mit einem der schwarzen Autos der Kriminalpolizei.

»Hatten Sie eine gute Reise, Chef?«

Sie fuhren wieder durch die Vororte und dann durch die Stadt, über der ein schöner Spätnachmittag lag.

»Hat es hier nicht geregnet?«

»Nicht einen Tropfen. Ich dachte, ich hole Sie ab.«

»Und sonst, was gibt's?«

»Ich weiß nicht über alles Bescheid. Die Informationen laufen bei Lucas zusammen. Ich habe einen Teil des Personals aufgesucht, das Nachtdienst hatte, und dabei musste ich eine Menge Kilometer zurücklegen, denn die meisten dieser Leute wohnen außerhalb der Stadt.«

»Was hast du erfahren?«

»Nichts Konkretes. Ich hab versucht, eine Übersicht zusammenzustellen, mit den genauen Zeiten, wer wann rein oder raus ist. Das ist eine harte Nuss. Angeblich sind im Moment dreihundertzehn Gäste im Hotel, und alle kommen und gehen, telefonieren, klingeln nach dem Kellner oder dem Zimmermädchen, rufen ein Taxi, einen Hotelboy, die Maniküre und was weiß ich. Außerdem hat das Personal Angst davor, zu viel zu sagen. Die meisten antworten ausweichend.«

Beim Fahren zog er ein Papier aus der Tasche und reichte es Maigret.

»*8 Uhr abends* – Das Zimmermädchen betritt 332, die Suite der Comtesse, und findet diese in einem Bademantel vor, damit beschäftigt, sich maniküren zu lassen.

›Ist es wegen der Bettdecke, Annette?‹

›Ja, Madame.‹

›Kommen Sie doch bitte in einer halben Stunde wieder.‹

8 Uhr 10 – Colonel Ward ist mit John T. Arnold in der Hotelbar. Er schaut auf seine Armbanduhr, verlässt seinen

Begleiter und fährt nach oben in seine Suite. Arnold bestellt ein Sandwich.

8 Uhr 22 – Der Colonel verlangt von seiner Suite aus ein Gespräch mit Cambridge und unterhält sich etwa zehn Minuten lang mit seinem Sohn. Angeblich rief er ihn zweimal wöchentlich an, immer zur selben Zeit.

Ungefähr 8 Uhr 30 – In der Bar betritt Arnold die Telefonkabine. Er muss ein Gespräch innerhalb von Paris geführt haben, denn es ist in der Zentrale nicht registriert worden.

8 Uhr 45 – Der Colonel ruft von 347 aus in 332 an, wahrscheinlich um sich zu erkundigen, ob die Comtesse schon fertig ist.

Ungefähr 9 Uhr – Der Colonel und die Comtesse kommen aus dem Fahrstuhl und geben im Vorbeigehen ihre Schlüssel ab. Der Portier ruft ihnen ein Taxi. Ward nennt die Adresse eines Restaurants in der Nähe der Madeleine.«

Lapointe las mit halbem Auge mit.

»Ich war in dem Restaurant«, berichtete er. »Da war nichts Besonderes. Sie essen oft dort, und man gibt ihnen immer denselben Tisch. Drei oder vier Leute haben dem Colonel die Hand gedrückt. Das Paar schien nicht zu streiten. Während die Comtesse ihr Dessert aß, zündete sich der Colonel, der nie einen Nachtisch nahm, eine Zigarre an und überflog die Abendzeitungen.«

»*Ungefähr 11 Uhr 30* – Das Paar trifft im ›Monseigneur‹ ein.«

»Auch dort«, berichtete Lapointe, »sind sie Stammgäste, und es gibt sogar eine bestimmte Melodie, die die Zigeunerkapelle automatisch anstimmt, sobald die Comtesse auftaucht. Champagner und Whisky. Der Colonel tanzt nie.«

Maigret stellte sich den Colonel vor, zuerst im Restaurant, wo er die Zeit, in der die Comtesse das Dessert aß, zum Zeitunglesen nutzte, dann auf der mit rotem Samt bezogenen Sitzbank im ›Monseigneur‹. Er tanzte nie, er flirtete auch nicht, denn er kannte seine Begleiterin schon seit langem. Die Musiker kamen an seinen Tisch und spielten.

›Auch dort‹, hatte Lapointe gesagt, ›sind sie Stammgäste.‹ Dreimal, viermal pro Woche? Und anderswo, in London, in Cannes, in Rom oder in Lausanne, verkehrten sie ebenfalls in fast identischen Nachtlokalen, wo vermutlich dieselbe Musik gespielt wurde, sobald die Comtesse eintrat, und wo Ward ebenfalls nicht tanzte.

Er hatte einen großen, sechzehnjährigen Sohn in Cambridge, mit dem er alle drei Tage ein paar Minuten telefonierte, und eine Tochter in der Schweiz, mit der er wahrscheinlich auch telefonierte.

Er war dreimal verheiratet gewesen. Seine erste Frau war ebenfalls eine neue Ehe eingegangen und führte ein ähnliches Leben wie er, dann war Alice Perrin gekommen, die zwischen London und Paris hin- und herpendelte, und schließlich Muriel Halligan vom ›Club der alleinstehenden Damen‹.

In den Straßen hasteten die Menschen, die Feierabend hatten, zu den Eingängen der Metro und zu den Bushaltestellen.

»Da sind wir, Chef!«

»Ich weiß.«

Der Hof am Quai des Orfèvres, in dem es allmählich dunkel wurde, dann das stets graue Treppenhaus, in dem schon die Lampen eingeschaltet waren …

Er ging nicht sofort zu Lucas, sondern betrat erst sein eigenes Büro, drehte am Lichtschalter und setzte sich an seinen gewohnten Platz, mit Lapointes Memorandum vor sich.

»*0 Uhr 15* – Ward wird ans Telefon geholt. Konnte nicht erfahren, woher der Anruf kam.«

Mechanisch, so hätte man meinen können, streckte er die Hand nach seinem Apparat aus.

»Verbinden Sie mich mit meiner Wohnung … Hallo? … Bist du's? … Ich bin gerade erst eingetroffen … Ja, ich bin in meinem Büro … Das weiß ich noch nicht … Es ist alles in Ordnung … Aber nein! … Ich versichere dir … Warum sollte ich denn bedrückt sein?«

Welchen Grund hatte seine Frau nur, ihn das zu fragen? Er hatte sich wieder bei ihr melden wollen, das war alles.

»*Ungefähr eine halbe Stunde nach Mitternacht* – Marco Paverini und Anna de Groot treffen im ›Monseigneur‹ ein.

(Anmerkung: Anna de Groot hat das ›George-v‹ kurz nach sieben Uhr abends verlassen. Sie war allein. Sie traf sich mit Marco bei ›Fouquet's‹, wo sie in aller Eile aßen, bevor sie ins Theater gingen. Weder er noch sie war in Abendkleidung. Bei ›Fouquet's‹ wie im ›Monseigneur‹ kennt man die beiden und scheint ihre Verbindung als offiziell zu betrachten.)«

Maigret machte sich klar, wie viel zeitraubendes Hin und Her in diesem Bericht steckte, wie viel Geduld Lapointe aufgebracht hatte, um diese scheinbar so belanglosen Auskünfte einzuholen.

»*0 Uhr 55* – Der Barkeeper im ›George-v‹ erklärt dem halben Dutzend Gästen, die noch anwesend sind, dass er gleich schließen wird. John T. Arnold bestellt eine Havanna und begleitet die drei Männer, mit denen er Karten gespielt hat, in die Halle hinaus.

(Anmerkung: Es lässt sich nicht mit Bestimmtheit sagen, ob Arnold im Lauf des Abends die Bar verlassen hat oder nicht. Der Barkeeper will sich nicht festlegen. Bis zehn Uhr abends waren alle Tische und alle Hocker besetzt. Etwa um diese Zeit hat er Arnold entdeckt, in der linken Ecke, neben dem Fenster, in Gesellschaft von drei Amerikanern, die erst kurz zuvor eingetroffen waren. Einer von ihnen ist Filmproduzent, der andere der Agent eines Schauspielers. Sie haben gepokert. Konnte auch nicht erfahren, ob Arnold sie schon länger kannte oder ob er sie erst an diesem Abend in der Bar kennengelernt hat. Sie benutzten bei ihrem Spiel zwar Jetons, aber als sie aufhörten, hat der Barkeeper gesehen, wie Dollarnoten den Besitzer wechselten. Er meint, dass es um hohe Einsätze ging. Er weiß nicht, wer gewonnen hat.)

1 Uhr 10 – Der Kellner wird in den kleinen Empiresalon gerufen, der sich an den hinteren Teil der Halle anschließt, und man fragt ihn, ob es möglich sei, noch etwas zu trinken zu bekommen. Er sagt ja und nimmt die Bestellung auf: eine Flasche Whisky, Soda und vier Gläser. Die vier Gäste aus der Bar haben diesen Platz ausfindig gemacht, um ihre Partie fortzusetzen.

1 Uhr 55 – Als der Kellner den Empiresalon wieder betritt, findet er dort niemanden mehr vor. Die Flasche ist beinahe leer, auf dem Tisch liegen die Jetons, im Aschenbecher Zigarrenstummel.

(Habe dazu den Nachtportier befragt. Der Produzent heißt Mark P. Jones und ist mit dem amerikanischen Komiker nach Frankreich gekommen. Sie sollen an der Côte d'Azur einen Film oder Teile eines Films drehen. Art Levinson ist der Agent des Hauptdarstellers. Den dritten Spieler kennt der Portier nicht. Er hat ihn zwar mehrmals in der Halle bemerkt, aber er wohnt nicht im Hotel. Er glaubt, er habe ihn in der besagten Nacht gegen zwei Uhr früh weggehen sehen. Ich habe gefragt, ob Arnold ihn begleitete. Das kann der Portier weder mit Ja noch mit Nein beantworten. Er war gerade am Telefon, weil sich eine Dame aus dem fünften Stock über den Krach beschwerte, den ihre Nachbarn machten. Er fuhr selbst hinauf, um das betreffende Paar diplomatisch um etwas mehr Diskretion zu bitten.)«

Maigret lehnte sich in seinem Sessel zurück, stopfte gemächlich seine Pfeife und betrachtete dabei das eintönige Grau des Abends draußen vor den Fenstern.

»*Ungefähr 2 Uhr 05* – Der Colonel und die Comtesse verlassen das ›Monseigneur‹, steigen vor dem Lokal in ein Taxi und lassen sich ins ›George-v‹ fahren. Es war nicht schwer, das Taxi ausfindig zu machen. Das Paar hat während der ganzen Fahrt kein Wort gesprochen.

2 Uhr 15 – Ankunft im ›George-v‹. Jeder nimmt aus den Händen des Portiers seinen Schlüssel entgegen. Der Colonel erkundigt sich, ob eine Nachricht für ihn eingetroffen ist. Es ist keine da. Geflüster vorm Fahrstuhl, der eine

Weile auf sich warten lässt. Sie erwecken nicht den Eindruck, zu streiten.

2 Uhr 18 – Der Etagenkellner wird in Suite 332 gerufen. Der Colonel sitzt in einem Sessel und sieht müde aus, wie immer um diese Zeit. Die Comtesse, ihm gegenüber, ist damit beschäftigt, ihre Schuhe auszuziehen und sich die Füße zu massieren. Sie bestellt eine Flasche Champagner und eine Flasche Whisky.

Ungefähr 3 Uhr – Anna de Groot kommt zurück, in Begleitung von Comte Marco Paverini. Sie sind gut gelaunt und zärtlich, aber diskret. Sie ist etwas lebhafter als er, wahrscheinlich vom Champagner. Sie unterhalten sich auf Englisch, obwohl beide fließend Französisch sprechen, die Holländerin allerdings mit einem ziemlich starken Akzent. Fahrstuhl. Kurz danach klingeln sie und bestellen Mineralwasser.

3 Uhr 35 – Der Etagenkellner wird in Nummer 332 gerufen. Die Comtesse sagt ihm, dass sie gleich sterben würde. Er ruft zunächst telefonisch die Krankenschwester herbei und dann noch Doktor Frère.«

Das Folgende überflog Maigret etwas schneller, dann erhob er sich, öffnete die Tür zum Inspektorenbüro, wo Lucas gerade telefonierte.

»Ich verstehe nicht«, schrie Lucas, sichtlich wütend. »Wenn ich Ihnen doch sage, dass ich nicht ein Wort von dem verstehe, was Sie mir da erzählen … Ich weiß nicht einmal, welche Sprache Sie sprechen … Aber nein, ich habe keinen Dolmetscher hier …«

Er legte den Hörer auf und wischte sich den Schweiß von der Stirn.

»Wenn ich es richtig mitgekriegt habe, war das ein Anruf aus Kopenhagen. Keine Ahnung, ob der Mensch mit mir Deutsch oder Dänisch gesprochen hat. Das geht schon seit heute Morgen so. Jeder will Einzelheiten erfahren.«

Verwirrt stand er auf.

»Entschuldigen Sie, bitte. Ich habe Sie noch nicht einmal gefragt, ob Sie eine angenehme Reise hatten. Übrigens, da war ein Gespräch für Sie aus Lausanne ... Ich soll Ihnen sagen, dass die Comtesse den Nachtzug nimmt und morgen früh um sieben in Paris eintreffen wird.«

»Hat sie angerufen?«

»Nein. Der Herr, mit dem Sie zu Mittag gegessen haben.«

Das war nett von ihm, und Maigret wusste dieses taktvolle Verhalten zu schätzen. Eine kleine, diskrete Hilfestellung ... Der Polizeichef hatte nicht einmal seinen Namen genannt. Maigret hatte ihn, da er seine Visitenkarte nicht aufgehoben hatte, ohnehin schon vergessen.

»Was hat Arnold heute gemacht?«, erkundigte sich der Kommissar.

»Heute Morgen ist er zuerst in ein Hotel am Faubourg Saint-Honoré gegangen, ins ›Bristol‹, in dem Philps abgestiegen ist, der englische *Solicitor*.«

Natürlich war der nicht im ›George-v‹ abgestiegen, das für seinen Geschmack zu international war, auch nicht im ›Scribe‹, das war zu französisch, sondern er hatte sich dafür entschieden, gegenüber der britischen Botschaft Quartier zu beziehen, als liege ihm daran, das Gefühl zu haben, nicht zu weit von seinem Heimatland entfernt zu sein.

»Sie haben eine Stunde lang miteinander geredet, dann

haben sie eine amerikanische Bank in der Avenue de l'Opéra aufgesucht, danach eine englische Bank an der Place Vendôme, und in beiden sind sie unverzüglich vom Direktor empfangen worden. Sie sind ziemlich lange drinnen geblieben. Punkt zwölf haben sie sich auf dem Gehsteig der Place Vendôme getrennt, und der Anwalt hat sich von einem Taxi in sein Hotel zurückfahren lassen, wo er allein zu Mittag gegessen hat.«

»Und Arnold?«

»Der ist gemächlich zu Fuß durch die Tuilerien geschlendert, wie jemand, der viel Zeit hat und ab und zu auf die Uhr schaut, um sich davon zu überzeugen. Er hat sogar ein bisschen bei den *bouquinistes* an den Quais herumgestöbert, alte Bücher durchgeblättert und sich Bilder angesehen. Um Viertel vor eins ist er ins ›Hôtel des Grands-Augustins‹ gegangen. Er hat an der Bar gewartet, einen Martini getrunken und dabei einen Blick in die Zeitungen geworfen. Es hat nicht lange gedauert, da ist Wards dritte Frau aufgetaucht…«

»Muriel Halligan?«

»Ja. Sie steigt normalerweise in diesem Hotel ab. Angeblich ist sie gegen halb zwölf in Orly eingetroffen, hat ein Bad genommen und sich eine halbe Stunde ausgeruht, bevor sie runter in die Bar gegangen ist.«

»Hat sie telefoniert?«

»Nein.«

Dann hatte sie sich also von Lausanne aus, noch vor ihrer Abreise, mit Arnold verabredet.

»Haben sie zusammen Mittag gegessen?«

»In einem kleinen Restaurant, das wie ein Bistro aussieht, aber sehr teuer ist, in der Rue Jacob. Torrence, der ihnen gefolgt ist, behauptet, man isst dort ausgezeichnet, aber auch sehr teuer. Sie haben sich in aller Ruhe unterhalten, wie alte Freunde, nur so leise, dass Torrence nichts verstehen konnte. Arnold hat Muriel anschließend ins Hotel zurückbegleitet und ist mit einem Taxi wieder zu Philps gefahren. Im ›Bristol‹ steht das Telefon nicht still, Gespräche mit London, Cambridge, Amsterdam, Lausanne … Sie haben oben im Zimmer mehrere Personen empfangen, darunter auch einen Pariser Notar, Monsieur Demonteau, der länger geblieben ist als die anderen. Eine Gruppe von Journalisten hält sich in der Hotelhalle auf. Sie warten darauf, zu erfahren, wann die Beisetzung ist und ob sie in Paris, London oder Lausanne stattfinden wird. Es heißt, Ward habe seinen offiziellen Wohnsitz in Lausanne gehabt. Sie sind auch auf das Testament neugierig, aber bisher haben sie noch nicht die geringste Auskunft erhalten. Schließlich behaupten die Reporter noch, dass jeden Augenblick die beiden Kinder von Ward erwartet werden … Sie sehen müde aus, Chef.«

»Nein … Ach, ich weiß es nicht.«

Er fühlte sich schlapper als gewöhnlich und hätte, ehrlich gestanden, kaum sagen können, woran er eigentlich dachte.

Ihm ging es genauso wie nach einer Schiffsreise: Er spürte noch die Bewegung des Flugzeugs in den Knochen, und in seinem Kopf überschlugen sich die Bilder. Alles war viel zu schnell gegangen. Zu viele Menschen, zu viele Ereignisse Schlag auf Schlag. Joseph van Meulen, nackt auf seinem Bett, unter den Händen des Masseurs, dann beim

Abschied in der Halle des ›Hôtel de Paris‹, im Smoking, auf dem Weg zum Galadiner im ›Sporting‹… Die kleine Comtesse mit ihrem verlebten Gesicht, die Falten an ihren Nasenflügeln, ihre vom Alkohol zitternden Hände …

Danach dieser blonde Chef der Sûreté in Lausanne – wie hieß er doch gleich? –, der ihm einen sehr hellen, sehr kühlen Wein einschenkte und dabei freimütig lächelte, mit einem Anflug von Ironie angesichts der Leute, von denen er sprach …

Der ›Club der alleinstehenden Damen‹ …

Jetzt kamen noch die vier Männer dazu, die Poker spielten, erst in der Bar und dann im Empiresalon.

Und Philps in seinem englischen Hotel gegenüber der britischen Botschaft, die Bankdirektoren, die mit größter Zuvorkommenheit … Konferenzen, Telefongespräche, Monsieur Demonteau, Notar, die Journalisten in der Hotelhalle am Faubourg Saint-Honoré und vor der Tür des ›George-v‹, wo es allerdings nichts mehr zu sehen gab.

Ein Junge in Cambridge, der wahrscheinlich ebenfalls Milliardär werden würde und der wie aus heiterem Himmel erfuhr, dass sein Vater, der ihn noch am vergangenen Abend aus einem Hotel auf dem Kontinent angerufen hatte, tot war.

Und ein junges Mädchen, ein Kind von vierzehn Jahren, das von seinen Schulkameradinnen vielleicht sogar beneidet wurde, weil es seine Koffer packte, um zur Beerdigung seines Vaters zu reisen.

Um diese Uhrzeit dürfte die kleine Comtesse volltrunken sein, aber nichtsdestoweniger würde sie in den Nachtzug steigen. Ihr genügte es, bei jedem Schwächeanfall einen

Schluck mehr zu trinken, um sich zu stärken. Bis sie umfiel.

»Man könnte meinen, Ihnen sei eine Idee gekommen, Chef.«

»Mir?«

Er zuckte die Schultern, als wäre er enttäuscht. Und nun stellte er eine Frage.

»Bist du sehr müde?«

»Hält sich in Grenzen.«

»Dann lass uns doch in aller Ruhe in die ›Brasserie Dauphine‹ essen gehen!«

Dort würden sie sicher weder die Klientel vom Hotel ›George-v‹ antreffen noch die der Flugzeuge von Monte Carlo oder von Lausanne. Stattdessen würde es kräftig nach Essen riechen, wie in den Wirtshäusern auf dem Land. Die Mutter an ihrem Herd, der Vater hinter der Zinktheke, und die Tochter würde dem Kellner beim Bedienen helfen.

»Und danach?«

»Danach werde ich alles von vorn aufrollen, als wüsste ich gar nichts, als würde ich diese ganzen Leute nicht kennen.«

»Soll ich mitkommen?«

»Das ist nicht nötig. Bei diesem Geschäft bin ich ebenso gern allein.«

Lucas wusste, was das bedeutete. Maigret würde missmutig durch die Avenue George-v streifen, in kurzen Zügen an seiner Pfeife ziehen, seine Blicke mal nach links, mal nach rechts schweifen lassen, sich hierhin und dorthin setzen und sofort wieder aufstehen, als wüsste er nicht, was er mit seinem massigen Körper anfangen sollte.

Niemand, nicht einmal er selbst, konnte sagen, wie lange das dauern würde, und im Moment war das keine erfreuliche Aussicht.

Jemand, der ihn einmal in diesem Zustand zu Gesicht bekommen hatte, war die wenig respektvolle Bemerkung herausgerutscht:

»Er sieht aus wie ein großes, krankes Tier!«

7

Maigret kommt sich nicht nur unerwünscht vor, sondern er wird auch argwöhnisch beobachtet

Er nahm die Metro, denn er hatte alle Zeit der Welt und nicht vor, in dieser Nacht viel unterwegs zu sein. Man hätte meinen können, er habe absichtlich zu viel gegessen, damit er sich noch schwerfälliger fühlte. Als er sich an der Place Dauphine von Lucas verabschiedet hatte, war dieser einen Augenblick unschlüssig gewesen, hatte den Mund aufgemacht, als hätte er etwas sagen wollen, und der Kommissar hatte ihn erwartungsvoll angesehen.

»Ach, nein … Nichts …«, hatte Lucas schließlich gebrummt.

»Na, sag's schon!«

»Ich war kurz davor, Sie zu fragen, ob es sich noch lohnt, dass ich mich schlafen lege.«

Denn wenn der Chef in dieser Stimmung war, verhieß das im Allgemeinen, dass nicht mehr viel Zeit verstrich, bis zwischen den vier Wänden seines Büros der letzte Akt über die Bühne ging.

Wie zufällig fand das meistens nachts statt, wenn der Rest des Gebäudes im Dunkeln lag, und mitunter waren sie zu mehreren, die sich dabei ablösten, die Person, ob Mann oder Frau, zu verhören, die den Quai des Orfèvres als Tatverdächtige oder Tatverdächtiger betrat und ihn nach einer mehr oder weniger langen Zeitspanne in Handschellen wieder verließ.

Maigret hatte Lucas' Hintergedanken verstanden. Ohne abergläubisch zu sein, griff er jedoch nicht gern den Ereignissen vor, und in einem Augenblick wie diesem fehlte es ihm immer an Selbstvertrauen.

»Geh schlafen!«

Er fröstelte. Am Tag vorher war er in der Überzeugung, dass er mittags zum Essen an den Boulevard Richard-Lenoir zurückkehren würde, von zu Hause fortgegangen. War das erst gestern gewesen? Ihm schien es, als sei es schon viel länger her, dass das alles begonnen hatte.

Er verließ die unterirdischen Gänge der Metro an den Champs-Élysées, wo die Avenue in all ihren Lichtern erstrahlte. Es war ein so milder Herbst, dass die Terrassen der Cafés und Restaurants noch dicht besetzt waren. Die Hände in den Taschen seiner Jacke vergraben, bog Maigret in die Avenue George-v ein, wo ihm vor dem Hotel ein Riese in Uniform einen überraschten Blick zuwarf, als er ihn in der Drehtür sah.

Es war der Nachtportier. Am Vorabend hatte Maigret das Tagespersonal zu Gesicht bekommen. Der Portier fragte sich natürlich, was dieser Mann mit dem mürrischen Gesicht, in dem von der Reise zerknitterten Anzug, der kein Hotelgast war, hier suchte. Die gleiche Neugier, das gleiche Erstaunen auch beim Hotelboy, der auf der anderen Seite der Drehtür Wache stand und der nahe daran war, ihn zu fragen, was er hier wolle.

An die zwanzig Personen hielten sich in der Halle auf, die meisten in Smoking oder Abendkleid. Maigret sah Nerze und Diamanten und geriet von einer Parfumwolke in die andere.

Da der Boy ihn nicht aus den Augen ließ und bereit schien, ihm zu folgen und ihn zurückzurufen, falls er sich zu weit vorwagte, steuerte Maigret lieber gleich den Empfang an, auch wenn er die Männer im schwarzen Cut nicht kannte.

»Ist Monsieur Gilles in seinem Büro?«

»Er ist zu Hause. Sie wünschen?«

Ihm war in Hotels schon oft aufgefallen, dass das Personal, das nachts Dienst hatte, weniger freundlich war als das vom Tage. Fast immer hätte man meinen können, es handle sich um Personal zweiter Klasse, das der ganzen Welt übelnimmt, dass es gegen den Strich leben und dann arbeiten muss, wenn die anderen schlafen.

»Kommissar Maigret …«, sagte er leise.

»Möchten Sie hinaufgehen?«

»Wahrscheinlich werde ich nachher hinaufgehen. Jetzt will ich Ihnen nur Bescheid sagen, dass ich vorhabe, ein bisschen im Hotel herumzulaufen. Keine Sorge, ich werde so diskret wie möglich sein …«

»Die Schlüssel zu Dreihundertzweiunddreißig und Dreihundertsiebenundvierzig sind nicht mehr beim Portier. Ich habe sie hier. Man hat die beiden Suiten auf Anordnung des Untersuchungsrichters in dem Zustand belassen, in dem sie waren.«

»Ich weiß.«

Er steckte die Schlüssel in die Tasche. Da ihm sein Hut

lästig war, suchte er nach einer Möglichkeit, ihn loszuwerden, legte ihn schließlich auf einen Sessel und setzte sich in einen anderen, wie die übrigen Personen in der Halle, die auf jemanden warteten.

Von seinem Platz aus sah er, wie der Mann am Empfang zum Telefon griff, und er schloss daraus, dass er den Direktor über seinen Besuch informierte. Augenblicke später wurde seine Vermutung bestätigt, denn der Angestellte im Cut kam auf ihn zu.

»Eben habe ich mit Monsieur Gilles gesprochen. Ich werde das Personal anweisen, dass man Sie unbehelligt nach Belieben herumgehen lässt. Monsieur Gilles möchte Sie allerdings bitten …«

»Ich weiß! Ich weiß! Wohnt Monsieur Gilles im Hotel?«

»Nein. Er hat eine Villa in Sèvres.«

Um den Nachtportier zu vernehmen, hatte Lapointe nach Joinville fahren müssen. Der Barkeeper wohnte, wie Maigret wusste, noch weiter von Paris entfernt, in der Vallée de Chevreuse, wo er selbst einen recht großen Gemüsegarten betreute und Hühner und Enten züchtete.

War das nicht paradox? Die Gäste bezahlten astronomische Preise, um gleich neben den Champs-Élysées zu schlafen, und das Personal, jedenfalls diejenigen, die sich diesen wahren Luxus leisten konnten, floh aufs Land hinaus, sobald es mit der Arbeit fertig war.

Die Leute, die in Gruppen zusammenstanden, vor allem die in Abendgarderobe, waren Gäste, die noch nicht zu Abend gegessen hatten, die warteten, bis sie vollzählig waren, um sich dann ins ›Maxim's‹, ins ›Tour d'Argent‹ oder in ein anderes Restaurant dieser Kategorie zu begeben. Einige waren auch an der Bar, wo sie einen letzten Cocktail tranken, ehe sie das antraten, was für sie der wichtigste Teil des Tages war: das Diner und die Zeit danach.

Die Dinge mussten sich zwei Tage zuvor in gleicher Weise abgespielt haben, mit einer identischen Komparserie.

Die Floristin in ihrer Box schnitt Blumen für Knopflöcher zurecht. Der Mann an der Theaterkasse händigte den Nachzüglern ihre Eintrittskarten aus. Der Portier beriet die noch Unentschlossenen, wohin sie gehen könnten.

Maigret hatte mit voller Absicht nach dem Abendessen einen Calvados getrunken, aus Widerspruchsgeist, weil er im Begriff gewesen war, sich wieder in eine Welt hineinzustürzen, in der man wohl kaum Calvados trank, und erst recht keinen Marc. Whisky, Champagner, Cognac Napoléon.

Mit lautem Beifall empfing eine Gruppe von Südamerikanern eine junge Frau, die in einem hellen Nerz leichtfüßig und quicklebendig einem der Fahrstühle entstieg und deren Auftritt einer Diva alle Ehre gemacht hätte.

War sie hübsch? Von der kleinen Comtesse wurde auch behauptet, sie sei eine bemerkenswerte Frau, doch Maigret hatte sie aus der Nähe gesehen, ungeschminkt, und er hatte sie sogar dabei ertappt, dass sie den Whisky aus der Flasche trank, wie eine Säuferin an den Quais, die sich einen kräftigen Schluck Rotwein genehmigt.

Warum hatte er seit einer Weile das Gefühl, sich auf einem Schiff zu befinden? Die Atmosphäre in der Halle erinnerte ihn an seine USA-Reise, als ein amerikanischer Milliardär – noch ein Milliardär! – ihn angefleht hatte, zu kommen und einen Fall aufzuklären. Ihm fiel wieder ein, was ihm der Zahlmeister an Bord im Vertrauen erzählt hatte, als sie eines Nachts nach den recht kindischen Spielen, die man dort veranstaltet hatte, die letzten Gäste im Salon gewesen waren.

»Wissen Sie eigentlich, Kommissar, dass man in der ersten Klasse mit drei Bediensteten pro Passagier rechnet?«

Auf den Decks, in den Salons und in den Gängen begegnete man in der Tat alle zwanzig Meter einem Mitglied der Besatzung in weißem Jackett oder in Uniform und stets dazu bereit, einem jeden beliebigen Dienst zu erweisen.

Hier auch. In den Suiten und Zimmern gab es drei beschriftete Klingelknöpfe: Kellner, Zimmermädchen, Diener, und neben jedem Knopf – konnten etwa nicht alle Gäste lesen? – das Bildsymbol des jeweiligen Bediensteten.

An der Drehtür, im gelblichen Licht des Gehsteigs, standen in strammer Haltung, wie am Eingang zu einer Kaserne, zwei oder drei Portiers sowie Boys, die sich um die Autos der Gäste kümmerten, die Gepäckträger mit grüner Schürze nicht mitgerechnet, und in allen möglichen Ecken und Winkeln hielten sich weitere Männer in Uniform bereit, sehr aufrecht, den Blick in die Ferne gerichtet.

»Ob Sie es glauben oder nicht«, hatte der Zahlmeister damals noch gesagt, »das Schwierigste auf einem Schiff ist nicht etwa, die Maschinen in Gang zu setzen, das Kommando zu führen, bei stürmischem Wetter zu navigieren oder zur festgesetzten Zeit in New York oder Le Havre einzulaufen. Es ist auch nicht die Verpflegung so vieler Menschen, die zahlenmäßig der Bevölkerung einer Kleinstadt entsprechen, und nicht das Problem, die Kabinen, die

Salons und die Speisesäle in Ordnung zu halten. Das, was uns am meisten Kopfzerbrechen bereitet, ist …«

Er hatte eine Pause gemacht.

»… *die Passagiere zu unterhalten.* Man muss sie von morgens bis spätabends beschäftigen, und manche gehen nicht vor Morgengrauen schlafen.«

Deshalb servierte man auf Deck Hühnerbrühe, kaum dass das Frühstück beendet war. Dann begannen die Spiele, die Cocktails … Anschließend gab's Kaviar, Gänseleberpastete, Ente mit Orangensauce und flambierte Omeletts …

»Es sind zum größten Teil Menschen, die schon alles gesehen haben, die sich auf jede nur vorstellbare Weise amüsiert haben, und dennoch müssen wir, koste es, was es wolle …«

Um nicht einzunicken, stand Maigret auf und machte sich auf die Suche nach dem Empiresalon, den er schließlich auch entdeckte, spärlich beleuchtet, feierlich und um diese Zeit menschenleer, bis auf einen alten, weißhaarigen Herrn im Smoking, der in einem Sessel mit offenem Mund schlief, die erloschene Zigarre noch zwischen den Fingern. Etwas weiter entdeckte er den Speisesaal, und der Maître d'hôtel, der den Eingang überwachte, musterte ihn von Kopf bis Fuß. Er machte keine Anstalten, ihn an einen Tisch zu führen. Hatte er begriffen, dass der Kommissar kein richtiger Gast war?

Trotz seiner vorwurfsvollen Miene warf Maigret einen Blick in den Saal, in dem im Glanz der Kronleuchter etwa zehn Tische besetzt waren.

Es kam ihm eine Idee, die allerdings nicht besonders originell war. Er ging an einem Fahrstuhl vorbei, neben dem ein junger, blonder Mann in olivfarbener Uniform postiert war. Es war nicht derselbe Fahrstuhl, den er tags zuvor am Morgen benutzt hatte. Und er entdeckte sogar noch einen dritten.

Überall folgte man ihm mit den Augen. Der Empfangschef hatte wohl nicht die Zeit gehabt, das gesamte Personal zu verständigen, und wahrscheinlich hatte er sich auch damit begnügt, nur den jeweils aufsichtführenden Angestellten Bescheid zu sagen, dass der Kommissar im Haus war.

Man fragte ihn zwar nicht, was er hier wollte, was er suchte oder wohin er ging, aber er konnte sich nirgends der Reichweite eines argwöhnischen Blicks entziehen, ohne sogleich in einen anderen, ebenso gut überwachten Sektor zu gelangen.

Seine Idee? Nun, sie war noch verschwommen, und dennoch hatte er das Gefühl, einer wichtigen Erkenntnis auf der Spur zu sein. Im Wesentlichen drehte es sich darum: Diese Menschen – und er schloss alle ein, die diese Art von Leben führten, die Gäste des ›George-v‹, die von Monte Carlo und Lausanne, die Wards, die van Meulens und die Paverinis –, würden sich diese Menschen nicht verloren fühlen, wehrlos, gewissermaßen völlig nackt und so ohnmächtig, unbeholfen und zerbrechlich wie Babys, wenn sie auf einmal in ein normales Leben hineingestellt würden?

Könnten sie ihre Ellbogen einsetzen, um die Metro zu erwischen, oder einen Zugfahrplan lesen, ihre Fahrkarte am Schalter kaufen und einen Koffer tragen?

Hier brauchten sie sich von dem Augenblick an, in dem sie ihr Zimmer verließen, bis zu dem, in dem sie ein völlig gleichartiges Zimmer in New York, London oder Lausanne bezogen, nicht um ihr Gepäck zu kümmern, das von ihnen weitgehend unbemerkt durch viele Hände ging, und sie fanden ihre Sachen wieder am richtigen Platz in den Schränken vor. Sie selbst gingen ja auch gewissermaßen durch viele Hände.

Was hatte van Meulen über ein *ausreichendes Motiv* gesagt? Jemand, der ein ausreichendes Motiv hat zu töten …

Maigret erkannte, dass es sich dabei nicht notwendigerweise um eine mehr oder weniger große Summe handelte. Er begann sogar die geschiedenen Amerikanerinnen zu begreifen, die darauf bestanden, bis ans Ende ihrer Tage den Lebensstil beizubehalten, an den ihre Exehemänner sie gewöhnt hatten.

Er hatte Mühe, sich vorzustellen, dass die kleine Comtesse ein Bistro betrat, einen Milchkaffee bestellte und ein Selbstwähltelefon bediente.

Das war zweifellos die Kehrseite der Medaille. Aber sind nicht oft die Kehrseiten die entscheidenden? Könnte die Paverini in einer Wohnung überhaupt die Zentralheizung einstellen, die Gasflamme an einem Herd anzünden und sich weiche Eier kochen?

Was Maigret durch den Kopf ging, war aber noch komplizierter, es war so kompliziert, dass es noch keine klaren Konturen angenommen hatte.

Wie viele waren es eigentlich auf der ganzen Welt, die von einem Ort zum anderen zogen, in der Gewissheit, dass sie überall die gleiche Atmosphäre vorfinden würden, die gleiche dienstbeflissene Fürsorge, sozusagen die gleichen Leute, die ihnen jede noch so unwichtige Erledigung abnahmen?

Einige tausend wahrscheinlich.

Der Zahlmeister an Bord der ›Liberté‹ hatte ihm auch gesagt:

»Man kann nichts Neues erfinden, um sie zu zerstreuen, denn sie halten an ihren Gewohnheiten fest.«

So wie sie am Dekor festhielten. An einem bis auf wenige Details identischen Dekor. War das ein Mittel, um sich in Sicherheit zu wiegen, sich die Illusion zu verschaffen, sie seien zu Hause? Das reichte bis hin zu den Spiegeln in den Schlafzimmern und den Krawattenhaltern, die überall an der gleichen Stelle hingen.

»Es lohnt sich nicht, unseren Beruf zu erlernen, wenn man kein gutes Gedächtnis für Gesichter und Namen hat.«

Das hatte nicht der Zahlmeister gesagt, sondern der Portier eines Hotels an den Champs-Élysées, in dem Maigret vor zwanzig Jahren einmal ermittelt hatte.

»Die Gäste erwarten, dass man sie wiedererkennt, auch wenn sie erst einmal da waren.«

Auch das gab ihnen wahrscheinlich Sicherheit. Nach und nach fühlte sich Maigret ihnen gegenüber nicht mehr so unnachsichtig. Man könnte meinen, sie hätten Angst vor etwas. Angst vor sich selbst, vor der Realität, vor dem Alleinsein. Sie drehten sich im Kreis, auf wenige Schauplätze begrenzt, an denen sie sicher waren, dass man sie mit der gleichen Fürsorge bedachte, ihnen die gleiche Aufmerksamkeit schenkte, dass sie die gleichen Gerichte essen und den gleichen Champagner oder den gleichen Whisky trinken konnten.

Vielleicht machte es ihnen gar keinen Spaß, aber wenn sie sich erst einmal daran gewöhnt hatten, *waren sie nicht mehr imstande, anders zu leben.*

War das ein *ausreichendes Motiv*? Maigret hielt es allmählich für denkbar, und mit einem Mal sah er Colonel Wards Tod in einem neuen Licht.

Irgendjemand in seinem Umkreis war tatsächlich oder vermeintlich der Gefahr ausgesetzt, plötzlich wie jedermann leben zu müssen, und hatte nicht den Mut dazu. Überdies musste Wards Ableben diesem Jemand gestatten, die Existenz, auf die er nicht mehr verzichten konnte, weiterzuführen.

Die letztwillige Verfügung war nicht bekannt. Maigret hatte auch keine Ahnung, bei welchem Notar oder Solicitor sie sich befand. John T. Arnold hatte durchblicken lassen, dass möglicherweise mehrere Testamente existierten, in verschiedenen Händen.

Vergeudete der Kommissar nicht seine Zeit, wenn er so durch die Gänge des ›George-v‹ strich, und wäre es nicht das Vernünftigste gewesen, schlafen zu gehen und abzuwarten?

Er betrat die Bar. Der Barkeeper wusste noch nicht, wer er war, aber einer der Kellner erkannte ihn aufgrund der Fotos in den Zeitungen und flüsterte es seinem Chef zu. Der runzelte die Stirn. Er fühlte sich nicht geehrt, Kommissar Maigret zu bedienen, sondern es schien ihn eher zu beunruhigen.

Es waren viele Gäste da, es gab viel Zigarren- und Zigarettenrauch und eine einzige Pfeife außer der des Kommissars.

»Sie wünschen?«

»Haben Sie Calvados?«

Auf dem Bord, auf dem sich alle möglichen Whiskymarken aneinanderreihten, sah er keinen. Dennoch brachte der Barmann eine Flasche zum Vorschein und ergriff ein riesiges ballonförmiges Glas, als kenne man hier keine anderen Schnapsgläser.

Es wurde hauptsächlich Englisch gesprochen. Maigret erkannte eine Frau mit einer lässig über die Schultern geworfenen Nerzstola wieder. Sie hatte einmal etwas mit dem Quai des Orfèvres zu tun gehabt, als sie noch am Montmartre für einen kleinen korsischen Zuhälter gearbeitet hatte.

Das war vor zwei Jahren gewesen. Sie hatte ihre Zeit nicht vergeudet, denn sie trug einen Diamanten am Finger und ein Diamantarmband am Handgelenk. Sie ließ sich dennoch dazu herab, den Polizisten wiederzuerkennen, und zwinkerte ihm diskret zu.

Drei Männer saßen an einem Tisch hinten links, neben dem Fenster mit den Seidenvorhängen, und Maigret fragte auf gut Glück:

»Ist das nicht Mark Jones, der Filmproduzent?«

»Der kleine Dicke, ja …«

»Welcher von denen ist Art Levinson?«

»Der mit den dunkelbraunen Haaren und der Hornbrille.«

»Und der Dritte?«

»Den habe ich zwar schon mehrmals gesehen, aber ich kenne ihn nicht.«

Der Barkeeper antwortete nur ungern, als widerstrebe es ihm, seine Gäste zu verraten.

»Was bin ich Ihnen schuldig?«

»Lassen Sie nur …«

»Ich bestehe darauf, zu bezahlen.«

»Wie Sie wünschen.«

Er benutzte nicht den Fahrstuhl, sondern stieg zu Fuß langsam in den dritten Stock hinauf. Dabei kam er zu der Erkenntnis, dass wohl nur wenige Gäste den roten Läufer der Treppe strapazierten. Er begegnete einer Frau in Schwarz mit einem Heft in der Hand und einem Bleistift hinterm Ohr, die offensichtlich irgendeinen Posten in der Hotelhierarchie bekleidete. Vermutlich beaufsichtigte sie in einer bestimmten Zahl von Stockwerken die Zimmermädchen und gab die Bettwäsche und die Handtücher aus, denn sie hatte einen Schlüsselbund an ihrem Gürtel hängen.

Sie drehte sich nach ihm um, schien zu stutzen und meldete wahrscheinlich der Direktion, dass sich eine seltsame Person hinter den Kulissen des ›George-v‹ herumtrieb.

Denn unversehens und ohne dass er es darauf angelegt hatte, befand er sich plötzlich hinter den Kulissen. Er hatte die Tür aufgestoßen, aus der die Frau aufgetaucht war, und eine andere Treppe entdeckt, eine schmalere, ohne Teppich. Hier waren die Wände nicht mehr so weiß. Durch eine halbgeöffnete Tür war eine Kammer voller Besen zu sehen, in der ein Berg schmutziger Wäsche auf dem Boden lag.

Es war niemand drinnen. Auch niemand im Stockwerk darüber in einem anderen, etwas größeren Raum, der mit einem Tisch und weißen Holzstühlen möbliert war. Auf dem Tisch stand ein Tablett mit Tellern, Kotelettknochen, Saucenresten und ein paar kalt gewordenen Pommes frites.

Oberhalb der Tür sah er eine Klingelanlage und drei elektrische Glühbirnen in verschiedenen Farben.

Er bekam innerhalb einer Stunde viel zu Gesicht und stieß auch auf einige Leute: Kellner, Zimmermädchen und einen Hausdiener, der Schuhe putzte. Die meisten schauten ihn erstaunt an, folgten ihm mit den Blicken, waren misstrauisch. Aber bis auf eine Ausnahme sprach ihn niemand an.

Dachten sie vielleicht, wenn er sich hier aufhielt, dann dürfte er das wohl? Oder riefen sie hinter seinem Rücken schleunigst in der Direktion an?

Er begegnete auch einem Handwerker im Arbeitsanzug und mit Klempnerwerkzeug in der Hand, was darauf schließen ließ, dass es irgendwo Ärger mit den Rohrleitungen gab. Nachdem der, mit der Zigarette im Mundwinkel, den Kommissar von Kopf bis Fuß gemustert hatte, fragte er:

»Suchen Sie etwas?«

»Nein. Danke.«

Daraufhin entfernte sich der Mann achselzuckend, drehte sich noch einmal um und verschwand hinter einer Tür.

Es zog ihn wenig in die beiden Appartements, die er schon kannte, deshalb blieb Maigret nicht im dritten Stock, sondern stieg noch höher hinauf und machte sich mit dem Haus vertraut. Er hatte gelernt, die Türen zu erkennen, die die Gänge mit den makellosen Wänden und den dicken Teppichen von den weniger luxuriösen Kulissen und den schmaleren Treppen trennten.

Er pendelte von einem Bereich in den anderen, entdeckte hier einen Speiseaufzug, dort einen Kellner, der auf seinem Stuhl eingenickt war, oder zwei Zimmermädchen, die sich eifrig ihre Krankheiten erzählten. Schließlich landete er auf dem Dach, und er war überrascht, als er plötzlich die Sterne über sich und den farbigen Lichtschein über den Champs-Élysées erblickte.

Er blieb eine Weile oben, klopfte seine Pfeife aus, wanderte auf der Plattform umher, beugte sich von Zeit zu Zeit über die Balustrade und sah den Autos zu, die lautlos durch die Avenue glitten, vor dem Hotel hielten und mit ihrer Ladung kostbar gekleideter Frauen und Herren in Schwarz und Weiß wieder abfuhren.

Ihm gegenüber lag die hellerleuchtete Rue François-Ier, und die englische Apotheke an der Ecke zur Avenue George-V war noch geöffnet. Hatte sie Nachtdienst, oder hatte sie jeden Abend auf? Mit den Gästen des ›George-V‹ und denen des Nachbarhotels, des ›Prince de Galles‹, die es sich an nichts fehlen ließen und in einem anderen Rhythmus lebten, nachts intensiver als am Tag, dürfte sie ein ausgezeichnetes Geschäft machen.

Die Rue Christophe-Colomb zu seiner Linken war ruhiger, nur von der roten Neonreklame eines Restaurants oder eines Nachtlokals überstrahlt, und große, funkelnde Autos säumten ihre Gehsteige.

Dahinter, in der Rue Magellan, lag eine Kneipe in der Art eines Bistros für Chauffeure, wie man sie in den reichen Vierteln oft antrifft. Ein Mann in weißem Jackett überquerte die Straße und ging hinein, wahrscheinlich ein Kellner.

Maigret dachte im Schneckentempo und musste eine Weile den Weg suchen, der ihn aufs Dach geführt hatte. Etwas später verlief er sich erneut und ertappte einen Maître d'hôtel, der von einem Teller die Reste aß.

Als er wieder in der Bar auftauchte, war es elf Uhr, und die Gäste waren weniger geworden. Die drei Amerikaner, die er schon vorher gesehen hatte, saßen noch auf ihren Plätzen, und es hatte sich ein Vierter zu ihnen gesellt, ebenfalls ein Amerikaner, riesengroß und hager. Sie pokerten. Die Schuhe mit den dicken Absätzen des vierten Mannes weckten für einen Augenblick die Neugier des Kommissars, der schließlich herausfand, dass es Cowboystiefel waren, deren Schäfte aus verschiedenfarbigem Leder von den Hosenbeinen verdeckt wurden. Ein Mann aus Texas oder Arizona.

Er war lebhafter als die anderen, sprach mit lauter Stimme, und man erwartete förmlich, dass er gleich einen Revolver aus dem Gürtel ziehen würde.

Schließlich setzte sich Maigret auf einen der hohen Hocker, und der Barkeeper fragte ihn:

»Noch mal dasselbe?«

Er nickte und fragte zurück:

»Kennen Sie ihn?«

»Ich weiß nicht, wie er heißt, aber ich weiß, dass er ein paar Ölquellen besitzt. Anscheinend arbeiten die Pumpen von allein, und der Mann verdient, ohne einen Finger zu rühren, täglich eine Million.«

»War er vorgestern Abend auch hier?«

»Nein. Er ist erst heute früh angekommen. Er fliegt morgen nach Kairo und nach Arabien weiter, wo er geschäftlich zu tun hat.«

»Waren die drei anderen da?«

»Ja.«

»Mit Arnold?«

»Moment mal! Vorgestern? Ja. Einer Ihrer Inspektoren hat mich schon danach gefragt.«

»Ich weiß. Wer ist der Dritte, der Blonde?«

»Ich weiß nicht, wie er heißt. Er ist nicht hier im Hotel abgestiegen. Ich glaube, er wohnt im ›Crillon‹, und soviel ich gehört habe, besitzt er eine Restaurantkette.«

»Spricht er Französisch?«

»Weder er noch die anderen, mit Ausnahme von Monsieur Levinson, der in Paris gelebt hat, als er noch nicht der Agent eines Filmschauspielers war.«

»Wissen Sie, was er gemacht hat?«

Der Barkeeper zuckte die Schultern.

»Würden Sie so freundlich sein und den, der im ›Crillon‹ abgestiegen ist, in meinem Namen etwas fragen?«

Er verzog das Gesicht, wagte nicht, nein zu sagen, und erkundigte sich schließlich lustlos:

»Was denn?«

»Ich möchte gern wissen, wo er sich vorgestern, als er das Hotel George-v verließ, von Monsieur Arnold getrennt hat.«

Der Barkeeper ging auf den Tisch der vier Kartenspieler zu und setzte unterwegs sein Lächeln auf. Er beugte sich zu dem dritten Mann hinunter, der neugierig in Maigrets Richtung schaute, worauf die drei anderen dasselbe taten, nachdem sie erfahren hatten, wer er war. Die Erklärung dauerte länger, als man hätte erwarten können.

Endlich kam der Barkeeper zurück, während die Pokerpartie in der linken Ecke weiterging.

»Er hat mich gefragt, warum Sie das wissen wollen, und mich darauf hingewiesen, dass sich in seinem Land die

Dinge nicht in dieser Weise abspielen. Er konnte sich nicht sofort erinnern. Er hatte viel getrunken, vorgestern … Das wird heute Abend dasselbe sein, bis zur Sperrstunde … Sie haben ihre Partie im Empiresalon fortgesetzt.«

»Das weiß ich.«

»Er hat zehntausend Dollar verloren, aber er ist gerade dabei, sie wiederzugewinnen.«

»Hat Arnold gewonnen?«

»Danach habe ich nicht gefragt. Er glaubt sich zu entsinnen, dass sie sich an der Tür zum Empiresalon die Hand gedrückt haben. Er hat mir gesagt, dass er dachte, Arnold wohne im ›George-v‹. Er kennt ihn erst seit ein paar Tagen.«

Maigret ließ sich nichts anmerken. Er saß eine gute Viertelstunde vor seinem Glas und beobachtete gedankenverloren die Spieler. Das Mädchen, das er bei seinem ersten Aufenthalt in der Bar wiedererkannt hatte, war nicht mehr da, aber jetzt saß eine andere hier, ganz allein. Sie hatte es bisher nur zu falschen Diamanten gebracht, und sie schien sich für die Kartenpartie ebenso zu interessieren wie er.

Maigret warf einen Blick in ihre Richtung und fragte den Barkeeper:

»Ich hab geglaubt, Sie gestatten diesen Damen hier nicht …«

»Das stimmt im Prinzip. Wir machen eine Ausnahme bei zweien oder dreien, die wir kennen und die sich zu benehmen wissen. Das ist fast eine Notwendigkeit. Sonst lesen die Gäste draußen Gott weiß wen auf, und Sie können sich nicht vorstellen, was die hier manchmal anschleppen.«

Einen Augenblick lang dachte Maigret … Aber, nein!

Zum einen hatte man dem Colonel nichts gestohlen, und zum anderen passte das nicht zu seinem Charakter.

»Gehen Sie schon?«

»Ich komme vielleicht nachher wieder.«

Er hatte die Absicht, bis drei Uhr morgens zu warten, und er hatte viel Zeit vor sich. Weil er nicht wusste, wohin, strich er erneut umher, mal in den Bereichen für die Gäste, mal in den dem Personal vorbehaltenen, und je weiter die Nacht voranschritt, desto weniger Menschen begegnete er. Er sah zwei oder drei Paare vom Theater zurückkehren, er hörte es da oder dort klingeln, traf einen Kellner mit Bierflaschen auf einem Tablett und einen anderen, der unterwegs war, um irgendwo eine komplette Mahlzeit zu servieren.

Irgendwann stieß er an einer Ecke beinahe mit dem Empfangschef zusammen.

»Brauchen Sie mich, Kommissar?«

»Nein, danke.«

Der Hotelangestellte gab vor, hier etwas zu tun zu haben, aber Maigret war davon überzeugt, dass er nur gekommen war, um sich über sein Tun und Treiben Klarheit zu verschaffen.

»Die meisten Gäste kehren kaum vor drei Uhr früh zurück.«

»Ich weiß. Danke.«

»Falls Sie irgendetwas brauchen …«

»Dann werde ich Sie darum bitten.«

Der andere drehte sich noch einmal um.

»Die Schlüssel habe ich Ihnen doch gegeben?«

Die Anwesenheit des Kommissars im Hotel bereitete ihm offensichtlich Unbehagen. Maigret wanderte dessen ungeachtet weiterhin umher, fand sich in den Kellergeschossen wieder, die so weitläufig wie die Krypta einer Kathedrale waren, und bekam flüchtig ein paar Männer in blauen Arbeitsanzügen zu Gesicht, die in einem Kesselhaus am Werk waren, das ebenso gut auf einem Schiff hätte sein können.

Auch hier drehte man sich nach ihm um. Ein Angestellter in einer gläsernen Zelle zählte die Flaschen, die aus dem Weinkeller kamen. In den Küchen waren Frauen gerade dabei, den Fliesenboden gründlich zu scheuern.

Wieder eine Treppe, mit einer vergitterten Lampe an der Decke, eine Pendeltür, ein weiterer Glaskäfig, in dem jedoch niemand saß. Die Luft war hier kühler, und Maigret stieß eine zweite Tür auf und war erstaunt darüber, dass er sich plötzlich auf der Straße befand. Auf dem Gehsteig gegenüber ließ ein Mann in Hemdsärmeln eben den Rollladen der kleinen Kneipe herunter, die Maigret vom Dach aus gesehen hatte.

Er stand in der Rue Magellan, und rechts von ihm, am Ende der Rue Bassano, lagen die Champs-Élysées. Auf der Türschwelle des Nachbarhauses hielt sich ein Paar eng umschlungen, und der verliebte Mann war vielleicht der Hotelangestellte, der in der leeren Glaszelle hätte sitzen sollen.

War dieser Ausgang Tag und Nacht bewacht? Wurde hier kontrolliert, wer vom Personal hinausging oder hereinkam? Hatte Maigret nicht vorhin einen Kellner in weißem Jackett über die Straße laufen und ins Bistro gegenüber huschen sehen?

Mechanisch registrierte er all diese Einzelheiten. Als er wieder in die Bar zurückkehrte, war die Hälfte der Lichter bereits gelöscht, die Pokerspieler waren nicht mehr da, und die Kellner räumten emsig die Tische ab.

Er fand seine vier Amerikaner auch nicht im Empiresalon, der menschenleer war und wie eine stille Kapelle wirkte. Als er den Barkeeper wieder erblickte, trug der bereits einen Straßenanzug, und Maigret hätte ihn beinahe nicht mehr erkannt.

»Sind die Pokerspieler gegangen?«

»Ich glaube, sie sind in die Suite von Mark Jones hinauf, wo sie wahrscheinlich die ganze Nacht weiterspielen werden. Bleiben Sie noch? ... Guten Abend!«

Es war erst Viertel nach eins, und Maigret ging in die Suite des verstorbenen David Ward, wo alles an seinem Platz geblieben war, einschließlich der herumliegenden Kleidungsstücke und des Wassers in der Badewanne.

Er machte sich nicht daran, erneut die Räume zu untersuchen, sondern setzte sich nur in einen Sessel, zündete sich eine Pfeife an und döste vor sich hin.

Vielleicht war es falsch gewesen, nach Orly, Nizza, Monte Carlo und Lausanne zu eilen. Die kleine Comtesse dürfte übrigens zur Stunde gerade in ihrem Schlafwagen liegen. Würde sie wie sonst auch im ›George-v‹ absteigen? Hoffte sie immer noch, dass Marco sie zurücknahm?

Sie war nichts mehr, weder Wards Frau noch seine Witwe, noch Marcos Frau ... Sie hatte zugegeben, dass sie kein Geld besaß. Wie lange konnte sie von ihren Pelzen und ihrem Schmuck leben?

Hatte der Colonel vorgesorgt für den Fall, dass er sterben würde, bevor seine Scheidung von Muriel Halligan rechtskräftig wurde und er die Comtesse heiraten konnte?

Das war unwahrscheinlich.

Sie verfügte nicht einmal über die nötigen Mittel, um nach Lausanne zu ziehen und einen Platz im ›Club der alleinstehenden Damen‹ einzunehmen, die im Restaurant Gerichte ohne Salz und ohne Butter verlangten, aber vor jeder Mahlzeit vier oder fünf Cocktails tranken.

Erfüllte sie nicht die von van Meulen aufgezählten Voraussetzungen?

Er versuchte nicht, Schlüsse zu ziehen oder ein Problem zu lösen. Er grübelte nicht angestrengt, sondern ließ seinen Gedanken freien Lauf.

Alles hing möglicherweise von einem kleinen Experiment ab. Und selbst das Experiment würde nicht zwangsläufig etwas beweisen. Es war gut, dass die Journalisten, die seine Methoden rühmten, nicht wussten, wie er manchmal die Dinge anging, denn sein Prestige würde gewiss darunter leiden.

Zweimal wäre er beinahe eingeschlafen, schreckte aber rechtzeitig hoch, um auf die Uhr zu schauen. Beim zweiten Mal war es halb drei, und um sich wach zu halten, wechselte er den Schauplatz. Er ging hinüber in die Nummer 332, von wo man wenigstens den Schmuck der Comtesse entfernt und ihn im Hoteltresor eingeschlossen hatte.

Niemand schien die Whiskyflasche angerührt zu haben, und nach etwa zehn Minuten spülte Maigret im Badezimmer ein Glas aus und füllte es randvoll.

Um drei Uhr schritt er endlich wieder durch eine Tür, die hinter die Kulissen führte, genau in dem Augenblick, in dem ein ziemlich beschwipstes Paar vorüberging. Die Frau sang und trug einen weißen Teddybären, den man ihr vermutlich in einem Nachtlokal verkauft hatte, wie ein Baby auf dem Arm.

Er begegnete einem einzigen, finster dreinblickenden Kellner, der eigentlich schon im Ruhestand sein sollte, versuchte, sich zurechtzufinden, und stieg, zunächst zu tief, die Treppe hinunter, um schließlich im ersten Untergeschoss zu landen, wo er feststellte, dass der Glaskäfig am Ausgang noch immer unbesetzt war. Dann umfing ihn erneut die kühle Luft der Rue Magellan.

Die Kneipe gegenüber war schon seit langem geschlossen. Er hatte ja zugesehen, wie der Rollladen heruntergelassen worden war. Das rote Neonlicht in der angrenzenden Straße war ebenfalls erloschen, und wenn auch die Autos noch dastanden, so sah er doch keine Menschenseele auf dem Gehsteig.

Erst in der Rue Bassano stieß er auf einen Passanten, der schnell ging und sich vor ihm zu fürchten schien.

Das ›Fouquet's‹ an der Ecke der Champs-Élysées war auch schon geschlossen, ebenso die Brasserie gegenüber. Ein Mädchen lehnte an der Wand eines Reisebüros und flüsterte ihm etwas zu, was er nicht verstand.

Auf der anderen Seite der Avenue, wo nur noch wenige Autos fuhren, waren, nicht weit vom ›Lido‹ entfernt, noch zwei große Fenster erleuchtet.

Maigret blieb unschlüssig am Rand des Gehsteigs stehen, und er musste dabei wie ein Schlafwandler ausgesehen haben, denn er strengte sich an, sich in die Haut eines anderen zu versetzen, eines anderen, der wenige Minuten zuvor einen Menschen getötet haben mochte, indem er ihm in seiner Badewanne den Kopf unter Wasser hielt, und dann von der Suite Nummer 347 aus möglicherweise denselben Weg gegangen war wie er eben.

Ein freies Taxi fuhr die Avenue entlang und wurde langsamer, als es an Maigret vorbeikam. Würde der Mörder es angehalten haben? Hätte er sich nicht gesagt, dass das gefährlich sei, weil die Polizei fast immer die Fahrer ausfindig macht, die diese oder jene Tour übernommen haben?

Er winkte es nicht heran und wäre beinahe auf demselben Gehsteig bis zur Place de la Concorde gelaufen.

Dann betrachtete er erneut die erleuchtete Bar auf der anderen Seite. Von weitem konnte er den Kellner ausmachen, der gerade Bier servierte, sowie die Kassiererin und vier oder fünf reglose Gäste, darunter zwei Frauen.

Er ging hinüber, zögerte noch und trat schließlich ein.

Die beiden Frauen sahen ihm entgegen, deuteten bereits ein Lächeln an, doch dann schienen sie, allerdings ohne ihn zu erkennen, begriffen zu haben, dass von ihm nichts zu erwarten war.

Hatte sich das vorgestern in gleicher Weise abgespielt? Der Mann hinter der Theke schaute ihn fragend an und wartete auf seine Bestellung.

Maigret hatte von den harten Getränken dieser Nacht einen unangenehmen Geschmack im Mund, und sein Blick fiel auf den Bierzapfhahn.

»Ein kleines Bier …«

Draußen tauchten zwei oder drei Frauen aus der Dunkelheit auf und beobachteten ihn durch die Scheibe.

Eine von ihnen unternahm einen kleinen Rundgang durch das Lokal, um dann, wieder auf dem Gehsteig, vermutlich den anderen zu sagen, dass er nicht interessant sei.

»Haben Sie die ganze Nacht offen?«

»Die ganze Nacht.«

»Gibt es von hier bis zur Madeleine noch andere Bars, die auf sind?«

»Nur die Striptease-Lokale.«

»Waren Sie vorgestern um diese Zeit auch da?«

»Ich bin jede Nacht hier, außer Montag.«

»Sie auch?«, fragte er die Kassiererin, die einen blauen Wollschal über den Schultern trug.

»Ich hab am Mittwoch frei.«

Vor zwei Tagen war Dienstag. Sie waren also beide hier gewesen.

Er warf einen Blick in die Richtung der beiden Frauen im Lokal und erkundigte sich etwas leiser:

»Die zwei auch?«

»Wenn sie nicht gerade mit einem Freier in der Rue Washington oder in der Rue de Berry waren.«

Der Kellner runzelte die Stirn und fragte sich, wer dieser merkwürdige Gast sein mochte, dessen Gesicht ihm irgendwie bekannt vorkam. Eins der Mädchen erkannte ihn schließlich und bewegte die Lippen, um den Kellner zu warnen.

Sie dachte nicht daran, dass Maigret sie im Spiegel sehen konnte, und wiederholte dasselbe Wort, lautlos wie ein Fisch.

Der Kellner verstand sie nicht, schaute fragend sie an, dann den Kommissar und dann wieder sie.

Am Ende spielte Maigret gewissermaßen den Übersetzer.

»Vorsicht, Bulle!«, sagte er.

Und da der Kellner anscheinend noch immer nicht begriff, worum es ging, erklärte er ihm:

»Sie will Ihnen klarmachen, dass ich von der Polizei bin.«

»Und stimmt das?«

»Es stimmt.«

Er musste sich dabei komisch angehört haben, denn das Mädchen, das einen Moment verwirrt war, konnte nicht mehr an sich halten und begann schallend zu lachen.

8

Wer etwas gesehen hat und wer nichts gesehen hat, oder die Kunst, Zeugen zu mischen

Aber nein, Chef! Es macht mir gar nichts aus. Ich hab ohnehin schon fest damit gerechnet und meine Frau beim Insbettgehen vorgewarnt.«

Lucas war beim ersten Klingeln des Telefons hellwach gewesen, aber er hatte keine Uhr in Sichtweite. Oder hatte er vielleicht im Schlafzimmer noch nicht Licht gemacht?

»Wie spät ist es?«

»Halb vier. Hast du Papier und Bleistift?«

»Moment.«

Durch die Scheibe der Telefonkabine sah Maigret im Waschraum die Toilettenfrau sitzen, die mit einer Strickarbeit im Schoß auf ihrem Stuhl eingeschlafen war. Er wusste, dass man da oben an der Theke über ihn redete.

»Ich höre …«

»Ich hab jetzt keine Zeit für Erklärungen. Mach einfach genau das, was ich dir jetzt sage!«

Er gab ihm seine Anweisungen langsam durch und wiederholte jeden Satz, um sicher zu sein, dass sich kein Fehler einschlich.

»Bis später!«

»Sind Sie nicht zu müde, Chef?«

»Es geht.«

Er legte wieder auf. Danach rief er Lapointe an, bei dem es länger dauerte, bis er aufwachte, vielleicht deshalb, weil er noch jünger war.

»Geh erst mal und trink ’nen Schluck kaltes Wasser! Und dann sperr die Ohren auf!«

Auch ihm erteilte er genaue Anweisungen. Er überlegte noch, ob er Janvier ebenfalls anrufen sollte, aber der wohnte außerhalb von Paris und würde vermutlich nicht so schnell ein Taxi finden.

Er ging wieder hinauf. Das Mädchen, das sich bereit erklärt hatte, Olga an der Tür eines bestimmten Hauses in der Rue Washington abzupassen und herzubringen, war noch nicht zurück, und Maigret trank ein zweites Bier. Der Alkohol machte ihm vielleicht einen etwas schweren Kopf, aber für das, was er vorhatte, war das eher von Vorteil.

»Ist es unbedingt nötig, dass ich auch hinkomme?«, fragte der Kellner auf der anderen Seite des Tresens. »Reichen die beiden Mädchen nicht? Auch wenn er sich vielleicht an Malou nicht mehr erinnert, mit der hat er ja nicht geredet, Olga hat er bestimmt nicht vergessen, und die treiben wir Ihnen auf. Er hat ihr nicht nur etwas zu trinken spendiert und sich mit ihr unterhalten, sondern er hat, soviel ich verstanden hab, auch mit dem Gedanken gespielt, sie mitzunehmen. Und bei ihren roten Haaren und bei dem Busen, den sie hat, vergisst man Olga nicht so leicht.«

»Mir liegt daran, dass Sie auch dort sind.«

»Ich frag ja nicht meinetwegen, mir geht’s um meinen

Kollegen, den ich aus dem Bett holen muss. Der wird sauer sein.«

Das Mädchen, das weggegangen war, kehrte mit der berühmten Olga zurück, die in der Tat flammend rote Haare hatte und einen stolzen Busen zur Schau trug.

»Der ist es«, erklärte ihr ihre Freundin. »Kommissar Maigret. Hab keine Angst!«

Olga war noch ein wenig misstrauisch. Maigret lud sie zu einem Schnaps ein und erteilte ihr, wie den anderen auch, genaue Anweisungen.

Schließlich verließ er ganz allein die Kneipe und ging die Champs-Élysées hinunter, ohne Hast, die Hände in den Taschen, und rauchte in kurzen Zügen seine Pfeife.

Er kam am Portier des Hotels Claridge vorüber und wäre beinahe stehen geblieben, um auch ihn anzuheuern. Wenn er es nicht tat, dann deshalb, weil er etwas weiter vorn eine alte Frau erblickte, die mit dem Rücken an die Wand gelehnt vor einem Korb voll Blumen am Boden saß.

»Waren Sie vorgestern Nacht auch hier?«

Sie betrachtete ihn argwöhnisch, und er musste längere Zeit mit ihr verhandeln, erreichte schließlich, was er wollte, und gab ihr Geld, nachdem er zwei- oder dreimal wiederholt hatte, was sie tun sollte.

Jetzt konnte er seinen Weg ein wenig langsamer fortsetzen. Seine Statisten waren vollzählig. Lucas und Lapointe würden sich um die anderen kümmern. Beinahe hätte er ein Taxi genommen, aber dann wäre er zu früh eingetroffen.

Er gelangte zur Avenue Matignon, stutzte, sagte sich, dass der Mann, der an diese Strecke gewöhnt war, die Abkürzung über den Faubourg Saint-Honoré genommen haben dürfte, so dass er an der britischen Botschaft und auch an dem Hotel vorübergekommen war, in dem sich nun Solicitor Philps von den Strapazen des vergangenen Tages erholte.

Die Madeleine, Boulevard des Capucines …

Wieder ein Mann in Uniform am Eingang des ›Scribe‹, eine Drehtür, eine schwächer beleuchtete Eingangshalle als im ›George-v‹, eine altmodischere Ausstattung. Er zeigte dem Angestellten am Empfang seine Dienstmarke.

»Ist Monsieur John T. Arnold in seinem Zimmer?«

Ein Blick aufs Schlüsselbrett. Kopfnicken.

»Ist er schon lange im Bett?«

»Er ist gegen halb elf zurückgekommen.«

»Tut er das oft?«

»Eher selten, aber wegen dieser leidigen Geschichte hat er einen anstrengenden Tag gehabt.«

»Um welche Zeit haben Sie ihn vorige Nacht reinkommen sehen?«

»Kurz nach Mitternacht.«

»Und die Nacht davor?«

»Viel später.«

»Nach drei Uhr?«

»Schon möglich. Sie sollten eigentlich wissen, dass wir nicht befugt sind, über das Kommen und Gehen unserer Gäste Auskunft zu geben.«

»Wenn ein Verbrechen vorliegt, ist jeder zur Aussage verpflichtet.«

»In diesem Fall wenden Sie sich an den Direktor.«

»War der Direktor vorgestern Nacht hier?«

»Nein. Aber ich rede nur mit seiner Erlaubnis.«

Er war eigensinnig, borniert, unangenehm.

»Dann verbinden Sie mich mit dem Direktor!«

»Ich darf ihn nur wegen wichtiger Angelegenheiten stören.«

»Die Angelegenheit ist wichtig genug, dass ich Sie, falls Sie ihn nicht auf der Stelle anrufen, ins Untersuchungsgefängnis mitnehme.«

Er begriff offenbar, dass es ernst war.

»In dem Fall gebe ich Ihnen die Auskunft. Es war nach drei Uhr, und sogar einiges nach halb vier, denn kurz danach musste ich raufgehen, um dem Radau der Italiener ein Ende zu machen.«

Auch ihn wies Maigret an, was er zu tun hatte, und so war es trotzdem nötig, den Hoteldirektor anzurufen.

»Und jetzt seien Sie bitte so freundlich und verbinden mich mit John T. Arnold. Sie brauchen es nur in seinem Zimmer klingeln zu lassen. Ich spreche selbst mit ihm.«

Als er den Hörer schon in der Hand hielt, war Maigret ziemlich aufgeregt, denn es war eine schwierige, eine gewagte Partie, die er da spielte. Er hörte das Klingeln in dem Zimmer, das er noch nicht kannte. Dann hob jemand ab. Er fragte mit gedämpfter Stimme:

»Monsieur Arnold?«

»Who is it?«

Noch nicht ganz wach, sprach Arnold natürlich in seiner Muttersprache.

»Es ist mir peinlich, Sie zu stören, Monsieur Arnold. Hier ist Kommissar Maigret. Ich bin im Begriff, den Mörder Ihres Freundes Ward dingfest zu machen, und brauche Ihre Hilfe.«

»Sind Sie noch immer in Lausanne?«

»Nein, in Paris.«

»Wann wollen Sie mich treffen?«

»Sofort.«

Schweigen. Zaudern.

»Wo?«

»Ich bin hier unten, in Ihrem Hotel. Ich würde gern einen Moment zu Ihnen hochkommen und mich mit Ihnen unterhalten.«

Erneutes Schweigen. Der Engländer hatte das Recht, diese Unterredung abzulehnen. Würde er davon Gebrauch machen?

»Wollen Sie mit mir über die Comtesse reden?«

»Auch über sie, ja …«

»Ist sie mit Ihnen gekommen? Ist sie jetzt bei Ihnen?«

»Nein. Ich bin allein.«

»Gut, kommen Sie herauf!«

Maigret legte erleichtert den Hörer wieder auf.

»Welche Suite?«, fragte er den Mann am Empfang.

»Fünfhunderteinundfünfzig. Der Boy bringt Sie hin.«

Gänge, nummerierte Türen. Sie stießen auf einen einzigen Kellner, der ebenfalls an 551 anklopfte.

Mit den verquollenen Augen sah John T. Arnold älter aus als bei seiner Begegnung mit dem Kommissar im ›George-v‹. Er trug einen schwarzen Hausmantel mit Rankenmuster über einem Seidenschlafanzug.

»Herein! Entschuldigen Sie bitte die Unordnung! Was hat Ihnen denn die Comtesse erzählt? Sie ist hysterisch, wissen Sie! Und wenn sie getrunken hat …«

»Ich weiß. Ich danke Ihnen, dass Sie bereit waren, mich

zu empfangen. Es liegt doch im Interesse aller, abgesehen vom Mörder natürlich, dass der Fall so schnell wie möglich abgeschlossen wird, nicht wahr? Ich habe erfahren, dass Sie sich gestern gemeinsam mit dem englischen *Solicitor* große Mühe gegeben haben, Wards Nachlass zu regeln ...«

»Das ist sehr schwierig«, sagte der kleine Mann mit dem rosigen Teint seufzend.

Er hatte beim Kellner Tee bestellt.

»Möchten Sie auch einen?«

»Nein, danke.«

»Etwas anderes?«

»Nein. Um ehrlich zu sein, Monsieur Arnold, ich brauche Sie eigentlich nicht hier ...«

Er achtete aufmerksam auf die Reaktionen seines Gesprächspartners, gab jedoch vor, ihn nicht anzusehen.

»Meine Männer am Quai des Orfèvres haben gewisse Dinge entdeckt, die ich Ihnen gern vorlegen möchte.«

»Was für Dinge?«

Maigret tat so, als höre er die Frage nicht.

»Ich hätte selbstverständlich bis morgen früh warten und Sie vorladen können. Aber da Sie derjenige sind, der dem Colonel am nächsten stand, ihm auch am tiefsten ergeben war, da dachte ich mir, dass Sie es mir nicht verübeln würden, wenn ich Sie mitten in der Nacht störe.«

Er gab sich so harmlos wie möglich, verlegen, ganz der Beamte, der in Ausübung seiner Pflicht einen unangenehmen Schritt wagt.

»Bei Ermittlungen wie dieser ist die Zeit ein wesentlicher Faktor. Sie haben die Bedeutung der Geschäfte Wards unterstrichen, den Widerhall, den sein Tod in der Finanzwelt auslöst ... Wenn es Ihnen nicht zu unangenehm wäre, sich anzuziehen und mit mir zu kommen ...«

»Wohin?«

»In mein Büro.«

»Können wir nicht hier reden?«

»Nur dort kann ich Ihnen die Unterlagen in die Hand geben, Ihnen gewisse Probleme unterbreiten ...«

Es dauerte noch eine ganze Weile, aber am Ende entschloss sich Arnold, etwas anzuziehen, und ging vom Salon ins Schlafzimmer, vom Schlafzimmer ins Bad.

Nicht ein einziges Mal sprach Maigret den Namen Muriel Halligan aus, aber er redete viel von der Comtesse, in halb ernstem, halb scherzhaftem Ton. Arnold trank seinen kochendheißen Tee. Trotz der frühen Stunde und trotz des Orts, an den sie sich begaben, machte Arnold sich so sorgfältig zurecht wie jeden Morgen.

»Es wird doch hoffentlich nicht lange dauern? Ich bin früh schlafen gegangen, weil ich heute einen noch anstrengenderen Tag habe als gestern. Wissen Sie, dass Bobby, der Sohn des Colonels, mit einer Begleitperson aus seinem College eingetroffen ist? Sie sind hier abgestiegen.«

»Nicht im ›George-v‹?«

»Ich hielt es für angebrachter, nach dem, was dort passiert ist ...«

»Das haben Sie ganz richtig gemacht.«

Maigret drängte ihn nicht, im Gegenteil. Er musste Lucas und den anderen Zeit lassen, all seinen Anweisungen nachzukommen und seinen Plan in die Tat umzusetzen.

»Ihr Leben wird sich jetzt sehr verändern, nicht wahr?

Wie lange waren Sie eigentlich mit Ihrem Freund Ward zusammen?«

»Fast dreißig Jahre.«

»Haben Sie ihn überallhin begleitet?«

»Ja, überallhin.«

»Und dann von einem Tag auf den anderen … Ich frage mich, ob Sie seinetwegen nicht geheiratet haben …«

»Was wollen Sie damit sagen?«

»Wären Sie verheiratet gewesen, dann hätten Sie ihn nicht so ungehindert begleiten können. Alles in allem haben Sie ihm doch Ihr Privatleben geopfert …«

Maigret wäre lieber anders vorgegangen, er hätte sich gern vor dem kleinen, rundlichen gepflegten Mann aufgepflanzt und ihm rundheraus erklärt:

›Unter uns … Sie haben Ward umgebracht, weil …‹

Der Jammer war nur, dass er nicht genau wusste, warum, und dass sich der Engländer wahrscheinlich nicht aus der Fassung hätte bringen lassen.

»Die Comtesse Paverini kommt um sieben Uhr an der Gare de Lyon an. Im Moment ist sie noch im Zug.«

»Was hat sie denn gesagt?«

»Sie ist in die Suite des Colonels gegangen und hat gesehen, dass er tot war.«

»Haben Sie sie an den Quai des Orfèvres vorgeladen?«

Er runzelte die Stirn.

»Sie wollen mich doch nicht warten lassen, bis sie ankommt?«

»Das glaube ich nicht.«

Gemeinsam begaben sie sich schließlich zum Fahrstuhl, wo Arnold mechanisch auf den Knopf drückte.

»Ich habe vergessen, einen Mantel mitzunehmen.«

»Ich habe auch keinen dabei. Es ist nicht kalt, und mit dem Taxi sind es nur wenige Minuten.«

Maigret wollte ihn nicht allein in sein Zimmer zurückkehren lassen. Gleich danach, sobald sie im Wagen saßen, würde ein Inspektor es gründlich durchsuchen.

Sie durchquerten die Halle ziemlich schnell, damit Arnold nicht merkte, dass nicht mehr derselbe Angestellte am Empfang war. Ein Taxi erwartete sie.

»Zum Quai des Orfèvres!«

Die Boulevards waren wie ausgestorben. Hier und da ein Pärchen. Einige Taxis, die größtenteils zu den Bahnhöfen unterwegs waren. Maigret musste nur noch wenige Minuten seine unerfreuliche Rolle spielen und sich fragen, ob er nicht eine falsche Fährte verfolgte.

Das Taxi fuhr nicht in den Hof hinein. Die beiden Männer gingen zu Fuß am Wachtposten vorbei und unter dem steinernen Torbogen hindurch, unter dem es immer etwas kühler war als anderswo.

»Gestatten Sie, dass ich vorausgehe?«

Der Kommissar betrat vor ihm das große, spärlich beleuchtete Treppenhaus, öffnete die Glastür und hielt sie für seinen Begleiter auf. Der breite Flur, auf den die Türen der verschiedenen Abteilungen führten, war menschenleer, und es brannten nur zwei Lampen.

›Wie nachts in den Hotels‹, dachte Maigret und erinnerte sich an all die Flure, durch die er in dieser Nacht geschlendert war.

Halblaut sagte er:

»Hier entlang! Bitte treten Sie ein!«

Er führte Arnold nicht in sein Büro, sondern ließ ihn durch das Inspektorenbüro gehen. Er selbst trat beiseite, denn er wusste, welcher Anblick den Engländer jenseits der Tür erwartete.

Ein Schritt … Zwei Schritte … Da hielt er inne. Maigret merkte, dass sein Begleiter erzitterte und versucht war umzukehren, sich aber beherrschte.

»Gehen Sie doch hinein!«

Er schloss die Tür und fand in der Tat die Szenerie vor, die er sich ausgemalt hatte. Lucas saß an seinem Schreibtisch und schien emsig damit beschäftigt zu sein, einen Bericht zu schreiben. Am Schreibtisch gegenüber, eine Zigarette im Mundwinkel, hatte sich der junge Lapointe niedergelassen, und Maigret stellte fest, dass er am blassesten von allen war. War ihm klar, dass der Kommissar ein gewagtes, wenn nicht gar gefährliches Spiel spielte?

Auf den Stühlen an den Wänden entlang hockten, wie Wachsfiguren, verschiedene Gestalten mit reglosen Gesichtern.

Diese Statisten waren nicht beliebig placiert worden, sondern in einer genau festgelegten Reihenfolge. Zunächst, mit einem offenen Mantel über seiner schwarzen Hose und seinem weißen Jackett, der Etagenkellner, der den Nachtdienst im dritten Stock des ›George-v‹ versah. Dann ein Hotelboy in Uniform. Danach ein kleiner Alter mit zornigen Augen, der sich allemal in dem Glaskäfig neben dem Personaleingang in der Rue Magellan hätte aufgehalten haben können.

Diese drei fühlten sich am unbehaglichsten und wichen Arnolds Blick aus. Es war gar nicht anders möglich, er musste sie wiedererkannt haben, den Ersten auf jeden Fall und den Zweiten an seiner Uniform.

Der Dritte hätte wer weiß wer sein können. Das war unwichtig. Im Anschluss daran kamen Olga, die Rothaarige mit dem üppigen Busen, die ihre Nervosität Kaugummi kauend überspielte, und ihre Freundin, die losgezogen war, um sie an der Tür des Hauses in der Rue Washington zu erwarten.

Zuletzt noch der Kellner aus der Kneipe, im Mantel und mit einer karierten Mütze in der Hand, daneben die alte Blumenfrau und der Angestellte vom Empfang des Hotels Scribe.

»Ich nehme an, Sie kennen diese Leute«, sagte Maigret. »Wir setzen uns jetzt in mein Büro und hören sie uns nacheinander an. Haben Sie die schriftlichen Aussagen, Lucas?«

»Ja, Chef.«

Maigret machte die Verbindungstür auf.

»Treten Sie bitte ein, Monsieur Arnold!«

Der stand, ehe er sich von der Stelle rührte, einen Moment lang wie angewurzelt da und blickte dem Kommissar fest in die Augen.

Maigret durfte auf keinen Fall den Kopf abwenden und musste, koste es, was es wolle, den Anschein wahren, sich seiner Sache sicher zu sein.

Er wiederholte:

»Treten Sie doch bitte ein!«

Er schaltete die Lampe mit dem grünen Schirm auf seinem Schreibtisch ein und zeigte auf einen Sessel ihm gegenüber.

»Sie können rauchen.«

Als er Arnold wieder ansah, wurde ihm bewusst, dass dieser ihn immer noch mit blankem Entsetzen anstarrte.

So unbefangen wie möglich stopfte er eine Pfeife, dann begann er:

»Und jetzt werden wir, wenn Sie nichts dagegen haben, die Zeugen einzeln hereinrufen und Ihren Weg rekonstruieren, von dem Moment an, in dem im Badezimmer von Colonel Ward...«

Während seine Hand unübersehbar nach dem elektrischen Klingelknopf tastete, merkte er, dass aller Glanz aus Arnolds vorstehenden Augen wich, dass sich seine Unterlippe wie zu einem Schluchzen wölbte. Er weinte nicht. Stattdessen schluckte er, um den Druck in seiner Kehle zu verringern, und erklärte mit kaum wahrnehmbarer Stimme:

»Das ist nicht nötig.«

»Sie gestehen?«

Schweigen. Dann ein resignierter Lidschlag.

Und da passierte etwas in Maigrets Karriere nahezu Einmaliges. Er hatte unter so großer Spannung gestanden, solche Angst gehabt, dass er plötzlich kraftlos in sich zusammensackte und damit seine Erleichterung verriet.

Arnold, der ihn nicht aus den Augen ließ, war zunächst verblüfft, dann runzelte er die Stirn und wurde aschfahl.

»Sie...«

Die Worte kamen ihm nur mühsam über die Lippen.

»Sie haben es nicht gewusst, nicht wahr?«

Und schließlich, als er alles begriff:

»Diese Leute haben mich nicht gesehen?«

»Nicht alle«, gab Maigret zu. »Entschuldigen Sie, Monsieur Arnold, aber es war wohl besser, zu einem schnellen

Ende zu kommen, glauben Sie nicht? Das war die einzige Möglichkeit.«

Hatte er ihm nicht stundenlange, vielleicht sogar tagelange Verhöre erspart?

»Ich versichere Ihnen, dass das auch für Sie angenehmer ist.«

Nebenan warteten sie immer noch, all diese Zeugen, diejenigen, die tatsächlich etwas gesehen hatten, und diejenigen, die nichts gesehen hatten. Dadurch dass er sie in der Reihenfolge nebeneinandersitzen ließ, in der Arnold ihnen *hätte begegnen können*, hatte der Kommissar den Eindruck einer lückenlosen Kette von Zeugen erweckt.

Die echten täuschten gewissermaßen über die falschen hinweg.

»Ich kann sie doch wieder gehen lassen?«

Der Engländer unternahm noch einen schwachen Versuch, sich zur Wehr zu setzen:

»Was beweist eigentlich jetzt, dass …«

»Hören Sie zu, Monsieur Arnold, um es mit Ihren Worten zu sagen, jetzt weiß ich es. Sie können Ihr Geständnis widerrufen und sogar behaupten, es sei Ihnen gewaltsam abgerungen worden …«

»Das habe ich nicht gesagt.«

»Sehen Sie, es ist zu spät zum Umkehren. Ich habe es bisher nicht für nötig gehalten, eine gewisse Dame zu stören, die in einem Hotel am Quai des Grands-Augustins abgestiegen ist und mit der Sie gestern zu Mittag gegessen haben. Ich kann es tun. Dann wird sie Ihren Platz hier einnehmen, mir gegenüber, und ich werde ihr genügend Fragen stellen, dass sie schließlich antworten wird.«

Plötzlich herrschte bedrückendes Schweigen.

»Wollten Sie sie heiraten?«

Keine Antwort.

»In wie viel Tagen wäre die Scheidung rechtskräftig geworden und hätte sie ihre Ansprüche auf das Erbe aufgeben müssen?«

Ohne eine Erwiderung abzuwarten, stand Maigret auf und öffnete das Fenster. Es begann hell zu werden, und man hörte die Schlepper, die mit ihren Lastkähnen von der Ile Saint-Louis stromaufwärts zogen.

»In drei Tagen…«

Hatte Maigret es gehört? Er machte, als sei nichts geschehen, die Verbindungstür auf.

»Ihr könnt gehen, Kinder. Ich brauche euch nicht mehr. Und du, Lucas…«

Er hatte überlegt, ob er Lucas oder Lapointe nehmen sollte. Als er Lapointes enttäuschtes Gesicht sah, fügte er hinzu:

»Du auch… Kommt beide her, und nehmt seine Aussage auf!«

Er kehrte an seinen Schreibtisch zurück, wählte eine frische Pfeife aus, die er langsam stopfte, und suchte mit den Augen seinen Hut.

»Gestatten Sie, dass ich mich zurückziehe, Monsieur Arnold?«

Der saß zusammengesunken auf seinem Stuhl, wirkte auf einmal sehr alt und verlor von Minute zu Minute dieses gewisse… Dieses gewisse Was? Es wäre Maigret schwergefallen, seinen Gedanken in Worte zu fassen. Dieses Ich-weiß-nicht-was an Lässigkeit, an strahlendem Auftreten, dieses Selbstvertrauen, das die Menschen auszeichnet, die einer bestimmten Welt angehören und denen man in den Grandhotels begegnet.

Schon war er beinahe nur noch ein gewöhnlicher Mensch, ein gebrochener, unglücklicher Mensch, der sein Spiel verloren hatte.

»Ich gehe jetzt schlafen«, sagte Maigret zu seinen Mitarbeitern. »Falls ihr mich braucht …«

Ausgerechnet Lapointe merkte, dass der Kommissar, wie geistesabwesend, im Vorbeigehen John T. Arnold flüchtig die Hand auf die Schulter legte, und er sah dem Chef verdutzt nach.

Echandens (Vaud), 17. August 1957

Das Gesamtwerk
von Georges Simenon
erscheint im
Diogenes Verlag

»Simenon ist eine Sucht, der man immer mehr und mit wachsendem Genuß verfällt... Simenons Geschichten sind alle mit bewundernswerter Logik aufgebaut, aber das Merkwürdige ist, daß man sich nach einem Jahr nicht mehr an die Handlung erinnert. Was zurückbleibt, ist bloß ein Eindruck, ein unverwechselbares, sehnsüchtiges Gefühl, und dieses Gefühl lockt einen, das Buch noch einmal und noch ein zweites Mal wiederzulesen. Man gerät in eine beinahe unbegrenzte Umlaufbahn des Lesens hinein, so daß Simenon dauert, so lange man nur will, einen das ganze Leben lang begleitet, sich mit dem eigenen Leben verbindet.«
Federico Fellini

»Simenon ist ein Schriftsteller, der überall gebraucht wird... Eigentlich Unterhaltungsautor, ist er schon früh mit Dostojewskij, Balzac und Čechov verglichen worden. In seinen Romanen herrscht eine dichte Atmosphäre, eine Gegenständlichkeit der Darstellung, daß man meint, man könne Simenons Welt riechen und schmecken, auch wenn sie verschwunden ist.«
Judith Kuckart

»Er ist ein Monarch. Sein Königreich sind die unzählbaren Leser überall auf der Welt, die Nacht für Nacht seiner bedürfen: die glücklichen Schlaflosen, die keines seiner Bücher aus der Hand legen können, bevor sie es nicht in einem Zug von Anfang bis Ende ausgelesen haben.« *Henry Miller*

Verlangen Sie unseren ausführlichen Katalog bei Ihrem Buchhändler.

Georges Simenons Kommissar Maigret im Diogenes Hörbuch

»Schönes Gefühl: Es gibt 75 Maigret-Romane, und ich habe höchstens 50 gelesen. Maigret zu lesen, hat etwas Beruhigendes: Man betritt eine vertraute Welt, die, weil sie in Büchern enthalten ist, immer zur Verfügung steht... Von Geschichten über diesen Mann kann ich nie genug kriegen.«
Axel Hacke / Die Weltwoche, Zürich

Maigret als möblierter Herr
Roman. Aus dem Französischen von Wolfram Schäfer
Ungekürzte Lesung. 4 CD
Gelesen von **Gert Heidenreich**

Maigret kämpft um den Kopf eines Mannes
Roman. Deutsch von Roswitha Plancherel
Ungekürzte Lesung. 4 CD
Gelesen von **Friedhelm Ptok**

Maigret und die alte Dame
Roman. Deutsch von Renate Nickel
Ungekürzte Lesung. 4 CD
Gelesen von **Friedhelm Ptok**

Weihnachten mit Maigret
Roman. Deutsch von Hans-Joachim Hartstein
Ungekürzte Lesung. 2 CD
Gelesen von **Hans Korte**

Maigret und die Keller des ›Majestic‹
Roman. Deutsch von Linde Birk
Ungekürzte Lesung. 4 CD
Gelesen von **Friedhelm Ptok**

Fünf Fälle für Maigret
Fünf Erzählungen aus dem Band *Sämtliche Maigret-Geschichten.* Deutsch von Hainer Kober, Elfriede Riegler und Linde Birk
Ungekürzte Lesung. 4 CD
Gelesen von **Edgar M. Böhlke, Gert Heidenreich** und **Friedhelm Ptok**